Troublante énigme

*

Un garde du corps inespéré

BARB HAN

Troublante énigme

Traduction française de
KAREN DEGRAVE

BLACK ROSE

HARLEQUIN

Collection : BLACK ROSE

Ce roman a déjà été publié en 2021

Titre original :
WHAT SHE KNEW

HARPERCOLLINS FRANCE
83-85, boulevard Vincent-Auriol, 75646 PARIS CEDEX 13
Service Clients — https://www.harlequin.fr/contenu/contactez-nous
ISBN 978-2-2805-2022-5 — ISSN 1950-2753

Édité par HarperCollins France.
Composition et mise en pages Nord Compo.
Imprimé en juin 2025 par CPI Black Print (Barcelone)
en utilisant 100% d'électricité renouvelable.
Dépôt légal : juillet 2025.

MIXTE
Papier
FSC FSC® C159065

Pour limiter l'empreinte environnementale de ses livres, HarperCollins France s'engage à n'utiliser que du papier fabriqué à partir de bois provenant de forêts gérées durablement et de manière responsable.

1

En général, Amber Kent ne répondait pas au téléphone quand elle ne reconnaissait pas le numéro. Elle était en train d'attendre qu'Harvey Baily finisse de charger des bottes de foin dans son camion. Il avait insisté pour qu'elle reste au chaud dans la cabine.

Il faisait à peine cinq degrés, et le soleil était caché par de gros nuages gris. Elle fixa son téléphone qui sonnait. Il pouvait s'agir d'un parent éloigné. Depuis la mort de sa mère et de son père, quelques années plus tôt, il arrivait qu'un membre de sa famille l'appelle à cette période. On était juste après le nouvel an.

Elle jeta un coup d'œil dans le rétroviseur. Harvey était loin d'avoir fini son travail. Elle avait quelques minutes devant elle.

— Allô ?

Le silence au bout du fil l'incita à penser qu'elle avait eu tort de décrocher.

— Bonjour, Amber. C'est Rylan Anderson.

Elle reconnut sa voix immédiatement. Celle-ci était un peu plus grave, mais elle la faisait toujours autant frissonner. Depuis combien de temps ne s'étaient-ils pas parlé ? Huit ans ? Neuf ?

— J'ai entendu dire que tu étais revenu, mais j'ai cru qu'on se moquait de moi, répondit-elle.

Elle avait eu du mal à croire qu'il soit revenu à Jacobstown, au Texas, après presque une décennie d'absence.

— Oui, je suis revenu. Je suis désolé de ne pas être resté en contact.

C'était une réponse étrange. Avait-il l'intention de la voir, à un moment ou à un autre ?

— Ce n'est pas grave, s'empressa-t-elle de répondre.

— Je sais qu'on ne s'est pas vus depuis longtemps, mais j'ai besoin d'un service.

Au moins, il ne faisait pas semblant de l'appeler pour prendre de ses nouvelles. Alors pourquoi était-elle déçue ?

Elle réprima un soupir avant de demander :

— Que puis-je faire pour toi ?

Elle entendit un bruit derrière lui sans réussir à l'identifier. Cela pouvait être une télévision.

— Je n'avais personne d'autre à appeler qui soit capable de gérer...

Il laissa sa phrase en suspens, ce qui éveilla la curiosité d'Amber. Il avait l'air perturbé par quelque chose... Mais qu'en savait-elle ? Elle avait perdu tout contact avec lui depuis qu'il avait quitté Jacobstown pour s'engager dans l'armée.

— Que se passe-t-il ? demanda-t-elle.

Pourquoi donc l'appelait-il après tout ce temps ?

— C'est difficile à expliquer. Peux-tu venir chez moi ?

— D'accord, répondit-elle sans comprendre pourquoi. As-tu des ennuis ?

— En quelque sorte, répondit-il. Je ne sais pas...

— La banque est fermée, si tu as besoin...

— Ce n'est pas ça, coupa-t-il sur un ton défensif. Laisse tomber. J'ai eu tort de t'appeler.

— Attends, Rylan...

Trop tard. Il avait raccroché.

Bien décidée à ne pas le laisser s'en tirer comme cela, Amber le rappela.

Il décrocha dès la première sonnerie. De nouveau, elle entendit un bruit étrange derrière lui.

— Où es-tu ? demanda-t-elle ? Que se passe-t-il.

Il soupira.

— Je peux passer chez toi, ajouta-t-elle. Ne sois pas têtu comme une mule.

— Tu me rendrais un grand service, répondit-il après un long silence.

Il avait la voix de quelqu'un qui avait une migraine, et elle se demanda tout à coup s'il avait un problème de santé.

— Ça va ? s'inquiéta-t-elle. Je veux dire... Tu n'es pas blessé, ou quelque chose de ce genre ?

— Non, ce n'est pas ça.

Au moins, elle pouvait exclure un passage aux urgences.

— Envoie-moi ton adresse par texto, conclut-elle.

Elle aurait sans doute dû partir dans la direction opposée. Mais elle considérait l'ancien meilleur ami de son frère comme l'un de ses propres amis. Comment pouvait-elle refuser de lui venir en aide ? Le texto arriva juste après qu'elle eut raccroché. Elle connaissait bien l'endroit. C'était l'ancienne maison de Mme Parker, une veuve à qui Amber avait souvent apporté des repas avant qu'elle ne déménage.

Harvey frappa sur la paroi du camion après avoir fermé le hayon, puis agita la main. Il avait terminé. Amber baissa sa vitre pour le remercier. Elle dut crier pour se faire entendre par-dessus les hurlements du vent. Elle frissonna et s'aperçut que la température avait encore baissé. La nuit serait glaciale.

Jacobstown se trouvait à une heure de route au sud de

Fort Worth. C'était une banlieue résidentielle parfaitement sûre jusqu'à ce qu'un individu dérangé se mette à tuer des animaux en mutilant leur patte avant gauche. Il était passé progressivement de petits animaux à des génisses. Il en avait tué plusieurs sur le ranch des Kent, qu'Amber possédait avec ses cinq frères.

Amber se dirigea vers l'ancienne maison de Mme Parker. On était samedi et il n'y avait pas grand monde sur la route. Elle repensa à son échange avec Rylan en tapotant le volant. Quelque chose ne tournait pas rond. Elle aurait peut-être dû lui demander de venir au ranch… Mais c'était à peine un détour pour elle, et elle supposait qu'il ne lui avait pas donné de nouvelles depuis son retour parce qu'il s'était brouillé avec son frère Will avant de partir. Leur problème devait avoir été sérieux s'ils s'en voulaient encore huit ans plus tard.

Personne ne savait ce qui s'était passé entre eux – ce qui était extraordinaire dans une ville où tout le monde semblait tout savoir sur tout le monde en temps réel. Ce n'était pas parce que les gens étaient curieux. Les familles qui vivaient dans des ranchs avaient l'habitude de se soucier les unes des autres.

Un quart d'heure plus tard, Amber se gara devant la maison de Rylan. Au moins, celle-ci n'était pas en feu. Amber s'attendait presque à trouver l'endroit dévoré par les flammes – sauf qu'il aurait appelé les pompiers, pas elle, si cela avait été le cas.

Elle avait imaginé une dizaine de scénarios sur le trajet. Aux dernières nouvelles, Rylan était un Marine. Il y avait sans doute très peu de choses qu'il ne pouvait pas gérer tout seul.

Pourquoi avait-il besoin d'elle ? D'après ce qu'on avait dit à Amber, Rylan était arrivé à Jacobstown depuis deux semaines. Il n'avait pas jugé bon de lui faire signe jusque-là. Il était sorti de sa vie huit ans plus tôt après leur unique baiser… Mais ce n'était pas le moment d'y penser – d'autant moins qu'il devait l'avoir oublié.

Amber sortit de son camion, inspira profondément et se dirigea vers la porte. Le perron était encombré de pots de peinture, et elle dut enjamber une échelle.

Elle frappa. Elle eut l'impression d'attendre un temps fou que la porte s'ouvre en sachant parfaitement que ce n'était pas le cas. Elle était nerveuse. Elle avait essayé de se ressaisir pendant le trajet et elle avait échoué, visiblement.

— Merci d'être venue, Amber, dit Rylan, qui avait à peine entrouvert la porte.

Elle le trouva un peu trop séduisant, et son cœur s'emballa, ce qui la contraria. Elle ne voulait pas que son béguin d'adolescente se réveille. Elle était adulte, à présent. Il n'y avait pas de place dans sa vie pour des sentiments aussi puérils.

Rylan avait maintenant les cheveux courts, ce qui ne retirait rien à son charme. L'armée lui avait aussi fait gagner des muscles, et Amber eut du mal à s'arracher à la contemplation de son torse, qui avait toujours été à la hauteur de ses yeux.

— De rien, répondit-elle en essayant vainement de regarder derrière lui. Que se passe-t-il, Rylan ? Je reste sans nouvelles de toi pendant huit ou neuf ans…

— Huit, précisa-t-il.

— Soit : huit. Et puis tu m'appelles au secours ? Ta maison ne brûle pas et tu ne me laisses pas entrer. Je vois mal ce que je fais là.

Il grommela quelque chose qu'elle ne comprit pas, puis répondit :

— C'est plus dur que je ne le croyais.

— Quoi donc, Rylan ? Pourquoi m'as-tu appelée ? insista-t-elle en commençant à s'impatienter. As-tu acheté cette maison ?

Elle espéra que Mme Parker allait bien. La veuve avait déménagé six mois plus tôt pour se rapprocher de sa fille, qui vivait à San Antonio.

— C'est en cours, répondit-il. Ça fait plaisir de te voir, Amber.

Il tira un peu plus la porte contre lui. Avec les muscles qu'il avait gagnés ces dernières années, il lui était facile de bloquer complètement le champ visuel d'Amber.

Celle-ci planta un poing sur sa hanche.

— Que se passe-t-il donc de si important que mon foin doive attendre ? grommela-t-elle.

Un bébé cria.

— Entre et vois par toi-même, répondit-il avec un air perdu.

— Qu'as-tu donc fait, Rylan Anderson ? s'écria-t-elle.

Elle franchit la porte et se figea, bouche bée. Il y avait un bébé couché par terre, sur une couverture, entouré de coussins de canapé.

— Est-ce le tien ? finit-elle par demander.

— Je ne sais pas, répondit Rylan.

— Comment ça, tu ne sais pas ?

Certes, elle avait une idée générale de ce que cela pouvait signifier, mais comment cela avait-il pu se produire ? Comment pouvait-il ne pas savoir s'il était le père de ce bébé ?

— Un inconnu a frappé à ma porte et m'a donné cette petite fille, répondit Rylan en regardant, désemparé, l'enfant qui s'était rendormie.

— Où est sa mère ? demanda Amber après avoir balayé la pièce du regard.

— C'est une très bonne question, dit Rylan avec un mélange de frustration et de désespoir.

— Comment cela a-t-il pu se produire ? balbutia Amber en s'approchant de la fillette.

Celle-ci ne devait avoir que quelques mois. Grâce aux enfants de ses frères, Amber s'y connaissait un peu en bébés. Alors qu'elle contemplait le petit ange endormi, son cœur se serra, et il lui devint difficile de respirer. Elle ne pourrait plus jamais regarder un bébé aussi petit sans se souvenir de celui qu'elle avait perdu... Et elle n'était toujours pas capable d'y penser sans avoir l'impression que le monde s'effondrait autour d'elle. Elle reporta son attention sur son ancien ami.

Rylan la regardait comme s'il lui avait poussé des antennes.

— Ça va, grommela-t-elle. Je ne suis pas si naïve. Je sais *comment* ça s'est produit. Je voulais juste comprendre... Laisse tomber. As-tu du café ?

Elle aurait besoin d'une bonne dose de caféine pour y voir clair. Elle retira son manteau. Rylan s'empressa de le lui prendre et le posa dans un fauteuil, près de la porte.

— Je viens d'en préparer, répondit-il. Je vais...

— Non, j'y vais, proposa-t-elle. Reste ici, au cas où elle se réveillerait.

Amber s'enfuit dans la cuisine pour ne pas avoir à expliquer pourquoi elle avait les larmes aux yeux.

Elle repéra tout de suite la cafetière, placée près de l'évier, mais elle dut ouvrir plusieurs placards avant de trouver des tasses. Il y avait une pile de cartons dans un coin.

— Tu en veux un ? lança-t-elle à Rylan.

— Oui, s'il te plaît.

Amber s'essuya les yeux, remplit deux tasses et les emporta dans le salon.

— Tiens, dit-elle en en tendant une à Rylan.

Elle but une gorgée de café, puis s'installa par terre près du bébé.

— Viens ici, s'il te plaît, dit-elle.

Rylan s'approcha et s'assit en face d'elle.

— Je sais que tu t'es déjà mis dans des situations délicates, mais ça ? chuchota Amber. Tu ne sais pas si tu es le père de cette petite fille ?

— C'est la première fois que je pose les yeux sur elle, répondit-il. Je ne savais pas qu'elle existait jusqu'à ce que quelqu'un frappe à ma porte, l'air paniqué, me demande de la tenir et s'enfuie en courant. Elle pleurait, et je n'ai pas su quoi faire. L'homme a dit que c'était sa mère qui lui avait demandé de me la confier, que j'étais son père, puis il s'est excusé et il est parti sans que je puisse le retenir.

Amber baissa les yeux vers la fillette endormie. Elle avait les boucles brunes de Rylan, ce qui ne prouvait rien. Il semblait juste *possible* qu'elle soit sa fille. L'idée que Rylan ait un enfant fit l'effet d'un coup de poing dans l'estomac à Amber.

— Très bien, dit-elle. Tu vas acheter un test d'ADN à la pharmacie. Je crois qu'ils sont assez faciles à utiliser. Si tu es bien son père, nous passerons aux étapes administratives.

Sa suggestion ne provoqua pas la réaction qu'elle espérait.

— Sont-ils vraiment fiables, ces tests ? demanda Rylan, l'air encore plus perdu. Je dois retrouver la mère, mais je ne peux pas si je ne sais pas qui c'est.

— Combien de femmes as-tu fréquentées ? demanda-t-elle avant de s'empresser de lever la main. Non ! Ne réponds pas. Ça ne me regarde pas.

— C'est une situation compliquée, mais je ne suis pas un salaud qui met des femmes enceintes pour les jeter ensuite, Amber, argua-t-il. Je viens juste de finir mon engagement.

Oui, j'ai fréquenté quelques femmes, mais je n'ai eu aucune relation sérieuse et j'ai toujours été prudent.

Son indignation donna envie de sourire à Amber. Rylan était séduisant, intelligent et drôle. Il aurait très bien pu jouer les play-boys.

— Je ne t'accuse de rien, je t'assure, répondit-elle en prenant conscience qu'elle avait tort de le regarder droit dans les yeux alors qu'ils étaient si près l'un de l'autre.

Rylan baissa la tête et but une gorgée de café.

— Peu importe, dit-il. Elle est là, et je ne sais pas qui elle est, d'où elle vient, ni si c'est ma fille. Je n'arrive pas non plus à imaginer qu'il puisse s'agir d'une plaisanterie.

— L'homme qui te l'a confiée t'a-t-il donné autre chose ? demanda-t-elle.

— Un sac. Je l'ai posé là-bas, répondit Rylan en indiquant le coin du canapé.

— L'as-tu fouillé ?

Il secoua la tête.

Amber alla chercher le sac, en inspecta toutes les poches et soupira.

— Je ne vois rien.

Alors elle s'aperçut qu'un prénom était brodé en petits caractères sur la poche de devant. *Brooklyn*. Elle le montra à Rylan.

— Ce sac peut avoir été emprunté à quelqu'un, mais on n'a qu'à l'appeler Brooklyn pour le moment, suggéra-t-elle.

— C'est un début, lui accorda-t-il.

— Et les réseaux sociaux ? demanda-t-elle. Si tu as fréquenté la mère de ce bébé, vous deviez avoir différents contacts…

Discuter de la vie sexuelle de Rylan était très loin de ce qu'elle avait envisagé de faire après les fêtes. Elle refoula la jalousie qui la gagnait. Un homme aussi charmant avait forcément une vie sexuelle. Elle n'avait pas le droit de juger. Elle aussi avait eu une vie sexuelle, d'ailleurs. La seule différence était qu'ils parlaient de celle de Rylan pour le moment.

— Je ne m'intéresse pas vraiment à ces choses, répondit Rylan, qui avait retrouvé son air désemparé. Mais, Amber… Si j'ai bien un enfant, comment est-il possible que je ne le sache pas ?

2

Rylan ne s'attendait pas à ce que revoir Amber lui fasse l'effet d'un coup de poing dans la mâchoire. Ce fut le cas. Quand il l'avait appelée au secours, il savait juste qu'il était dépassé par la situation et qu'il avait besoin d'un point de vue féminin. Son esprit s'était immédiatement tourné vers Amber. Il s'était dit que c'était parce qu'il était sorti avec la plupart des filles qu'il avait connues au lycée et qu'Amber lui semblait sans risque. Il faillit éclater de rire. Amber Kent. Sans risque.

La cadette de la famille Kent n'était que feux d'artifice et tentation. Elle était toujours aussi belle. Non : elle était encore plus belle qu'avant – ce qui n'était pas bon pour le cœur de Rylan.

Ses cheveux, de la couleur de la cannelle, étaient tressés. Quelques mèches, qui s'étaient échappées de la tresse, encadraient son visage en forme de cœur. Elle avait des yeux cuivrés, des lèvres roses et une peau laiteuse. Elle devait mesurer environ un mètre soixante-dix et elle avait des jambes interminables. Ses hanches étaient plus marquées que dans son souvenir, ce qui la rendait encore plus sexy – mais il savait qu'il ne devait pas laisser ces pensées improductives occuper son esprit.

Par ailleurs, Amber était bien plus qu'une belle femme.

Pendant leur adolescence, il avait d'abord été attiré par son intelligence et son humour. Elle avait traversé ces années avec une facilité stupéfiante. Pas lui. Il s'était laissé gagner par la colère, ce qui l'avait incité à fréquenter les mauvaises personnes et à se brouiller avec son meilleur ami – mais ce n'était pas non plus le moment de sombrer dans la honte et les regrets.

— Je ne vois vraiment pas qui peut être la mère, dit-il.

C'était très embarrassant, mais il n'en avait pas la moindre idée. Il n'avait pas non plus d'excuses.

— Ce bébé a l'air d'avoir dans les trois mois, déclara Amber.

— Comment le sais-tu ?

Il aurait été incapable de le deviner.

— On a eu un baby-boom au ranch.

Elle le regarda comme si elle venait juste de se rendre compte qu'il n'avait pas suivi la vie de sa famille.

— Ne me pose pas de questions, ajouta-t-elle.

Il jeta un coup d'œil discret à sa main gauche et fut soulagé de ne pas voir d'alliance alors que rien ne l'y autorisait.

— Je n'en avais pas l'intention, répondit-il.

— Tant mieux. Alors, où étais-tu il y a environ douze mois ?

Rylan baissa les yeux et se gratta le menton.

— Il y a un week-end dont je me souviens mal, répondit-il. Je devais avoir trop bu.

— Personne ne boit au point de ne pas se rappeler où il était ni avec qui, protesta Amber.

Il se concentra sur le week-end en question, mais rien ne lui vint.

— Pour être honnête, j'avais pris l'habitude de boire et ça m'a attiré beaucoup d'ennuis, avoua-t-il. J'ai arrêté.

Mais, même quand je buvais, je n'ai jamais été assez désinvolte pour...

Il laissa sa phrase en suspens et montra le bébé.

— C'est bon à savoir, répondit Amber. Cette petite fille n'est sans doute pas la tienne. C'est sûrement un malentendu.

Amber tira un bout de papier du sac.

— Je n'avais pas vu ça, dit-elle.

— Qu'est-ce que c'est ?

— Un mot. De la mère, peut-être ?

La culpabilité gagna Rylan. Il se souvint qu'il s'était réveillé dans une chambre d'hôtel, ce week-end-là. Il était seul, mais il avait eu l'impression qu'il y avait eu une femme avec lui pendant la nuit. Ses souvenirs, complètement brumeux, ressemblaient plus à un rêve qu'à la réalité. Il s'était senti vaseux pendant plusieurs jours, après cela, sans doute parce qu'il avait trop bu d'un coup après plusieurs années de sobriété.

— Le mot n'est pas signé, dit Amber. Mais il t'est adressé et la petite fille s'appelle bien Brooklyn.

Rylan continua à s'interroger sur ce week-end. Était-ce un an plus tôt ? Il lui semblait que c'était plus ancien. Quelles étaient les chances pour que les dates coïncident ? Elles devaient être minces...

— Le mot dit-il autre chose ? demanda-t-il.

— C'est tout, répondit Amber en haussant les épaules. Au moins, on connaît le nom du bébé.

— Il faut que j'appelle Zach, dit-il.

Zach, le shérif de Jacobstown, était aussi le cousin d'Amber.

— Que peut-il faire ? demanda-t-elle.

— Je ne sais pas. Prévenir les services sociaux ? répondit-il sans conviction. Retrouver la mère du bébé ?

— Et si c'était ta fille ? s'écria Amber. L'abandonnerais-tu ?

Rylan la trouva encore plus belle en colère.

— Bien sûr que non, répondit-il sincèrement.

Rylan avait lui-même été abandonné par son père. Quand il était petit, sa mère lui avait dit que celui-ci était parti camper. Rylan n'avait compris que plus tard que l'homme qui lui avait donné la vie avait quitté femme et enfant sans aucun scrupule. Rylan n'avait pas un seul souvenir de lui.

Sa mère avait cumulé deux emplois, parfois trois, pour payer les factures. Rylan l'aimait et la respectait, mais il ne la connaissait pas vraiment. Elle était toujours en train de travailler pour assurer leur survie. Rylan était au lycée quand elle était tombée malade. Après sa mort, il s'était rebellé et avait perdu le contrôle de ses émotions. Alors il y avait eu la nuit qu'il n'oublierait jamais.

Quand il s'était engagé, les Marines, puis ses camarades des SEAL, étaient devenus sa seule famille. Pourtant, il n'avait jamais vraiment réussi à effacer Jacobstown de sa mémoire.

À la fin de son engagement, comme il n'avait pas l'intention de passer sa vie entière dans l'armée, il était retourné là où il avait grandi, sauf qu'il ne reconnaissait plus rien. Naïvement, il avait cru que le lieu de son enfance resterait figé dans le temps en son absence. Les choses ne marchaient pas comme cela. La vie continuait. Les gens grandissaient et vieillissaient.

— Tu m'écoutes ? lui lança Amber, interrompant le fil de ses pensées.

— Oui. Désolé. Que disais-tu ?

Il but une gorgée de café pour s'éclaircir les idées. Il avait passé une partie de la nuit à déballer les cartons de la cuisine, qui était presque vivable maintenant. Il avait l'intention d'abattre le mur qui la séparait du salon et de faire d'autres travaux. Après avoir rénové la maison, il se demanderait s'il voulait rester à Jacobstown ou la revendre.

— Où est ton ordinateur ? demanda Amber en posant sa tasse sur la table basse.

— Là-bas.

Il alla le chercher et s'assit à côté d'elle. Elle lui demanda de lui ouvrir le compte du réseau social dont il se servait le plus et se mit à éplucher les profils des gens – des femmes, pour la plupart – qui le suivaient.

— Ça fait beaucoup de monde, soupira-t-elle.

— J'ai beaucoup voyagé, expliqua-t-il.

— Merci d'avoir servi le pays, dit-elle avec une pointe d'admiration qui lui fit chaud au cœur.

— De rien, répondit-il par réflexe.

Il avait entendu cette phrase des dizaines de fois, mais elle lui procurait davantage de fierté dans la bouche d'Amber. Il essaya aussitôt de se convaincre qu'il ne pouvait pas se permettre de se soucier de ce qu'elle pensait de lui. Ce fut un échec.

— Très bien, dit-elle. Prenons-les dans l'ordre.

Elle lui montra des photos l'une après l'autre. Il n'avait que de vagues souvenirs de toutes ces femmes et il lui semblait n'avoir fréquenté aucune d'elles à l'époque où le bébé devait avoir été conçu.

— Ça ne sert à rien, grommela-t-il.

— Nous finirons par trouver, lui assura Amber.

C'était facile à dire… Mais tout était facile dans la vie d'Amber Kent. Elle était belle, intelligente, elle avait une famille formidable qui l'aimait et qui ne manquait pas d'argent…

— Le charme des Kent ne peut pas tout régler, plaisanta-t-il en lui donnant un petit coup d'épaule.

Il crut recevoir une décharge électrique à ce simple contact. Il venait de commettre une erreur – qu'il n'avait pas l'intention de reproduire.

Le désir que lui inspirait Amber était plus puissant que jamais, mais il n'avait pas oublié la promesse qu'il avait faite à son meilleur ami. Will Kent connaissait Rylan mieux que personne. Si Will pensait que Rylan ne devait pas sortir avec sa sœur, il avait forcément raison. Point.

Il n'était pas question que Rylan trahisse cette promesse.

— Très drôle, répliqua Amber. La chance sourit plus souvent aux gens qui portent des salopettes qu'à ceux qui n'aiment pas se salir les mains, tu sais.

— C'est vrai, répondit-il en prenant sa main pour lui montrer ses ongles parfaitement manucurés.

— Ce n'est pas parce que je sais prendre soin de moi que je ne travaille pas, se défendit-elle.

Le bébé changea de position. Rylan retint son souffle et pria pour qu'il ne se réveille pas tout de suite. Heureusement, Amber était arrivée avant que la petite fille ne se remette à crier. Ses pleurs avaient failli briser le cœur de Rylan.

Il ne s'était jamais senti aussi inutile ni désemparé. Il devait avoir usé la moquette à force de tourner en rond en tenant la petite contre son épaule. C'était la seule chose qui semblait vaguement la calmer.

— Je sais que tu travailles dur, accorda-t-il à Amber. Je sais aussi que tu es plus intelligente que moi. Alors que faisons-nous d'elle ? Parce que je suis complètement dépassé. Je rends les armes.

— On peut appeler Zach, comme tu l'as suggéré, répondit-elle. Mon cousin viendra tout de suite – et les nouvelles circuleront vite. Tout le monde sauraque tu as peut-être un enfant et que j'étais ici.

Il comprit au regard qu'elle lui lança qu'elle se demandait s'il était prêt à l'assumer devant son frère.

— Es-tu disposé à laisser les services sociaux s'occuper d'elle le temps qu'on sache qui sont ses parents ? demanda-t-elle.

Il n'avait pas envisagé les choses sous cet angle. Jusque-là, il avait seulement voulu ne pas rester seul avec le bébé trop longtemps. Mais la question d'Amber méritait réflexion.

— Non, répondit-il. Si c'est ma fille, je veux qu'elle reste avec moi. Et je tiens à savoir qui est sa mère dans tous les cas. Je ne veux pas avoir la surprise de voir quelqu'un débarquer dans six mois pour la réclamer.

Il n'aimait pas les surprises – surtout quand l'enjeu était aussi élevé.

3

Le cousin d'Amber, Zach McWilliams, n'était pas très loin quand celle-ci l'appela pour lui demander de passer chez Rylan. Le shérif promit de venir le plus vite possible. Rylan avait l'esprit envahi de questions qui exigeaient des réponses précises et rapides. Il n'arrivait pas à imaginer comment on pouvait abandonner un bébé aussi gentil. Même quand elle avait pleuré, au début, Brooklyn l'avait fait presque timidement.

Sa délicatesse et sa fragilité éveillaient l'instinct protecteur de Rylan. Elle avait des joues rondes, d'épais cheveux bouclés et les traits les plus angéliques qu'il ait jamais vus.

Soit, il n'avait pas vu beaucoup de bébés et il n'avait pas l'intention d'en avoir un avant de stabiliser sa situation. C'était l'une des raisons pour lesquelles il espérait qu'il n'était pas le père de Brooklyn. Néanmoins, s'il devenait père un jour, il aurait de la chance d'avoir un bébé de ce genre.

On frappa à la porte, et Amber s'empressa d'aller ouvrir à Zach.

— Merci d'être venu si vite, dit-elle à son cousin en s'écartant pour le laisser passer.

— C'est bon de te revoir, répondit Zach.

Il avait l'air inquiet, ce qui était compréhensible dans ces circonstances. Au téléphone, Amber lui avait simplement demandé de venir en promettant de tout lui expliquer quand il serait là.

Celle-ci serra son cousin dans ses bras. Zach regarda Rylan et Amber, puis le bébé qui dormait paisiblement au milieu du salon et les cartons encore empilés dans tous les coins.

— Je n'ai pas fini de m'installer, expliqua Rylan, un peu embarrassé.

— J'avais entendu dire que tu étais de retour, répondit Zach. Sois le bienvenu.

Rylan le remercia. Il devait avouer qu'il redoutait un peu l'accueil que lui réserverait la famille Kent à son retour, même s'il savait que Will n'était pas du genre à répandre des rumeurs.

— Assieds-toi, proposa Amber à Zach en indiquant le canapé.

— Je suis bien debout, répondit le shérif, qui écarta un peu les jambes comme s'il se tenait prêt à tout. Alors, que se passe-t-il ?

— Un type a frappé à ma porte, répondit Rylan. Il tenait un porte-bébé avec un bébé dedans et un sac. J'ai cru qu'il s'était trompé d'adresse ou qu'il venait voir Mme Parker, l'ancienne propriétaire.

— Je sais qu'elle a déménagé à San Antonio il y a quelques mois, répondit Zach. Pour se rapprocher de sa fille, il me semble.

Le shérif tira un carnet et un crayon de sa poche et prit quelques notes.

— Oui. Comme la maison était inoccupée, j'ai proposé de la lui acheter, dit Rylan.

— Alors tu as l'intention de rester à Jacobstown ? demanda Zach.

Rylan jeta un coup d'œil discret à Amber avant de répondre :

— Pour le moment. Je pourrai toujours louer si je décide d'aller vivre en ville.

Zach hocha la tête.

— Avais-tu déjà vu ce type ? demanda-t-il.

— C'était la première fois, répondit Rylan sans hésiter. Il a demandé si j'étais Rylan Anderson. J'ai répondu oui. Son téléphone a sonné, ce qui a réveillé le bébé, qui s'est mis à pleurer. Le type m'a demandé si je pouvais tenir le porte-bébé le temps qu'il réponde. Dès que je l'ai pris, il a posé le sac à mes pieds, m'a dit que le bébé était ma fille et s'est enfui.

— L'as-tu poursuivi ? demanda Zach.

— Le temps que je pose le porte-bébé et que j'écarte le sac, l'homme avait déjà une bonne longueur d'avance. Et je n'ai pas osé laisser le bébé tout seul...

À vrai dire, Rylan n'avait pas encore digéré de s'être fait avoir aussi bêtement.

— À quoi ressemblait-il ? demanda Zach.

— C'était un blond aux yeux bleus qui mesurait autour d'un mètre quatre-vingt. Il était jeune – entre vingt et vingt-cinq ans – et mince. Il avait le physique de quelqu'un qui fait du jogging et les traits fins.

— Crois-tu pouvoir travailler avec un dessinateur pour un portrait-robot ?

Rylan acquiesça sans hésiter. La petite fille se réveilla à ce moment-là et se mit à pleurer. Rylan jeta un regard désemparé à Amber.

— Elle doit avoir faim, dit celle-ci avant de prendre le bébé dans ses bras comme si ce geste lui était parfaitement naturel. Je vais lui préparer un biberon. As-tu un micro-ondes, Rylan ?

— Oui.

Rylan essaya de reporter son attention sur Zach, mais le bébé cria plus fort dans la cuisine. Amber avait sans doute besoin d'aide.

Il la rejoignit.

— Que puis-je faire ? demanda-t-il.

À vrai dire, il avait besoin de faire quelque chose. Il ne pouvait pas laisser Amber s'occuper de tout. Il n'était pas un salaud.

Zach le suivit dans la cuisine et attendit avec la patience d'un enfant de chœur.

— Rien, répondit Amber.

Elle prépara le biberon avec une facilité déconcertante et le donna à la fillette, qui se calma aussitôt. Malgré lui, Rylan admira le naturel avec lequel Amber tenait le bébé. *Son* bébé ?

— Je ne sais pas si cette petite est ma fille, dit Rylan à Zach. Je sais que j'ai passé une nuit avec quelqu'un dont je me souviens mal, mais je ne suis même pas sûr que les dates concordent.

Zach posa quelques questions de routine auxquelles Rylan fut incapable de répondre.

— Et maintenant ? demanda Rylan, qui avait besoin de savoir ce qui arriverait à la fillette.

— C'est le moment où j'appelle les services sociaux, répondit Zach.

— Et si je disais que ce n'est pas une option ? demanda Rylan.

Amber lui jeta un bref regard.

— Le bébé pourrait aussi être gardé par l'un de ses parents, dit Zach.

— Sauf que nous ne savons pas qui sont ses parents, rappela Rylan.

Qu'il soit son père ou non, aucun enfant ne méritait d'être abandonné, songea-t-il. Être rejeté par les deux personnes qui étaient censées vous aimer le plus était un mauvais départ dans la vie. Même si Rylan n'avait jamais été un délinquant, il s'était attiré un certain nombre d'ennuis, surtout au lycée. Le mal qu'il avait fait à la famille Willow par pure stupidité était l'une des raisons de son retour. Il avait une dette immense envers eux et il était revenu avec la ferme intention de s'en acquitter.

— J'appelle les services sociaux, annonça Zach avant de quitter la pièce.

Rylan regarda la petite fille, qui semblait parfaitement heureuse dans les bras d'Amber.

Zach revint deux minutes plus tard et déclara :

— Elise Shelton viendra dès qu'elle pourra.

— Que lui arrivera-t-il ? demanda Rylan en indiquant Brooklyn d'un signe de tête.

— Elle sera placée dans une famille d'accueil jusqu'à ce qu'on établisse son identité et qu'on localise ses parents, répondit Zach.

Rylan apprécia que Zach ne parte pas du principe qu'il était le père. Mais, si c'était bien le cas, il ferait tout son possible pour que la petite se sente bien dans sa maison – dans *leur* maison.

— Est-il possible qu'elle reste ici le temps qu'on y voie plus clair ? demanda-t-il.

Il n'avait aucun droit sur cette enfant, pour le moment, mais le système comportait peut-être une faille du système dans laquelle il pouvait se glisser...

Le shérif haussa les sourcils.

— Tu serais prêt à la garder ? C'est très noble de ta part, Rylan, mais les bébés exigent beaucoup de travail. Sais-tu seulement préparer un biberon ou changer une couche ?

Rylan haussa les épaules.

— Je ne me porterais pas volontaire dans l'absolu, mais elle est là, répondit-il. Ça a dû être traumatisant pour elle d'être déposée ici et ça ne me paraît pas juste de l'envoyer ailleurs. Et si c'était ma fille ? Elle serait encore déplacée pour revenir au point de départ ?

— Tu marques un point, admit le shérif. Mais si elle n'était pas ta fille ? Si sa mère était une criminelle en fuite, par exemple ? Celle-ci peut très bien avoir relevé ton nom sur ta boîte aux lettres et choisi quelqu'un au hasard pour te raconter cette histoire...

— Raison de plus pour que je la garde, répondit Rylan. Je peux la protéger.

Il était tout à fait sérieux. Grâce à son entraînement militaire, il était parfaitement qualifié pour gérer n'importe quelle menace.

— Sais-tu t'occuper d'un bébé ? demanda encore Zach. Ne le prends pas mal, mais je peux t'assurer que ce n'est pas facile.

Rylan soutint son regard. Il savait qu'il devait bien réfléchir à sa réponse.

— Je resterai pour aider Rylan jusqu'à ce qu'on sache qui est le père, déclara Amber.

Zach tourna vivement la tête vers elle. Elle haussa les épaules pour qu'il n'aille pas s'imaginer qu'elle avait d'autres raisons d'intervenir – un faible pour Rylan, par exemple.

— Tu es sûre que c'est une bonne idée ? s'enquit le shérif ?

— Je ne tournerai pas le dos à un ami qui se retrouve dans une situation délicate, répondit-elle. À ma connaissance, Rylan ne s'est jamais occupé d'un bébé – et tu viens de rappeler à quel point c'était difficile.

Renvoyer ses arguments à son cousin marchait presque toujours quand ils étaient en désaccord. Elle savait qu'il se souciait d'elle, mais elle savait aussi ce qu'elle voulait.

— As-tu vraiment envie de voir cette petite fille changer de foyer en permanence ? ajouta-t-elle. Et Rylan a raison : il est possible que tu la ramènes ici dans quelques jours, de toute manière.

Quand Zach baissa les yeux, elle comprit qu'elle gagnait du terrain.

— Je suis sûre que tu perceras vite ce mystère, ajouta-t-elle pour le flatter un peu. Alors je retournerai m'occuper de mes affaires au ranch.

— Que se passera-t-il si on découvre que Rylan est bien le père ? demanda Zach.

— Il devra trouver une solution pour la suite le moment venu, dit-elle. En attendant, j'ai l'intention de lui donner un coup de main.

Rylan aurait besoin d'engager quelqu'un pour prendre soin de la petite. Elle connaissait quelques grands-mères de Jacobstown qui avaient du temps libre et qui n'auraient rien contre le fait de s'occuper d'un bébé. Elle pourrait suggérer des noms à Rylan. Aucune de ces femmes ne s'en sortirait toute seule, mais il serait sans doute possible d'organiser quelque chose.

— Tu as bon cœur, Amber, répondit Zach. Mais tu as beaucoup de travail au ranch…

— Je peux faire toutes les tâches administratives d'ici, le coupa-t-elle. Et les mises bas, qui exigent qu'on soit présents en permanence, n'auront lieu que dans quelques semaines. Ça me laisse un peu de temps.

Zach pouvait lui donner des conseils, mais elle était assez grande pour faire ses choix et sa décision était prise.

Vu le regard que son cousin lui jeta, il était bien conscient qu'il ne la ferait pas changer d'avis.

— Si c'est ce que tu veux..., soupira-t-il. Il ne me reste plus qu'à trouver les parents de cette petite.

— Ne vendent-ils pas des tests de paternité à la pharmacie ? demanda Amber. Sais-tu s'ils sont fiables ?

— Parfois ils marchent, parfois ils ne marchent pas, répondit Zach. C'est trop important pour laisser une part au hasard.

— Absolument, intervint Rylan en croisant les bras.

— Et le tribunal voudra un dossier solide, ajouta Zach. Je vais demander au docteur Logan de passer prélever des échantillons. Je vais aussi dire à Elise que ce n'est pas la peine qu'elle vienne. Je suis sûr qu'elle s'en réjouira, par ce temps.

Amber prit brusquement conscience que Rylan était peut-être père, ce qui lui fit un choc. Elle n'arrivait pas à l'imaginer se réveiller à 3 heures du matin pour donner un biberon ou changer une couche. Pourtant, son expression indiquait qu'il était prêt à tout pour le bien de ce bébé.

Amber songea que la mère de la petite fille pouvait apparaître un jour, et son cœur se serra. C'était absurde. Elle n'était jamais sortie avec Rylan et il n'était pas question qu'elle ait une relation avec l'ancien ami de son frère aîné – d'autant moins que personne ne voulait lui expliquer pourquoi ils s'étaient brouillés. Mais savoir tout cela ne l'empêchait pas d'être jalouse.

Était-ce parce qu'elle voulait un autre enfant ? Le bébé qu'elle avait eu avec son ex-mari était mort quelques heures après sa naissance. Cela avait failli la briser. Son mari et elle avaient divorcé juste après.

Mais si elle y réfléchissait honnêtement... Non. Elle avait trop de responsabilités au ranch.

Ses sentiments ambigus lui semblaient curieux. Plus jeune, elle ne rêvait pas d'enfants et de famille. Elle avait essayé quand même et cru que la perte de son bébé et le divorce avaient répondu définitivement à cette question.

Elle avait vu plusieurs de ses frères trouver le bonheur. Le mariage leur avait clairement fait du bien, mais elle ne se voyait pas réessayer. Et puis elle avait tant à faire... Il faudrait vraiment qu'elle tombe sur quelqu'un de spécial pour que ces désirs renaissent – et encore plus pour qu'elle assume une nouvelle grossesse.

Elle n'était même pas prête à chercher cette personne.

Pourtant, elle ne pouvait pas nier que le bébé qu'elle tenait dans ses bras – qui était peut-être la fille de Rylan – éveillait quelque chose en elle.

C'est parce que tu es trop mignonne, gamine, songea-t-elle.

Amber reporta son attention sur la conversation entre Zach et Rylan. Il était question de médecin, de tribunal et de paternité. Rylan aurait besoin de mûrir vite si ce n'était pas une erreur... Elle contempla son torse, que ses années de service avaient élargi, et songea qu'il avait sans doute déjà un peu mûri.

Amber se sentir rougir quand leurs regards se rencontrèrent. Il l'avait surprise en train d'admirer sa musculature.

Il s'approcha d'elle tandis que Zach composait un numéro – sans doute celui du Dr Logan.

— Merci d'avoir proposé de m'aider, Amber, dit-il. Tu me rends un grand service.

Elle s'empressa de lever la main pour l'empêcher de poursuivre.

— Ce n'est rien, lui assura-t-elle en ignorant les protestations de son cœur. Je ne te laisserai pas te débrouiller tout seul.

Combien de temps faudrait-il pour qu'ils obtiennent des réponses ? se demanda-t-elle avec angoisse.

4

— Je suis sûr que quelqu'un aurait pensé à m'en parler si tu avais eu un bébé, dit le Dr Logan. Alors à qui est ce petit haricot ?

Il sourit à Brooklyn, qui lui rendit son sourire. Amber fut impressionnée. Le médecin savait y faire avec les bébés !. Il rentrait de l'hôpital quand Zach l'avait appelé et avait volontiers fait un détour pour leur donner un coup de main.

Amber et sa famille connaissaient le Dr Logan depuis toujours. Ses frères et elle n'avaient jamais été soignés que par lui. C'était un homme chaleureux aux yeux verts et assez grand – même s'il était bien plus petit que Rylan. Ses cheveux grisonnaient, mais il se maintenait en forme en faisant du jogging.

Il arrivait à Amber de le voir courir quand elle se rendait en ville, tôt le matin. C'était un homme honnête, qui était toujours marié à la femme dont il était tombé amoureux au lycée et qu'il avait épousée juste après. Ils avaient eu cinq enfants. Les gens du coin disaient pour plaisanter qu'il ne leur en manquait qu'un pour égaler les Kent. Mme Logan et la mère d'Amber avaient été très proches. Le cœur d'Amber se serra. Même si elle avait perdu ses parents des années plus tôt et qu'elle aurait dû s'y faire depuis le temps, sa mère lui manquait toujours autant. Son père lui manquait aussi, bien sûr… Mais elle aurait aimé pouvoir s'appuyer sur sa mère quand elle avait perdu le bébé. Depuis que ses parents n'étaient plus là, les vacances de Noël la faisaient toujours déprimer.

— Non, ce petit ange n'est pas à moi, répondit Amber, qui était allée ouvrir la porte au médecin. On essaie de découvrir si c'est la fille de Rylan Anderson.

— J'avais entendu dire qu'il était revenu à Jacobstown, mais j'ignorais qu'il nous avait amené une famille, dit le médecin.

— Zach et Rylan sont dans la cuisine, répondit-elle. Rylan vient juste de découvrir l'existence de cette petite et il ne sait pas si c'est sa fille.

— Oh ! J'avais mal saisi la situation, désolé, s'excusa le médecin. Le grand âge, sans doute.

Son sourire rappela celui de son père à Amber. Il aurait à peu près le même âge que le médecin, à présent. Ils se ressemblaient assez – sauf que les yeux de son père étaient noisette.

— Ce n'est pas grave, répondit Amber. Merci pour votre délicatesse.

Ses émotions menaçaient de l'envahir. C'était embarrassant. Elle tenta d'en faire abstraction, essuya discrètement une larme et se concentra sur le bébé qu'elle avait dans les bras.

Elle suivit le Dr Logan dans la cuisine, surprise par l'intensité de sa réaction. Elle croyait avoir fait le deuil de ses parents depuis longtemps.

— Merci d'être venu si vite, docteur, dit Zach en tendant la main au médecin.

Le Dr Logan serra vigoureusement la main de Zach, puis celle de Rylan.

— Si tu t'asseyais ? suggéra-t-il à Amber. Ça ne prendra qu'un instant.

Il amusa Brooklyn pendant quelques secondes en lui faisant des grimaces, puis ouvrit sa sacoche et en tira un coton-tige. Il le frotta à l'intérieur de la joue de la petite fille, puis le glissa dans un sac en plastique.

Rylan faisait les cent pas derrière Amber.

Celle-ci évitait le regard de son cousin, qui affichait un air réprobateur. Elle était certaine que l'idée qu'elle passe du temps avec Rylan lui déplaisait parce qu'elle déplairait à Will.

Amber accordait à Will que Rylan avait commis quelques erreurs. Mais elle savait que son frère tenait toujours à son ancien ami, au fond de lui, même s'il refusait d'en parler. Dès que quelqu'un mentionnait Rylan, Will lui jetait un regard hostile et quittait la pièce. Elle n'avait pas la moindre idée de ce qui s'était passé entre eux. Elle avait essayé de le découvrir à plusieurs reprises, mais personne ne le savait ou ne voulait rien dire. Tel qu'elle connaissait son frère, c'était resté entre Rylan et lui. Will n'avait rien dit et Rylan s'était engagé dans l'armée.

Will était une vraie tête de mule, surtout quand il croyait avoir raison.

Le problème était qu'elle n'avait plus la moindre idée de ce que son frère ressentait pour Rylan. Ses relations avec ses frères avaient changé depuis la mort de leurs parents. D'un côté, celle-ci les avait rapprochés, de l'autre, elle avait eu des répercussions qui n'étaient pas toutes positives. Tout le monde, au ranch, avait été très occupé, ces dernières années.

Amber avait l'impression qu'ils n'avaient pas encore trouvé une nouvelle forme de normalité. Mais elle était peut-être la seule à ressentir cela. Après tout, c'était elle qui avait vécu une tragédie.

Brooklyn fit encore les yeux doux au Dr Logan, qui était décidément doué avec les bébés. Amber avait sans doute des choses à apprendre de lui.

L'idée que Rylan avait peut-être un enfant l'ébranla étrangement une fois de plus. Elle devait se ressaisir. Ils n'étaient que de vieux amis. Il avait demandé son aide, et elle avait accepté à cause de leur passé et parce qu'elle se sentait toujours mélancolique après les fêtes. C'était tout. Son corps réagissait de façon inappropriée en sa présence, mais elle savait qu'elle ne devait pas en tenir compte.

Elle devait admettre que la musculature qu'il avait gagnée à l'armée lui allait bien, mais ce n'était pas tout. Il avait changé. Ils avaient huit ans de plus et ils avaient changé tous les deux.

— Plus qu'un échantillon à prélever, dit le Dr Logan à Rylan.

Rylan devait vouloir connaître les résultats le plus vite possible – et elle aussi. Elle n'arrivait toujours pas à imaginer qu'il puisse être père… Il lui semblait trop jeune, mais il ne l'était pas. Plusieurs des frères d'Amber s'étaient mariés et avaient eu des enfants.

Elle eut l'impression de recevoir une gifle. À quel moment étaient-ils tous devenus si vieux ?

Soit, on n'était pas si vieux que cela quand on avait la vingtaine ou la trentaine… Mais depuis quand étaient-ils tous devenus assez mûrs pour avoir leur propre famille ? Elle avait l'impression qu'hier encore qu'elle courait dans les champs avec ses frères.

Le temps qu'elle cligne des yeux, tout avait changé.

— Pourrez-vous communiquer les résultats à Rylan dès que vous les aurez ? demanda-t-elle au médecin.

— Si le shérif n'y voit pas d'inconvénient, répondit le Dr Logan.

Tout le monde se tourna vers Zach.

— Ça ne me dérange pas, répondit le shérif en se passant la main dans les cheveux. Si c'était moi, j'aimerais avoir la réponse le plus vite possible. L'essentiel, c'est que le tribunal ait une preuve.

Amber lut un peu de soulagement dans le regard de Rylan.

— Merci, dit-elle.

Le médecin termina vite. Il tendit des échantillons à Zach et plaça les autres dans sa sacoche.

— Je n'aurai pas les résultats avant lundi, prévint-il. Le laboratoire est fermé pendant le week-end.

— Merci, dit Rylan avant de raccompagner le médecin à la porte.

Amber se tourna vers Zach.

— Il y a un mot dans le sac, lui précisa-t-elle.

— Alors je l'emporte, répondit-il.

Il sortit et revint deux minutes plus tard avec un sac en papier.

— Dans cette poche, précisa Amber.

Zach tira délicatement le mot du sac.

— Avec un peu de chance, on trouvera des empreintes, commenta-t-il.

— Vous trouverez au moins les miennes, répondit Amber. Désolée.

Même si cela faciliterait leurs recherches, elle n'était pas sûre de vouloir que la mère de Brooklyn soit dans le fichier de la police.

Amber eut un nouveau frisson de plaisir quand Rylan revint dans la cuisine.

— J'y vais, annonça Zach. Tenez-moi informé si vous avez des nouvelles du Dr Logan, d'accord ?

— C'est promis, répondit Amber.

Après le départ du shérif, Rylan proposa un café à Amber. Elle accepta volontiers en essayant de faire abstraction du fait qu'elle se sentait parfaitement à l'aise dans sa cuisine. Après tout, il y avait beaucoup de choses qu'elle ignorait sur Rylan – à commencer par la manière dont il avait occupé ses huit dernières années.

— Qu'as-tu fait dans l'armée ? s'enquit-elle.

Il fit rouler sa tête sur ses épaules avant de répondre :

— Pas grand-chose. J'étais plongeur.

Amber avait déjà entendu cette phrase dans la bouche d'un SEAL qu'elle connaissait. Cela signifiait qu'il ne lui dirait rien de plus. Elle balaya la pièce des yeux.

— Tu n'as pas encore fini de t'installer, alors ?

— Non, répondit-il avant de lui renvoyer la balle. Et toi ? Qu'as-tu fait depuis huit ans ?

— C'est moi qui pose les questions, riposta-t-elle.

— Pourquoi ? demanda-t-il en remplissant sa tasse.

— C'est toi qui m'as appelée à l'aide, non ?

Elle n'avait pas l'intention de parler de son passé avec qui que ce soit.

— Alors c'est comme ça que ça marche ?

— Si tu veux que je reste, le taquina-t-elle.

— Oui. C'est donc toi qui commandes.

— Pourquoi mon frère et toi vous êtes-vous brouillés ? fit-elle sans préambule.

Rylan se figea un instant, mais il se ressaisit aussitôt et remplit la deuxième tasse.

— Les gens changent, répondit-il.

— Qu'est-ce que ça veut dire ?

Elle n'avait jamais vu d'amis se tourner le dos en si peu de temps. Elle savait qu'il arrivait que les gens prennent des directions différentes dans la vie, mais cette rupture avait été brutale.

— Ce n'est pas important, répondit-il en posant les deux tasses sur la table. Ce qui est important, c'est cette petite fille. Elle est ma priorité pour le moment.

Amber berça Brooklyn, qui lui sourit. Elle était contente de pouvoir se rendre utile. Et elle n'était peut-être pas trop maladroite avec les bébés, finalement… Ceux de ses frères lui avaient fourni l'occasion de s'entraîner.

— Il y aura une vague de froid demain, annonça Rylan.

— Ça arrive à cette période de l'année, répondit-elle.

Noël n'était passé que depuis quelques semaines. C'étaient les vacances préférées d'Amber, autrefois, mais ce n'était plus le cas depuis la mort de ses parents. Elle ressentait davantage leur absence à cette période de l'année, même si elle passait de bons moments avec ses frères et leurs familles.

— Je n'ai que ce qu'il y a dans le sac, dit-il après avoir bu une gorgée de café. Elle va geler avec ce qu'elle a sur le dos.

— Ne dramatise pas, répliqua-t-elle. Tu n'auras qu'à l'envelopper dans des couvertures.

— Et si elle les repousse ? Je n'arrête pas de bouger dans mon sommeil. Et si elle était comme moi ?

Amber trouva son inquiétude émouvante.

— Commençons par déjeuner, suggéra-t-elle. On s'occupera du couchage ensuite.

Rylan se tut pendant quelques minutes. Il avait l'air inquiet et fatigué.

— Tu sais que tout va bien se passer, j'espère ? finit-elle par demander.

— Non, ça ne va pas bien se passer.

Rylan ne savait pas comment être un père. Il abîmerait sans doute irrémédiablement la petite s'il se trouvait que c'était la sienne. Une part de lui s'agrippait à l'espoir qu'il y avait eu une erreur. Ce n'était pas la faute de Brooklyn. La gamine était adorable. C'était lui, le problème.

En plus, sa mère devait être désespérée pour l'avoir confiée à quelqu'un qu'elle n'avait pas vu depuis un an et qui ne connaissait pas l'enfant. Pour ne rien arranger, il n'avait aucun souvenir de cette femme – ce qui faisait de lui un salaud.

— Dis-moi ce que tu penses, Rylan.

La voix d'Amber – à laquelle il avait pensé bien plus qu'il n'oserait l'admettre – interrompit le fil de ses pensées. Dire à son meilleur ami qu'il avait embrassé sa petite sœur avait été un désastre, surtout après les autres erreurs qu'il avait commises. Il n'en voulait pas à Will de s'être méfié de lui. Il n'avait pas mérité sa confiance.

Néanmoins, la réaction de Will l'avait fait sortir de ses gonds. Will s'était énervé. Rylan s'était senti offensé. Il était prêt à se battre contre la terre entière, à cette époque, et même contre son meilleur ami qui ne réagissait pas comme il l'avait espéré.

Mais ce n'était pas tout. Rylan jouait avec les limites et cela commençait à devenir dangereux. Will avait essayé d'intervenir pour l'empêcher de faire des choses stupides. Comment Rylan avait-il réagi à l'inquiétude de son ami ? Il lui avait dit d'aller se faire voir et il avait commis une bêtise monumentale.

— Je pense que je suis dans une sacrée merde, répondit-il sincèrement.

Il était rentré à Jacobstown pour essayer de réparer ses erreurs, et sa vie devenait infiniment plus compliquée.

— Eh bien… Ça ne sert à rien de t'apitoyer sur ton sort, répondit Amber.

Il ne put s'empêcher de sourire.

— Ce n'était pas ce que je faisais.

— Comment tu appelles ça, alors ?

Ses yeux pétillaient de malice, ce qu'il trouva sexy alors qu'il n'aurait pas dû.

Ses conversations avec Amber lui avaient manqué. Elle avait l'esprit vif et beaucoup d'humour. C'était ce qui l'avait d'abord attiré chez elle. Il avait espéré que la revoir lui permettrait d'arrêter de penser à elle. Ce plan – comme la plupart de ceux qu'il échafaudait ces derniers temps – avait lamentablement échoué.

Elle était encore plus belle depuis qu'elle avait pris des formes. Ses cheveux étaient un peu plus longs que dans son souvenir, ce qui lui allait bien.

— Où est sa mère, à ton avis ? demanda Amber, qui avait dû remarquer la manière dont il la regardait, à en juger par sa rougeur.

— C'est une excellente question.

— Il faut être vraiment désespéré pour convaincre un inconnu de déposer un ange pareil chez quelqu'un qui ne s'y attend pas…, commenta-t-elle. Quelle est la vraie raison de ton retour à Jacobstown ?

Rylan haussa les épaules. Il y en avait plusieurs et il n'était pas disposé à en parler.

— J'ai grandi ici, se contenta-t-il de répondre.

— Je pensais que tu t'installerais en ville, dit-elle.

— Fort Worth ? Non.

— Non. J'imaginais quelque chose de plus loin que Fort Worth. Austin, peut-être. Ou San Antonio. Je pensais que tu ne reviendrais pas ici.

— Austin est sympa, mais j'ai du travail ici.

Plus précisément, il avait une dette à payer. Il ne pourrait jamais s'engager dans la vie comme un homme s'il ne réparait pas les torts qu'il avait causés.

Et il avait une autre raison de rentrer à Jacobstown : il n'avait nulle part où aller.

— Tu es revenu pour un emploi ? demanda-t-elle.

— Quelque chose comme ça. Pourquoi toutes ces questions ? Tu penses que je n'aurais pas dû revenir ?

— Je n'ai pas dit ça, s'empressa-t-elle de répondre. Je suis surprise, c'est tout. Je pensais que tu avais laissé cette ville derrière toi.

— Je me suis engagé dans l'armée, pas à vivre sur Mars.

S'il était honnête, une part de lui aurait aimé ne pas revenir à Jacobstown. C'était plus difficile qu'il ne s'y attendait. Mais il ne pourrait pas aller de l'avant tant qu'il n'aurait pas corrigé son passé. Les Willow le méritaient amplement.

— Pourquoi pas ? fit-elle avec un sourire espiègle.

— Parce qu'il n'y a pas de Jacobstown sur Mars, répliqua-t-il.

— Tu disais toujours que tu avais hâte de quitter cette ville et de faire quelque chose d'important dans le monde, lui rappela-t-elle.

Elle but une gorgée de café – ce qui n'était pas facile avec un bébé sur les genoux.

— J'avais quinze ans la dernière fois que j'ai dit ça. Qu'est-ce que je savais sur la vie ?

Il se leva et marcha jusqu'à la fenêtre. Le vent était devenu assez violent pour secouer le chêne de son jardin.

— Tu avais la tête pleine de projets…, ajouta-t-elle. As-tu fini par trouver ce que tu cherchais ?

Il ne répondit pas.

Il but une gorgée de café et contempla la tempête.

— Ça ne va pas s'arranger, dehors, dit-il. Tu es sûre de vouloir rester là ?

Il tourna la tête.

— Ce n'est pas une tempête qui me fera peur, Rylan, répondit-elle en soutenant son regard.

5

— Il est important que tu prennes la marque à laquelle elle est habituée, sinon elle risque d'être malade, dit Amber en tendant une liste à Rylan. Tu réussiras à tout trouver tout seul ?

— Oui.

Sa réponse brève et crispée prouvait qu'il était tellement loin de son élément naturel qu'il ne savait pas par où commencer.

Amber ne put s'empêcher de sourire. Son cœur s'affolait dès qu'elle pensait qu'elle allait passer la nuit seule avec l'ancien SEAL. Elle reconnaissait qu'elle avait eu un faible pour le meilleur ami de son frère, quand elle était adolescente – ce dont tout le monde s'était aperçu. De plus, elle avait encore beaucoup de questions sur ce qui s'était passé entre Will et lui. D'après la conversation qu'elle avait eue avec Rylan un peu plus tôt, elle n'obtiendrait pas facilement de réponses.

— Qu'est-ce qui t'amuse ? demanda-t-il en fouillant ses poches.

— Rien, répondit-elle. Quand as-tu fait des courses pour la dernière fois ?

— Hier, grommela-t-il.

— Tes clés sont sur la table de la cuisine, si c'est ce qui

te manque, dit-elle, le sourire aux lèvres, pour le délivrer de ses recherches vaines.

— Merci, répondit Rylan sans même essayer de cacher sa frustration.

Il partit dans la cuisine, et Amber entendit ses clés cliqueter deux secondes plus tard.

— Tu es sûre que ça ira si tu restes seule avec elle ? lui lança-t-il.

— Oui.

Le fait qu'il s'inquiète pour la petite attendrit profondément Amber. Les hommes virils qui devenaient vulnérables quand il s'agissait de protéger un bébé étaient incroyablement sexy à ses yeux.

Elle se rappela à l'ordre. Brooklyn avait une mère, quelque part, qui pouvait frapper à la porte et réclamer la petite d'un instant à l'autre. Cette femme savait visiblement où il habitait.

— Où est la liste que je t'ai donnée ? demanda-t-elle quand il réapparut.

Il fouilla encore ses poches. Cette fois, il en sortit triomphalement le bout de papier chiffonné.

— Je devrais venir avec toi, dit-elle.

— Il n'y a pas de siège pour bébé dans ma jeep, tu te souviens ? répondit-il.

Elle lut un peu de soulagement dans son regard – ce qui n'aurait pas dû l'amuser.

— Très bien. Je la promènerai pendant ce temps-là, dit-elle. Un peu d'air frais lui fera du bien.

— Tu es sûre qu'il ne fait pas trop froid pour un bébé ? s'enquit-il.

— Va-t'en, Rylan. Tout se passera bien de notre côté. Je l'envelopperai dans une couverture en cas de besoin. Et appelle-moi si tu as un problème, d'accord ? J'aurai mon téléphone sur moi.

Il hocha la tête et sortit.

Amber balaya le paysage des yeux. C'était une partie de son âme, comme le ranch de sa famille. Le Texas était tout pour elle.

Rylan hésita avant de monter dans sa jeep et la regarda pendant quelques secondes.

— Tu me rends un sacré service, Amber, lui dit-il. Merci beaucoup.

— Va-t'en ! répéta-t-elle.

Comment pouvait-elle garder ses distances émotionnelles vis-à-vis de lui quand il la regardait de cette manière ? Elle avait un besoin urgent de reprendre le contrôle de ce qu'elle ressentait.

Il lui décocha un sourire dévastateur avant de monter en voiture.

Comme il faisait vraiment froid, Amber opta pour la couverture. Elle entra dans la chambre en essayant d'ignorer le plaisir que lui procurait le fait d'envahir l'espace personnel de Rylan.

— Existe-t-il une couverture qui ne t'avalera pas tout entière ? demanda-t-elle au bébé.

Brooklyn lui sourit.

— Tu es vraiment mignonne, dit Amber.

En rendant son sourire à l'enfant, elle ne put s'empêcher de penser à celui qu'elle avait perdu. Elle essuya une larme et se ressaisit. Elle ne pouvait pas se permettre de penser à lui. Cela faisait encore trop mal, même si cela s'était produit des années plus tôt.

Elle ne trouva pas d'autre couverture que celle qui était sur le lit. Comme elle ne voulait pas se servir de celle dans laquelle Rylan dormait, elle alla dans la salle de bains et chercha une serviette bien épaisse. Elle remarqua au passage que la salle de bains était d'une taille parfaite pour une personne.

En fait, même si elle avait deux chambres, cette maison était conçue pour une personne seule. Elle était complètement en désordre – ce qui était bien compréhensible, puisque Rylan emménageait – et ce n'était pas un endroit pour un bébé. L'un des murs semblait devoir être démoli prochainement. Le vieux papier de la chambre de Rylan et celui de la salle de bains se décollaient. La moquette paraissait aussi vieille que la maison. Elle avait dû être d'un joli beige, autrefois. À présent, elle était tachée et l'usure lui avait donné des plis sur lesquels on pouvait trébucher. Il n'était pas envisageable de laisser un bébé ramper sur un tel nid à microbes.

— Il est là depuis combien de temps, déjà ? demanda-t-elle à Brooklyn parce que la petite semblait aimer le son de sa voix.

Elle trouva une serviette épaisse et la renifla.

— Elle est propre, annonça-t-elle. As-tu envie d'aller te promener ?

Brooklyn enfonça un poing dans sa bouche et bava.

— Fais-tu déjà tes dents ? s'étonna Amber.

Même si trois mois était un peu jeune pour faire sa première dent, ce n'était pas impossible. Cela se produisait plutôt autour de six mois, en général. Mais Amber avait appris, en observant ses neveux et ses nièces, que chaque enfant était unique.

Sans eux, elle aurait été complètement débordée par cette situation. Elle n'avait jamais fait de baby-sitting avant que son frère Mitch et sa femme n'aient leurs jumeaux. Rea et Aaron étaient les premiers bébés Kent de la nouvelle génération. Ils avaient lancé un baby-boom auquel Amber ne comptait pas participer personnellement. Elle adorait son rôle de tante, mais elle ne se sentait pas capable de vivre une nouvelle grossesse après ce qui lui était arrivé.

En plus, elle aimait travailler à l'extérieur, dans le ranch. Elle aurait peut-être dû être une enfant gâtée, puisqu'elle était la cadette, mais elle avait hérité de la détermination de son père. Les tâches domestiques l'ennuyaient. Elle ne cuisinait que pour sa survie et pour Noël – parce que sa mère avait lourdement insisté. Lydia Kent était révolutionnaire pour sa génération. Elle estimait qu'il ne revenait pas aux femmes de faire la cuisine, et Amber était parfaitement d'accord. Elle avait obligé tous ses enfants à participer à la préparation du repas de Noël. Tout le monde s'en était plaint sur le coup et lui en était reconnaissant aujourd'hui.

Grâce à l'idéalisme et à l'entêtement de leur mère, ses frères et elle préparaient toujours un vrai festin pour Noël. Ils y consacraient toutes les soirées de la semaine qui précédait.

Et ils avaient le sourire aux lèvres dès qu'ils se retroussaient les manches. Quand leur mère était encore parmi eux, elle réglait la radio sur une chaîne qui ne diffusait que des chants de Noël. Elle dansait presque dans la cuisine. Elle avait l'habitude de dire que leur père les avait pour lui presque toute l'année, mais que Noël lui appartenait.

Amber avait refoulé ces souvenirs quand elle avait perdu sa mère. Son père, un mari dévoué, était mort quelques années après sa femme.

Sa mère était comme le phare de la famille.

Brooklyn ramena Amber à la réalité en s'agitant dans ses bras. La jeune femme mit son manteau, enveloppa le bébé dans la serviette et sortit. Elle était toujours un peu mélancolique à cette période. Ce n'était pas plus grave que cela.

Rylan vivait dans un quartier résidentiel dont toutes les maisons avaient des jardins. Amber adorait le ranch, mais elle trouva cet environnement plaisant. Les enfants devaient aimer avoir des voisins. Elle-même n'avait fréquenté que ses frères et les employés du ranch quand elle était petite. Son seul répit était sa cousine Amy, qui était aussi sa meilleure amie.

À ce propos, elle devait appeler Amy. C'était elle qui l'avait avertie du retour de Rylan à Jacobstown. Amber avait été surprise que sa cousine aborde le sujet avec prudence. Elle craignait sans doute qu'une rencontre entre Rylan et Will ne produise des étincelles.

Il y avait un terrain de jeux pour enfants à deux pâtés de maisons de chez Rylan.

— Je suis sûre que tu aimeras les terrains de jeux, dit-elle à Brooklyn, consciente de parler à quelqu'un qui ne pouvait pas lui répondre.

Elle essayait de se distraire pour ne penser ni à ses parents ni à Rylan.

Ce terrain de jeux méritait d'être rénové, songea-t-elle en grimpant les quatre marches du plus petit des toboggans. Brooklyn éclata de rire quand elle se laissa glisser. L'aire de jeux était constituée de deux toboggans, trois balançoires et une cage à écureuils. Amber se dirigea vers une balançoire en se promettant de visiter les autres terrains pour enfants de Jacobstown. S'ils étaient dans le même état, elle formerait un comité qui se chargerait d'évaluer l'urgence des réparations et de lever des fonds.

Elle devait aussi appeler le ranch pour prévenir qu'elle ne rentrerait pas ce soir. Et quelqu'un devrait venir récupérer son camion chargé de foin à un moment ou à un autre. Leur livraison habituelle avait été retardée. Ce foin leur permettrait de tenir en attendant.

— Tu aimes la balançoire, on dirait, commenta Amber, ravie de faire plaisir à la petite fille.

Elle attendait un peu des nouvelles de Rylan. Le fait qu'il ne l'appelle pas était peut-être bon signe, mais cela l'inquiétait. Comment s'en sortait-il ? Était-il trop embarrassé pour l'appeler à l'aide ? Elle savait que ses frères ne demanderaient du secours à quelqu'un que si leur voiture était en feu.

— Tu es prête à recommencer ? demanda-t-elle à Brooklyn, qui lui offrit un grand sourire.

Si le toboggan lui plaisait, la balançoire semblait être brusquement devenue le plus grand bonheur de sa vie. Amber continua à se balancer en la tenant sur ses genoux jusqu'à ce qu'elle commence à avoir mal aux bras.

— Très bien, mademoiselle. Il est temps de rentrer, annonça-t-elle.

Brooklyn aurait sans doute bientôt faim.

Comme il faisait froid, elles avaient le jardin d'enfants pour elles toutes seules. Vu la taille du quartier, il méritait peut-être aussi d'être agrandi.

Alors qu'elle repartait vers la maison de Rylan, Amber eut l'impression désagréable d'être observée. Cela devait être le jouet de son imagination...

Elle jeta quand même un coup d'œil par-dessus son épaule et pressa le pas. Il n'y avait personne dans les rues bordées de grands pins. Le vent soufflait plus fort, et Amber trouvait que la température baissait de seconde en seconde.

Alors elle aperçut quelque chose ou quelqu'un au bout de la rue. Un mauvais pressentiment la fit accélérer encore. Elle se sentirait mieux derrière une porte fermée. Malheureusement, cela supposait qu'elle aille dans la direction de cette personne, qui venait de se cacher derrière un arbre.

Elle serra le bébé plus fort. Brooklyn, qui n'avait aucune conscience du danger potentiel, babilla joyeusement.

Encore dix mètres, et elles seraient toutes les deux en sécurité chez Rylan.

La personne se remit en mouvement. À en juger par sa taille et sa musculature, c'était un homme.

Brooklyn laissa échapper un petit gémissement. Le cœur affolé, Amber lui caressa les cheveux.

Elle ne voyait plus l'homme, et ses nerfs étaient à vif. Comme la maison de Rylan était toute proche, elle se mit à courir. Brooklyn se plaignit bruyamment d'être secouée.

— Tout va bien, lui dit Amber en se forçant à ralentir.

Elle traversa la pelouse en diagonale. Elle ne pouvait pas aller très vite avec un bébé dans les bras, et Brooklyn devait ressentir son stress. Elle avait lu quelque part que les bébés étaient capables d'absorber les émotions. Elle essaya de retrouver son calme.

Il était trop tôt pour être soulagée, mais elle eut l'impression de remporter une victoire quand elle grimpa les marches du perron. Elle entendit un bruit derrière elle et se retourna.

Elle recula brusquement et se cogna le dos contre la porte. L'homme était bien trop près. Elle n'avait aucune chance d'entrer avant qu'il ne l'attrape.

Il portait un jean, un sweat-shirt à capuche, une écharpe et des lunettes de soleil. Son visage était presque entièrement dissimulé.

— Au feu ! hurla-t-elle.

Son cousin Zach lui avait expliqué que c'était ce qu'il fallait crier si l'on voulait faire réagir les gens. S'ils n'étaient pas nécessairement prêts à se porter au secours d'un inconnu, ils avaient toujours peur que les flammes ne gagnent leur propriété. Elle trouvait que c'était une vision trop pessimiste de l'humanité, mais elle n'en moquait éperdument à cet instant.

Brooklyn se mit à pleurer, et Amber pria pour que les hurlements du bébé ne couvrent pas les siens.

L'homme fit un pas vers elle en ricanant. Seuls son nez et sa bouche étaient visibles. Son haleine empestait le tabac.

— Au feu ! cria-t-elle encore.

Mais elle craignait que les voisins ne soient trop loin. Toutes les fenêtres étaient fermées à cause du froid et le vent hurlait. Que faire ? Elle supposait que l'homme voulait Brooklyn, et il n'était pas question qu'elle le laisse emporter une enfant innocente sans la défendre.

S'enfuir ne servirait à rien. Elle n'irait pas vite en portant un bébé. En plus, ce type avait dû courir derrière les maisons, pour la surprendre comme il l'avait fait, et il n'avait même pas l'air essoufflé.

Elle s'efforça de mémoriser le peu qu'elle voyait de son visage. Sa peau était très claire et ses sourcils roux. Il avait un grain de beauté sur le côté gauche du nez.

— Je n'ai rien pour vous, dit-elle avec plus d'assurance qu'elle n'en ressentait. Allez-vous-en !

Il tendit ses mains gantées vers le bébé. Il était clairement plus fort qu'elle. Elle devait agir sur-le-champ.

Elle le laissa s'approcher et lui donna un coup de genou dans les parties génitales, puis elle s'empressa de le contourner alors qu'il grimaçait et grognait.

Elle n'avait gagné que quelques secondes. Sa meilleure option était de courir jusqu'à son camion. Elle avait laissé les clés sous le siège du conducteur. Par miracle, elle réussirait peut-être à monter dans le véhicule avant que l'homme ne la rattrape. Bien sûr, conduire avec un bébé sur les genoux n'était pas idéal.

Brooklyn hurla de plus belle quand Amber dévala les

marches du perron. Celle-ci ne fit que deux pas avant que l'homme ne lui saisisse le bras. Elle essaya de lui échapper, mais il avait une poigne de fer.

Il était trop fort pour elle, et Brooklyn s'agitait tant qu'elle avait du mal à la tenir.

L'instant suivant, l'homme la retourna. Elle ne pouvait pas le laisser enlever Brooklyn. Mais elle ne pouvait pas non plus l'en empêcher...

Il la lui arracha.

Amber songea subitement qu'il aurait le même problème qu'elle : il était presque impossible de courir avec un bébé dans les bras. Elle s'agrippa au cou de l'homme. Elle avait peur de faire du mal à Brooklyn, mais qui savait ce qui lui arriverait si cet homme l'emportait ? Quel genre de personne volait des bébés ?

Alors que l'homme l'entraînait, Amber réussit à atteindre ses lunettes de soleil et les écrasa sur son visage.

Il grogna et la repoussa si brutalement qu'elle le lâcha. Tout en continuant à crier « Au feu ! » et en priant pour que quelqu'un l'entende, elle saisit le bras droit de l'homme. Après s'être encore laissé entraîner sur un mètre ou deux, elle réussit à se placer devant lui. À l'instant où elle lui reprenait Brooklyn, elle entendit un véhicule approcher. Elle jeta un coup d'œil dans la rue et vit une jeep.

Son assaillant devait l'avoir vue aussi, parce qu'il s'élança dans la direction opposée.

Les yeux emplis de larmes, Amber serra Brooklyn contre son cœur et s'assura qu'elle n'était pas blessée.

La jeep approcha à vive allure et s'arrêta net devant elle. Deux secondes plus tard, Rylan en sortait pour se lancer à la poursuite de l'agresseur, qui avait disparu derrière la maison d'un voisin.

Amber fonça dans celle de Rylan et verrouilla la porte.

Alors qu'elle tremblait comme une feuille, elle réussit à calmer Brooklyn en la berçant.

Quand celle-ci arrêta de pleurer, Amber s'accorda quelques secondes pour admettre qu'elle était secouée avant d'appeler Zach.

6

Rylan perdit de vue l'homme à la capuche à deux pâtés de maisons de chez lui. Ce type courait vite et il devait avoir un véhicule dans le coin, ce qui laissait supposer que l'attaque était préméditée.

Rylan avait du mal à contrôler sa frustration. Le gars ne lui aurait peut-être pas échappé s'il n'avait pas hésité quelques instants avant de se lancer à sa poursuite en se demandant s'il devait rester auprès d'Amber et du bébé pour les protéger.

C'était son besoin de savoir qui était la fillette qui l'avait incité à courir. L'inconnu devait avoir des informations sur elle s'il voulait l'enlever.

Rylan était fou de rage. Il n'était pas nécessaire que cette petite fille soit la sienne pour qu'il éprouve le besoin instinctif de la protéger.

Était-ce pour cela que la mère de Brooklyn la lui avait confiée ? Était-il seulement le père de l'enfant ? Ou bien une femme désespérée lui avait-elle fait remettre son bébé parce qu'elle le savait déterminé et qu'elle n'avait pas d'autre choix ?

Rylan était mal placé pour juger les actions des autres. Il avait fait bien des faux pas dans sa vie. Il était allé jusqu'à s'enfuir de Jacobstown sur un mensonge honteux auquel il avait mêlé son meilleur ami. À cause de cela, il s'était brouillé avec celui qu'il considérait comme le frère qu'il n'avait jamais eu. Will Kent n'était pas un menteur, et pourtant il avait menti pour permettre à Rylan d'échapper à la prison. Rylan était jeune et stupide, à cette époque. Il avait commis beaucoup d'erreurs parce qu'il pensait qu'il ne valait rien. Même son meilleur ami n'avait pas réussi à le convaincre du contraire.

Rylan devait admettre qu'il était buté. Juste pour prouver à son ami qu'il se trompait sur son compte, il s'était mis à boire et à traîner avec des délinquants de la ville voisine de Collinsville. Il avait fait des choses dont il avait honte. Il avait joué la carte de l'enfant abandonné, mais il savait, au fond de lui, que ce n'était pas une excuse. L'armée l'avait aidé à se délivrer de sa colère. Il avait cherché une bataille et il l'avait trouvée. Il espérait que cela avait fait de lui un homme meilleur.

Si ce bébé se trouvait être le sien, il assumerait ses responsabilités. Pour commencer, il devait trouver sa mère et comprendre la situation.

— Que s'est-il passé ? s'écria Amber en lui ouvrant la porte. J'étais terrifiée. Entre !

Rylan entra et ferma la porte derrière lui.

— Il m'a échappé, répondit-il.

— Au moins, il n'a pas eu Brooklyn, soupira Amber. J'ai appelé Zach. Il devrait arriver bientôt. L'homme portait des lunettes de soleil, une capuche et une écharpe, alors je n'ai pas bien vu son visage. Je sais qu'il a la peau pâle et des sourcils roux. Il a aussi un grain de beauté sur le côté gauche du nez. Comme je lui ai écrasé ses lunettes sur le visage, il y a peut-être un morceau de verre avec son ADN sur la pelouse. Je suis à peu près sûre de l'avoir griffé, aussi.

Ça devrait le rendre facilement reconnaissable et il y a peut-être son ADN sous mes ongles.

Rylan, plein d'admiration, la complimenta chaleureusement.

— C'était malin. Bravo, Amber. Tu as eu la meilleure réaction possible.

Il aurait dû se douter qu'elle était assez intelligente pour fournir des indices à Zach. Des griffures sur le visage étaient difficiles à cacher, et tous les policiers de Jacobstown seraient vigilants.

— Et des empreintes ? demanda-t-il.

— Zach n'en trouvera pas, répondit Amber. L'homme portait des gants.

Rylan se mit à faire les cent pas.

— Tu sais quoi ? dit-il. Après avoir fait ta déposition, tu rentreras chez toi, au ranch. Je me débrouillerai avec Brooklyn.

L'idée de passer la nuit seul avec un bébé le terrifiait, mais tant pis.

— Certainement pas ! s'écria Amber.

— Je vais chercher les courses dans la jeep, annonça-t-il pour ne pas entendre la suite.

Il pouvait être têtu quand c'était nécessaire, et la situation l'exigeait. Il n'avait jamais été question de mettre Amber en danger. Maintenant qu'il avait pris conscience de son erreur, il la corrigerait.

— Ne t'enfuis pas lâchement ! répliqua Amber. Je ne te laisserai pas seul avec elle. Sais-tu seulement changer une couche ?

— Ça ne peut pas être bien difficile, grommela-t-il. Des tas de gens savent le faire.

Amber croisa les bras.

— Ne fais pas ta tête de mule, ajouta-t-il. Quand je t'ai

appelée, je ne savais pas quels risques je te faisais courir. S'il t'arrivait quelque chose...

— Tu m'as appelée parce que tu savais que je pourrais t'aider. Comment aurais-tu pu deviner que quelqu'un essaierait d'enlever le bébé ? Puisque je ne t'abandonnerai pas alors que tu as besoin d'aide, ça ne sert à rien de se disputer. En plus, la petite m'aime bien. Je continuerai à m'occuper d'elle jusqu'à ce qu'on sache qui est sa mère et pourquoi elle a jugé bon de te la confier. Maintenant que ce problème est réglé...

Des coups frappés à la porte interrompirent la tirade d'Amber.

— Ça doit être Zach, dit Rylan en se dirigeant vers la porte avec soulagement.

Il connaissait assez bien Amber pour savoir quand il était inutile d'insister. Elle semblait encore plus déterminée que pendant son adolescence.

Rylan ouvrit la porte et invita Zach à entrer.

— Est-ce que le bébé va bien ? demanda Zach avant de franchir le seuil.

— Oui.

— Et Amber ?

— Oui.

— Assure-toi que ça reste comme ça, dit Zach sur un ton menaçant.

— Du calme, Zach, répondit Rylan en posant une main sur l'épaule du shérif. Je viens de passer cinq minutes à essayer de la convaincre de retourner au ranch. Tu penses bien que si j'avais su...

— Ce n'est pas ce que j'ai dit, lâcha le shérif.

Rylan laissa retomber son bras. Ils étaient aussi tendus l'un que l'autre – sans doute parce qu'ils pensaient tous les deux à la conversation que Rylan devrait avoir avec Will un jour ou l'autre.

Amber décrivit son assaillant à Zach du mieux qu'elle put. Son cousin prit des notes en hochant la tête de temps en temps. Elle savait qu'il faisait de gros efforts pour ne pas exprimer son inquiétude.

Il voulait sans doute la voir retourner au ranch autant que Rylan. Mais elle était déjà sous le charme de Brooklyn et elle ne pouvait pas l'abandonner alors que l'avenir de la fillette était si incertain. En plus, les Kent n'étaient pas du genre à fuir le danger. Ses frères et son cousin n'aimaient pas l'admettre dans des situations comme celle-ci, mais elle leur ressemblait. Elle aidait de son mieux ceux qui en avaient besoin. Bien sûr, le fait qu'elle soit la cadette de la famille incitait les autres à vouloir la protéger – mais elle était parfaitement capable de se défendre, puisqu'elle avait grandi avec cinq frères.

Soit, la tentative d'enlèvement lui avait mis les nerfs à vif, mais elle avait repoussé l'assaillant. Brooklyn était saine et sauve grâce à elle.

— Je lui ai écrasé ses lunettes sur la figure, dit-elle à Zach pour finir. J'espère qu'on en retrouvera un morceau sur la pelouse.

Zach se leva aussitôt. Amber le suivit avec Brooklyn dans les bras.

Le soleil s'approchait lentement de l'horizon. À cette période de l'année, cela signifiait qu'il était un peu après 17 heures.

— C'est là que ça s'est passé, dit Amber en montrant l'endroit à Zach.

Un frisson la parcourut. Les choses auraient pu tourner

bien différemment. Alors Brooklyn aurait été entre les mains de cet homme, qui ne pouvait pas la vouloir pour de bonnes raisons. S'il avait eu des intentions louables, il aurait frappé à la porte et les aurait expliquées calmement. Seul quelqu'un qui avait quelque chose à cacher essayait de prendre un enfant de force.

Amber savait qu'elle devait laisser Zach faire son travail et éviter de piétiner la scène de crime. Rylan semblait le savoir aussi. Il resta auprès d'elle, l'air furieux. Il était sans doute en colère à cause de ce qui avait failli arriver à Brooklyn, mais une part d'Amber espéra qu'il s'inquiétait aussi pour elle.

C'était une idée idiote, qu'elle rangea dans un coin de sa tête avec toutes celles qui lui venaient dès que Rylan était près d'elle. Il avait toujours eu cet effet sur elle. Non, pas toujours. Elle se souvenait qu'elle le trouvait franchement agaçant au collège. Elle avait changé d'avis au lycée. Mais alors la mère de Rylan était morte, et il s'était renfermé sur lui-même. Il avait cessé de voir ses anciens amis et – d'après les rumeurs – il s'était mis à fréquenter des délinquants de Collinsville.

De son côté, elle avait été très occupée entre ses études et le travail au ranch, pendant ces années-là, puis sa mère était tombée malade. Ses frères et elle étaient devenus orphelins quand leur père était mort à son tour, quelques années après leur mère. Même s'ils étaient adultes quand cela s'était produit, ils ne s'en étaient pas vraiment remis. S'en remettait-on jamais ?

Ils avaient d'autant plus souffert du décès de leurs parents que leur famille était très unie. Sous le choc, les uns et les autres s'étaient repliés sur les familles qu'ils construisaient. Il était acquis qu'ils se soutiendraient toujours, mais ils ne parlaient jamais de la mort de leurs parents, qui avait tout changé.

— J'ai trouvé quelque chose ! s'écria Zach.

Il alla chercher un sac en papier et des gants en caoutchouc dans sa voiture. Il retourna prudemment à l'endroit de sa découverte et s'accroupit. Il ramassa un morceau de monture de lunettes qui brilla au soleil entre ses doigts.

— Entre ça et l'ADN que tu dois avoir sous les ongles, Amber, on a sans doute ce qu'il nous faut pour l'identifier, commenta-t-il.

Amber avait suffisamment fréquenté les forces de l'ordre pour savoir qu'il était trop tôt pour se réjouir. Les échantillons seraient envoyés à un laboratoire, et il s'écoulerait peut-être des semaines avant qu'ils n'aient les résultats.

Zach examina encore un moment les environs, puis invita Rylan et elle à rentrer dans la maison. Il les rejoignit deux minutes plus tard, après avoir rangé le sac en papier dans sa voiture.

Il se tourna vers Rylan dès qu'il eut fermé la porte derrière lui.

— Tu veux bien nous laisser seuls un moment ? lui demanda-t-il.

Rylan interrogea Amber du regard.

Elle acquiesça.

— Je serai dans la cuisine, si vous avez besoin de moi, dit-il.

Il lui décocha un clin d'œil qui la fit sourire avant de quitter la pièce.

— Je n'aime pas que tu sois mêlée à cette affaire, dit Zach sans préambule tandis qu'elle s'asseyait sur le canapé. C'est trop dangereux. Je sais bien que je n'ai pas le droit de te donner d'ordres et que tu n'es pas du genre à en recevoir, mais j'aimerais quand même que tu m'écoutes, parce que je me soucie de toi.

— Je t'écoute, répondit-elle.

— Tu ne l'as pas lâchée depuis ton arrivée, n'est-ce pas ? demanda-t-il en regardant le bébé.

— Non.

Et elle n'avait aucune intention de l'abandonner ni de s'en justifier.

— Je m'en doutais, soupira Zach.

— Et alors ? répliqua-t-elle. Tu sais aussi bien que moi que je m'occuperai de cette petite fille jusqu'à ce qu'elle soit entre de bonnes mains. Elle a déjà subi beaucoup de choses. Je ne la traumatiserai pas davantage en l'abandonnant.

Elle entendit sa voix faiblir sur ces derniers mots et se l'éclaircit avant de poursuivre :

— Je sais que cette situation est inquiétante, mais cette petite n'y est pour rien. Elle s'est déjà attachée à moi, et je n'ai pas envie de laisser Rylan se débrouiller tout seul alors qu'il n'a aucune expérience des enfants.

Brooklyn posa sa tête au creux du cou d'Amber, qui lui caressa le dos.

— Et si ce type revenait ? demanda Zach. Et s'il ne revenait pas seul ? Nous ne savons pas à quoi nous avons affaire.

— C'est juste, répondit Amber. C'est pour ça que je songeais à proposer à Rylan de venir au ranch et…

— Je n'irai pas là où je ne suis pas le bienvenu, intervint Rylan en apparaissant à la porte de la cuisine.

Amber se doutait qu'il écoutait leur conversation.

— Je viens juste de t'inviter, répliqua-t-elle.

— Ce n'est pas toi le problème, dit Rylan en croisant les bras.

— Alors qui ?

— C'est entre ton frère et moi. Crois-moi quand je te dis que cette porte est close.

Il parlait d'une voix calme, et Amber se demanda quels efforts cela lui coûtait. Son frère et lui avaient été proches. Il était absurde qu'ils soient toujours brouillés.

— Je peux parler à mon frère...

— Je te le répète : ce n'est pas une option, trancha Rylan. Pouvons-nous en rester là ?

Son expression était indéchiffrable, et il pouvait être une vraie tête de mule quand il le voulait.

— Tu n'es pas partie quand je te l'ai demandé, lui rappela-t-il. J'ai respecté ta décision. Maintenant, tu devrais me rendre cette faveur.

Il marquait un point.

— On n'est peut-être pas en sécurité ici, objecta-t-elle. L'as-tu pris en considération ?

Il parut y réfléchir quelques secondes, puis il hocha la tête.

— À quoi avons-nous affaire, à ton avis ? demanda-t-il à Zach.

— Le pire scénario serait un réseau illégal d'adoption, répondit le shérif. Ceux qui ne peuvent pas adopter légalement s'en remettent à ces gens. Ils sont prêts à donner beaucoup d'argent, ce qui attire de très bons criminels dans cette branche.

— Mais j'ai empêché l'un d'eux de prendre Brooklyn grâce à l'entraînement que mes frères et toi m'avez donné, lui rappela Amber.

— Le problème, c'est qu'ils savent que vous êtes capables de vous défendre, maintenant, répondit Zach. Ils reviendront mieux préparés.

— Nous aussi, nous serons mieux préparés, répliqua-t-elle. Et...

Son cousin leva la main pour l'empêcher de poursuivre.

— Je t'accorde que tu as peut-être sauvé le bébé, tout à l'heure, dit-il. Et je suis fier de toi. Mais on ne sait pas qui elle est. Tant qu'on n'a pas le résultat du test de paternité, on n'a aucun droit légal sur elle.

Ces mots firent plus de mal à Amber qu'elle ne s'y attendait. Elle savait depuis le début qu'elle ne s'occuperait de Brooklyn que de manière provisoire. Alors pourquoi s'était-elle déjà autant attachée à la petite ?

Ce ne devait être que de l'instinct protecteur. Qui n'aurait pas voulu assurer la sécurité du bébé ? Et elle avait peut-être un peu d'instinct maternel, après tout. Elle en avait douté quand elle avait perdu son enfant quelques heures après sa naissance. Avant de tomber enceinte, elle n'avait jamais rêvé de mariage et de famille. À présent, le fait d'être une tante formidable lui suffisait.

Et elle adorait travailler au ranch, aider sa famille à constituer son héritage. Que ferait-elle si elle avait des enfants ? Se résigner à travailler moins ? Être épuisée tout le temps ? Aucune de ces options ne lui plaisait.

— Quelque chose cloche, dit Amber. Ces groupes ne s'en prennent-ils pas aux nouveau-nés d'habitude ?

— Pas forcément, répondit Zach. Les couples qui adoptent illégalement veulent des bébés, mais ça reste une menace pour les enfants jusqu'à un an, un an et demi.

Il rangea son carnet dans la poche de sa chemise et regarda Amber droit dans les yeux.

— Si tu tiens à rester ici, je ferai patrouiller le quartier, déclara-t-il.

— Merci, Zach, répondit-elle.

Cela pouvait dissuader son agresseur de faire une deuxième tentative.

— Et fais-moi confiance quand je te dis que ton frère

n'aimerait pas apprendre ce qui se passe par quelqu'un d'autre que l'un de vous, ajouta son cousin.

— Les choses peuvent s'éclaircir dès demain, quand nous aurons le résultat du test de Rylan, répondit-elle.

Quelles étaient les chances qu'il soit le père de Brooklyn, après tout ? Il ne se souvenait pas avoir fréquenté qui que ce soit au moment où elle avait été conçue.

Et puis, ce serait elle qui appellerait son frère.

De l'eau avait coulé sous les ponts. Ce qui s'était passé entre Rylan et Will ne devait plus peser très lourd. À quel point ce problème avait-il été grave ?

7

Zach était parti. Brooklyn était repue, propre et endormie. Amber s'était débarbouillée et brossé les dents – par chance, Rylan avait une brosse à dents de rechange. Ils avaient mangé les restes d'une pizza. Amber, qui se levait à 4 heures du matin pour travailler au ranch, était à bout de forces après une journée aussi mouvementée.

— As-tu quelque chose à me prêter pour dormir ? demanda-t-elle à Rylan, qui se tenait à la porte de la salle de bains avec Brooklyn dans les bras.

C'était peut-être à cause des événements de la journée, mais il avait été impossible de faire dormir Brooklyn sur un lit improvisé par terre. Ses yeux s'étaient ouverts dès qu'elle avait cessé d'être en contact avec un humain. Heureusement, elle s'était rendormie quand Amber l'avait prise dans ses bras.

C'était Rylan qui la tenait, à présent, et son air mal à l'aise amusait Amber. C'était la première fois qu'elle n'avait pas la petite dans les bras depuis qu'elle l'avait rencontrée et elle essayait d'ignorer l'impression qu'il lui manquait quelque chose.

Brooklyn était un bébé adorable. Amber ne s'autoriserait pas à examiner ses sentiments de plus près. Et c'était sans doute le baby-boom du ranch qui lui permettait de se sentir à l'aise avec la petite. Si cela s'était produit quelques années plus tôt… Amber s'interdit d'aller plus loin sur cette voie.

Les affaires de la famille ne s'étaient jamais aussi bien portées. Le fait d'avoir adopté des méthodes biologiques avait largement contribué au succès de l'élevage.

Amber reconnaissait qu'elle avait parfois l'impression qu'il lui manquait quelque chose, mais ce « quelque chose » ne pouvait pas être un bébé. Elle avait consacré beaucoup de temps à s'en convaincre. Néanmoins, elle devait admettre que le contact de Brooklyn lui faisait du bien. C'était sans doute le développement récent de la famille Kent qui l'incitait à douter de sa résolution. De toute manière, elle était sûre de ne pas survivre à une nouvelle tragédie si les choses tournaient mal.

— Je te la reprendrai quand je serai installée, dit-elle.

Elle lut une émotion dans les yeux de Rylan qu'elle aurait prise pour du désir dans d'autres circonstances. Mais c'était sûrement son imagination qui lui jouait des tours. Rylan l'avait toujours considérée comme une gamine agaçante qui les suivait, Will et lui, à la manière d'un chien perdu. Soit, se comparer à un chien perdu était peut-être exagérément dramatique.

— Suis-moi, répondit-il.

Elle essaya de ne pas accorder trop d'attention à ses fesses. Elles étaient dignes d'intérêt, c'était certain, mais ce n'était pas ce qu'elle appréciait le plus chez Rylan.

Son béguin du lycée avait des qualités ambiguës et mystérieuses. C'était un mauvais garçon particulièrement sexy qui avait bon fond. N'était-ce pas ce que voulaient toutes les filles ? Trouver un garçon de cette sorte était comme posséder un cheval doux et rapide ou rencontrer une licorne.

Amber chassait ces pensées improductives de son

esprit lorsqu'elle faillit percuter Rylan, qui venait de s'arrêter brusquement. C'étaient sans doute les émotions de la journée qui l'incitaient à s'abandonner à des rêveries d'adolescente.

Avant tout, Rylan et elle avaient été amis, même s'il était deux niveaux au-dessus d'elle au lycée.

Elle avait toujours pensé que c'était quelqu'un de bien. Il s'était engagé sur une mauvaise voie, à un moment, mais l'armée semblait l'avoir ramené sur le droit chemin.

Un homme moins généreux et moins responsable se serait débarrassé du bébé le plus vite possible. Il aurait demandé à Zach de le confier aux services sociaux. Quoi que Rylan pense de lui-même, c'était un homme droit et bon.

— Il y a des shorts dans ce tiroir et des T-shirts dans celui du dessous, dit-il en lui montrant la commode.

Le bébé était si confortablement endormi sur son épaule qu'elle trouva Rylan encore plus séduisant. Les hommes virils qui savaient se montrer tendres étaient vraiment irrésistibles.

Rylan se dirigea vers la porte et hésita quelques instants avant de quitter la chambre. Amber se sentit rougir et éprouva un trouble parfaitement déplacé en présence d'un bébé. Rylan inspira profondément avant de sortir de la pièce en fermant la porte derrière lui.

Quand Amber alla dans le salon après s'être changée, Rylan consultait son téléphone.

— Tu es sûre de ne pas vouloir dormir dans la chambre ? demanda-t-il sans la regarder.

— Absolument.

Elle n'avait aucune envie de dormir dans des draps imprégnés de son parfum masculin. Elle n'était pas stupide. Elle ne s'infligerait pas une torture pareille. Il était idiot qu'elle soit toujours aussi attirée par Rylan après toutes ces années. Et embarrassant. D'autant plus qu'il était évident qu'il la voyait encore comme une amie. Et même si ce n'était pas le cas, que se passerait-il ? Leur relation ne tiendrait jamais dans la durée. Ils étaient aussi différents que deux personnes pouvaient l'être. Elle aimait la stabilité du ranch et de sa famille, alors que Rylan semblait suffoquer dès qu'il restait un moment au même endroit. Il éprouverait le besoin de repartir dès qu'il aurait fini de rénover cette maison. De toute manière, elle n'avait pas l'intention de se remarier. Elle avait essayé à dix-huit ans et elle avait renoncé à cette option quand son mariage s'était brisé après la mort de son enfant.

Elle s'était lancée dans cette aventure parce qu'elle était jeune et amoureuse. Elle n'avait jamais été le genre de fille à rêver de mariage. D'ailleurs, si elle se remariait – ce qui lui semblait très improbable –, elle organiserait une cérémonie aussi simple que possible.

Pour être honnête, elle devait reconnaître que son mariage avait été la période la moins heureuse de sa vie. Avant cela, elle se sentait libre et l'avenir lui semblait rempli de possibilités. Quand elle était petite, ses frères les taquinaient, Amy et elle, en les traitant de chevaux sauvages. Surtout elle, parce qu'elle avait l'habitude de se faufiler dans l'écurie pour ouvrir les boxes. Son père perdait un temps fou à ramener les chevaux et la grondait chaque fois, mais elle se défendait. Rien ne pouvait l'arrêter quand elle croyait avoir raison. Elle se souvenait très bien des discours qu'elle tenait à son père. Il disait qu'il fallait briser les chevaux sauvages pour les dompter. Pas les aimer : les briser. Il lui semblait qu'il n'y avait pas de pire destin.

À ses yeux, le mariage ressemblait beaucoup au fait d'être enfermée dans un box. Elle avait accepté sur un coup de tête. Quand elle était tombée enceinte, six semaines plus tard, elle avait déjà compris que le mariage n'était pas fait pour elle. Elle avait préservé les apparences dans l'intérêt du bébé en essayant de se convaincre que c'était son destin. Quand elle avait divorcé, elle s'était juré de ne plus jamais aller à l'encontre de son instinct. Il ne se trompait presque jamais.

À présent, Amber était la seule célibataire du ranch. Même Amy était en couple. Elle sortait depuis quelques années par périodes avec Isaac, qui supervisait la sécurité du ranch Ils n'étaient vraiment pas doués pour garder leur relation secrète Et, apparemment, ils venaient de se remettre ensemble.

Rylan avait arrangé les coussins du canapé et y avait étalé une couverture.

— Tu vas user la moquette si tu continues à tourner comme ça, lui dit Amber.

— J'ai peur qu'elle se réveille si je m'arrête, répondit-il. Je n'aimerais pas que tu passes une nuit blanche parce que j'aurais fait une erreur de débutant.

— Tu veux que je la reprenne ? suggéra Amber en tendant les bras. On dirait que tu as finalement trouvé ton maître, Rylan Anderson.

Il lui tendit le bébé avec un air à la fois résigné et soulagé.

— As-tu besoin de quelque chose ? demanda-t-il.

— Non, tout ira bien, chuchota-t-elle pour ne pas réveiller Brooklyn. Éteins juste les lumières.

Rylan éteignit toutes les lampes sauf une petite, à la lumière tamisée.

— Tu vas dormir ? demanda Amber en réprimant un bâillement.

— Je ne suis pas sûr d'en être capable, répondit Rylan avant de s'asseoir dans un fauteuil.

— L'agent Perry est garé devant la maison, lui rappela-t-elle. Je suis sûre que Zach fera des patrouilles dans le quartier toute la nuit. Nous sommes dans les meilleures conditions pour prendre quelques heures de sommeil, mais on peut faire des tours de garde, si ça te rassure.

Son cousin ferait tout pour qu'il ne lui arrive rien. Il s'était toujours montré aussi protecteur que ses frères. Et il était plus tendu que jamais depuis qu'on avait découvert la première génisse mutilée, quelques semaines plus tôt.

— Je te réveillerai si je sens que je fatigue, mais j'ai l'habitude de me priver de sommeil, répondit-il.

Évidemment, songea-t-elle. Il sortait tout juste de l'armée. Il n'avait pas dû dormir au Ritz tous les soirs quand il était en mission.

Le silence s'installa. Pendant de longues minutes, on n'entendit plus que la respiration du bébé. Les idées se bousculaient dans l'esprit d'Amber. Techniquement, elle ne connaissait plus Rylan. Il ignorait tout de ce qu'elle avait vécu depuis la dernière fois qu'ils s'étaient vus et elle ne savait pas qui il était devenu.

— Pourquoi m'as-tu appelée ? finit-elle par demander.

— Tu veux une réponse sincère ?

— Si tu en as une, rétorqua-t-elle pour le taquiner.

— Je n'en sais rien. Tu étais la dernière amie que j'avais à Jacobstown et tu es la première personne qui me soit venue à l'esprit. Tu as changé…

— Toi aussi, coupa-t-elle sur un ton défensif.

— Ce n'était pas une insulte, assura-t-il. Tu es plus âgée et…

Elle l'interrompit en grognant.

— Ce que je veux dire, c'est que tu n'es plus une adolescente, se corrigea-t-il. Tu es une femme. Une belle femme.

— C'est un peu mieux, concéda-t-elle.

Il n'avait dû ajouter le compliment que pour l'apaiser, mais elle en tira quand même du plaisir.

— As-tu pensé à avoir des enfants ? s'enquit-elle.

— Non. Je suis loin d'en être là où je voudrais dans la vie et je ne veux pas faire subir ça à un enfant. Mais ce que je pense n'a pas beaucoup d'importance si le test prouve que Brooklyn est ma fille, n'est-ce pas ?

Ce n'était pas une question, et son ton ne permettait pas de douter de son intention d'assumer ses responsabilités.

Il y eut un nouveau silence. Après toutes ces années, elle aurait dû trouver bizarre d'être dans une pièce obscure avec un ami d'adolescence. Mais c'était Rylan. Elle s'était toujours sentie à l'aise avec lui. Une petite voix l'avertissait qu'elle était seule avec un inconnu, mais il lui était facile de la faire taire.

— Que ferons-nous s'il revient ? demanda-t-elle.

— Cette fois, nous serons prêts, répondit-il avec assurance.

Il avait sans doute assez d'expérience pour pouvoir se permettre d'être aussi sûr de lui.

Une fois de plus, la détermination de Rylan à protéger le bébé éveilla en elle des sentiments auxquels elle ne pouvait pas laisser libre cours.

Amber ne pouvait plus garder les yeux ouverts et elle sombra dans le sommeil. Quand elle se réveilla, elle entendit la respiration régulière de Rylan. Il avait retiré son T-shirt.

La vue de son torse nu à la faible lumière de la lampe réveilla la libido d'Amber.

Rylan ouvrit les yeux dès qu'Amber changea de position.

— Tu es réveillé, dit-elle, l'air surpris.

— Je ne dormais pas, répondit-il. Je me reposais seulement les yeux.

Il se gratta le menton, puis se passa la main dans les cheveux.

— C'est ce que disent tous les hommes que qui sont effectivement en train de dormir, répliqua Amber.

Elle éclata de rire. Elle avait un rire musical, comme sa voix d'ailleurs. Ce n'était pas le moment de se demander pourquoi il avait pensé à son rire quand un ennemi lui avait posé le canon de son fusil sur le front. Il était naturel que des souvenirs d'enfance reviennent à l'esprit de quelqu'un qui se croyait sur le point de mourir. Et Amber avait un rire merveilleux.

— Je pensais à ce que je faisais il y a douze mois, dit-il. J'étais en poste à San Antonio, et nous avons eu quelques week-ends de permission. Il nous est arrivé d'aller à Austin pour nous amuser.

L'air déçu d'Amber lui fit l'effet d'une gifle.

— Je n'ai pas bu depuis six ans et trois cent vingt-quatre jours, précisa-t-il. À part peut-être un week-end.

— Oh ! dit-elle sur un ton plein d'une compassion qu'il ne voulait pas lui inspirer. Je suis désolée. J'ignorais que tu avais un problème avec l'alcool. Je me souviens que tu buvais pas mal avant de partir, mais…

— Je suis tombé très bas, mais ça a eu un bon côté : ça m'a permis de comprendre que j'avais un problème. Un matin de gueule de bois, je me suis vu dans le miroir et j'ai pris conscience que je ne voulais pas être cet homme. Pas les week-ends, pas en permission… Plus jamais. Avant ça, j'ai fait un certain nombre de choses stupides – mais je n'ai jamais oublié de mettre un préservatif, quels que soient la femme avec laquelle j'étais et le nombre de verres que j'avais bus.

Les femmes qu'il avait fréquentées n'avaient pas eu de mauvaise surprise. Il avait toujours été parfaitement clair et s'était toujours détourné de celles qui voulaient plus qu'une nuit de plaisir.

— Je suis désolée que tu aies traversé tout ça, murmura-t-elle.

En entendant tant de sincérité dans sa voix, Rylan se rendit compte qu'il avait été très seul pendant toutes ces années.

Ce n'était pas grave. Il l'avait choisi. Mais il n'y avait jamais vraiment pensé. Ce devait être la possibilité de la paternité qui l'incitait à réfléchir sur sa vie et à se demander s'il était digne d'élever cette petite fille tout seul. Il n'était sûr que d'une chose : il n'avait pas l'intention de la laisser tomber.

Le bébé émit un petit gémissement quand Amber se redressa.

— J'ai besoin d'aller aux toilettes, dit-elle. Penses-tu pouvoir la tenir quelques minutes ?

Il hocha la tête en songeant qu'il lui faudrait sans doute la tenir bien plus que quelques minutes. Cette idée aurait dû l'angoisser. C'était un peu le cas, mais pas autant qu'il s'y attendait. Elle avait eu quelques heures pour se frayer un chemin dans sa tête.

Il ne pouvait plus revenir en arrière, à présent. Si le test confirmait qu'il était le père de Brooklyn, il l'assumerait. Il ferait en sorte qu'elle ait une enfance heureuse avec des poupées et des cours de danse, même s'il devait cumuler deux emplois pour la lui offrir. Une évidence le frappa. N'était-ce pas exactement ce que sa mère avait fait ? Il ne voulait pas que Brooklyn ne le voie presque jamais. Cela signifiait qu'il ne lui serait peut-être pas possible de rester à Jacobstown. Les emplois y étaient rares. Il aurait plus de chances d'en trouver un et serait mieux payé s'il s'installait à Fort Worth ou à Dallas.

L'idée de quitter Jacobstown le perturba plus qu'il ne s'y

attendait, mais il pourrait louer la maison, quand il aurait fini de la retaper. Cela lui ferait une source de revenu… Il s'interdit d'y réfléchir davantage. Chaque chose en son temps. Il n'avait pas besoin de savoir comment le voyage s'achèverait, il suffisait de faire les premiers pas. Cela signifiait qu'il devait être prêt à accepter le résultat du test, quel qu'il soit.

Cela signifiait aussi qu'il devait retrouver la mère du bébé et découvrir quels ennuis elle avait. Seule une femme désespérée pouvait abandonner son enfant de cette manière.

Brooklyn grimaça et poussa un petit cri. La panique gagna Rylan. Avait-elle faim ? Avait-elle besoin qu'on change sa couche ? Sans doute. Les bébés ne faisaient-ils pas leurs besoins presque en permanence ?

Par chance, Amber revint avant que Brooklyn ne se mette à pleurer pour de bon. Et elle avait préparé un biberon. Elle lui avait montré comment nourrir Brooklyn un peu plus tôt, et il s'en chargea parce qu'il avait besoin d'entraînement. La petite se calma dès qu'elle se mit à téter le biberon.

— Veux-tu que je la fasse roter ? proposa Amber quand Brooklyn eut fini.

Il acquiesça. Il y avait une émotion étrange dans les yeux d'Amber dès qu'elle regardait la fillette. Rylan n'arrivait pas à l'identifier, mais il sentait qu'elle était intense.

— Peux-tu me montrer comment la changer ? demanda-t-il en essayant de ne pas avoir l'air aussi désemparé qu'il l'était.

— C'est plus facile que tu ne le crois. Viens, répondit-elle d'un air espiègle.

Elle avait le don de transformer l'activité la plus banale en aventure.

Amber lui rendit Brooklyn, puis elle alla chercher le sac de couches et une serviette, qu'elle étala par terre.

— Pose-la sur le dos, lui dit-elle.

Il devait avoir l'air très mal à l'aise, mais il réussit à poser le bébé assez délicatement. Malheureusement, Brooklyn se mit à pleurer dès qu'il écarta ses mains. Sa tristesse lui brisa le cœur.

— Quelle bêtise ai-je faite ? s'inquiéta-t-il.

— Du calme, chérie, dit Amber en tapotant le ventre de la fillette.

Brooklyn continua à pleurer, mais elle se mit à rire quand Amber la chatouilla. Il était évident que sa voix calmait la petite. Qu'aurait-il fait sans Amber ? Il n'arriverait jamais à s'acquitter de la dette qu'il avait envers elle.

— Prends une couche, lui dit-elle.

Il obéit et s'efforça d'ignorer la vague de désir qu'il ressentit quand son bras effleura l'épaule d'Amber.

Celle-ci ouvrit la grenouillère de Brooklyn et en sortit ses petites jambes. Ses gestes étaient si fluides qu'on aurait cru que c'était facile. Elle ouvrit et referma plusieurs fois les attaches de la couche de Brooklyn pour lui montrer le procédé.

— Ouvre la tienne, dit-elle. Vois-la comme un objet à démonter. Ce n'est pas bien compliqué.

Une nouvelle vague de désir submergea Rylan quand ils se touchèrent par accident.

— Les enfants de mes frères avaient tous des couches différentes, à cet âge, reprit Amber. L'un avait besoin d'une protection anti-fuites, un autre d'un tissu spécial pour la nuit...

— Tu veux dire qu'il y en a plusieurs sortes ?

Il ne comprenait pas pourquoi.

— Assurément, répondit Amber.

Il manipula la couche pendant quelques secondes.

— Ça m'a l'air assez basique, finit-il par conclure.

— Tant qu'on n'essaie pas de la mettre à un bébé qui gigote.

Amber produisit une série de sons qui fascinèrent Brooklyn.

Cela semblait le moment idéal pour tenter l'expérience.

Retirer la couche sale fut facile. Mettre l'autre se révéla un peu plus compliqué mais, avec l'aide d'Amber, il réussit son premier changement de couche.

— A-t-elle des vêtements de rechange ? demanda Amber en prenant Brooklyn dans ses bras.

Il fouilla le sac.

— Non, juste ce qu'elle portait aujourd'hui et ce pyjama, répondit-il.

Le sac ne contenait que du lait en poudre, des couches et des lingettes – mais c'était déjà beaucoup, vu la manière dont on lui avait confié Brooklyn.

— Quelqu'un se soucie d'elle, n'est-ce pas ? demanda-t-il.

— Je l'espère, répondit Amber en rhabillant la petite.

— Qui prend le temps d'écrire un mot, de préparer un sac avec des couches et des lingettes sans y mettre des vêtements de rechange ? demanda-t-il, réfléchissant à voix haute. S'il existe plusieurs variétés de couches, comme tu viens de me l'apprendre, la mère a dû faire en sorte qu'on ait les bonnes...

— Sans doute, répondit Amber. Ça donne l'impression qu'elle a réfléchi à ses options pendant au moins quelques jours.

— Brooklyn n'est peut-être pas ma fille, dit-il. C'est peut-être juste la fille de quelqu'un que je connais.

Mais la mère devait savoir qu'il ne prendrait pas la

parole d'un inconnu pour argent comptant et qu'il ferait un test de paternité.

— Dans ce cas, la mère s'est peut-être dit qu'il faudrait quelques jours pour qu'on ait le résultat du test, que ça lui suffirait pour régler ses problèmes et qu'elle pourrait venir récupérer sa fille, suggéra Amber. Elle t'a peut-être choisi parce que tu es loyal et que tu étais le seul homme qu'elle connaissait capable de gérer une situation dangereuse.

Si cette hypothèse était juste, il y avait assez peu de chances que Brooklyn soit sa fille. D'un autre côté, il n'avait sans doute passé qu'une ou deux nuits avec la femme en question. Cela ne suffisait pas pour connaître quelqu'un. Et l'idée que cette femme était assez désespérée pour lui confier sa fille le perturbait de plus en plus.

Amber sursauta quand on frappa à la porte.

8

Amber regretta d'avoir fait peur à Brooklyn en sursautant. Elle devait essayer de mieux gérer son stress. Les bébés étaient très sensibles aux émotions des gens qui les entouraient.

— Tout va bien, princesse, murmura-t-elle.

— J'y vais, annonça Rylan.

Il récupéra une arme derrière le coussin du fauteuil dans lequel il avait passé la nuit. Le soleil était levé, mais il était encore tôt.

Les questions se bousculèrent dans l'esprit d'Amber. Était-ce la mère de Brooklyn qui venait la chercher ? Elle aurait dû s'en réjouir, mais son cœur se serra parce qu'une part d'elle ne voulait pas voir Brooklyn s'en aller si vite. L'homme qui l'avait attaquée la veille était-il revenu ? Cette idée la fit frémir. Cela signifierait que l'agent Perry avait été neutralisé – ou pire.

Mais cela pouvait aussi être de bonnes nouvelles. Zach avait-il retrouvé l'homme qui avait essayé de lui arracher Brooklyn ?

Rylan regarda par l'œil-de-bœuf.

— Une seconde, Zach ! lança-t-il.

Il alla remettre l'arme dans sa cachette avant d'ouvrir au shérif.

Amber comprit que quelque chose n'allait pas dès qu'elle vit les traits tendus de son cousin.

— Tu dois rentrer au ranch, Amber, dit Zach. On a trouvé un corps près de Rushing Creek. Une femme d'une trentaine d'années. Je peux t'y conduire si tu veux.

— C'est horrible, balbutia-t-elle alors que les pires scénarios se bousculaient dans son esprit. Est-ce que tout le monde va bien à la maison ?

— Oui, j'ai appelé tes belles-sœurs et Amy pour m'en assurer, répondit Zach avant de froncer les sourcils. Mais tu m'as fait une peur bleue. J'ai essayé de te joindre au moins dix fois.

— Mon téléphone n'a pas sonné, répondit-elle. Ma batterie doit être morte.

Elle regretta aussitôt de l'avoir formulé de cette manière, mais cela ne changeait rien à ce qui s'était passé au ranch. C'était triste et terrifiant.

— Ils se sentiraient tous mieux si tu étais là-bas, reprit Zach. Et ils aimeraient discuter des derniers événements avec toi.

Amber berça Brooklyn pour lutter contre la panique qui la gagnait. Une femme était morte. Une famille allait recevoir la pire des nouvelles et souffrir terriblement. Son cœur se serra.

— Il ne manque personne parmi les employés non plus, ajouta Zach.

Cela ne procura qu'un léger soulagement à Amber. Une femme était quand même morte.

— C'est le mode opératoire de l'Amputeur de Jacobstown, poursuivit Zach.

Elle jeta un coup d'œil à Rylan, qui avait les sourcils froncés. Il ne devait pas être au courant des dernières nouvelles de Jacobstown. C'était logique. Il s'était coupé de la famille Kent et, à la connaissance d'Amber, il n'avait eu de contact avec personne d'autre.

— Quelqu'un tue des animaux depuis quelques semaines, lui expliqua-t-elle. Il leur tranche toujours la patte gauche. Il ne s'en était pris qu'à des animaux, jusqu'ici, mais tout le monde craignait qu'il finisse par tuer des humains. Cette crainte était justifiée, apparemment.

— Je ne le savais pas, répondit Rylan d'une voix triste et pleine de compassion.

— Viens avec moi, s'il te plaît, dit-elle.

Elle ne voulait pas qu'il reste seul avec le bébé. Ce qui s'était passé entre son frère et lui des années plus tôt était secondaire dans ces circonstances. S'il le fallait, elle prendrait tout le temps nécessaire pour l'en convaincre.

— Je vais chercher ton manteau, annonça-t-il.

Amber se réjouit qu'il ne proteste pas comme elle le craignait. Ils n'avaient pas le temps. Une femme s'était fait tuer. Cela mettait Amber d'autant plus en colère que cela s'était produit sur les terres de sa famille.

Rylan alla chercher son manteau dans le placard où il l'avait rangé et l'aida à l'enfiler. Zach attendit près de la porte. Il observait attentivement la manière dont elle se comportait avec le bébé, et elle savait très bien ce qu'il pensait.

Un problème vint subitement à l'esprit d'Amber.

— On n'a pas de siège pour la petite, dit-elle.

— J'en ai emprunté un à l'agent Perry, répondit Zach. Il est en train de l'installer dans ma voiture.

Ils sortirent, et Rylan verrouilla la porte de la maison. Celle-ci se trouvait à une demi-heure de route du ranch. Comme il était encore très tôt, ils n'eurent aucun problème de circulation.

Isaac, le responsable de la sécurité, montait la garde

près du portail. Il les salua et leur ouvrit. Quand ils se garèrent devant le bâtiment principal du ranch, Amber essaya d'ouvrir les boucles du siège de Brooklyn, mais ses mains tremblaient trop. Rylan les prit dans les siennes et la regarda droit dans les yeux. Il ne dit pas un mot, mais sa présence suffit à la réconforter.

Elle inspira profondément son parfum masculin et en tira un réconfort supplémentaire.

— Vas-y, lui dit-il. Je te rejoins.

— D'accord.

Il ne pouvait pas être facile pour Rylan de revoir sa famille, et elle lui était très reconnaissante d'être venu. C'était étrange parce qu'elle n'avait passé qu'une journée avec le bébé et lui, mais elle avait déjà l'impression qu'ils faisaient aussi partie de sa famille. C'était sans doute parce que Rylan et Will avaient été inséparables jusqu'à l'été pendant lequel la mère de Rylan était morte. Alors Rylan avait cessé de venir, et Will avait eu l'air un peu perdu sans son meilleur ami. Amber avait demandé plusieurs fois à son frère pourquoi il avait abandonné Rylan au moment où celui-ci avait le plus besoin de lui, mais elle n'avait jamais obtenu la moindre explication.

Mitch, l'aîné de la famille, l'accueillit dans l'entrée. Rylan entendit un bourdonnement de conversations dans la cuisine. Il lui fit l'effet d'un ciel s'alourdissant avant l'orage.

— Les enfants sont chez moi, avec Joyce, dit Mitch en la serrant dans ses bras. Et tout le monde est là, – y compris Will.

Joyce, qui travaillait pour eux depuis une éternité, était devenue la nourrice de la famille depuis la naissance des jumeaux de Mitch – les premiers Kent de la nouvelle génération. Comme Mitch était l'aîné, il se sentait sans doute plus responsable que les autres du bien-être de toute la famille. C'était sûrement pour cela qu'il avait pris Amber à part pour lui annoncer la nouvelle quand sa femme était tombée enceinte. Il avait choisi ses mots très prudemment. Il avait bien conscience qu'elle ne s'était pas remise de la perte de son bébé. Elle avait apprécié la délicatesse de Mitch, même si elle pensait que ses frères ne devaient pas s'empêcher de vivre à cause de son deuil.

— Will sait-il où j'étais et avec qui ? demanda-t-elle à son frère.

Elle assumait pleinement ce qu'elle avait fait au cours des dernières vingt-quatre heures. Elle voulait juste savoir ce qui l'attendait.

— Oui, répondit Mitch.

— Alors, allons-y ! dit-elle après avoir inspiré profondément.

Quatre frères et trois belles-sœurs étaient assis à la grande table de la cuisine. Sept paires d'yeux se posèrent sur Amber quand elle entra dans la pièce. Elle regarda d'abord Will pour lui signifier qu'elle était prête à lui faire face. Sa femme, Kelly, était assise à côté de lui. Le couple avait vécu un enfer quand Kelly avait failli être obligée d'épouser un millionnaire.

Un autre frère d'Amber, Deacon, et sa femme Leah, étaient assis en face de Will et de Kelly. Leah avait travaillé pour la police de Fort Worth pendant un temps et elle avait été prise comme cible par un meurtrier. C'était au cours de cette enquête qu'elle avait rencontré Deacon et en était tombée amoureuse.

Le dernier couple attablé était Nate et Chelsea. Chelsea était venue vivre à Jacobstown après avoir hérité d'une tante qu'elle ne connaissait pas. Elle avait vite eu des ennuis à cause de cet héritage, et Nate les avait protégées, sa fille et elle. Ils étaient tombés amoureux et Chelsea, sa fille et sa mère, Linda, étaient venues vivre avec Nate dans l'une des maisons du ranch. Dans la fratrie, seuls Jordan et Amber étaient encore célibataires.

Mitch s'assit à côté de sa femme, Andrea, et lui prit la main. Amber fut frappée par le réconfort que ses frères et leurs épouses s'apportaient mutuellement. Elle ne s'était jamais sentie seule. Alors d'où sortait cette impression bizarre de manque qui l'assaillait tout à coup ?

Au lieu de la déception et de la colère à laquelle elle s'attendait, Amber ne lut que de l'inquiétude dans le regard de Will. Il lui offrit un sourire un peu forcé. C'était sans doute la gravité de la situation qui l'incitait à cacher sa réprobation.

Zach entra dans la pièce après elle. Tandis que tous les regards se tournaient vers lui, elle s'assit sur un tabouret du comptoir en granit. Elle ne pouvait pas se trouver dans cette cuisine à la période de Noël sans songer à la joie qui y régnait quelques années plus tôt. Il était peut-être temps qu'elle surmonte sa nostalgie. Il était si facile, dans la vie, de se concentrer sur ce qui nous manquait plutôt que d'apprécier ce qu'on avait…

— Voilà ce qu'on sait pour le moment, dit Zach en ouvrant son carnet. Je précise que ces informations ne doivent pas sortir de cette pièce.

— Ça va sans dire, répondit Mitch.

— Nous ne connaissons pas encore l'identité de la victime, commença Zach d'un air grave.

Comme il se souciait sincèrement de la sécurité des habitants de Jacobstown, ce meurtre devait beaucoup l'ébranler.

— C'est Lone Star Lonnie qui l'a trouvée ce matin, près du ruisseau, en chassant un sanglier, poursuivit-il. D'après le médecin légiste, la victime a été tuée moins de douze heures plus tôt. J'ai des agents qui passent les lieux au peigne fin et Lonnie y est toujours.

Lone Star Lonnie était le contremaître du ranch.

Cela n'aurait pas dû se produire, songea Amber en serrant les poings.

— A-t-on au moins des hypothèses concernant l'identité de la victime ? demanda-t-elle.

— Pas encore, répondit Zach. Lonnie a pris soin de garder ses distances pour ne pas contaminer la scène de crime. Mike me préviendra dès qu'il saura quelque chose.

Zach parlait de Mike Travis, le médecin légiste du comté.

Une idée horrible vint à l'esprit d'Amber. La victime était-elle la mère de Brooklyn ? Était-ce ce que craignait Rylan, qui était encore dehors avec la petite ? Le cœur d'Amber se serra davantage. Brooklyn était-elle orpheline alors qu'elle n'avait que quelques mois ?

— La ville voudra des réponses sur la victime, son meurtrier et la manière dont il l'a tuée, dit Mitch.

Celui-ci pensait toujours avec deux coups d'avance. C'était l'une des qualités qu'Amber appréciait chez lui.

— Toutes les femmes des environs regarderont par-dessus leur épaule jusqu'à ce qu'on ait attrapé le coupable, intervint Deacon.

— Je ne demande qu'à aider si je peux me rendre utile, dit Leah.

Zach la remercia.

— Mon bureau ne livrera aucune information tant que l'enquête n'aura pas sérieusement avancé, mais ça ne peut pas faire de mal de dire aux gens de verrouiller leurs portes et de garder les clés de leurs véhicules sur eux, répondit-il.

Rylan entra dans la pièce avec Brooklyn dans les bras. Son expression était si grave qu'Amber fut certaine d'avoir deviné juste et qu'il craignait, lui aussi, que la victime ne soit la mère du bébé.

— Si vous voulez bien m'excuser, dit Will avant de sortir par la porte de derrière.

Les traits de Rylan se durcirent encore. Un instant, Amber songea à suivre son frère. Will avait besoin d'air, mais il avait aussi besoin d'accepter le fait que Rylan et elle étaient amis. Certes, elle avait l'impression que ce n'était pas que de l'amitié et il lui semblait que Rylan était aussi troublé qu'elle quand ils étaient dans la même pièce, mais ce n'était pas le moment d'analyser cet aspect du problème.

Amber reporta son attention sur Will et décida qu'il valait mieux le laisser tranquille. Le pourchasser n'aiderait pas sa cause, et ils risqueraient tous les deux de dire des choses qu'ils regretteraient.

Mitch fut le premier à tendre un rameau d'olivier à Rylan.

— Sois le bienvenu, lui dit-il. Je te serrerais bien la main, mais je vois que les tiennes sont prises.

— Merci, répondit Rylan avec sincérité.

— Qui est cette adorable petite fille ? demanda Kelly, la femme de Will, après s'être présentée.

— C'est une très bonne question, répondit Rylan. Je ne suis sûr que d'une chose : elle s'appelle Brooklyn.

Il expliqua succinctement ce qui se passait depuis la veille.

Leah comprit tout de suite que la victime était peut-être la mère de Brooklyn. Après s'être présentée, elle proposa à Rylan :

— Je peux t'accompagner à la morgue, si tu veux. J'ai été policière dans une vie antérieure.

— Je te remercie, mais j'espère que ce ne sera pas nécessaire, répondit Rylan.

Amber fut émue de voir tout le monde, à part Will, l'accueillir à bras ouverts.

Andrea, puis Chelsea, se présentèrent à Rylan.

Pendant ce temps, Amber repensa à ce que Rylan lui avait dit sur sa sobriété. Même si la victime était la mère de Brooklyn, il ne serait peut-être pas capable de la reconnaître. Il semblait avoir des souvenirs si confus du week-end sur lequel il avait un doute… Il devait s'en vouloir terriblement pour cet écart. De toute évidence, il avait pris son sevrage très au sérieux.

— J'ai enregistré ta description de l'homme qui a déposé Brooklyn chez toi dans nos fichiers, dit Zach à Rylan en regardant son téléphone. Et je viens de recevoir un message de notre portraitiste. Elle peut te voir cet après-midi, si ça te convient.

Rylan acquiesça.

— Bien sûr, répondit-il. Je suis à ta disposition.

— Je suis peut-être trop optimiste, mais il est possible que la mère du bébé vienne le reprendre, non ? demanda Chelsea.

— Ce serait le meilleur scénario pour la petite, répondit Zach. Bien sûr, la mère aurait des comptes à rendre pour l'avoir abandonnée comme elle l'a fait.

— Dans tous les cas, c'est une situation compliquée, dit Rylan alors que Brooklyn commençait à s'agiter.

La petite fixait Amber, qui s'était clairement fait une amie.

Amber rencontra le regard de Mitch et y lut de la méfiance. Ses frères allaient s'inquiéter pour elle. Deacon était plus discret, mais il l'observait aussi. Amber resta impassible. Elle voulait que sa famille se soucie de la victime dans l'immédiat, pas de ce qu'elle faisait avec Rylan – en plus d'aider un ami qui se retrouvait dans une situation invraisemblable.

— Ma maison n'est pas sûre, dit Rylan quand il put enfin parler à Amber.

Tout le monde avait voulu être présenté à Brooklyn, ce qu'il comprenait. Il était le premier à admettre que c'était un bébé adorable et il appréciait la gentillesse dont la famille Kent avait fait preuve à son égard.

Le fait que Will sorte quand il était arrivé lui avait fait l'effet d'un coup de poing dans la figure. Même s'il savait bien qu'il l'avait mérité, cela l'avait fait souffrir.

Amber soupira.

— Vu ce qui vient de se passer au ranch, je pense qu'aucun endroit n'est sûr, répondit-elle. Je t'accompagne.

— J'aimerais t'en dissuader, mais je te connais trop bien pour essayer, grommela-t-il.

Son téléphone sonna. Il le sortit de sa poche et consulta l'écran.

— C'est le médecin, annonça-t-il.

Amber et lui échangèrent un regard lourd de sens. Cet appel avait le pouvoir de déterminer l'avenir de Brooklyn.

— Je la tiens, dit Amber.

La fillette parut ravie de changer de bras.

Il décrocha et s'approcha de la fenêtre. Le jardin était baigné de soleil.

— Merci de me rappeler aussi vite, docteur Logan, dit-il.

— J'ai donné un échantillon à Zach pour le tribunal et j'ai fait analyser l'autre, dit le médecin. Un ami m'a fait la faveur d'ouvrir le laboratoire pour s'en occuper tout de suite. Si j'étais à ta place, j'aimerais connaître le résultat le plus vite possible.

Le médecin s'interrompit brièvement avant d'annoncer d'une voix solennelle :

— C'est ta fille.

Ces mots auraient dû assommer Rylan. Ce ne fut pas

le cas. La petite s'était déjà frayé un chemin dans son cœur. Une part de lui était même soulagée. Il essaya de se convaincre que c'était parce qu'il était plus capable de la protéger que quelqu'un d'autre – ce qui était vrai, même si ce n'était peut-être pas la seule raison.

— Merci, docteur, répondit-il.

— J'espère que c'est la nouvelle que tu voulais entendre, ajouta le médecin.

— C'est gentil, docteur, conclut Rylan avant de raccrocher.

Il regarda par la fenêtre un long moment, le temps d'intégrer l'information, puis il se tourna vers Amber.

— C'est bien ma fille, lui dit-il.

— Comment le prends-tu ? demanda-t-elle.

— C'est une chouette gamine, répondit-il sincèrement. Elle mérite que quelqu'un se soucie d'elle. Je suis prêt à être cette personne. Bien sûr, ce n'est pas comme ça que je m'imaginais devenir père. Pour être honnête, je n'ai jamais rêvé d'avoir une femme et des enfants. Mais elle est là, maintenant. J'ai l'intention de faire de mon mieux.

— Excusez-moi, dit Zach en s'approchant derrière eux.

Rylan se retourna.

— Mon adjoint vient de m'appeler. On tient l'homme qui a déposé le bébé chez toi hier matin, annonça-t-il. Je sais ce que tu vas dire et je voudrais sûrement faire la même chose si j'étais à ta place...

— J'en doute, le coupa Rylan. Je t'accompagne à ton bureau.

— Je n'allais pas t'empêcher de venir, répondit Zach. J'ai besoin que tu l'identifies. Mais tu ne pourras pas lui parler. Je veux que tu me promettes de rester de l'autre côté du miroir et de ne pas essayer de l'intercepter dans un couloir. Si nous nous y prenons bien, nous avons une chance de trouver les parents de la petite.

— Je viens de recevoir un appel du Dr Logan, dit Rylan. Tu auras le résultat officiel bientôt : je suis le père de Brooklyn.

9

Après avoir annoncé la nouvelle, Rylan estima qu'il n'avait pas grand-chose d'autre à dire. Tous les regards étaient braqués sur lui. Il se tourna vers Amber. Il avait envie de la dissuader de l'accompagner, mais cela aurait été une perte de temps.

— Tu es prête ? lui demanda-t-il à la place.

— Oui, répondit-elle avec assurance avant de se tourner vers ses frères. Pouvons-nous vous emprunter quelques vêtements pour bébé ?

— Je vais chercher ça, dit Mitch.

— Je pars maintenant, annonça Zach. J'ai besoin de cinq minutes d'avance.

Amber prit le sac de Brooklyn et regarda les membres de sa famille comme si elle les mettait au défi de faire un commentaire. C'était l'opinion de Will que Rylan aurait aimé connaître, mais celui-ci était encore dehors, sans doute dans l'écurie. Il était toujours bon de travailler quand on avait besoin de s'éclaircir les idées et cela aidait aussi à gérer la colère – une émotion que Rylan ne connaissait que trop bien, malheureusement.

— Merci beaucoup pour votre hospitalité, dit Rylan à tout le monde.

Mitch revint avec des vêtements pour bébé, qu'il donna à Amber.

— Je vais prendre quelques affaires. Je n'en ai que pour une minute, annonça-t-elle après avoir rangé les vêtements dans le sac de Brooklyn.

Alors qu'elle quittait la pièce, Mitch posa une main sur l'épaule de Rylan.

— Je sais qu'il fallait du courage pour venir ici, lui dit-il. On t'a toujours vu comme un membre de la famille. Si tu as besoin de quoi que ce soit…

— Merci, mais je doute que tout le monde partage ton sentiment, enchaîna Rylan en indiquant la porte de derrière d'un signe de tête.

— Tu connais Will. Il a besoin d'un moment pour accepter la situation, mais il se calmera, répondit Mitch, qui semblait y croire.

— Certaines personnes ne méritent pas d'être pardonnées, dit Rylan.

— Tu te trompes : tout le monde mérite d'être pardonné, répondit Mitch avant de se pencher vers son oreille. Amber me tuerait si elle m'entendait, mais essaie d'être délicat avec elle.

Rylan laissa échapper un grognement.

— Amber peut très bien…

— Elle ne te l'a sans doute pas dit, mais elle a été mariée, le coupa Mitch.

— Amber ?

Non, elle ne lui avait pas parlé d'un mari. Pourquoi cela le blessait-il autant ?

— Ça ne s'est pas bien passé pour elle, ajouta Mitch. Il y avait un enfant…

Cela aida Rylan à comprendre pourquoi toute la famille avait regardé Amber d'un air bizarre au moment où elle avait pris Brooklyn dans ses bras. Avait-elle été mariée à un homme qui avait déjà un enfant ? S'était-elle disputée avec la mère de celui-ci ? Cela expliquerait pourquoi elle semblait méfiante envers lui.

— Vu la tête que tu fais, tu n'en savais rien, dit Mitch, les sourcils froncés.

— Non, répondit Rylan en s'efforçant d'intégrer ces informations.

— Je n'aurais pas dû t'en parler, reprit Mitch. Ce ne sont pas mes secrets. C'est juste que je n'aimerais pas la voir encore...

— Tu essaies juste de la protéger, rétorqua Rylan. Je comprends.

Amber revint dans la cuisine. Elle s'arrêta net quand elle vit que Mitch avait une main sur l'épaule de Rylan et elle planta ses poings sur ses hanches.

— Que se passe-t-il, ici ? demanda-t-elle.

— On discutait, c'est tout, répondit Rylan.

Amber grogna avant de répliquer :

— Ça, je m'en étais aperçue. Pourriez-vous me dire de quoi vous parliez ?

— On en discutera sur le trajet. As-tu pensé à prendre ton chargeur de téléphone ? demanda Rylan en espérant la distraire.

Cela fonctionna. Elle quitta la cuisine pour y revenir deux minutes plus tard.

— On est venus avec Zach, lui rappela Rylan.

Et le shérif ne les avait pas attendus.

— J'ai plusieurs véhicules. On n'aura qu'à installer un siège pour bébé dans l'un d'eux, répondit Amber en jetant des regards sévères à Mitch et à lui. De quoi parliez-vous, tout à l'heure ?

— Je donnais juste des conseils à Rylan sur les enfants, expliqua Mitch.

— Tu es sûr que c'est tout ? insista Amber.

— Je lui ai aussi demandé d'être délicat avec toi, ajouta-t-il en s'approchant de sa sœur pour poser ses mains sur ses épaules. Je lui ai dit qu'il me trouverait devant sa porte s'il te faisait du mal. Tu sais bien que mon instinct protecteur est plus fort que moi.

— Et tu sais que je suis une grande fille, Mitch, répliqua Amber. J'apprécie que tu me soutiennes, mais je suis capable de mener mes propres combats.

— J'estime peut-être que tu ne devrais plus combattre, répondit Mitch avant de la serrer dans ses bras. Je t'aime, petite sœur.

— Je le sais, soupira Amber en lui rendant son étreinte. Il faut qu'on y aille.

Rylan alla dans l'entrée avec Brooklyn dans les bras. Il voulait savoir ce qui était arrivé à Amber. Il voulait... Non : il avait besoin de savoir si cela avait un rapport avec la gravité qu'il lisait parfois dans son regard. À l'adolescence, elle n'était que joie de vivre et son cœur était plus grand que le ciel du Texas. Elle avait toujours ces qualités, mais quelque chose avait diminué la flamme qui l'animait. Cela avait-il un lien avec son ex-mari et le fait qu'on lui ait retiré un enfant ?

Il ravala la colère que cette idée lui inspira.

Leah les arrêta alors qu'ils étaient sur le point de franchir la porte.

— Et si vous laissiez la petite ici pendant que vous allez au bureau de Zach ? suggéra-t-elle. On peut s'occuper d'elle, et il y a plein d'autres enfants dans le ranch. On ne verra même pas la différence.

— Elle sera plus en sécurité avec nous, et Rylan ne sera

pas capable de se concentrer s'il n'a pas un œil sur elle, répondit Amber.

C'était vrai, et Rylan fut surpris qu'elle le comprenne aussi bien.

— Mais merci de l'avoir proposé, ajouta Amber.

— Prévenez-nous si vous changez d'avis, répondit Leah. N'importe lequel d'entre nous peut passer la chercher au bureau de Zach si ça s'éternise ou si la situation devient trop tendue.

Quand Deacon s'approcha pour enrouler un bras autour de la taille de sa femme, Rylan fut frappé par l'aura de bonheur qu'ils dégageaient.

Tandis que Rylan les remerciait chaleureusement, Amber plaça une couverture sur Brooklyn, puis ils sortirent.

— Ça s'est encore rafraîchi depuis notre arrivée, constata Amber en frissonnant.

Le ciel était chargé de gros nuages, ce qui créait une atmosphère crépusculaire.

Mitch fournit un siège pour bébé à Amber, qui le plaça à l'arrière d'une petite voiture, y installa Brooklyn et l'attacha soigneusement.

— De quoi Mitch t'a-t-il réellement parlé ? demanda-t-elle à Rylan en lui tendant les clés du véhicule.

— De certaines choses qui me donnent envie d'en savoir plus sur ton passé, admit-il avant de se mettre au volant.

Amber entra dans la voiture et ferma sa portière un peu trop brutalement.

— T'a-t-il dit que j'avais été mariée ? demanda-t-elle.

— Oui.

Il démarra et passa la marche arrière.

— Qu'a-t-il dit d'autre ? insista Amber avec un calme qui n'était peut-être pas rassurant.

Comme il était inutile de tourner autour du pot et qu'il

n'avait pas envie de lui cacher quoi que ce soit, il cracha le morceau.

— Ton mari avait-il un enfant ? demanda-t-il.

— Pas tout seul : j'ai eu un enfant, Rylan, répondit-elle. Il est mort quelques heures après sa naissance.

— Je suis désolé, balbutia-t-il, mal à l'aise. Ça ne me regarde pas. Tu n'es pas obligée d'en parler si tu n'en as pas envie.

Le cœur serré, il remit le levier de vitesse au point mort et tira le frein à main pour se tourner vers elle.

— Mitch a eu tort de m'en parler, ajouta-t-il. Il n'aurait pas dû rouvrir une vieille blessure.

— Ça fait partie du problème, répondit-elle. Je n'en parle jamais avec personne. Mes frères et leurs femmes évitent le sujet et marchent sur des œufs en ma présence. Je les comprends... Ils ont peur de me faire souffrir et ils veulent me protéger. D'après ce que j'ai pu constater, ça ne se passe pas comme ça dans toutes les familles et j'aimerais sincèrement que plus de gens aient des proches qui se soucient autant d'eux.

Elle s'interrompit et prit une grande inspiration. Des larmes roulèrent sur ses joues.

— Mais ce n'est pas le moment d'en parler, reprit-elle. On a une petite fille à l'arrière qui a besoin de toute notre attention.

— Je serai là pour toi si tu as envie d'en parler, quand tu voudras, assura-t-il.

Des dizaines de questions se bousculaient dans l'esprit de Rylan, mais ce n'était pas le moment de les poser. Perdre son bébé avait dû briser le cœur d'Amber. Ce devait être pour cela qu'il y avait parfois de la tristesse dans ses yeux quand elle regardait Brooklyn.

— Merci, Rylan, dit-elle. J'apprécie vraiment.

Quand elle tourna la tête vers lui, il effleura sa joue pour essuyer l'une de ses larmes.

— J'aimerais pouvoir dire ou faire quelque chose pour que tu aies moins mal, murmura-t-il.

— Personne ne peut me délivrer de ma douleur, répondit-elle. Cette blessure ne guérira pas. Mais tu peux faire quelque chose pour moi.

— Tout ce que tu voudras, dit-il sincèrement.

— Embrasse-moi.

— Ce n'est pas une bonne idée répondit Rylan sans conviction.

Quand elle se pencha vers lui, son parfum masculin l'enveloppa et lui fit perdre le peu de bon sens qu'il lui restait.

— Non, ce n'est pas une bonne idée, lui accorda-t-elle. Mais c'est trop tard pour moi.

Il pressa ses lèvres contre les siennes. Alors qu'elle aurait dû l'éviter à tout prix, embrasser Rylan parut absolument parfait à Amber.

Mais elle devait admettre qu'elle avait souvent pensé à l'unique fois où ils s'étaient embrassés pendant l'adolescence. Cela ne l'empêchait pas d'être réaliste. Elle savait qu'il avait bu. Elle avait senti de l'alcool dans son haleine et l'avait accusé de l'embrasser parce qu'il était ivre. Il avait éclaté de rire et lui avait répondu qu'il l'embrassait parce qu'il venait de se rendre compte qu'elle était très belle. Ce soir-là, dans l'un des appartements que le ranch mettait à la disposition des employés, il l'avait regardée comme s'il la voyait pour la première fois. Elle avait changé pendant l'été précédent. Elle avait grandi de cinq centimètres pour atteindre sa taille définitive.

Depuis que Rylan lui avait ouvert sa porte la veille, elle

avait envie de l'embrasser une nouvelle fois pour voir si ce serait aussi magique que ce soir-là.

Rylan prit son visage entre ses mains, et elle glissa ses doigts dans ses cheveux.

Elle n'avait jamais embrassé un autre homme aussi passionnément – pas même celui qu'elle avait accepté d'épouser.

Le talent avec lequel Rylan l'embrassa incita Amber à songer à tous les autres plaisirs qu'il pouvait lui procurer. Avec autant de fougue et de délicatesse, il devait être un véritable artiste entre des draps...

Brooklyn se mit à babiller à l'arrière, ce qui ramena Amber à la réalité.

Quand elle s'écarta de Rylan, il la retint quelques instants et la regarda si intensément qu'elle eut l'impression qu'il pouvait voir le fond de son âme.

— Mince alors, murmura-t-il.

Amber songea que c'était peut-être la chose la plus sexy qu'elle ait jamais entendue.

Elle pouffa et haussa un sourcil.

— Ce n'est pas une réaction à laquelle je suis habitué dans ce genre de circonstances, commenta-t-il, le sourire aux lèvres.

— Je suis sûre que tu as beaucoup d'expérience en la matière, répliqua-t-elle.

— Peut-être, mais je n'ai jamais ressenti ça.

— Mince alors, dit-elle à son tour.

Rylan la lâcha pour se mettre en route.

Elle ne lui demanda pas combien de temps il comptait rester. À partir de dix-huit ans, il avait eu l'air de trouver suffocant de rester au même endroit. Avant cela, il n'avait jamais été doué pour conserver quelque chose plus de quelques mois. C'était une sorte de cycle. Il s'achetait une moto et en raffolait pendant quelques semaines. Puis il s'en lassait et la vendait pour s'acheter un quad. Elle était certaine qu'il se lasserait de son dernier jouet et passerait à autre chose – ou à quelqu'un d'autre – tôt ou tard. Ce devait être dans la nature de certaines personnes. Ils passaient leur temps à changer de ville, de travail et de vie... Elle ferait bien de ne pas l'oublier, parce que Rylan était déjà sorti de sa vie une fois. Sauf qu'une petite voix dérangeante lui souffla qu'il était revenu à Jacobstown et que ce n'était pas *elle* qu'il avait quittée.

Avoir une fille le changerait, mais il ne s'assagirait jamais complètement. Comme sa mère n'était pas riche, il avait dû travailler pour gagner tout ce qu'il avait dépensé – mais il n'avait pas dépensé son argent intelligemment pour autant. Elle se souvint d'une fois où il avait acheté une vieille jeep et s'en était lassé avant d'avoir fini de la payer, ce qui lui avait fait perdre beaucoup d'argent. Mais ce n'était pas l'argent qui inquiétait Amber. Les adolescents n'abordaient pas les finances de la même manière que les gens qui avaient des responsabilités. C'était la vitesse à laquelle il se lassait de tout qui la dérangeait.

De gros nuages filaient dans le ciel. Amber eut un étrange mauvais pressentiment.

Heureusement, Brooklyn, qui avait le ventre plein, babillait joyeusement dans son siège. Il n'y avait personne sur la route, ce qui n'était pas surprenant pour un dimanche. La température continuait à baisser. Il ne devait plus faire que deux ou trois degrés... Il ne gelait pas, au moins, et la route était sèche.

Cela risquait d'empirer encore, mais l'un des bons côtés du Texas était que la météo y changeait rapidement. Les Texans se plaisaient à dire que, si vous n'aimiez pas le temps qu'il faisait, vous n'aviez qu'à attendre cinq minutes.

Cinq minutes ne suffiraient peut-être pas, cette fois, mais le temps s'adoucirait sans doute d'ici un jour ou deux.

Rylan jeta un coup d'œil dans le rétroviseur et jura.

Une voiture noire les suivait. Amber en mémorisa la plaque.

— Cette voiture est louche, commenta-t-elle.

— On devrait peut-être faire demi-tour et regagner le ranch, où on ne serait pas seuls, répondit Rylan.

Ils étaient à mi-chemin du bureau de Zach.

Amber envisagea d'appeler à l'aide. Elle avait suffisamment rechargé son téléphone au ranch pour passer un coup de fil. Mais qui pourrait leur porter secours à temps alors qu'ils étaient au milieu de nulle part ? Son cœur s'affola. Rylan avait sans doute raison : faire demi-tour était l'option la plus sûre. Elle observa plus attentivement le véhicule qui les suivait.

— Ça ressemble à une voiture banalisée, dit-elle.

— Que feraient des policiers en civil sur cette route de campagne ? demanda Rylan.

C'était une excellente question.

— J'aimerais le savoir, grommela-t-elle. J'ai un mauvais pressentiment. Les autres agences ne viennent quasiment jamais dans le coin, et Zach est au courant, en général. On devrait peut-être l'appeler pour vérifier.

— Bonne idée, répondit Rylan.

Amber appela son cousin, qui décrocha dès la première sonnerie.

— Il y a une voiture bizarre qui nous suit, et on est avec Brooklyn, lui dit-elle. Sais-tu s'il y a des agents fédéraux dans la région ?

— Je n'en ai pas entendu parler, répondit Zach. Mais ce n'est pas impossible si Brooklyn vient d'un autre État. À quoi ressemble le véhicule ?

Amber le décrivit.

— Quel est le numéro d'immatriculation ? demanda Zach. Je peux faire une recherche dans nos fichiers – mais je ne trouverai rien si ce sont des agents en civil.

— Ça vaut la peine d'essayer, répondit Amber avant de réciter le numéro de la plaque.

Zach se tut quelques secondes le temps d'entrer le numéro dans son moteur de recherche avant de reposer quelques questions.

— Dans quelle voiture êtes-vous ?

— Dans ma petite voiture de ville, répondit Amber.

— Es-tu armée, au cas où vous auriez des ennuis ?

Elle sortit son SIG Sauer de la boîte à gants. En général, c'étaient ses frères qui traquaient les braconniers, mais elle savait se défendre et, comme tout le monde, elle était toujours armée en dehors de la propriété. Il pouvait y avoir un coyote derrière n'importe quel buisson. Les sangliers étaient des créatures dangereuses – et rusées. Et puis il y avait les braconniers. Elle ne comptait plus les coyotes et les sangliers dont elle avait croisé le chemin. Par chance, elle n'était encore jamais tombée sur des braconniers.

— J'ai un appel de la police de la route. Il faut que je te mette en attente, annonça Zach.

— Très bien, répondit-elle.

— Je ne te demanderai pas si tu sais te servir de cette arme, dit Rylan, le sourire aux lèvres. Tu te souviens du jour où tu as fait un trou dans ma casquette préférée ?

Elle pouffa.

— Tu as eu de la chance qu'elle ne soit pas sur ta tête à ce moment-là, répliqua-t-elle.

Elle perdit son sourire lorsqu'elle vit la voiture qui les suivait s'approcher rapidement de leur pare-chocs.

— Qu'est-ce qu'on fait, maintenant ? s'écria-t-elle.

10

La voiture noire qui les suivait sortit un gyrophare. Amber pria pour que Zach reprenne la communication et leur dise ce qu'ils devaient faire.

— Si quelqu'un nous menace avec une arme, on se défend sans hésiter, dit Rylan alors qu'il se garait au bord de la route.

— Je n'aime pas ça, murmura-t-elle.

— Si la petite et toi n'étiez pas là, je serais comme un poisson dans l'eau, répondit Rylan avec un sourire dévastateur.

Amber essaya de se convaincre que ce qu'elle ressentait était un effet de l'adrénaline, pas une attirance bien réelle et croissante pour Rylan.

— Mais je ne pourrai pas tout me permettre puisque vous êtes là, ajouta-t-il.

— Je croyais que tu avais confiance dans ma capacité à me servir d'une arme à feu, répliqua-t-elle avec une moue boudeuse.

— Je veux juste dire que je ne me le pardonnerais pas s'il vous arrivait quelque chose, précisa-t-il.

Sa voix grave et musicale avait toujours fait fondre Amber. Elle était sûre qu'elle pourrait passer des journées entières à l'écouter.

Un frisson la parcourut quand il posa sa main sur la sienne. Qu'elle le veuille ou non, sa présence masculine lui faisait désirer des choses auxquelles elle aurait mieux fait de ne pas penser.

— Je peux prendre Brooklyn et courir me cacher dans les bois, proposa-t-elle. Personne ne connaît les environs mieux que moi et ça te permettrait de gérer ces types sans avoir à t'inquiéter pour nous.

La voiture noire s'était garée derrière eux, le gyrophare allumé, mais personne n'en était encore sorti. Il devait bien s'être écoulé deux minutes, à présent.

Une camionnette apparut sur la voie d'en face et s'approcha à vive allure.

— Quoi qu'il arrive, je suis contente que tu sois revenu, Rylan, dit-elle.

Elle voulait… Non : elle avait *besoin* qu'il le sache.

— Je ne suis pas encore vaincu, Kent, répliqua-t-il avec un petit sourire sexy.

Oui, il était bien dans son élément.

Un homme vêtu d'un uniforme qui semblait authentique sortit de la voiture noire.

— Je sens que quelque chose cloche, mais je n'arrive pas à mettre le doigt dessus, dit-elle.

La camionnette qui arrivait en face s'approchait en même temps que l'homme.

— Tu n'aurais pas attendu, à sa place ? demanda Rylan. Pourquoi sortir de sa voiture à un moment où un véhicule fonce vers nous ?

C'étaient de bonnes questions.

— Je suis inquiète, dit-elle. Zach n'arrête jamais une voiture sans avoir la main sur la crosse de son arme, au cas où. Je n'ai jamais vu de policier marcher comme celui-ci.

Et ne trouves-tu pas qu'il manque beaucoup de choses à sa ceinture ?

Rylan grommela un juron, tourna vivement le volant et écrasa l'accélérateur.

— Retire le cran de sûreté et prépare-toi à tirer s'il dégaine, ordonna-t-il.

Rylan fit demi-tour dans des crissements de pneus et dépassa la voiture noire.

— J'espère que tu as un plan qui n'implique pas de se faire rentrer dedans par une camionnette qui pèse bien plus lourd que ma voiture, commenta-t-elle.

Elle se prépara à l'impact et songea aussitôt à Brooklyn. Même bien attachée dans son siège, elle pouvait être blessée par le choc.

Rylan accéléra juste à temps pour éviter d'être percuté par la camionnette.

L'homme qui était sorti de la voiture noire s'empressa d'y remonter et celle-ci fit demi-tour pour se lancer à leur poursuite.

Zach reprit la communication à cet instant. Amber lui expliqua qu'ils étaient suivis par deux véhicules, puis raccrocha.

— Il a promis de nous envoyer sa patrouille la plus proche, dit-elle à Rylan. Il va aussi appeler mes frères pour le prévenir. On devrait avoir des renforts dans quelques minutes.

Rylan poussait la petite voiture à la limite de ses capacités, et sa conduite impressionna Amber. Il était vraiment doué avec un volant entre les mains. Malgré la présence de Brooklyn et la sienne, qui ne lui facilitaient pas la tâche, Rylan conduisait avec assurance.

Amber était prête à tirer, mais elle espérait qu'ils

n'auraient pas à s'engager dans une fusillade alors qu'ils avaient un bébé dans la voiture.

La route se mit à zigzaguer, et Rylan aborda les virages comme un pilote de rallye. Amber le vit se détendre après avoir jeté plusieurs coups d'œil dans le rétroviseur. Il avait semé leurs poursuivants.

— Ils ne sont plus là, dit-il. Mais j'ai une mauvaise nouvelle pour toi : tu es coincée avec moi jusqu'à ce que la situation soit éclaircie.

— On ferait bien de se cacher, répondit-elle. Mais où peut-on aller avec un bébé ?

Voyager avec un enfant n'était pas simple. Il suffisait que Brooklyn pleure au mauvais moment pour qu'ils se fassent repérer.

— Appelle Mitch, dit Rylan. Explique-lui ce qui vient de se passer. Il faut renforcer la sécurité du ranch immédiatement. Nous devons partir du principe que tout le monde est en danger.

Il avait raison.

Le coup de téléphone fut rapide. Le ranch était déjà en état d'alerte à cause du meurtre de la veille. Amber avait hâte de se retrouver dans le bureau de Zach et d'entendre ce que l'homme qui avait déposé Brooklyn chez Rylan avait à dire. Il était certainement capable de décrire la femme qui lui avait confié le bébé. Cela réveillerait peut-être la mémoire de Rylan. S'agissait-il de la victime du meurtre ?

Ils avaient très peu d'éléments pour le moment. Rylan attribuait sa perte de mémoire à l'alcool, mais Amber trouvait cette hypothèse de moins en moins vraisemblable. Elle commençait à croire qu'ils découvriraient une autre explication en cherchant bien.

— Crois-tu que les types qui nous suivaient aient

l'intention de nous tendre une embuscade sur la route du ranch ? demanda-t-elle. Ils ont pu prendre un autre chemin.

— Nous n'allons pas au ranch, répondit Rylan. Nous allons au bureau de Zach, mais je vais faire un détour.

Il s'engagea sur de petites routes qui leur permirent de repartir en direction de la ville.

— Je suis vraiment désolé que tu te retrouves mêlée à ça, finit-il par dire.

— Tu n'as rien fait de mal, lui rappela-t-elle.

Comment aurait-il pu deviner que la situation deviendrait aussi compliquée ?

— Je ne sais pas dans quoi la mère de Brooklyn est impliquée, mais ce n'est pas bon et je suis à peu près sûr que c'est illégal, dit-il, les doigts crispés sur le volant.

Elle entendit de la détermination dans sa voix, mais aussi une pointe de résignation qui lui déplut.

— Nous le découvrirons bientôt, lui assura-t-elle. L'homme que détient Zach nous mènera à la mère de Brooklyn et…

— Qui n'est peut-être plus en vie, la coupa-t-il.

— On n'en sait rien pour le moment. Je suis sûre que sa description te dira quelque chose. On la retrouvera et on découvrira ce qui l'a incitée à s'enfuir en abandonnant cette magnifique petite fille. On sait qu'elle se soucie d'elle puisqu'elle a trouvé un moyen de la confier à son père.

— Et si…, commença-t-il. Non, rien.

— Vas-y, insista-t-elle. Dis ce que tu penses.

— Je n'ai presque aucun souvenir de ce week-end, Amber. Et si la description de cette femme ne me disait strictement rien ? Alors je t'aurais mise en danger pour rien.

Le découragement le gagnait, et Amber n'aimait vraiment pas cela.

— Il est aussi possible que ça te revienne, répondit-elle. D'une manière ou d'une autre, nous devons retrouver cette femme parce qu'elle doit être en danger. Regarde ce petit ange, à l'arrière. La mère de Brooklyn s'est bien occupée d'elle pendant trois mois. Il est évident qu'elle l'aime et qu'elle n'est pas irresponsable. Il est possible qu'elle ait eu de gros ennuis et qu'elle ait demandé de l'aide aux mauvaises personnes. La situation s'éclaircira, tu verras. Alors tu pourras penser à la suite. Tu pourras prendre le temps de faire la connaissance de ta fille. N'est-ce pas une perspective joyeuse ?

Elle essuya discrètement une larme alors que Rylan entrait sur le parking du bureau du shérif. Il se gara le plus près possible de la porte.

Rylan avait semé les deux voitures, mais il savait que ceux qui avaient essayé de les intercepter reviendraient à la charge – et qu'ils seraient mieux préparés la fois suivante. Ils voulaient certainement Brooklyn puisqu'ils n'avaient pas tiré.

Ils devraient lui passer sur le corps. À en juger par l'expression d'Amber alors qu'ils entraient dans le bureau de Zach, elle aussi était prête à défendre la petite au péril de sa vie.

Rylan avait connu de mauvais jours. À vrai dire, il n'avait presque connu que de mauvais jours après la mort de sa mère. Mais la petite fille qu'Amber tenait dans ses bras lui donnait de l'espoir. C'était sans doute parce que l'innocence des enfants obligeait les adultes à adopter un nouveau point de vue sur la vie. Brooklyn était une petite fille joyeuse et agréable, ce qui prouvait qu'on s'était bien occupé d'elle jusque-là. Et elle avait toute la vie devant elle.

Que se passerait-il s'ils ne retrouvaient jamais sa mère ? Pire : sa mère était-elle la victime du meurtre ? Les scénarios tragiques se succédèrent dans l'esprit de Rylan. La mère de Brooklyn était-elle malade ? Lui avait-elle confié sa fille dans un ultime effort pour qu'elle ait une chance dans la vie ?

Mais toutes ces pensées étaient improductives et aboutissaient à la même conclusion : il s'occuperait de Brooklyn. Était-il possible qu'un tribunal lui retire la garde de la petite ? Il espérait bien que non. Parce qu'il était maintenant prêt à tout pour assurer l'avenir de sa fille. C'était un sentiment étrange, mais il ne pouvait pas nier son intensité.

Il frappa à la porte du bureau de Zach et l'ouvrit.

— On va au bout du couloir, dit Zach en se levant. Et je suis désolé de vous dire qu'on n'a rien trouvé sur la voiture dont vous m'avez fourni le numéro.

— On reverra ces types, dit Rylan.

— On sera prêts, répondit Zach.

Il était si déterminé que Rylan le crut presque capable de gérer tous les problèmes qui surgissaient dans son comté. Mais Rylan n'était pas du genre à nourrir de faux espoirs. Ce à quoi ils avaient affaire dépassait Zach et ses hommes – qui avaient un meurtre sur les bras, par ailleurs.

— Suivez-moi ! dit le shérif.

Rylan posa sa main sur les reins d'Amber et s'efforça d'ignorer les désirs qui s'éveillèrent en lui. Ce n'était pas le moment de penser à leur attirance mutuelle ni à leur baiser. Ce n'était pas non plus le moment d'admettre qu'aucune femme ne lui avait jamais fait autant d'effet.

Il chassa toutes ces pensées de son esprit et se concentra sur ce qui les attendait.

La petite pièce au bout du couloir avait une lumière tamisée pour permettre de mieux voir à travers la glace sans tain. Elle était presque de la taille d'un placard. La pièce qui se trouvait de l'autre côté du miroir était deux fois plus grande et meublée d'une table et de deux chaises. Le sol était couvert d'un carrelage blanc qui rappelait ceux des hôpitaux et les murs étaient nus et gris. Seule une pendule circulaire avec de grands chiffres noirs rompait leur monotonie. Elle était accrochée au-dessus de la porte.

Tout était fait pour que les gens qu'on amenait dans cette pièce se sentent mal à l'aise – et c'était très bien fait, parce que Rylan se sentait mal à l'aise rien qu'à la regarder.

La porte s'ouvrit, et l'agent Perry entra avec un homme menotté. Rylan reconnut aussitôt l'homme qui lui avait confié Brooklyn la veille et se raidit. Il fit rouler ses épaules pour essayer de se détendre, mais cela ne servit à rien.

— C'est lui ? demanda Amber, qui devait avoir déjà deviné la réponse en l'observant.

— Oui, c'est lui, répondit-il.

L'homme portait une veste de chasseur, un jean et des bottes. Il était plus petit que Rylan – il mesurait sans doute moins d'un mètre quatre-vingts.

L'agent Perry lui ordonna de s'asseoir. L'homme était assez près de Rylan pour que celui-ci le voie clairement. C'était sans doute l'une des raisons pour lesquelles cette salle d'interrogatoire était aussi petite.

Amber se mit à bercer le bébé.

— Comment vous appelez-vous ? demanda l'agent Perry.

— Chester Hunter III, mais mes amis m'appellent Chess.

Chess, qui était assis au bord de la chaise, essuya ses mains sur son jean. Elles devaient être moites. Rylan repéra d'autres signes de nervosité. Chess avait de la sueur sur le front et il clignait trop vite des yeux. Il parlait trop vite, aussi, et sa voix était un peu plus aiguë que ce dont Rylan se souvenait.

Zach ouvrit la porte de la pièce d'observation et demanda à Rylan :

— Peux-tu m'assurer que c'est lui ?

— Oui, je suis sûr que c'est lui.

— Il ne nie pas, dit Zach. Perry lui pose des questions de routine, puis on lui fera signer une déposition.

Le shérif posa sa main sur l'épaule de Rylan.

— Espérons qu'on aura les réponses qu'on cherche, ajouta-t-il.

— Vivez-vous à Jacobstown ? demanda l'agent Perry.

— Non. J'habite à Bremmer City.

Bremmer City se trouvait au sud de Jacobstown. Rylan était allé s'y amuser quelques fois avant de s'engager dans l'armée.

— Avez-vous déposé un bébé dans une maison de Jacobstown hier ? demanda Perry en prenant des notes.

Sa posture contrastait vivement avec celle de Chess. Il était assis bien au fond de sa chaise, les jambes écartées et les coudes sur la table.

— Oui, monsieur, répondit Chess, dont la jambe droite se mit à trembler.

— Quelle est votre profession ? demanda Perry.

— Maçon, répondit Chess. Je travaille dans l'entreprise de mon père.

Perry posa encore quelques questions personnelles avant de demander :

— Pouvez-vous décrire l'enfant ?

— C'était une petite fille, répondit Chess, qui se mit à taper du pied. Assez petite pour tenir dans l'un de ces porte-bébés qu'on voit partout. Elle avait des cheveux bruns et bouclés. Elle était mignonne.

— Quel âge avait-elle ? demanda Perry, parfaitement calme.

— Je n'ai pas assez d'expérience avec les enfants pour le

savoir, répondit Chess. Tout ce que je peux vous dire, c'est qu'elle était assez petite pour tenir dans le porte-bébé.

— Y avait-il autre chose avec elle ?

— Oui, un sac.

— Pouvez-vous me dire comment cette enfant s'est retrouvée sous votre garde ?

— Bien sûr. Je prenais de l'essence sur la 401, près de la ferme de l'Oreille de Cochon. Je vais toujours là-bas parce que l'essence est moins chère qu'à l'entrée de l'autoroute, répondit Chess.

L'agent Perry acquiesça.

— J'étais donc en train de remplir mon réservoir quand une femme s'est précipitée vers moi avec un porte-bébé. Elle avait l'air terrifiée, comme un animal aux abois. Elle m'a supplié de l'aider. J'ai regardé autour de nous, pensant voir quelqu'un qui voulait l'agresser…

— Pouvez-vous la décrire ? l'interrompit l'agent Perry.

Rylan tendit l'oreille.

— Elle était jolie, répondit Chess. Elle avait des cheveux bruns et des yeux marron, de la couleur du café. Elle était à peu près de cette taille.

Il plaça la main sous son menton, ce qui devait faire environ un mètre soixante-dix.

Cette description ne rappela strictement rien à Rylan.

— Pouvez-vous me dire ce qu'elle portait ? demanda Perry en continuant à prendre des notes.

— Oui. Elle portait un genre de chemisier et un jean. Le chemisier n'avait pas de manches. Oh ! et elle portait des tongs. J'ai trouvé ça bizarre qu'elle n'ait pas de manteau ni de vraies chaussures alors qu'il faisait si froid.

Il fixait le mur comme quelqu'un qui se concentre sur une image dont il essaie de se souvenir.

Il semblait sincère à Rylan. C'était bien l'homme qui lui

avait confié Brooklyn. Il en était certain. Il s'était demandé si Chess avait quelque chose à se reprocher, mais les réactions de ce dernier l'incitaient à penser que ce n'était pas le cas.

L'agent Perry leva les yeux de son carnet.

— Vous avez dit des tongs ?

— Oui, j'ai vraiment trouvé ça bizarre, répéta Chess. Mais la gamine était bien emmitouflée. Elle était sous une couverture et elle portait un bonnet.

Des tongs par un tel froid. Pas de manteau. La femme mystérieuse était pressée, ce qui laissait supposer qu'elle était en danger. Était-elle de la région ?

Le témoignage de Chess incitait Rylan à penser que la femme avait découvert au dernier moment que quelqu'un allait s'en prendre à elle ou au bébé. Mais qui était la cible ?

C'était sans doute la petite fille – sa fille – puisque quelqu'un avait essayé de l'enlever la veille. Qu'était devenue la mère de Brooklyn. Avait-elle réussi à disparaître à temps ?

Ils avaient toujours plus de questions que de réponses.

Amber jeta un regard interrogateur à Rylan.

— Non, je ne vois pas qui c'est, répondit-il en secouant la tête.

L'agent Perry reporta son attention sur son carnet.

— Avait-elle une marque distinctive ? demanda-t-il. Une cicatrice ? Une tache de naissance ? Un tatouage ?

— Je ne crois pas, répondit Chess.

Il fixa de nouveau le mur, puis fronça les sourcils.

— Maintenant que vous en parlez, oui, elle avait une tache de naissance sur la gorge, près du col de son chemisier, reprit-il. Du côté gauche.

Cela rappela très vaguement quelque chose à Rylan. Ce n'était pas une excuse, mais il s'était retrouvé posté à San Antonio après une mission à Kandahar au cours de laquelle il avait très peu dormi pendant plusieurs semaines.

Il y avait eu une période de sa vie pendant laquelle il n'aurait pas été surpris d'apprendre qu'il avait conçu un enfant pendant un week-end de beuverie. Il n'en aurait pas été fier, mais cela ne l'aurait pas étonné.

La honte le submergea. Il avait vraiment perdu le contrôle de sa vie pendant un temps. Maintenant qu'il avait l'esprit clair, il voyait bien qu'il s'était servi de l'alcool pour gérer le chagrin d'avoir perdu sa mère dès le lycée. Il avait travaillé dur et il avait employé encore plus d'énergie à s'enivrer jusqu'au jour où il avait été si soûl qu'il avait mis le feu au champ des Willow. Il avait bien failli en mourir. Cela lui avait servi d'avertissement. Après cela, il s'était rendu compte qu'il devait gérer ses émotions refoulées d'une manière plus saine. Il avait voulu devenir un homme meilleur – d'autant plus que Will avait été forcé de mentir pour le protéger.

Devenir sobre n'avait pas été facile. Apprendre à s'ouvrir et à parler aux autres au lieu de tout garder au fond de soi non plus.

Cela lui avait été d'autant plus dur que l'armée, si elle l'avait cadré, n'était pas un milieu dans lequel on étalait ses sentiments. Mais il avait fini par comprendre qu'on était plus adulte et responsable quand on reconnaissait ses erreurs et ses faiblesses. Se regarder une bonne fois dans le miroir avait été la chose la plus difficile de sa vie.

Il savait qu'il devait réparer les erreurs qu'il avait commises à Jacobstown s'il voulait avoir une chance de se délivrer de sa culpabilité et de sa honte. Il devait présenter ses excuses à la famille Willow et à Will Kent. Il devait aussi rembourser les Willow. Mais comment pouvait-il s'acquitter de la dette qu'il avait envers Will ? Comment être quitte envers un homme qui s'était accusé à votre place ?

M. et Mme Kent avaient aidé les Willow à se relever

de ce désastre. Rylan ne pouvait plus leur présenter ses excuses, mais il avait une dette immense envers leur famille. Il pouvait faire au moins une chose pour honorer leur mémoire : s'assurer qu'Amber ne se retrouve pas mêlée à sa vie.

11

Amber regardait l'homme qui avait confié Brooklyn à Rylan. Entendre parler de la femme avec laquelle Rylan avait eu une aventure n'aurait pas dû l'ébranler. Alors pourquoi était-ce le cas ?

Un baiser, aussi passionné fût-il, ne faisait pas une relation. De plus, s'engager dans une relation avec Rylan aurait été une erreur – ce qu'il semblait comprendre aussi bien qu'elle.

Elle berça Brooklyn en se répétant qu'elle n'avait aucun droit sur Rylan. Ils étaient amis et il lui avait demandé de l'aide, pas une relation. Étaient-ils attirés l'un par l'autre ? Il aurait été absurde de le nier. Plus jeunes, ils plaisantaient et riaient facilement quand ils se voyaient, et elle avait toujours ressenti une petite étincelle en sa présence. Cette étincelle s'était transformée en un incendie ravageur.

Elle était vraiment stupide.

Le fait que Rylan ait un enfant à présent – et elle était certaine qu'il s'en occuperait bien – ne changeait pas sa nature. Il serait toujours sur le départ. Cette évidence n'aurait pas dû lui faire l'effet d'un coup de poignard dans le cœur.

Elle s'écarta un peu de lui en espérant prendre ainsi une distance émotionnelle et elle scruta le visage de l'homme que l'agent Perry interrogeait. Il était étrange qu'il ne lui dise absolument rien alors qu'il vivait dans la ville voisine. Les habitants de Jacobstown avaient l'impression de tous se connaître, mais ce n'était pas tout à fait vrai. Des gens venaient s'installer dans le coin et repartaient sans se mêler à la population locale.

Zach entra dans la salle d'observation.

— Comment ça va, là-dedans ? demanda-t-il.

En réalité, ce qu'il voulait savoir, c'était si Rylan se souvenait de quelque chose.

— Pas aussi bien que je le voudrais, répondit Rylan.

— Le médecin légiste va nous envoyer des photos de la victime, au cas où notre homme pourrait l'identifier, dit Zach avec une gravité de pasteur.

Amber regarda Brooklyn, et son cœur se serra. Il était logique que sa mère l'ait confiée à quelqu'un si elle craignait que quelque chose ne lui arrive. Cette femme avait-elle vu la mort venir ? Était-ce pour cela qu'elle avait agi dans la précipitation pour faire remettre l'enfant à Rylan ?

Il était étrange que la mère de Brooklyn soit liée à l'Amputeur de Jacobstown. Mais l'était-elle ? Amber se pencha vers Rylan et lui demanda :

— Quelles sont les chances pour que la mère de Brooklyn soit liée à l'Amputeur de Jacobstown, à ton avis ?

— L'idée m'est venue, répondit-il en croisant ses bras sur son large torse. Mais elle pourrait aussi être une victime innocente qui a croisé son chemin par hasard.

Amber serra Brooklyn un peu plus fort. Elle n'arrivait pas à imaginer ce que c'était que de grandir sans une mère. Il était très difficile de la perdre quand on était adulte, alors enfant… Elle se réjouit d'avoir eu des années à partager avec la sienne.

D'un autre côté, cette femme n'était peut-être pas la mère idéale. Il était évident qu'elle s'était attiré des ennuis.

Mais elle avait fait de son mieux pour assurer la sécurité de sa fille.

Qu'avait-il bien pu lui arriver pour qu'elle soit obligée de cacher sa fille ? Comment s'était-elle retrouvée à Jacobstown en tongs et sans manteau en plein mois de janvier ?

Et comment avait-elle pu confier son enfant à un inconnu avec tous les risques que cela comportait ? Une seule chose était certaine : c'était un acte de désespoir.

Amber prit brusquement conscience qu'elle s'était perdue dans ses pensées et reporta son attention sur l'interrogatoire, qui se poursuivait dans la pièce voisine.

— Avez-vous demandé son nom à cette femme ? demanda l'agent Perry.

— Non. Je n'y ai pas pensé sur le coup.

— Une femme vous jette quasiment son bébé dans les bras et ça ne vous rend pas curieux ? insista Perry en haussant un sourcil.

— Ça ne s'est pas passé comme ça. Elle m'a supplié de prendre son bébé. Elle a dit qu'elle avait besoin d'aide. Alors je lui ai dit d'entrer dans la station et de demander à l'employé d'appeler le shérif, mais…

Il parlait de plus en plus vite et dut s'interrompre pour reprendre son souffle.

— Elle a dit qu'elle ne pouvait pas prévenir la police, reprit-il en cachant son visage dans ses mains. J'avais fini de remplir mon réservoir, à ce moment-là, et j'ai raccroché la pompe. J'ai d'abord cru qu'elle n'était pas dans son état normal, et puis j'ai compris qu'elle était juste terrifiée.

— Et comment avez-vous réagi ? demanda calmement l'agent Perry.

Amber se savait trop émotive pour travailler dans les forces de l'ordre. L'idée qu'un homme refuse d'aider une femme terrifiée l'aurait mise hors d'elle. Elle n'aurait jamais été capable d'être aussi diplomate que l'agent Perry. C'était l'une des nombreuses raisons pour lesquelles elle travaillait dans un ranch au lieu de porter un badge.

— Je me suis dit que c'était peut-être une femme battue et j'ai cherché des signes, répondit Chess.

— En avez-vous vu ? demanda Perry.

— Non, j'ai juste vu la marque de naissance. Mais elle pouvait avoir des bleus cachés sous ses vêtements. Elle m'a donné une adresse et m'a dit d'y emmener le bébé le plus vite possible. Elle m'a aussi dit de m'assurer que je n'étais pas suivi.

— Qu'avez-vous répondu ?

— Que je ne pouvais pas l'aider. Qu'elle devait appeler la police.

Chess jeta un regard méfiant à l'agent Perry et ajouta :

— J'ai un cousin qui s'est fait tirer dessus en essayant d'aider une amie qui était battue par son fiancé, ajouta-t-il. Je ne me mêle pas des affaires des autres.

Les violences domestiques étaient un problème grave. Zach avait souvent dit à Amber que c'étaient les missions les plus dangereuses des policiers avec les contrôles de véhicules.

Mais quand même... Tous les frères d'Amber aideraient une personne en danger sans hésiter. D'après l'expression de Rylan, c'était aussi son cas. Il n'était peut-être pas capable de tenir en place, mais il n'était pas du genre à refuser d'aider quelqu'un qui le suppliait.

— Que s'est-il passé ensuite ? demanda l'agent Perry.

— Elle a eu l'air encore plus paniquée, comme si elle s'attendait à ce que quelqu'un surgisse de derrière la pompe. Comme j'avais fini, je lui ai dit que je devais aller payer. Je lui ai proposé de m'accompagner pour appeler la police. Alors elle s'est enfuie. J'ai cru que l'incident s'arrêterait là mais, quand je suis sorti de la station, j'ai trouvé le bébé dans ma voiture.

— Comment vous êtes-vous souvenu de l'adresse ? demanda Perry.

C'était une bonne question.

— Facile : ma mère est venue dans le coin quand mes parents ont divorcé. Je lui ai rendu visite plusieurs fois. C'était la voisine de Mme Parker.

Chess parut très satisfait de sa réponse.

— Est-ce que ça pourrait être lui ? demanda Amber à Zach.

— Si la victime est la mère de Brooklyn, il est le dernier à l'avoir vue en vie, ce qui en fait notre suspect numéro un, répondit Zach. Il vient aussi d'admettre qu'il connaît les environs.

Un frisson parcourut Amber. Elle scruta le visage de Chess. Saurait-elle reconnaître instinctivement un tueur ? Et Chess admettrait-il si facilement qu'il connaissait la région s'il était l'Amputeur de Jacobstown ?

— Votre mère vit-elle toujours à la même adresse ? demanda Perry.

— Non, elle a déménagé il y a deux ans. Mon beau-père a trouvé du travail à Houston, alors ils sont partis là-bas.

— Vous arrive-t-il de revenir à Jacobstown pour voir des amis ?

— Je n'en ai pas, répondit Chess. J'allais déjeuner chez ma mère le dimanche tous les quinze jours. On ne sortait pas. Je regardais un match avec Paul – son mari – et puis je rentrais chez moi.

Le téléphone de Zach tinta.

— Ce sont les photos, annonça-t-il après avoir consulté l'écran.

Amber scruta le visage de Rylan. Même s'il n'avait pas

eu de véritable relation avec la femme qui pouvait être la victime, ce ne serait pas facile. Il avait passé du temps avec elle. Ils avaient eu un enfant. Certes, Rylan ne connaissait l'existence de Brooklyn que depuis deux jours, mais un enfant liait les gens, qu'ils le veuillent ou non. Elle songea à celui qu'elle avait perdu et à son ex, Red Coker. La mort de leur enfant avait mis fin à leur relation. Chaque fois qu'elle pensait à son bébé, le chagrin l'assaillait comme si cela s'était produit la veille.

Elle refoula ses émotions et se concentra sur Zach, qui faisait apparaître une photo.

Il avait dû envoyer un texto à Perry, parce que celui-ci ordonna à Chess de rester tranquille et quitta la pièce voisine.

Chess s'agita un moment, puis il posa ses coudes sur ses genoux sans cesser de taper du pied.

Zach regarda la photo avant de la montrer à Rylan.

— Il n'y a pas de tache de naissance sur son cou, dit celui-ci. Ça ne peut pas être elle.

— Je peux voir ? demanda Amber.

Elle tendit Brooklyn à Rylan avant de s'approcher de son cousin. Même si elle savait que Brooklyn ne serait pas capable de reconnaître ce qu'elle verrait, l'instinct d'Amber lui ordonnait de protéger l'innocence de l'enfant. Il ne lui fallut qu'une seconde pour reconnaître la victime.

— Je sais qui c'est, dit-elle. C'est Breanna Griswold.

Zach grommela un juron.

— Je me souviens de cette famille, dit-il.

— Ils ont déménagé il y a quelques années, reprit-elle. Je me souviens qu'ils voulaient prendre un nouveau départ parce que Breanna avait eu trop d'ennuis ici. On a été dans la même classe, mais on ne se fréquentait pas. Elle séchait beaucoup les cours. Je crois qu'elle a redoublé sa seconde à cause de ça. Elle avait toujours l'air triste...

Un jour, Amber lui avait proposé de déjeuner avec elle, mais Breanna avait refusé.

— Elle était toujours toute seule, poursuivit-elle. Une fois, je l'ai vue avec les frères McFarland – et on sait comment ils ont tourné.

Quand elle vit Rylan se raidir, elle se souvint qu'elle l'avait entendu se disputer avec Will à propos de ces garçons, lorsqu'ils étaient au lycée. D'après le comportement de Will, il était évident qu'il n'avait pas pardonné à Rylan ce qu'il lui reprochait.

— La connaissais-tu ? demanda-t-elle à Rylan.

Il secoua la tête.

— Je ne vois vraiment pas ce qu'elle faisait dans le ranch, murmura Amber.

Brooklyn commença à s'agiter et essaya d'enfoncer tout son poing dans sa bouche.

— Elle doit avoir faim, dit Amber en ignorant le regard que Zach lui lançait.

Il pouvait la regarder autant qu'il le voulait, il ne l'empêcherait pas d'apprendre à connaître la fille de Rylan. Et Rylan avait besoin d'aide. Il avait reconnu qu'il ne savait pas s'occuper d'un bébé et il n'avait pas vraiment le temps d'apprendre. Brooklyn lui était littéralement tombée dans les bras la veille.

— On peut aller faire chauffer un biberon dans la salle de détente, suggéra-t-elle.

Rylan jeta un coup d'œil à Zach.

— À moins que vous ne vouliez que je vous laisse seuls, répondit-il.

Il avait perçu la tension qui régnait dans la pièce, mais ce n'était pas elle qui l'avait générée.

— As-tu quelque chose à me dire, Zach ? demanda-t-elle en plantant ses poings sur ses hanches.

— Non, répondit son cousin d'un air résigné.

— Alors c'est réglé, dit Amber à Rylan. Il y a un four à micro-ondes dans la salle de détente. Suis-moi.

— Tu nous tiendras au courant si Chess dit quelque chose d'important ? demanda Rylan à Zach.

— Bien sûr, répondit le shérif.

Rylan rejoignit Amber dans le couloir.

— Je ne suis pas sûr qu'elle m'aime beaucoup, dit-il alors que Brooklyn s'agitait de plus en plus.

— Tu prendras le coup, lui assura-t-elle. Ne désespère pas. Vous venez juste de vous rencontrer.

Elle regarda la petite, qui se préparait à pousser un cri retentissant, et son cœur se serra. Elle n'aspirait qu'à réconforter Brooklyn dès que celle-ci n'était pas pleinement satisfaite. Oui, elle se mettait en danger.

— Très bien. Je vais la prendre et tu prépareras le biberon, dit-elle.

— Elle t'a rencontrée après moi, lui rappela Rylan, désemparé, en lui tendant l'enfant.

Amber l'entraîna dans la salle de détente. Tout en lui expliquant comment préparer le biberon, elle berça Brooklyn et la consola du mieux qu'elle put alors que celle-ci voulait juste se remplir l'estomac.

Un quart d'heure plus tard, Brooklyn tétait joyeusement son biberon. Oui, il était dangereux de trop s'attacher, songea Amber en regardant les beaux yeux marron de la petite, qui ressemblaient beaucoup à ceux de son père.

Alors elle songea à Breanna et à sa famille, qui s'apprêtait à recevoir la pire des nouvelles. Aucun parent ne devrait vivre cela. Elle avait entendu dire que c'était une famille désunie, mais cela changeait-il quoi que ce soit ?

De son point de vue, le chagrin était le chagrin et le deuil était le deuil. Elle regretta de ne pas avoir fait plus d'efforts pour se rapprocher de Breanna quand elles étaient au lycée. Cela aurait-il changé quelque chose ? Elle voulait croire que toutes les bonnes actions comptaient. Se leurrait-elle ?

Surtout, elle n'avait pas envie de vivre dans un monde dans lequel elles ne compteraient pas.

En regardant Brooklyn, qui était l'innocence même, Amber avait plus que jamais envie de croire que chacun pouvait transformer la vie des autres. Elle était déjà prête à tout pour la petite fille qu'elle tenait dans ses bras, et c'était une pensée dangereuse.

Était-elle capable d'ouvrir son cœur une nouvelle fois ?

12

Rylan observa Amber, qui caressait les cheveux de Brooklyn endormie dans ses bras. Ellen Haiden, la secrétaire de Zach, avait tamisé les lumières de la salle de détente et Amber s'était installée sur un canapé en cuir.

— Je suis désolé pour ton amie, dit-il.

— Ce n'était pas mon amie, répondit-elle.

Il haussa un sourcil.

— Je savais qu'elle avait des problèmes chez elle, expliqua-t-elle. J'avais entendu des rumeurs. Un jour, je l'ai invitée à déjeuner avec moi, mais elle a refusé. Je n'ai pas insisté alors que je savais que j'aurais dû.

Il était évident qu'elle le regrettait.

— Quel âge avais-tu ? demanda-t-il.

— J'étais en troisième, assez grande pour savoir que j'aurais dû l'aider, répondit-elle.

— La plupart des gens ne s'intéressent qu'à eux-mêmes, à cet âge, dit-il. Le fait que tu aies remarqué qu'elle avait des problèmes prouve que tu étais très mûre.

Il s'assit sur le bras du canapé et effleura la joue d'Amber. Le reste du bâtiment bourdonnait d'activité. Mais dans cette pièce, avec Amber, l'atmosphère était intime et le temps semblait avoir ralenti son cours. Se retrouver seul avec elle réveillait des choses en lui. Il ne comprenait pas ce que cela signifiait, mais cela l'intriguait. Jamais personne n'avait autant attiré son attention. Il ne s'était jamais senti aussi proche de qui que ce soit et il n'avait jamais autant eu envie de caresser une femme.

Voilà pourquoi il devait écraser la pédale de frein.

Amber était une amie – sans doute sa seule amie. Il ne devait pas gâcher cela. Tant qu'il serait à Jacobstown – et il envisageait de s'installer quelque part pour la première fois de sa vie –, il aurait besoin de cette amie.

Il eut envie de l'expliquer à Amber, mais il réprima cette tentation. Il n'avait besoin de personne. En revanche, il appréciait son aide. Et il ne répondrait pas à sa gentillesse en couchant avec elle, même si elle semblait en avoir envie et si son propre corps essayait de le convaincre que cela ne les mènerait pas au désastre.

De plus, Will le haïssait assez comme cela. Il ne voulait pas faire davantage de mal à son ancien meilleur ami.

Quand Rylan avait appelé Amber, il pensait lui demander un service qui lui prendrait quelques heures. Il ne l'aurait certainement pas appelée s'il avait su dans quoi il l'embarquait.

— Es-tu sûre de vouloir continuer ? lui demanda-t-il.

— Continuer quoi ? répondit-elle après avoir réprimé un bâillement.

— Rester avec moi. Je me rends bien compte que tu es en danger. Il y a des endroits où tu serais plus en sécurité.

— Comme le ranch ? On sait à quel point Breanna y a été en sécurité, ironisa-t-elle.

Elle marquait un point. Et cela lui rappela que personne ne savait ce que Breanna faisait sur les terres du ranch.

— Et puis tu m'as peut-être sauvé la vie, ajouta Amber.

Là, elle allait trop loin.

— Comment ça ? demanda-t-il.

— Si j'avais été au ranch, j'aurais pu être la victime. Le tueur était peut-être embusqué en attendant une occasion de frapper. Et si j'avais croisé son chemin à la place de Breanna ?

Il ne pouvait pas réfuter son argument et il apprécia qu'elle essaie d'alléger son fardeau.

— Soit, admit-il. On se connaît depuis longtemps et je sais que tu es une femme indépendante, alors je ne voudrais pas que tu le prennes mal, mais... je ne me le pardonnerais jamais s'il t'arrivait quelque chose parce que tu m'as aidé.

Elle le fixa un long moment. Alors qu'il s'attendait à ce qu'elle proteste, elle parut réfléchir mûrement ses paroles.

— Je comprends, finit-elle par répondre.

Il n'ajouta rien pour lui laisser le temps de changer d'avis.

— Je t'assure que je te comprends, insista-t-elle. Mais j'ai décidé de vous aider, ce bébé et toi, quoi qu'il arrive. Tu as une famille, Rylan. N'est-ce pas merveilleux ?

Elle leva une main pour l'empêcher de protester.

— Je sais que les circonstances sont loin d'être idéales. Mais on retrouvera la mère de Brooklyn et on découvrira de qui elle a peur. Quoi qu'il en soit, tu as une petite fille magnifique en parfaite santé. C'est une chance que certaines personnes n'ont jamais.

Ses paroles firent l'effet d'un coup de poing dans l'estomac à Rylan. Amber, qui avait perdu un enfant, devait le trouver bien égoïste. Il ne pouvait pas nier que Brooklyn était magnifique, mais ce dans quoi sa mère les avait tous embarqués l'inquiétait vraiment. D'après le témoignage de Chess, cette femme était terrorisée.

— Nous ne savons pas à quoi nous avons affaire, rappela-t-il à Amber. Au moins, je te promets de faire tout mon possible pour te protéger.

— Je le sais et j'apprécie ta réaction, répondit-elle. Mais

tu as besoin de moi. Tu ne sais pas comment t'occuper de ce petit ange.

Elle serrait tendrement Brooklyn contre son cœur, et il était évident qu'elle n'avait aucune envie d'en être séparée.

Rylan savait reconnaître une bataille perdue et il avait effectivement besoin de l'aide d'Amber. Il avait juste terriblement peur de la perdre.

Il se mit à faire les cent pas en attendant que Zach leur donne des nouvelles.

Une demi-heure plus tard, celui-ci vint les informer que Chess travaillait avec un portraitiste.

L'homme ne demandait qu'à coopérer. À leur connaissance, il était la dernière personne à avoir vu la mère de Brooklyn en vie. Rylan espéra qu'elle l'était toujours. Il était évident qu'elle était en grand danger.

Il se souvenait avoir passé une bonne partie de son temps libre avec un ancien camarade de l'armée, l'année précédente. Il décida de l'appeler. Il sortit son téléphone de sa poche, dit à Amber qu'il devait passer un coup de fil et quitta la pièce. Sans savoir pourquoi, il avait l'impression qu'il la trahirait s'il parlait du temps qu'il avait passé avec une autre femme devant elle.

Roger Hendricks répondit dès la première sonnerie.

— Rylan ! Es-tu en ville ?

— Salut, Roger. Non, je suis à Jacobstown.

— Quand j'ai appris que tu avais quitté l'armée, je me suis dit qu'il faudrait fêter ça, dit Roger.

— Une autre fois, répondit Rylan sans avoir la moindre intention de le faire. Je t'appelle parce que j'ai besoin d'un coup de main.

— Tout ce que tu voudras, comme tu le sais.

Ils avaient été entraînés ensemble avant d'être expédiés dans des endroits différents du monde. Ils étaient restés en contact. Rylan s'était efforcé d'entrer dans les corps d'élite et Roger avait rempli son engagement avant de « foutre le camp de là », comme il le disait lui-même. Il disait aussi qu'il ne voulait plus voir de sable que sur des plages américaines. Rylan pouvait le comprendre. Les endroits comme Kandahar n'étaient pas faits pour tout le monde.

— Je cherche une femme, commença Rylan.

— Tu me prends pour un site de rencontres ? plaisanta Roger.

— C'est drôle. Il s'agit d'une femme qu'on a vue l'an dernier. Une amie de Sandy.

Sandy était la petite amie de Roger.

— Ah, Sandy ! On a passé du bon temps ensemble… Mais on s'est séparés il y a plusieurs mois, répondit Roger.

— Quel est le nom de famille de Sandy ? demanda Rylan. Je peux peut-être la retrouver grâce aux réseaux sociaux, et la femme que je cherche aussi. C'est important. Je crois qu'elle a des ennuis et j'aimerais l'aider.

— Les réseaux sociaux devraient marcher, répondit Roger. Sandy s'appelle Bonds.

— Merci. Je te revaudrai ça, répondit Rylan avant de raccrocher.

Il n'avait pas envie de parler du bébé à son ancien camarade. Pas tout de suite, du moins. Il n'avait pas encore pleinement intégré le fait qu'il était le père de Brooklyn.

Il se rendit dans le bureau de Zach, qu'il trouva en train de fixer son ordinateur d'un air grave.

Rylan frappa à la porte ouverte.

— Désolé, dit Zach en sursautant. Je ne t'avais pas vu. Entre. J'ai le portrait-robot.

Il prit une feuille sur son bureau et la lui tendit.

Le visage du dessin ne lui parut que vaguement familier.

— Je ne sais pas, grommela-t-il en se creusant la tête. Ça ne me dit pas grand-chose.

— Dommage, répondit Zach.

— Je viens d'appeler un camarade que je voyais régulièrement l'an dernier, dit Rylan. Il m'a donné le nom de son ancienne petite amie, qui connaît notre femme mystérieuse. Je pense qu'on a une chance de l'identifier grâce aux réseaux sociaux. Aurais-tu une tablette à me prêter ?

— Excellente idée, répondit Zach.

Il déplaça les dossiers empilés sur son bureau et finit par déterrer une tablette, qu'il lui tendit.

— Tiens !

Rylan le remercia et emporta la tablette dans la salle de détente. Il s'assit à côté d'Amber.

— Voyons ce qu'on peut trouver là-dessus, dit-il.

— Que cherche-t-on ? demanda Amber.

Leurs épaules se frôlèrent, et la libido de Rylan se réveilla par réflexe. Il l'ignora et se promit de gérer ce problème plus tard – ce qui n'empêcha pas le souvenir de leur baiser de lui trotter dans la tête.

— J'ai le nom d'une amie de la mère de Brooklyn : Sandy Bonds, expliqua-t-il. Maintenant qu'on a le portrait-robot de la fugitive, on la retrouvera peut-être sur les réseaux sociaux.

Il posa le portrait sur sa cuisse, se rendit sur un site populaire et entra « Sandy Bonds » dans le moteur de recherche. Plusieurs visages apparurent, et il reconnut vite l'ex de Roger.

— C'est elle, dit-il. C'est Sandy Bonds.

Amber examina la page.

— Qui a plus de sept cents amis ? murmura Rylan.

Il pouvait compter ses amis proches sur les doigts d'une main et sa meilleure amie était assise à côté de lui. C'était l'une des raisons pour lesquelles il fallait qu'il arrête de penser à leur baiser et d'en vouloir un autre.

— Je ne fréquente les réseaux sociaux que pour le ranch, dit Amber. Ça nous a aidés à nous faire connaître quand on s'est mis au bio.

Rylan se souvint d'avoir lu un article qui présentait les Kent comme des pionniers dans l'industrie du bœuf. Il admirait d'autant plus le talent commercial d'Amber qu'il savait qu'elle respectait ses bêtes.

Il fit défiler des photos à la recherche d'une femme qui ressemblait au dessin. Zach les rejoignit et s'assit de l'autre côté d'Amber.

Alors le moment qu'il espérait arriva. Le visage qu'ils cherchaient apparut sur l'écran.

— Alicia Ward, dit Zach.

Rylan soupira.

— Nous avons un nom, répondit-il. Il ne me dit rien, mais nous avons un visage et un nom, au moins. Essayons de découvrir qui elle est. Clique sur son profil, Amber.

— Je m'en charge, intervint Zach avant de poser son doigt sur le portrait.

Cela ressemblait à un progrès, sauf que le mur d'Alicia Ward ne contenait presque que des photos d'animaux assorties de légendes mignonnes.

— Quelles informations les gens doivent-ils fournir pour apparaître sur ces sites ? demanda Rylan.

— Pas grand-chose et toutes les informations peuvent être bidon, répondit Amber. Ce n'est pas aussi contrôlé qu'on pourrait le croire. N'importe qui peut créer un profil, à la seule condition de ne pas poster des contenus tordus ou pornographiques.

Zach fit défiler les photos d'animaux.

— Ça ne dit rien sur elle, pas même où elle habite, grommela-t-il. Sait-on seulement si elle vit au Texas ?

— On s'est rencontrés à Austin quand j'ai été affecté à San Antonio, dit Rylan. Je n'y suis resté que quelques semaines. Je suis allé plusieurs fois à Austin, surtout pour des concerts. Ma dernière mission avait été stressante, et Roger pensait que j'avais besoin de sortir.

Il fouilla sa mémoire. Il y avait une magnifique petite fille qui portait son ADN. Comment pouvait-il ne pas se souvenir de sa mère ?

— Sandy devrait être facile à localiser, au moins, répondit Zach, qui semblait avoir retrouvé son assurance. Il y a beaucoup d'informations sur son profil. Et si Alicia est son amie…

— Oui, dit Rylan.

Il ne se souvenait que des soirées qu'il avait passées avec Roger à Austin. La plupart étaient parfaitement claires dans son esprit. Il n'y en avait qu'une qui lui échappait, et cela le contrariait profondément. Non : cela lui inspirait de la honte et de la culpabilité. Il lui semblait impossible qu'il ait perdu les pédales sans le savoir. Pourtant, la preuve dormait dans les bras d'Amber.

Il rappela Roger.

— Je suis désolé de te déranger une deuxième fois, lui dit-il. Est-ce que je peux te poser une question bizarre ?

— Bien sûr, répondit Roger.

— Est-ce que j'étais sobre les soirs où on s'est vus ?

— Tu ne t'en souviens plus ? demanda Roger, clairement surpris.

— Je sais que je n'ai pas bu de mon plein gré. Mais ce n'est pas la même chose qu'être sobre…

— Je ne t'ai rien fait boire de force, en tout cas, plaisanta Roger.

Rylan pouffa pour préserver la légèreté de la conversation, qui l'embarrassait profondément. Pourquoi une soirée lui échappait-elle ? Comment avait-il pu oublier la mère de son enfant ?

— Laisse-moi réfléchir. Ça fait un bail et tu étais vraiment un saint. Tu ne buvais jamais. Mais oui… Il y a eu une fois où je me suis posé des questions.

— Pourquoi ?

— Tu avais la voix pâteuse et… tu n'étais pas toi-même. Je t'ai demandé ce que tu avais bu et tu as répondu : « Rien. » J'ai trouvé ça bizarre, parce que tu n'avais aucune raison de me mentir.

— Tu souviens-tu si j'étais en compagnie d'une femme, ce soir-là ? l'interrogea Rylan.

Il se tourna vers Zach et demanda :

— Peux-tu lui envoyer la photo ?

Zach acquiesça. Rylan lui donna le numéro de Roger, et le shérif envoya la photo d'Alicia à son camarade.

— Oh oui, je me souviens d'elle ! s'écria Roger quelques secondes plus tard. Comment s'appelle-t-elle ?

— Alicia Ward, répondit Rylan.

— On n'oublie pas une fille aussi jolie qu'elle – surtout quand elle se jette sur son ami, dit Roger. J'aurais été jaloux si je n'avais pas été avec Sandy. Elle était super sexy et elle ne s'intéressait qu'à toi. Vous n'êtes pas restés en contact ?

— Non. Et je ne me souviens quasiment pas d'elle, ce qui me perturbe parce que j'avais arrêté de boire.

— Si une femme aussi belle se jetait sur moi, je m'en souviendrais, commenta Roger.

Amber laissa échapper un grognement. Zach lui jeta un regard interrogateur, mais il ne dit rien. L'expression d'Amber devait l'avoir dissuadé de s'exprimer.

Malgré lui, Rylan se réjouit du fait qu'Amber semblait jalouse.

— Je n'ai presque aucun souvenir de toute cette soirée, pour être honnête, dit-il à Roger. Est-ce que j'ai fait quelque chose d'embarrassant ?

— J'étais occupé de mon côté et ça remonte à loin..., répondit Roger. Mais je ne crois pas.

Rylan estima qu'il était encore trop tôt pour éprouver du soulagement et ils étaient encore loin d'avoir des réponses, mais Roger l'aurait su s'il avait perdu les pédales. Du coup, il ne comprenait toujours pas pourquoi il avait oublié Alicia. Il ne se souvenait que d'avoir bu du café, cette nuit-là.

— Merci, dit-il. Peux-tu me rappeler si quelque chose te revient ?

Cela valait la peine de le demander, même s'il avait peu d'espoir. Un an, c'était long – surtout pour se souvenir de ce qui était arrivé à quelqu'un d'autre.

— C'est promis.

Rylan le remercia et raccrocha.

— Je vais demander à ma secrétaire de chercher l'acte de naissance de Brooklyn, dit Zach. Maintenant que nous connaissons ses deux noms de famille possibles, ça ne devrait pas être trop difficile.

— Je me demande pourquoi les policiers qui ont essayé de nous arrêter sont restés si longtemps dans leur voiture avant d'en sortir et pourquoi ils n'ont pas tiré quand on s'est enfuis, dit Rylan, réfléchissant à voix haute.

Les pièces du puzzle ne s'assemblaient pas dans son esprit.

— Ils ont dû faire des recherches sur votre voiture, répondit Zach. Ils voulaient sûrement savoir qui était impliqué et évaluer votre dangerosité pour la prochaine fois.

— Parce qu'il y aura une prochaine fois ? demanda Amber, qui n'avait rien dit depuis plusieurs minutes.

— Il est évident que quelqu'un veut Brooklyn, répondit Zach en se grattant le menton. À mon avis, la mère s'est attiré de gros ennuis ou a décidé de vendre le bébé à un réseau d'adoptions illégales. Il y circule beaucoup d'argent. Il est possible que l'enfant ait été promis à un couple et que la mère ait changé d'avis au dernier moment. Ou bien elle n'a jamais voulu abandonner sa fille, mais elle a cru qu'elle n'avait pas le choix. Dans tous les cas, j'imagine qu'elle a paniqué à la dernière minute et s'est enfuie. Des gens sont à sa poursuite. Les réseaux d'adoptions illégales sont sans scrupule et ils ont l'habitude de prendre ce qu'ils veulent. Je vais charger l'un de mes hommes d'interroger Sandy Bonds. Je vous préviens qu'on n'en saura peut-être pas plus avant plusieurs jours. J'ai besoin de temps pour enquêter et j'ai besoin de vous savoir en sécurité, tous les trois, pendant que j'enquête. Vous pouvez vous installer chez moi, si vous voulez.

Brooklyn commença à s'agiter. D'après ce que Rylan avait compris à ce stade, elle avait faim et besoin d'une couche propre.

— Je te remercie, mais on trouvera un endroit sûr, répondit-il à Zach.

— Comment a-t-on pu abandonner un bébé aussi adorable ? murmura Amber en posant Brooklyn sur le canapé pour changer sa couche. Même si elle avait des ennuis, comment sa mère a-t-elle pu la confier à un inconnu et s'enfuir ? Elle ne pouvait pas être sûre que Chess irait chez toi. Il aurait pu faire n'importe quoi de cette petite fille.

Rylan ne répondit rien. Concevoir un enfant sans s'en souvenir ne faisait pas de lui un excellent exemple.

La culpabilité l'envahit une fois de plus. Comment cela

avait-il pu se produire ? Il avait déjà passé des soirées avec de belles femmes et il n'avait jamais perdu le contrôle de lui-même. L'envie de boire n'avait pas disparu, mais il lui était de plus en plus facile de rester sobre, les années passant. Il ne se souvenait même plus de la dernière fois où il avait dû résister à la tentation.

— Si vous voulez bien m'excuser, le travail m'attend, dit Zach en se levant. Je vous préviendrai dès que j'aurai du nouveau.

Il tendit sa main à Rylan, qui la serra.

— Je sais que je te l'ai déjà dit, mais sois le bienvenu à Jacobstown, ajouta-t-il.

13

— Le bureau d'un shérif n'est pas un endroit pour un bébé, dit Amber.

Elle avait changé Brooklyn et lui avait donné un biberon, mais la petite ne voulait pas se rendormir malgré tous leurs efforts pour la calmer.

— Elle doit ressentir notre stress, ajouta-t-elle. Et il y a bien trop d'activité dans ce bâtiment pour qu'elle trouve le sommeil.

— Les bébés en sont capables ? s'étonna Rylan, qui faisait les cent pas dans la salle de détente en berçant sa fille depuis un quart d'heure.

Voir un homme si fort se montrer aussi tendre avec un bébé fragilisait la muraille qu'Amber avait dressée autour de son cœur.

— De sentir le stress des gens ? demanda-t-elle. Oui. Je l'ai souvent constaté avec mes nièces et mes neveux. Si ce n'est pas ça, elle a peut-être de la fièvre.

Rylan s'arrêta devant elle pour lui permettre de toucher le front de Brooklyn.

— Alors ? A-t-elle de la fièvre ?

— Non, répondit Amber. Je ne veux pas qu'elle soit malade, bien sûr, mais ça expliquerait pourquoi elle est aussi agitée.

Rylan recommença à faire les cent pas.

— Son univers a complètement changé, et tout ce qu'elle a connu pendant trois mois a disparu, dit-il. Sa mère lui manque peut-être.

C'était possible.

— Je n'arrive pas à imaginer des circonstances dans lesquelles je serais prête à abandonner mon enfant, murmura-t-elle en se sentant rougir.

— Je ne me souviens absolument pas de sa mère, dit Rylan. Ça fait de moi un salaud, n'est-ce pas ? Comment peut-on concevoir un enfant sans s'en rendre compte ?

— C'est bizarre, tu ne trouves pas ? répondit-elle. Tu ne te rappelles pas avoir bu, et je te crois. Tu n'as que des souvenirs très vagues de cette soirée – la seule que tu aies oubliée. As-tu envisagé la possibilité que cette femme ait mis quelque chose dans… ton soda, ton thé ou ce que tu buvais ce soir-là ?

— Mon café.

— À une soirée ?

Amber n'était pas très portée sur l'alcool, qui lui donnait des migraines, et elle adorait le café, mais il ne lui arrivait jamais d'en boire le soir.

— C'était l'hiver, expliqua-t-il. Il faisait froid et je n'aime pas beaucoup les sodas.

La précision de sa réponse amusa Amber et acheva de la convaincre. Elle était tout à fait certaine qu'il n'avait pas bu d'alcool, ce soir-là, même si tout semblait prouver le contraire.

— Je venais juste de rentrer de mission, ajouta-t-il. J'ai appelé Roger dès ma première permission. Je n'aspirais qu'à sortir de la base et à passer une soirée sans voir de bottes de combat.

Venait-il de lui confier quelque chose d'intime ? Lorsqu'ils étaient adolescents, il sortait toujours une plaisanterie ou changeait de sujet quand une discussion devenait trop personnelle. Amber fut émue qu'il s'ouvre à elle. Elle voyait bien que beaucoup de choses le préoccupaient, et il ne devait pas lui arriver souvent de se confier à quelqu'un.

— S'est-il passé quelque chose quand tu étais en mission ? demanda-t-elle.

Était-ce pour cette raison qu'il semblait douter de lui-même ?

— Il s'est passé beaucoup de choses quand j'étais sur le terrain et je n'ai le droit de te parler de presque rien, répondit-il. Mon pire souvenir, c'est le jour où une grand-mère a attaché une bombe à son petit-fils et l'a envoyé vers nous.

Il s'arrêta, le regard perdu dans le vide. Brooklyn s'agita encore plus, et il se remit aussitôt à marcher.

— Ça a dû être horrible, murmura Amber, qui n'arrivait pas à imaginer qu'un parent ou un grand-parent puisse faire une chose pareille.

— L'enfant n'est pas arrivé jusqu'à notre groupe, dit Rylan. Aucun d'entre nous n'a été blessé L'enfant a été sacrifié pour rien. Bien sûr, je n'aurais pas voulu qu'on meure, mes camarades et moi...

— Je comprends, le coupa-t-elle. Cet enfant était jeune et innocent. S'il devait mourir, tu aurais préféré que sa mort ait un sens.

Il s'arrêta, et ils se regardèrent un long moment. Ce fut comme si le temps s'était figé. Amber avait bien conscience que c'était dangereux. Elle avait un faible pour Rylan depuis le lycée, et ses sentiments n'avaient fait que s'intensifier depuis deux jours. Elle ne pouvait pas les laisser évoluer de la sorte parce qu'elle éprouvait aussi de la compassion pour lui.

Elle baissa les yeux, s'éclaircit la voix et concentra ses pensées sur Brooklyn.

— Elle a peut-être juste besoin de sortir d'ici, dit-elle. Et tu dois avoir mal aux bras après l'avoir autant bercée. Veux-tu que je prenne la relève ?

Elle garda les yeux baissés parce qu'elle se sentait trop vulnérable pour soutenir son regard.

— Non, ça ira. Il faut bien que je prenne l'habitude, de toute manière, puisque je me retrouverai seul avec elle un jour ou l'autre. J'apprécie ton aide, mais je dois apprendre à m'occuper de ma fille.

— Tu veux entendre un scoop ?

Il hocha la tête.

— Tu seras un père formidable, Rylan. Ça ne fait aucun doute.

— J'en doute, mais j'ai l'intention de faire de mon mieux, répondit-il. Si j'échoue, ce ne sera pas faute d'avoir essayé.

Il tapota le dos de Brooklyn, qui se mit à pleurer pour de bon.

— Et si tu essayais de t'asseoir avec elle ? suggéra Amber avant de jeter un coup d'œil à la pendule. D'ailleurs, il est temps de lui donner un autre biberon. Elle s'endormira peut-être quand elle aura le ventre plein.

Il se faisait tard. Ils étaient dans le bureau du shérif depuis plus de douze heures. Ils savaient l'un et l'autre qu'ils devraient partir à un moment. Ils ne pouvaient pas passer la nuit là. Brooklyn avait besoin de plus de confort, et ils étaient eux-mêmes épuisés.

Amber prépara un biberon – ce qui tombait bien parce qu'elle avait besoin de s'occuper les mains pour canaliser sa nervosité.

Rylan s'assit sur le canapé et donna le biberon à Brooklyn. Celle-ci se calma aussitôt. Il esquissa un sourire satisfait qui émut Amber malgré tous ses efforts pour contrôler ses sentiments.

— Ce sera plus facile de la déplacer quand elle dormira, dit Rylan. On aura quelques heures devant nous pour trouver un endroit sûr où s'installer avant qu'elle n'ait besoin d'autre chose.

— Où irons-nous et comment ? demanda-t-elle.

Zach entra dans la pièce au même instant.

— Ma secrétaire a trouvé l'acte de naissance, annonça-t-il. Il a été établi au nom de Brooklyn Ward, et l'accouchement a eu lieu dans un hôpital de San Marcos. Sa mère a déclaré qu'elle était femme au foyer et que la petite était de père inconnu.

— Ce qui n'est pas très surprenant dans ces circonstances, commenta Rylan.

— L'hôpital dans lequel Alicia Ward a accouché a la réputation de couvrir des adoptions illégales, même si rien n'a encore été prouvé, poursuivit Zach. On dirait que mon intuition était juste.

— Le bébé peut-il être adopté sans l'accord du père ? demanda Rylan.

Amber n'avait pas beaucoup de connaissances juridiques, mais la question lui parut raisonnable.

— Tant que le père n'est pas identifié sur l'acte de naissance, la mère peut faire tout ce qu'elle veut, répondit Zach.

Rylan se sentait oppressé.

— Peut-on savoir si un processus d'adoption a été entamé ?

— Une chose est sûre : on ne pourra plus te prendre Brooklyn dès que ta paternité aura été officiellement établie, lui assura Zach. Pourquoi ai-je l'impression que vous étiez sur le point de partir ?

— Ces bureaux ne conviennent pas à un bébé, répondit

Amber. Brooklyn a besoin d'un bain, de vêtements propres et de calme.

— Comptez-vous l'emmener au ranch, alors ? demanda Zach.

— Ce n'est sans doute pas une bonne idée, répondit Amber. Le ranch sera au centre de l'attention générale dès que la nouvelle du meurtre de Breanna circulera. Ton bureau sera envahi aussi. Comment pourrions-nous protéger cette petite fille s'il y a du monde de tous les côtés ? Tu sais aussi bien que moi que la ville est en émoi depuis que l'Amputeur sévit. Puisque tout le monde craignait ce qui vient de se produire, on peut s'attendre à beaucoup d'agitation, ces prochains jours.

— On a déjà commencé à recevoir des appels de citoyens inquiets, dit Zach. La nouvelle va se répandre comme une traînée de poudre.

— Où pourrions-nous aller ? murmura Amber, réfléchissant à voix haute.

— Je connais un endroit où on devrait être en sécurité, annonça Rylan avec une assurance qu'elle aurait aimé partager. Et il vaudrait peut-être mieux qu'on ne dise à personne où on va.

Amber avait l'impression qu'il n'y avait pas de bonne solution. Si la police savait où ils étaient, il pouvait y avoir une fuite ; si elle ne le savait pas, ils ne pourraient pas compter sur le soutien d'une patrouille.

L'agent Perry apparut à la porte.

— Un couple qui veut vous parler, shérif, dit-il. Il y a un avocat avec eux.

— Est-ce que ça peut attendre ? demanda Zach. Je suis occupé.

— Ces gens disent qu'ils sont les parents de Brooklyn Ward, répondit Perry.

— C'est impossible ! s'écria Amber en bondissant sur ses pieds. Zach…

— Je sais, intervint Zach d'un ton rassurant. Laissez-moi deux minutes pour les faire entrer dans la salle d'interrogatoire. J'enverrai quelqu'un vous chercher. Attendez ici.

Amber, qui avait les nerfs à vif, observa l'expression déterminée de Rylan. Elle aurait aimé avoir ne serait-ce que la moitié de sa force pour faire face à l'inconnu.

Zach quitta la pièce.

— Écoutons ce qu'ils ont à dire. Je suis sûre qu'ils se trompent, dit-elle à Rylan avec moins d'assurance qu'elle ne le voulait.

— C'est ma fille, répondit-il. Ils devront me passer sur le corps pour la prendre.

L'agent Perry revint quelques minutes plus tard et les entraîna dans la pièce où ils avaient écouté le témoignage de Chess. Brooklyn avait fini par s'endormir sur l'épaule de son père.

Après les avoir fait entrer dans la pièce d'observation, l'agent Perry entrouvrit la porte de la salle d'interrogatoire et fit un signe de tête à Zach.

— Comment vous appelez-vous ? demanda Zach, qui avait un carnet devant lui et une posture détendue.

Trois personnes lui faisaient face : un couple d'une cinquantaine d'années et un homme vêtu d'un costume bleu marine qui devait coûter très cher. Celui-ci était assis bien droit et il avait l'air autoritaire de ceux qui avaient l'habitude qu'on leur obéisse. C'était le genre d'homme qui n'avait qu'à commander un hamburger pour que tout le personnel du fast-food soit terrifié à l'idée de commettre une erreur.

L'autre homme et la femme étaient aussi très bien habillés. Il y avait visiblement beaucoup d'argent en face de Zach. Amber supposa que c'était une famille riche depuis plusieurs générations parce que leurs vêtements étaient discrets et classiques. Les nouveaux riches avaient tendance à étaler davantage leur fortune.

Les propriétaires de ranchs, même riches, étaient d'une autre espèce. Ils ne faisaient pas de chichis. Il suffisait que quelqu'un soit honnête et travailleur pour que les parents d'Amber l'invitent à dîner. Tous les employés étaient conviés aux légendaires dîners du dimanche de sa mère, qui lui manquaient terriblement.

C'était sans doute pour cela qu'elle n'était pas sensible aux charmes des hommes sophistiqués. Si Rylan et elle ne s'étaient pas connus depuis si longtemps, il aurait été exactement le genre d'homme avec lequel elle aurait voulu sortir. En vérité, elle n'avait pas eu envie de sortir avec grand monde, ces dernières années. À sa décharge, elle travaillait quatorze heures par jour, ce qui ne lui laissait pas beaucoup de temps pour une vie sociale. Elle avait réussi à se convaincre que cela lui convenait, même si une part d'elle avait le sentiment qu'il lui manquait quelque chose.

C'était sans doute parce que presque tout le monde trouvait le bonheur autour d'elle. Amy était amoureuse d'Isaac, Zach venait de renouer avec le grand amour de sa vie...

— Mes clients s'appellent Veronica et Cornell Robinson, dit l'homme au costume bleu. Ils ont été informés que leur fille adoptive se trouvait dans votre bureau.

L'homme, qui était visiblement un avocat, tira un dossier de sa sacoche en cuir noir, le posa sur la table et le poussa vers Zach du bout des doigts. Ce dernier n'y accorda aucune attention, ce qui parut agacer l'avocat,

— D'où M. et Mme Robinson tiennent-ils cette information ?

Amber avait déjà vu son cousin en action de nombreuses

fois. Zach avait vraiment trouvé sa vocation. Il était doué pour dissiper les écrans de fumée et aller droit à l'essentiel. Il savait faire parler les gens. Il était fait pour être shérif.

— Ouvrez le dossier et vous le verrez par vous-même, dit l'avocat avant de croiser bras et jambes.

— Ce qui se trouve là-dedans ne tiendra pas devant un tribunal, répondit Zach.

Ce fut au tour de Mme Robinson de prendre un air indigné.

— On peut employer la manière forte, mais je vois que vous êtes un homme occupé et il n'y a aucune raison pour que nous perdions tous notre temps, dit l'avocat.

Il ne se rendait pas compte qu'il avait déjà perdu la partie. Amber avait l'impression de voir une équipe de football amateur jouer contre des professionnels.

Zach s'enfonça dans sa chaise comme s'il avait été dans un hamac aux Caraïbes. Amber regretta de ne voir que le dos de son cousin, mais elle imaginait facilement son expression, parce qu'elle l'avait vu bien des fois sur le point de remporter une victoire.

— Est-ce que ces gens te disent quelque chose ? demanda-t-elle à Rylan.

— Je ne les ai jamais vus de ma vie, répondit-il.

Il semblait faire de gros efforts pour rester parfaitement impassible, et elle apprécia qu'il ait pris au sérieux le fait que les bébés ressentaient les émotions des personnes qui les entouraient.

— C'est étrange, murmura-t-elle. Les gens qui se trouvaient dans la voiture qui nous a arrêtés auraient pu prendre Brooklyn s'ils l'avaient voulu. Ils nous ont laissés partir. Je t'accorde que tu as conduit comme un pilote de rallye, mais ils nous ont quand même laissés partir.

— J'ai pensé qu'ils nous observaient pour préparer une attaque plus musclée, mais je ne m'attendais vraiment pas à ça, reconnut Rylan. Maintenant, je pense qu'ils n'ont pas couru le risque de blesser Brooklyn parce que ces gens la veulent en un seul morceau.

— Mes clients exigent de ramener leur fille chez eux, dit l'avocat. Si vous ouvrez ce dossier, vous verrez qu'ils sont dans leur droit et que tous les malentendus peuvent être dissipés.

Mme Robinson portait son tailleur et ses perles à la perfection. Ses cheveux, coupés au carré, mettaient son visage ovale en valeur. Elle était assez maquillée pour que cela dissimule toute imperfection de sa peau. C'était presque trop parfait. Amber l'observa plus attentivement. Elle était vraiment très maquillée. Cachait-elle quelque chose ? Était-elle malade ? Son mari la battait-il ?

Le couple semblait pouvoir adopter un enfant sans la moindre difficulté. L'argent n'était visiblement pas un problème. S'ils s'étaient adressés à un réseau d'adoptions illégales, ils devaient avoir quelque chose de louche. Amber était du même avis que Rylan. Ces gens devraient aussi lui passer sur le corps pour prendre Brooklyn.

Zach tendit la main à l'avocat.

— Veuillez pardonner mes mauvaises manières, lui dit-il. Je m'appelle Zach McWilliams.

L'avocat lui serra la main.

— Pourquoi êtes-vous si sûrs qu'il y a un bébé dans mon bureau ? s'enquit Zach.

— Le niez-vous ? répliqua l'avocat en soutenant son regard.

Amber leva les yeux au ciel. Répondre à la question par une autre question était bien une méthode d'avocat.

— Zach marque un point, dit Rylan. Comment peuvent-ils savoir que le bébé qu'ils cherchent est ici ?

— La mère biologique de Brooklyn Ward, Alicia Ward,

a abandonné ses droits parentaux à mes clients, ajouta l'avocat.

— Désolé, je n'ai pas retenu votre nom, dit Zach en ramassant son stylo pour le noter sur son carnet.

— Teague Thompson.

Amber le trouvait bien trop détendu. Soit c'était un homme aussi important qu'il en avait l'air, soit c'était un bluffeur de génie.

Zach sortit son téléphone de sa poche, le regarda, puis dit :

— Si vous voulez bien m'excuser...

Teague Thompson pinça les lèvres avant d'acquiescer.

Mme Robinson soupira profondément.

— Vois-tu des larmes dans ses yeux ? demanda Rylan, qui l'observait.

— Non. Et ça m'étonnerait qu'il lui arrive de courir le risque d'abîmer son maquillage en pleurant, répondit Amber.

Zach sortit de la salle d'interrogatoire, ouvrit la porte de la pièce où ils se trouvaient et leur fit signe de le rejoindre dans le couloir.

L'agent Perry montait la garde devant la salle d'interrogatoire. Il se tenait dos à la porte, les bras croisés, et faisait penser à un taureau qu'il ne fallait surtout pas contrarier. Amber savait que son cousin n'embauchait que les hommes les plus déterminés et les plus loyaux. Il avait l'habitude de dire qu'il pouvait enseigner le métier à ses agents, mais pas la personnalité, ni l'éthique, ni la loyauté.

— C'est un rebondissement inattendu, dit Zach en se passant la main dans les cheveux.

— Que penses-tu du couple ? demanda Amber.

— Je pense que la femme est soit malade soit battue, répondit-il sans hésiter, confirmant l'opinion qu'elle s'était faite.

— C'est aussi mon avis, dit-elle.

Amber, qui avait déjà confiance en son instinct, estima qu'il n'y avait plus le moindre doute si Zach partageait son point de vue. Et si Mme Robinson était battue, aucune agence d'adoption officielle ne confierait un enfant au couple.

— Je peux enquêter sur eux parce qu'ils ont un lien avec la mère de Brooklyn, qui a disparu, reprit Zach. Je peux les menacer de les placer en garde à vue et les interroger autant que je veux. Mais ils ont déjà un avocat et je suis sûr que ce brave homme leur a expliqué comment répondre aux questions que je risquais de poser.

Il avait raison, songea Amber. Même si Rylan et elle avaient la loi de leur côté, un bon avocat savait altérer la vérité et trouver des failles dans le système.

— Penses-tu qu'on devrait rester ? lui demanda Rylan.

Elle avait envie de croire que la loi gagnait toujours, mais elle savait que c'était un conte de fées.

— Si vous n'êtes pas là, ils ne risquent pas de voir la petite par accident, intervint Zach. Je ne peux pas leur mentir, mais rien ne m'oblige à leur fournir des informations.

— J'aimerais vraiment entendre ce qu'ils ont à dire, répondit Amber.

— Alors restez, dit Zach. Mais sachez que la situation risque de devenir compliquée s'ils reconnaissent la petite.

Brooklyn s'étira dans les bras de Rylan. Se retrouver au milieu d'un conflit était bien la dernière chose dont elle avait besoin, songea Amber. Zach avait raison. Brooklyn dormait, pour le moment, mais elle finirait par se réveiller et par faire du bruit.

— Quelles sont les chances que leur requête soit justifiée ? s'enquit Rylan, les mâchoires crispées.

Amber sentit à quel point il lui avait été difficile de poser cette question.

14

— Je dirais qu'on a la main, mais j'ai appris à ne rien tenir pour acquis en matière de justice, répondit Zach. Comme ces gens ont l'air d'avoir beaucoup d'argent, ils peuvent aussi avoir des relations, ce qui signifie que je pourrais recevoir un coup de téléphone... Alors je me retrouverais les mains liées et j'ai horreur de ça. Par ailleurs, un bon avocat pourrait faire traîner l'affaire pendant des mois, voire des années. Et, même si on finit par obtenir justice, le couple pourrait avoir filé en Europe ou au Mexique avec Brooklyn dans l'intervalle.

Rylan l'écouta attentivement, bien que ce ne fût pas ce qu'il avait envie d'entendre.

Personne ne lui prendrait Brooklyn maintenant qu'il savait qu'elle était sa fille.

— Je voulais juste que vous compreniez bien la situation actuelle, ajouta Zach. Je vais retourner dans cette pièce et il faudra bien que j'ouvre ce dossier à un moment ou à un autre. Alors je verrai quels sont leurs arguments. Si Brooklyn est ici et qu'ils l'entendent ou la voient, il me sera plus difficile de dire que je ne sais pas où elle se trouve. Je suis sûr qu'ils ont quelque chose de louche pour être venus la réclamer comme ça, mais j'ai juré de servir la loi. Mon instinct doit passer après mon serment.

Rylan le comprenait très bien.

— Qu'as-tu l'intention de leur dire ? demanda-t-il.

— Que tous les citoyens qui se trouvent dans ma juridiction méritent ma protection, même ceux qui ne sont pas en âge de se défendre, répondit Zach. Le problème, c'est que ta paternité n'a pas encore été officiellement reconnue. Sans le soutien d'un juge, je pourrais tomber dans une faille juridique.

Il se gratta le menton.

— Ils bluffent peut-être, ajouta-t-il. Mais le fait qu'ils aient débarqué comme ça pour exiger qu'on leur remette Brooklyn m'incite à penser qu'ils ont encore des cartes dans leur manche.

Rylan acquiesça.

— J'y retourne, annonça Zach. Réfléchissez bien à tout ça, de votre côté.

Rylan le remercia et serra les poings. Les voitures qui leur avaient tendu une embuscade sur le trajet pouvaient les attendre dehors. Leurs options étaient de moins en moins nombreuses. Ils ne pouvaient pas retourner chez lui. Ils ne pouvaient pas non plus aller au ranch. Il y aurait trop de témoins, et il ne voulait rien demander de plus à la famille Kent.

Amber l'attira dans la pièce d'observation et ferma la porte derrière eux.

— Nous avons le droit d'exiger de voir notre fille, puisqu'elle est là, dit M. Robinson sur le ton autoritaire de quelqu'un qui a l'habitude de commander à la fois chez lui et sur son lieu de travail.

Rylan aurait parié qu'il possédait une affaire et n'avait aucun supérieur.

— Quel âge a votre fille ? demanda Zach.

— Trois mois et deux jours, répondit timidement Mme Robinson.

Amber avait raison : quelque chose clochait chez cette femme. L'idée qu'elle était battue par son mari semblait de plus en plus probable à Rylan. Elle semblait… brisée. Elle se tenait bien droite, mais cela avait l'air de lui coûter et il était évident qu'elle n'avait pas le réflexe de s'imposer. Son mari, en revanche, avait une posture agressive.

— Quand avez-vous vu la mère du bébé pour la dernière fois ? continua Zach, le stylo en main.

— Personne n'a jamais dit que mes clients avaient rencontré la mère, intervint l'avocat.

Mme Robinson jeta un regard inquiet à son mari, qui fixait Zach avec assurance.

L'avocat prit la main de Mme Robinson. Celle-ci baissa la tête, et ses épaules tremblèrent comme si elle sanglotait. Elle sortait le grand jeu.

— Mes clients étaient censés se faire livrer leur fille il y a trois jours, dit l'avocat. La mère biologique ne s'est pas présentée au rendez-vous. Si vous prenez la peine d'ouvrir le dossier, vous trouverez toutes ces informations dans le rapport. Comme vous pouvez le constater, mes clients sont désemparés. Ils aimeraient régler cette affaire au plus vite et rentrer chez eux.

Se faire livrer leur fille ? Régler cette affaire ? Rylan n'aimait vraiment pas ces personnes. Alicia avait-elle changé d'avis quand elle les avait rencontrées ? Il s'efforça de contrôler sa colère pour ne pas perturber Brooklyn, qui dormait toujours.

— De quels modèles sont les voitures que vous conduisez ? demanda Zach.

— Pardon ? s'écria l'avocat, que la question semblait prendre de court. Les voitures que mes clients et moi-même conduisons n'ont aucun rapport avec le problème qui nous occupe.

— C'est à moi d'en juger, répondit Zach tandis que Mme Robinson sortait un paquet de mouchoirs d'un sac de grand couturier. Et quel mal y a-t-il à me le dire ?

— Mes clients n'ont pas à répondre à cette question, insista l'avocat. Leur fille est ici...

— Comment le savez-vous, au juste ? rétorqua Zach en soutenant son regard.

Comme l'avocat ne répondait pas, Zach ouvrit le dossier et examina le premier document qu'il contenait.

— D'après ce que je vois, vos clients habitent à Fort Worth – à Arlington Heights, plus précisément, poursuivit-il. Comment pouvez-vous savoir ce qui se passe dans ma ville si vous vivez à presque deux heures de route ?

Rylan, qui connaissait Fort Worth, savait que c'était un quartier huppé – ce qui n'était pas surprenant. Comme Zach, il aurait bien aimé comprendre comment ces gens avaient localisé Brooklyn s'ils n'étaient pas en contact avec les occupants des voitures qui avaient tenté de les arrêter.

— Très bien, répliqua l'avocat. J'espérais que nous n'aurions pas à en arriver là, mais nous voulons signaler un enlèvement.

Voilà l'une des cartes qu'il avait dans sa manche pour parer les coups de Zach, songea Rylan. Le prix du costume qu'il portait permettait de deviner qu'il était prêt à tout pour l'emporter.

— Je n'admets même pas que cette enfant se trouve dans mon comté, répliqua Zach. Néanmoins, si elle est à Jacobstown, sachez qu'elle n'en partira pas sans un test d'ADN et la décision d'un juge...

— Mes clients sont dans leur droit, riposta l'avocat, très

sûr de lui. Si vous regardez le deuxième document que contient le dossier, vous verrez qu'un juge est de cet avis.

— Et j'ai le droit d'enquêter sur une disparition...

— Il s'agit d'un enlèvement...

— Je parle d'Alicia Ward, la mère biologique. Je parie que vous savez déjà qu'elle a disparu. Ce que je ne comprends toujours pas, c'est pourquoi vous croyez que le bébé se trouve dans mon comté.

Zach ferma le dossier et le poussa vers l'avocat.

Rylan se tourna vers Amber.

— Allons-nous-en, dit-il.

— Très bien, mais où allons-nous ? demanda-t-elle.

— Dans un endroit sûr, répondit-il. Je préfère ne pas t'en dire plus entre ces murs.

— Ces gens auraient pu élever ta fille, et tu ne l'aurais jamais su, dit Amber, qui se retenait d'exprimer cette pensée horrible depuis trop longtemps.

Elle ne savait pas quel genre de personne était Alicia Ward, mais elle devait avoir un peu de cœur pour avoir changé d'avis à la dernière minute.

— J'ai tellement de questions..., murmura Amber.

— Lesquelles ?

Rylan s'était assuré que personne ne s'intéressait de trop près à ce qu'ils faisaient pendant qu'elle plaçait Brooklyn dans son siège, puis il s'était mis au volant. Il était 21 heures passées. Ils étaient restés plus de treize heures dans le bureau du shérif. Amber avait mal au dos et ne supportait plus d'être assise.

— Si Alicia avait décidé de faire adopter son bébé, pourquoi avoir attendu trois mois ? demanda-t-elle. Bien sûr, je me demande aussi pourquoi elle a changé d'avis. Est-elle tombée enceinte exprès pour vendre son bébé ? A-t-elle décidé de le garder en cours de route ? Est-ce pour ça que quelqu'un l'a pourchassée et qu'elle t'a confié Brooklyn alors que tu ne savais même pas que tu étais son père ?

— Ce sont d'excellentes questions, répondit-il en sortant du parking. Je ne me souviens toujours pas d'elle ni de cette soirée.

— Et tu ne trouves pas ça bizarre ?

— J'ai commis une erreur. J'ai dû perdre les pédales...

— Et si ce n'était pas le cas ? le coupa-t-elle.

— Je ne mérite pas qu'on me cherche des excuses, répondit-il. Ça s'est déjà produit.

— Il y a des années, lui rappela-t-elle. Mais tu dis toi-même que cette soirée-là n'était pas pareille.

Il n'était pas question qu'elle le laisse culpabiliser s'il était innocent.

— Ça ne veut rien dire, grommela-t-il.

— Tu laisses la culpabilité t'aveugler, reprit-elle. Si tu as effectivement bu ce soir-là, c'est ton problème. Mais...

— Il n'y a pas de « mais » qui tienne. Ne comprends-tu pas à quel point il est facile pour quelqu'un comme moi de glisser sur cette pente ? J'étais très stressé après ma dernière mission. J'ai pu commander une bière.

— Mais tu ne t'en souviens pas, insista-t-elle.

— Ça ne veut pas dire que je ne l'ai pas fait !

Sa frustration était aussi palpable que sa honte et sa culpabilité.

— Je crois en toi, dit-elle calmement.

— Tu as tort.

Elle attendit quelques secondes pour ne pas le brusquer, puis demanda :

— Je peux te poser une question ?

— Vas-y.

— Les autres fois où tu as perdu les pédales, comme tu dis, te souviens-tu du premier verre ?

— Oui, très bien.

— Mais pas cette fois-là, répéta-t-elle.

— Es-tu devenue procureur sans que je le sache ? s'emporta-t-il, les doigts crispés sur le volant. Je t'ai déjà dit que je ne me souvenais de rien. Es-tu satisfaite ?

— Oui, soupira-t-elle.

— Je comprends ce que tu dis, ajouta-t-il. Il est possible que cette fois ait été différente parce que je n'ai pas bu le premier verre de mon plein gré. C'est une hypothèse séduisante et je t'assure que j'aimerais y croire. Mais j'ai été alcoolique, ce qui signifie que je n'ai pas le droit de me dédouaner. Je dois être responsable de mes actes, point. Et je ne changerai pas de position tant qu'on ne m'aura pas prouvé que je n'ai pas bu ce premier verre volontairement.

Elle l'avait rarement entendu parler sur un ton aussi dur. En général, il cachait ce qu'il ressentait sous des sourires et de clins d'œil.

— Je crois en toi, Rylan, reprit-elle. Je crois que tu as changé. Je crois que tu es sobre, maintenant. Je comprends ce que tu dis et je comprends pourquoi tu tiens à ton point de vue. Il doit être très dur pour toi de penser que tu as cédé à la tentation. Je veux juste que tu admettes la possibilité que ce ne soit pas ta faute. Nous ne savons pas quelles étaient les intentions d'Alicia. Elle pouvait s'être engagée à tomber enceinte…

— Qui ferait une chose pareille ? lança Rylan.

— Nous ne savons pas dans quelle situation elle se trouvait. Attendons de voir ce que donne l'enquête de Zach. Tu sais qu'il est doué. Il découvrira la vérité.

Elle avait tellement envie de rassurer Rylan… Sa détermination à protéger sa fille incitait Amber à se sentir encore plus proche de lui. Quand elle avait annoncé sa grossesse inattendue à Red, il l'avait soutenue dans un premier temps. Mais ses véritables sentiments avaient vite fait surface. Il ne voulait pas d'enfants. Bien sûr, elle ne l'avait compris qu'après le mariage. Elle était jeune et naïve, à dix-huit ans. Était-elle amoureuse de Red ? Non. Mais elle éprouvait de la tendresse pour lui. Et elle croyait que le fait de fonder une famille leur permettrait d'apprendre à s'aimer. Et puis leur enfant était mort. Red avait fait ses bagages avant même qu'elle ne soit sortie de l'hôpital. À la réflexion, il lui avait rendu service, parce que le fait d'être une Kent l'aurait poussée à s'accrocher à cette relation. Les Kent ne baissaient pas les bras.

Elle avait reçu la demande de divorce un mois plus tard. Red était parti en Californie et il voulait déjà se remarier. Alors que cela aurait dû la faire souffrir, elle n'avait éprouvé que du soulagement. Depuis, elle n'avait laissé personne devenir trop proche d'elle.

À propos de famille, elle avait une idée : c'était au ranch qu'ils seraient le plus en sécurité, mais pas dans la maison principale. Cependant, avant de la soumettre à Rylan, elle voulait éclaircir la situation.

— Que s'est-il passé entre mon frère et toi ? demanda-t-elle.

— C'est entre ton frère et moi, répondit-il sèchement.

— Il faut que je le sache.

— Pourquoi ? À quoi ça pourrait bien te servir ?

Il serrait le volant si fort que ses articulations étaient blanches.

— J'ai changé d'avis. Je pense qu'on devrait s'installer au ranch pour quelques…

— Pas question, trancha-t-il.

— Il y a un système de sécurité au ranch, insista-t-elle. Je n'ai pas oublié ce qui est arrivé à Breanna, mais elle s'est fait tuer dehors, et tu sais aussi bien que moi que la propriété est immense.

— Je n'aime quand même pas cette idée, répondit-il.

Elle était bien décidée à ne pas lâcher l'affaire.

— On ne peut pas rouler toute la nuit. Et si les voitures de ce matin nous retombaient dessus ?

— Tu as dit toi-même que la sécurité du ranch avait des failles, répondit-il.

Il pouvait être vraiment borné quand il le voulait.

Elle réprima un bâillement.

— Il y a tout ce qu'il faut pour s'occuper d'un bébé, là-bas. Comment pouvons-nous prendre soin de Brooklyn en étant pourchassés par des criminels ?

— On trouvera une solution, répondit Rylan avant de jeter un coup d'œil dans le rétroviseur, ce qui conforta Amber dans sa certitude qu'ils étaient en danger.

— Comment ?

— Tu me sous-estimes, grommela-t-il, l'air vexé.

— Je t'ai vu en action, répliqua-t-elle. Je t'assure que je n'aurais pas le moindre doute si tu devais juste affronter ces hommes. Mais tu as deux handicaps : moi et un bébé qui a besoin d'être nourri régulièrement et manipulé avec soin. Brooklyn pourrait pleurer au mauvais moment, et je ne te serai pas d'une grande utilité si je suis en train de m'occuper d'elle. Tu sais que je suis capable de me servir d'une arme, mais on est dans une situation délicate. Même si tu es parfaitement entraîné, tu dois bien te rendre compte que tu ne peux pas faire face à toutes les éventualités. Je sais que tu es fort, à la fois physiquement et mentalement…

Cela le fit grogner ironiquement.

— Tu l'es, Rylan, insista-t-elle.

— Nous devons trouver Alicia Ward et nous ne pouvons pas faire ça depuis le ranch, dit-il.

— C'est vrai, mais on ne peut pas à la fois trouver Alicia Ward et protéger Brooklyn. Si les hommes de main des Robinson nous tombent dessus, nous risquons d'être obligés de leur donner ta fille et d'attendre qu'un tribunal prenne une décision. Tu as entendu Zach. Ça pourrait durer des mois, voire des années. L'avocat de notre famille te dirait la même chose si on l'appelait.

Comme elle sentait qu'elle progressait, elle fit une pause pour lui laisser le temps d'intégrer l'argument.

— Le ranch est l'endroit le plus sûr pour Brooklyn, finit-elle par ajouter.

— C'est un coup bas, grommela-t-il.

— Peut-être, mais je suis prête à tout pour protéger ce petit ange et je sais que tu l'es aussi. Les Robinson quitteront le bureau de Zach sans leur bébé. Qu'ils aient raison ou non, ils pensent avoir des droits sur Brooklyn. Tant que ta paternité ne sera pas officiellement prouvée, nous n'aurons pas la meilleure main. Pourrais-tu te le pardonner si on te prenait Brooklyn ? Et ce n'est pas le pire des scénarios. Pour l'instant, nous supposons que les voitures qui ont essayé de nous arrêter sont liées aux Robinson. Et si ce n'était pas le cas ? Brooklyn pourrait être vendue et disparaître pour toujours.

Elle jeta un coup d'œil à Rylan et vit que son insistance commençait à porter ses fruits.

Elle décida de se taire pour le laisser réfléchir.

Après avoir fait trois fois le tour d'un pâté de maison, il prit la direction du ranch.

— Je n'aime pas du tout l'idée de mettre ta famille en danger, dit-il.

— La mort de Breanna Griswold prouve que tu ne peux pas protéger tout le monde, répliqua-t-elle. Nous avons besoin de nous reposer et nous devons offrir un peu de calme à Brooklyn. Je peux récupérer des provisions dans la maison sans me faire remarquer.

— Et où comptes-tu nous faire dormir pour que personne ne s'aperçoive qu'on est là ?

— Dans le dortoir.

Elle le sentit se raidir et comprit qu'il n'aimait pas l'idée de retourner à l'endroit où ils s'étaient embrassés huit ans plus tôt.

15

Ils firent le reste du trajet en silence, mais c'était le vacarme dans la tête de Rylan. Des pensées se disputaient son attention. La frustration lui nouait l'estomac. Et il ne pouvait pas s'empêcher de penser à la dernière fois qu'il avait embrassé Amber – un baiser qui avait été infiniment plus intense que celui du dortoir. Ce baiser plein de promesses avait prouvé qu'il y avait une alchimie unique entre eux. Rylan était tout à fait sûr de n'avoir jamais vécu cela avec personne d'autre. Était-ce ce que l'on ressentait quand on éprouvait plus que de l'attirance physique pour quelqu'un ?

Il se répétait inlassablement et en vain que ces pensées étaient une pente glissante. De plus, même si cela pouvait paraître absurde, maintenant qu'il était adulte, la promesse qu'il avait faite à Will quand ils avaient dix-huit ans avait toujours de la valeur à ses yeux. Leur dispute et la situation impossible dans laquelle il avait placé Will comptaient toujours. À vrai dire, tout cela comptait peut-être encore plus maintenant qu'il était adulte.

Surtout, ce n'était vraiment pas le moment de réfléchir à ce que lui inspirait la petite sœur de son ancien meilleur ami. L'idée de « petite sœur » faillit le faire éclater de rire. Amber Kent était une vraie femme, à présent. Elle avait aidé à développer l'affaire familiale dans des proportions impressionnantes alors qu'elle n'avait pas encore trente ans. C'était une femme qu'il ne fallait pas sous-estimer. Elle avait l'esprit vif, le rire facile et un cœur énorme. Même si elle s'était un peu renfermée sur elle-même, sans doute à cause de la perte de son bébé, c'était toujours la femme la plus ouverte qu'il ait jamais rencontrée. Il avait l'impression qu'il lui suffisait de plonger son regard dans le sien pour voir son âme.

Il essaya de se ressaisir. Passer en revue les qualités d'Amber ne l'aiderait pas à tempérer les désirs qu'elle lui inspirait – et qu'il devait garder sous contrôle.

Son esprit s'orienta vers d'autres inquiétudes. Un tribunal risquait-il de lui retirer la garde de sa fille ? Il ne se souvenait pas de la mère de l'enfant. Cela ne jouait pas en sa faveur. Ses habitudes de play-boy risquaient d'avoir des conséquences funestes, et ce serait Brooklyn qui en paierait les conséquences.

Mais les Robinson assumeraient-ils de passer devant un tribunal si l'adoption avait quelque chose de louche ? Et n'était-ce pas pour cette raison qu'ils avaient sorti l'artillerie lourde dès le début ? Ils étaient entrés dans le bureau du shérif comme si l'endroit leur appartenait. Teague Thompson avait joué la carte de l'assurance. M. Robinson semblait furieux. C'étaient des attitudes compréhensibles si le bébé qu'on leur avait promis avait disparu. Mme Robinson semblait perturbée. Quelque chose en elle mettait Rylan mal à l'aise. Par ailleurs, Zach avait sans doute raison de supposer que la famille avait des relations haut placées.

— Je connais un détective privé qui devrait pouvoir nous aider à enquêter sur les Robinson, dit Amber alors qu'ils approchaient du portail du ranch. Comme ça, on n'aura pas l'impression de perdre notre temps à nous reposer.

— C'est une bonne idée, répondit Rylan en s'arrêtant devant la guérite.

Isaac Vanguard mesurait plus d'un mètre quatre-vingt-dix. C'était le responsable de la sécurité du ranch. La plupart des femmes devaient le trouver séduisant, avec ses cheveux blonds coupés court et ses yeux bleus.

Isaac sortit de la guérite et se pencha tandis que Rylan baissait sa vitre.

— Amy s'inquiète pour vous, dit-il à Amber. Elle n'arrive pas à vous joindre, et il paraît que vous étiez censées organiser un déjeuner pour lever des fonds destinés à un foyer.

Amber se pencha pour répondre à Isaac, et son parfum floral enveloppa Rylan. Avait-elle toujours senti aussi bon ?

— Je suis désolée, dit-elle. J'avais complètement oublié. La batterie de mon téléphone s'est vidée, et je n'ai pas pensé à la recharger. Si tu la vois avant que je ne l'aie appelée, peux-tu lui dire que je le ferai dès que je pourrai ?

— C'est promis, répondit Isaac avant de jeter un coup d'œil à Brooklyn.

Il rentra dans la guérite sans faire de commentaire et appuya sur un bouton pour ouvrir le portail. Il y avait un autre garde, à l'intérieur, que Rylan se rappelait avoir vu la fois précédente. Les Kent avaient visiblement renforcé la sécurité, et il en fut soulagé.

— Qui est l'autre garde ? demanda-t-il à Amber.

— Il s'appelle Blaise Dillinger, répondit-elle en se massant les tempes.

— Ça va ?

Il fallait admettre que leur journée avait été stressante, entre l'embuscade du matin et l'apparition des Robinson dans le bureau de Zach.

— Oui, sauf que des idées me trottent dans la tête, répondit Amber. Et si mon cousin était forcé de participer à une enquête sur Brooklyn ? Les Robinson pourraient nous prendre par surprise en produisant un avis de recherche officiel. Mes frères ne nous dénonceraient pas, bien sûr, mais ils se retrouveraient dans une situation délicate s'ils savaient qu'on est là. Ils nous protégeraient sans hésiter, et ça pourrait leur coûter cher.

— On est là. Qu'est-ce qu'on fait, maintenant ? demanda-t-il.

Il lui semblait que les dés étaient déjà jetés.

— J'aimerais dire deux mots à Isaac, répondit Amber.

Rylan passa la marche arrière et recula jusqu'au portail.

Isaac, qui devait les avoir regardés s'éloigner, sortit de la guérite pour courir vers eux.

— Vous avez besoin de quelque chose ? demanda-t-il.

— Si quelqu'un demande qui est au ranch, tu n'as pas à répondre..., commença Amber.

— Je sais, coupa Isaac.

— Je ne te demande pas de mentir...

— J'ai juré de protéger cette famille, reprit-il. Je connais mes droits et je sais qu'il est possible que je réponde de mes actes devant un tribunal. Je ne réponds à aucune question si je n'en ai pas envie. Jamais. Sauf si je suis à la barre et que c'est un juge qui la pose. C'est à moi de décider si je suis prêt à me mettre en porte-à-faux avec le système. Au cas où vous ne le sauriez pas déjà, votre famille peut compter sur ma loyauté.

— Je le sais très bien, répondit Amber. C'est juste que je ne veux pas te placer dans une situation délicate.

— Avec tout le respect que je vous dois, c'est à moi de décider des risques que je suis prêt à courir, insista Isaac.

Rylan trouva son attitude admirable et songea qu'il aurait fait un bon soldat. Il avait les qualités qu'il fallait : l'honnêteté, la loyauté et la bravoure. Tout le reste pouvait s'apprendre.

Amber pinça les lèvres. Elle devait s'être rendu compte qu'Isaac avait parfaitement conscience de la situation.

— Merci, Isaac, finit-elle par répondre. Tu es quelqu'un de bien et tu n'imagines pas à quel point nous apprécions ce que tu fais pour nous.

Isaac lui offrit un sourire timide avant d'acquiescer.

Rylan se remit en route et contourna le bâtiment principal en direction de l'écurie. Entre les membres de la famille et les employés, il y avait assez de voitures sur le parking pour que la leur ait une bonne chance de passer inaperçue.

— Il y a des chambres dans l'écurie, si tu préfères..., commença Amber.

— Je sais, répondit-il.

Il avait travaillé avec son meilleur ami, Will, trois étés consécutifs. Mince... Il avait l'impression que tous ses bons souvenirs étaient liés à la famille Kent, une famille qui l'avait toujours traité comme s'il en faisait partie alors que son père était un bon à rien et que sa mère travaillait bien trop pour passer du temps avec lui.

— Je ne veux pas être séparé de toi, ajouta-t-il. Pas dans ces circonstances.

Amber esquissa un sourire avant de sortir un trousseau de clés de son sac.

— Je vais chercher quelques affaires dans la maison, annonça-t-elle. On se retrouve au dortoir.

L'idée de se retrouver seul avec Brooklyn faillit faire paniquer Rylan. C'était sa fille, se répéta-t-il. Il devait apprendre à être seul avec elle. Il avait séjourné dans des pays en guerre. Il avait fait face à des ennemis équipés de toutes sortes d'armes. Il avait survécu aux environnements les plus hostiles.

Il n'aurait jamais imaginé qu'une menace qui ne pesait presque rien aurait raison de lui.

Il décida de prendre le porte-bébé, dans lequel Brooklyn dormait toujours. Ce que les Kent appelaient le dortoir était en réalité un appartement aménagé au-dessus des bureaux du ranch.

Dans quelques heures, Lonnie serait réveillé et prêt à commencer sa journée. Comme il n'était pas rare que l'un des Kent passe la nuit dans cet appartement, Lonnie ne les dérangerait pas et ne chercherait même pas à savoir qui était là.

Le fait d'entrer en cachette dans le ranch dans lequel il s'était presque senti chez lui mit Rylan mal à l'aise. Cet endroit réveillait tant de souvenirs… Ils étaient presque tous bons. C'était surtout sa dernière année à Jacobstown, après la mort de sa mère, qui avait été un enfer.

Les bureaux sentaient toujours les chevaux et la paille. Si quelqu'un l'avait vu, il aurait offert un sacré spectacle avec un porte-bébé et un sac rose à l'épaule. Personne, parmi ceux qui l'avaient connu autrefois, n'aurait cru cela possible. Il n'était pas sûr de le croire lui-même.

En montant l'escalier en bois, il balaya du regard les bureaux dans lesquels il avait passé beaucoup de temps dans son enfance.

L'appartement était petit mais confortable. Les meubles n'avaient pas été déplacés depuis sa dernière visite. Il y avait une kitchenette dans la pièce principale. Un grand écran plat était fixé à l'un des murs, en face du canapé le plus confortable sur lequel Rylan ait jamais dormi.

La kitchenette se trouvait dans un coin. Par sécurité, à cause de la proximité des bureaux et de l'écurie, elle n'était équipée que d'un évier, d'un réfrigérateur et d'un four à micro-ondes. Cela suffisait pour un bref séjour. Cet appartement n'avait pas été conçu pour être une résidence permanente. Une table rectangulaire était placée contre un mur. Il y avait une chaise à chaque bout et deux autres sur sa longueur. On pouvait y manger confortablement à deux ou à trois. On était serrés à quatre, même s'il y avait quatre chaises.

Rylan y avait dîné avec Will et des employés du ranch de nombreuses fois. Se retrouver là lui rappela tout ce qu'il avait perdu – sa mère, puis ses amis –, et sa faiblesse d'autrefois lui inspira de la colère.

Il baissa les yeux vers sa fille et n'éprouva que du chagrin à l'idée qu'elle ne rencontrerait jamais sa grand-mère. Pouvait-il dire que sa mère avait été là pour lui ? Non. Mais elle avait travaillé dur pour qu'il n'ait jamais le ventre vide et elle n'avait rien demandé en échange. À ses yeux, cette femme était une sainte. Même s'il ne l'avait pas vraiment connue, il l'aimait de tout son cœur. Sa mort l'avait fait tomber dans un gouffre. Cela lui avait coûté tout ce à quoi il tenait et l'essentiel de sa confiance en lui.

La porte s'ouvrit, et Amber entra, les bras chargés de matériel pour bébé.

— Tu as fait vite, commenta-t-il.

Il essaya d'ignorer sa joie de la revoir et à quel point elle lui avait manqué alors qu'ils n'étaient restés séparés que quelques minutes.

Il repensa au soir où ils s'étaient embrassés sur le canapé de cette pièce, huit ans plus tôt. Ç'avait été une surprise qu'il n'oublierait jamais. Elle s'était tournée vers lui, l'avait regardé droit dans les yeux, puis elle avait pressé ses lèvres contre les siennes. Il aurait dû la repousser et il avait fini par le faire, mais seulement après un baiser torride qui lui avait fait désirer des choses qu'il devait s'interdire.

— Je savais où tout se trouvait, répondit-elle.

Il s'empressa de l'aider. Elle avait apporté un autre

porte-bébé, plus petit et plus confortable que celui de la voiture. Elle le posa près du canapé.

— Quand elle se réveillera pour un nouveau biberon, ce qui ne devrait plus tarder, on la couchera dans celui-là après l'avoir changée, dit Amber. Elle y sera mieux que dans l'autre.

Rylan la regarda déplier l'objet sans pouvoir se rendre utile.

— J'ai mis deux parts des lasagnes de Joyce dans le grand sac, poursuivit-elle.

— Sa cuisine me manque, reconnut-il.

— Réchauffe-les donc pendant que j'installe les choses de ce côté, suggéra-t-elle.

Ce n'était pas le moment de se perdre dans ses souvenirs, songea Rylan. Il savait bien qu'il ne devait pas s'émerveiller de la musicalité de la voix d'Amber. Il ne devait pas non plus songer à leur baiser d'autrefois, et encore moins le comparer à ceux de toutes les autres femmes qu'il avait connues. Un seul lui avait fait davantage d'effet : celui qu'Amber lui avait demandé dans la voiture la veille.

Amber Kent était une perturbation gigantesque dans une vie qu'il trouvait déjà bien trop compliquée. Et qui pouvait changer d'une seconde à l'autre. Cela s'était déjà produit quand sa mère était morte.

Dans le ranch des Kent, il ne pouvait pas s'empêcher de repenser à son passé – y compris à la partie de son passé dont il n'était pas fier. Mais il ne le changerait pas s'il le pouvait. Les erreurs qu'il avait commises avaient contribué à faire de lui l'homme qu'il était devenu. Un homme qui assumait ses responsabilités, quoi qu'il lui en coûte. Un homme qui était prêt à aider ceux qui en avaient besoin sans un instant d'hésitation.

Ce qu'Amber lui avait dit pendant le trajet commença à

prendre racine dans son esprit. Peut-être n'avait-il pas bu le premier verre de son plein gré. Il l'espérait, évidemment, parce que le contraire prouverait qu'il n'avait pas changé, malgré tous les efforts qu'il avait faits pour devenir sobre.

Brooklyn se réveilla et se mit à pleurer. Amber la prit dans ses bras pendant qu'il préparait un biberon. Ils commençaient à former une bonne équipe, et il ne voyait pas comment il aurait pu s'en sortir sans elle. La réalité le frappa comme un poing dans l'estomac. Quand cette période chaotique s'achèverait, Amber reprendrait le cours normal de son existence au ranch et lui retournerait à sa vie. Pour la première fois, il se demanda s'il avait bien fait de revenir à Jacobstown. Mais où pouvait-il aller ?

De toute manière, il n'avait pas encore vu la famille Willow. C'était une étape nécessaire pour devenir l'homme qu'il voulait être. Il devait présenter ses excuses à tous ceux à qui il avait fait du mal. Il avait gardé Will et les Willow pour la fin. Il savait que ce serait particulièrement difficile et il voulait être fort.

Amber donna son biberon à Brooklyn pendant qu'il mettait la table. Il fut interrompu par la sonnerie de son téléphone et consulta l'écran.

— Du nouveau, Zach ? demanda-t-il en décrochant.

— J'ai fait quelques recherches sur M. Robinson et..., commença Zach.

— Attends une seconde, je mets le haut-parleur, coupa Rylan.

Il alla s'asseoir sur le bras du canapé, mit le haut-parleur et plaça le téléphone entre Amber et lui.

— Amber est avec moi, expliqua-t-il. Tu disais que tu avais fait des recherches sur M. Robinson ?

— C'est ça, répondit Zach. Il se trouve qu'Alicia Ward

était l'une de ses employées. Elle a démissionné il y a environ un an.

— C'est-à-dire à peu près au moment où elle est tombée enceinte, dit Amber en levant les yeux vers Rylan.

— Des plaintes pour violences domestiques et coups et blessures ont été déposées contre M. Robinson par sa femme et une dénommée Charlotte Pemberton, poursuivit Zach. Nous avons retrouvé cette dernière : c'est une escort girl qui travaille à Dallas. Toutes les plaintes ont ensuite été retirées.

Un tableau commença à se former dans l'esprit de Rylan et son estomac se noua.

— Si elles ont été retirées, ces plaintes suffisent-elles à empêcher les Robinson d'adopter un enfant de manière légale ? demanda Amber.

— Toute agence d'adoption sérieuse trouverait ça problématique, répondit Zach. Et un bon psychologue comprendrait vite la situation de la famille.

Zach s'interrompit quelques instants avant d'ajouter :

— Nous avons aussi découvert que M. Robinson finançait la campagne de réélection du juge de son comté. Ce juge a beaucoup d'influence au Texas.

Les pensées se bousculèrent dans l'esprit de Rylan. Les Robinson avaient-ils payé Alicia pour tomber enceinte parce qu'ils ne pouvaient pas avoir d'enfant ? Alicia avait-elle changé d'avis en cours de route parce qu'elle avait estimé qu'elle ne pouvait pas faire une chose pareille à sa fille ? À l'homme qu'elle avait choisi pour être le père de cet enfant ?

— Par ailleurs, nous savons qu'Alicia a une sœur qui vit à Austin, dit Zach. Elle s'appelle Adeline. Celle-ci dit qu'elles étaient proches et qu'elle n'a plus de nouvelles de sa sœur depuis six mois.

— Nous savons qu'elle était au moins en vie jusqu'à

la naissance de Brooklyn, intervint Rylan. Et même plus tard, puisqu'elle correspond à la description de Chess.

— Effectivement, répondit Zach. Techniquement, je peux placer M. Robinson en garde à vue pour soixante-douze heures, mais ce serait une démarche risquée. Les Robinson sont toujours dans mon bureau. Pour l'instant, je les traite comme des victimes, pas comme des suspects. Je voulais juste que vous sachiez où on en était.

— Merci, dit Rylan.

— Est-ce que je peux te poser une question sur un autre sujet ? demanda Amber d'une voix douce, presque timide.

— Vas-y.

— C'est à propos de Breanna. Je sais que vous êtes très occupés, mais avez-vous retrouvé ses parents ?Rylan lut de la tristesse dans ses yeux.

— Non, pas encore, répondit le shérif. Mais j'ai chargé un de mes hommes de les chercher.

— J'ai entendu dire qu'ils avaient déménagé à San Antonio il y a quelques années, dit Amber.

Elle hésita quelques instants avant d'ajouter :

— J'ai aussi entendu dire que Breanna était revenue à Jacobstown et qu'elle se droguait toujours. Je sais que ça ne vous incitera pas à chercher son meurtrier plus vigoureusement, mais... Je me disais juste que vous pourriez vous intéresser à cette communauté pour savoir où elle était et qui elle fréquentait ces derniers temps.

— Je me pencherai sur cette piste, promit Zach. Merci pour l'information.

— De rien. Avez-vous toujours les mêmes suspects ?

— Reggie Barstock est toujours notre suspect principal, répondit Zach. On essaiera de trouver un lien entre Breanna et lui. Comme il n'y a pas de traces de lutte, nous pensons qu'elle connaissait son assassin.

Amber frissonna, sans doute à l'idée que quelqu'un de son entourage ait pu commettre un acte aussi horrible.

— Encore une chose, dit Zach. J'ai demandé à Perry de faire des recherches sur le cabinet de Teague Thompson. Il a déjà eu affaire à des réseaux d'adoptions illégales. Ce type est corrompu, mais il a aussi le bras long. Son oncle est sénateur et sa famille a beaucoup de relations au Texas.

— On dirait qu'on est tombés sur une sacrée toile d'araignée, grommela Rylan.

— C'est le cas, répondit Zach. Et c'est pour ça qu'on doit monter un dossier en béton afin que Brooklyn et toi restiez ensemble. Perry est en route pour Austin. Il a rendez-vous avec la sœur d'Alicia. Il se trouve qu'Alicia a laissé son ordinateur chez elle.

Zach était un excellent enquêteur, songea Rylan. Maintenant qu'il tenait une piste, ils avaient de bonnes chances de découvrir la vérité.

— Faites-vous discrets encore quelque temps, ajouta Zach. Je cuisine les Robinson, mais je n'ai pas encore les moyens de les retenir. Si Perry trouve de quoi étayer notre hypothèse, j'arrêterai M. Robinson.

— Toujours aucune nouvelle d'Alicia ? reprit Rylan.

Même si personne n'en avait parlé, tout le monde devait envisager la possibilité que M. Robinson l'ait retrouvée et tuée.

— Non, répondit Zach. On espère que son ordinateur nous fournira des pistes.

Rylan le remercia de les avoir tenus au courant et raccrocha.

— Je me souviens très vaguement de Reggie Barstock… Quel est son problème ? demanda-t-il à Amber.

— C'est le fils de Maddie, répondit-elle.

— Je me souviens d'elle. Une femme très gentille.

Mais Rylan connaissait mal cette famille et n'avait presque aucun souvenir de Reggie.

— Elle a tenu une boutique en centre-ville pendant des décennies, non ? ajouta-t-il.

— C'est bien ça, répondit Amber. Je me souviens surtout que Reggie était très solitaire, à l'école. Il ne pratiquait aucun sport et je crois qu'il n'était pas un très bon élève. Deacon a été dans sa classe, à un moment. Je me souviens qu'il a été surpris que Reggie obtienne son bac. Il avait redoublé plusieurs fois. Maddie Barstock était une sainte. Mais le père de Reggie était un bon à rien, et tout le monde a pensé que c'était pour ça qu'il avait mal tourné. Tu sais comment sont les gens, une fois qu'ils se sont fait une opinion sur quelqu'un… Sa mère, en tout cas, avait une excellente réputation. Tous ceux qui ont travaillé pour elle l'ont adorée. Elle est morte l'année dernière en déshéritant Reggie. Elle a tout légué à l'une de ses nièces, Chelsea.

Rylan haussa un sourcil.

— Celle que j'ai rencontrée ici l'autre jour ? demanda-t-il.

— Oui, c'est bien elle. C'est une femme formidable. Elle tient la pizzeria qui se trouve sur la grande place.

Il y avait de la fierté dans sa voix. Rylan savait qu'Amber avait toujours accordé beaucoup d'importance à la famille, et les Kent étaient très proches les uns des autres. Rylan l'avait vu de près et il comprenait mieux la valeur que cela avait, maintenant qu'il était adulte.

— Reggie n'a pas dû apprécier que son héritage atterrisse entre les mains de quelqu'un qu'il ne connaissait pas, commenta-t-il.

— Et Zach a d'autres raisons de le suspecter, répondit Amber. On a découvert qu'il faisait des passages discrets à Jacobstown depuis quelques années. Et comme il boite du côté gauche…

— C'est louche, si l'Amputeur de Jacobstown tranche le sabot gauche des bêtes qu'il tue. Et puisque le pied gauche de Breanna...

Amber lui jeta un regard affolé, comme si elle ne pouvait pas l'entendre finir cette phrase, même si elle savait aussi bien que lui ce qui était arrivé à Breanna.

— Il a disparu après le lycée, et tout le monde a cru qu'il était parti pour de bon, reprit-elle. Il est réapparu l'an dernier, rempli d'amertume et pas ébranlé le moins du monde par la mort de sa mère. Il ne se souciait que de son héritage. Il a essayé de forcer Chelsea à quitter la ville. Ça a été horrible... Apparemment, il avait vécu en Louisiane entre-temps et il s'y était attiré des ennuis.

— Quel genre d'ennuis ? demanda-t-il.

— De petits délits, d'après Zach. Mais tout le monde pense qu'il faut le garder à l'œil. Ce qui est sûr, c'est qu'il connaît bien Jacobstown, puisqu'il y a grandi. Il fait un bon suspect, mais Zach n'est pas pleinement convaincu, essentiellement parce que l'Amputeur semble être bien plus intelligent que ne l'est Reggie.

Quand elle soupira, il comprit à quel point ce sujet de conversation lui était pénible.

Amber baissa les yeux vers Brooklyn, qui s'était endormie après avoir fini son biberon. C'était le bon moment pour manger et inciter Amber à se reposer. Il voyait bien qu'elle prenait soin de tout le monde autour d'elle. Mais qui prenait soin d'elle ?

— Je vais la coucher, annonça Amber avec une tendresse qui émut profondément Rylan.

Subitement, il se rendit compte qu'il avait été comme mort, à l'intérieur, pendant bien trop longtemps.

— Je pense que les lasagnes sont prêtes, répondit-il.

Une odeur délicieuse flottait dans la pièce.

Amber plaça Brooklyn dans le porte-bébé et le rejoignit à table. Même épuisée et inquiète, elle était magnifique. Elle devait être affamée, parce qu'elle ne prononça pas un mot avant d'avoir mangé la moitié de sa part.

— J'ai toujours su que Joyce était une bonne cuisinière, mais c'est absolument délicieux, finit-elle par dire.

Rylan contempla son assiette vide et sourit.

— Oui. Je n'ai rien mangé d'aussi bon depuis une éternité, répondit-il.

— Quand j'aurai terminé, j'irai prendre une douche, puis il faudra que tu m'expliques pourquoi, annonça Amber.

16

Rylan fit du café. Il avait réussi à éviter le sujet de sa brouille avec Will jusque-là, mais il savait qu'il devait une explication à Amber. Elle méritait de comprendre parce qu'il avait enfin réussi à identifier l'émotion qu'il lisait dans ses yeux quand elle l'interrogeait : elle se reprochait de l'avoir embrassé, huit ans plus tôt, et pensait que c'était à cause d'elle qu'il s'était engagé dans l'armée. Elle devait aussi croire que c'était à cause d'elle qu'il s'était brouillé avec Will.

Il se doucha dans la salle de bains des bureaux pendant qu'Amber occupait celle de l'appartement. Il connaissait tellement bien le ranch qu'il lui était facile d'y circuler même s'il y avait très peu de lumière. Il savait aussi où les choses étaient rangées. Il trouva des vêtements propres qui lui allaient à peu près et se brossa les dents. Il s'était déjà réinstallé à table, devant une tasse de café, quand Amber sortit de la salle de bains.

Ses cheveux détachés cascadaient dans son dos. Elle portait un short à peine visible sous un T-shirt bien trop grand pour elle. Ses jambes longues et pâles semblaient douces comme de la soie. Il serra les poings, puis il prit sa tasse de café et se força à détourner les yeux de ses charmes. Après avoir bu une gorgée, il se leva.

— Veux-tu un café ? proposa-t-il.

— Ne bouge pas. Je me sers, répondit-elle.

Elle lui décocha un sourire qui le terrassa. Décidément, il avait beaucoup de mal à rester objectif quand ils étaient dans la même pièce.

Elle se servit un café, le sucra, puis vient s'asseoir en face de lui.

— Tu devrais te reposer, lui dit-il.

— Ça m'étonnerait beaucoup que je réussisse à dormir, répondit-elle. Je n'arrête pas de penser à ce qui est arrivé à Breanna. Il y a tellement de choses qu'on ignore... En plus, si je suis vraiment fatiguée, ce n'est pas une tasse de café qui m'empêchera de dormir.

Elle esquissa un sourire qui parut forcé à Rylan.

— Veux-tu qu'on parle ? proposa-t-il.

Il aimait discuter avec Amber, alors qu'il était plutôt du genre silencieux.

— Quand tu t'es disputé avec mon frère et que tu es parti, j'ai cru que je ne te reverrais jamais, dit-elle d'une voix triste.

Elle rougit et baissa les yeux.

Quand elle releva la tête, il lut dans son regard un mélange de chagrin et de défaitisme qui lui brisa le cœur.

— Je suis désolé d'avoir disparu comme ça, répondit-il. J'avais pris un mauvais tournant et...

— Est-ce à cause de notre baiser ? s'enquit-elle. Parce que j'ai beaucoup pensé à ce qui s'est passé dans cet appartement, ces derniers temps, et c'était ma faute. Tu ne m'as pas embrassée, Rylan. Je me souviens très bien que c'est *moi* qui t'ai embrassé.

Elle fixa sa tasse et rougit davantage. Il ne put s'empêcher de la trouver encore plus belle.

— C'était bien plus compliqué que ça, s'empressa-t-il

de répondre, navré qu'elle se soit sentie coupable pendant toutes ces années. Ma vie était devenue chaotique. C'est pour ça que je t'ai rendu ton baiser et…

Elle ne le laissa pas terminer.

— Tu n'as pas d'explication à me fournir.

— Une minute, dit-il en regrettant d'avoir formulé les choses comme il venait de le faire. Ce n'est pas ce que je voulais dire. Ce que je veux dire, c'est qu'il y a des lignes qui ne devraient pas être franchies. Embrasser la petite sœur de son meilleur ami dans le dos de celui-ci n'est pas franchement glorieux. Ma relation avec Will était déjà tendue… Je n'avais pas le droit de faire ça.

Amber se leva et ramassa les assiettes.

— Tu n'as pas non plus besoin de te défendre, murmura-t-elle.

— Ce n'est pas ce que je faisais, protesta-t-il.

Il la rejoignit dans la kitchenette, qui était à peine assez grande pour une personne.

Elle ouvrit le robinet et se mit à faire la vaisselle, dos à lui. Elle ne tournait le dos aux gens que lorsqu'elle était en colère ou trop embarrassée pour parler. Rylan s'en voulut d'avoir provoqué cette réaction.

Il avait tout gâché.

— Amber…

— Arrête, Rylan, dit-elle sans se retourner. Je ne suis pas d'humeur à me faire insulter par la personne que je suis en train d'aider. Une personne qui refuse de me dire pourquoi elle ne veut pas mettre les pieds dans le bâtiment principal. Une personne qui s'est engagée dans l'armée après s'être disputée avec mon frère et qui ne veut même pas m'expliquer pourquoi.

— Tu crois vraiment que je n'ai pas jeté un regard en arrière ?

Il était si près d'elle que son parfum floral l'étourdissait. Il était assez près pour la toucher, alors il le fit. Il posa ses mains sur ses épaules et la sentit tressaillir. Ce simple contact suffit à lui donner une érection difficile à cacher dans un pantalon de jogging.

— N'est-ce pas ce que tu as fait, Rylan ? demanda-t-elle en parlant très vite, comme toujours quand elle était stressée. N'est-ce pas ce que tu feras de nouveau quand la poussière retombera et que l'ennui te gagnera ? N'est-ce pas pour ça que tu allais à Collinsville, à l'époque ? N'est-ce pas comme ça que tu t'es attiré des ennuis ?

Il dut mobiliser toute sa volonté pour forcer ses mains à rester immobiles. Il n'aspirait qu'à la caresser et à couvrir sa nuque de baisers.

Avant qu'il ne trouve le courage de s'écarter d'elle, elle recula d'un pas et pressa son dos contre son torse.

Il devait bien admettre qu'elle lui inspirait des sentiments intenses – et que la tendresse avec laquelle elle s'occupait de sa fille rendait plus intenses encore. Mais il savait aussi que tomber amoureux d'une Kent était une grave erreur.

Il ne la méritait pas, même si elle ne le reconnaîtrait jamais.

— As-tu l'intention de me répondre ? demanda-t-elle.

— Que veux-tu que je te dise ? Veux-tu entendre que je te trouve merveilleusement belle ? Que tu m'incites à désirer des choses que je ne mérite pas ? Je ne les mériterai jamais, et il se trouve que ton frère est d'accord avec moi. Parce que je peux te dire tout ça. Et après ? Tu auras pitié de moi et...

Elle fit volte-face et le fusilla du regard, ce qu'il trouva follement sexy.

— Je n'aurai jamais pitié de toi, Rylan, déclara-t-elle.

Quant à mon frère, ce n'est pas à lui de décider de ce qui est bon pour moi.

Ses seins se pressaient contre son torse à chacune de ses inspirations. Il laissa retomber ses bras pour les enrouler autour de sa taille. Il la désirait tant qu'il en avait perdu toute lucidité.

— Tout ce que je peux dire, c'est que je ressens la même chose pour toi, ajouta-t-elle.

Les larmes qui brillaient dans ses yeux n'aidèrent pas Rylan à reprendre le contrôle de lui-même.

— C'est une mauvaise idée, répondit-il.

Amber glissa ses doigts sous le T-shirt de Rylan en le regardant droit dans les yeux.

— Vraiment ? répliqua-t-elle. Parce que je ne vois pas une seule bonne raison pour qu'on se l'interdise. On est des adultes, maintenant – des adultes parfaitement capables de décider de passer une nuit merveilleuse ensemble.

Elle se hissa sur la pointe des pieds et l'embrassa. Il se raidit pendant quelques secondes, puis la serra dans ses bras.

— Je ne nierai pas que tu as grandi, Amber, murmura-t-il contre ses lèvres. Tu es intelligente, belle et forte…

Elle s'écarta un peu de lui, plongea son regard dans le sien et comprit qu'elle jouait avec le feu. Plus elle passait de temps avec Rylan, plus les sentiments qu'il lui inspirait se développaient. Elle n'avait aucun contrôle sur la situation. Ce qu'elle ressentait en sa présence ne ressemblait à rien de ce qu'elle avait déjà vécu. Leur alchimie promettait des plaisirs dont elle ignorait tout.

Il lui serait extrêmement facile de se perdre dans l'instant présent avec cet homme, de tout oublier de leur passé et de leur histoire…

Et c'était bien ce qu'elle avait l'intention de faire au moins une nuit.

Les doigts tremblants, elle souleva son T-shirt. Rylan lui vint en aide, et le T-shirt se retrouva par terre quelques secondes plus tard.

Quand elle voulut retirer le sien, il prit l'une de ses mains et la porta à ses lèvres. Il la fit frissonner de plaisir en embrassant ses doigts, puis sa paume et son poignet.

— Je te l'ai déjà dit et je te le dirai encore : tu es magnifique, Amber Kent, dit-il d'une voix rauque et terriblement sexy. Tu es encore plus belle que dans mon souvenir. Je n'aurais pas cru que c'était possible.

Il lui retira son T-shirt, qui rejoignit le sien par terre, puis il prit ses seins dans ses mains. Elle dégrafa son soutien-gorge en laissant échapper un soupir. Il avait les mains calleuses, et elle adora les sentir lui caresser la peau.

— Pourquoi as-tu disparu après m'avoir embrassée ? ne put-elle s'empêcher de demander.

Cette question la hantait depuis bien trop longtemps.

— Tu veux vraiment qu'on en parle maintenant ? répondit-il en laissant courir ses doigts sous la ceinture de son short. Parce que j'ai autre chose à l'esprit et que ça me paraît bien mieux que de déterrer le passé. Je pense au présent, à toi et à moi. J'attends cet instant depuis très longtemps.

Comme pour étayer sa réponse, il se pencha et couvrit sa gorge de baisers. Une douce chaleur envahit Amber.

— Ça peut attendre, murmura-t-elle.

Elle voulait ce qu'ils étaient sur le point de faire. Non : elle en avait besoin – autant qu'elle avait besoin de respirer.

Elle était peut-être aveuglée par la passion, mais elle s'en moquait. Elle avait négligé ses pulsions trop longtemps. Elle fit glisser le pantalon de jogging de Rylan sur ses hanches. Quelques secondes plus tard, son short rejoignit la pile de vêtements, bientôt suivi par le boxer de Rylan et sa culotte.

Alors Rylan Anderson se tint nu devant elle dans toute sa gloire. Le clair de lune caressait son corps spectaculaire et mettait ses muscles en valeur. Un nouveau frisson la parcourut quand il l'attira contre lui et pressa son érection contre son ventre. Elle avait déjà l'impression qu'ils ne faisaient plus qu'un.

Combien de fois avait-elle fait le vœu que cela se produise quand elle était encore assez naïve pour croire aux vœux ? Ce qui clochait dans sa relation avec Red, c'était qu'il n'était pas Rylan et ne le serait jamais. Elle s'était ordonné d'oublier son béguin d'adolescence et de passer à autre chose. Elle croyait sincèrement l'avoir fait… jusque-là. À présent, elle comprenait qu'elle avait juste refoulé ses émotions assez profondément pour ne plus rien ressentir.

Elle glissa ses doigts dans les cheveux de Rylan et inspira son parfum viril. Tandis que ses seins se pressaient contre son torse, il lui caressa le dos, puis posa ses mains sur ses fesses. Une vague de désir la submergea. Tout à coup, elle ne songea plus qu'à le sentir en elle.

Avant cet instant, elle ne savait pas que deux personnes pouvaient générer une alchimie aussi intense. Même si c'était le mot « alchimie » qui lui venait à l'esprit, elle sentait bien que ce n'était pas seulement physique. Rylan était un homme extrêmement séduisant, mais le lien qui les unissait était plus profond que la simple attirance sexuelle.

Elle enroula ses jambes autour de sa taille lorsqu'il la souleva pour l'emporter dans la chambre et la déposer délicatement sur le lit.

Il fallut moins d'une minute à Rylan pour trouver un

préservatif et le dérouler sur son membre érigé. Quand elle voulut l'embrasser, il la couvrit de baisers si follement qu'elle en eut un vertige. Il se plaça au-dessus d'elle, appuyé sur un coude, et fit rouler les pointes de ses seins entre ses doigts. Alors que celles-ci se tendaient par réflexe, Amber se cambra et laissa échapper un gémissement qui ressemblait à un miaulement.

Alors Rylan l'embrassa comme pour le recueillir dans sa bouche.

— Je veux te sentir en moi, balbutia-t-elle.

Elle n'eut pas besoin de l'encourager davantage.

Il glissa son érection entre ses plis en faisant bien attention à ne pas trop peser sur elle. Folle de désir, elle enroula ses jambes autour de sa taille.

Pendant quelques secondes, il la provoqua en restant immobile, mais il plongea en elle quand elle enfonça ses ongles dans ses épaules. Alors il se mit à aller et venir en l'embrassant passionnément.

Elle épousa son rythme, qui s'accrut jusqu'à ce qu'ils perdent le souffle.

Le désir les poussait de plus en plus loin, de plus en plus vite.

— Rylan, gémit-elle.

Il s'écarta pour plonger son regard dans le sien et répondit :

— Tu es extraordinaire, Amber Kent.

Elle adora l'entendre prononcer son nom d'une voix rauque. Elle crut l'entendre dire autre chose – quelque chose qui ressemblait à « je t'aime » – mais c'était sans doute son imagination qui lui jouait des tours. Alors il lui fit tout oublier en la propulsant vers l'orgasme le plus intense de sa vie.

Il continua à aller et venir en elle quelques instants,

puis il se figea et la rejoignit dans la jouissance avec un grognement sourd.

Quand il s'effondra à côté d'elle, elle se tourna vers lui et se glissa au creux de son bras. Après l'avoir embrassé, elle contempla son visage. Son sourire était éblouissant, et elle ne vit pas la moindre trace d'inquiétude ni de regret dans ses yeux. C'était un spectacle addictif et dangereux.

— J'espère que tu n'es pas à bout de forces, parce qu'une fois ne me suffira pas, prévint-il.

17

Faire l'amour à Amber avait changé beaucoup de choses pour Rylan. Maintenant qu'il avait entrouvert cette porte, il espérait de tout son cœur que les sentiments qu'elle lui inspirait étaient partagés. Allongé auprès d'elle, peau contre peau, il se rendait bien compte qu'il commençait juste à percevoir leur intensité.

Amber s'était endormie et il ne voulait pas la déranger. Brooklyn réclamerait bientôt un nouveau biberon. Il s'écarta doucement d'Amber et se leva sans faire de bruit pour ne pas risquer de la réveiller. Elle avait besoin de se reposer. Si elle entendait Brooklyn pleurer, elle se précipiterait auprès de la petite avant qu'il n'ait enfilé son boxer.

Il sortit de la chambre, alla dans la kitchenette et prépara du café. De toute manière, il n'arriverait pas à dormir parce que l'idée que la mère de Brooklyn était peut-être morte lui trottait dans la tête. Sa propre mère était morte quand il était au lycée. Avec le recul, il n'éprouvait que de la gratitude : il avait quand même pu passer du temps avec elle.

Il faisait preuve d'une maîtrise de lui-même admirable en se retenant de foncer au bureau de Zach pour forcer M. Robinson à parler. Le shérif devait respecter les lois, et Rylan connaissait d'autres méthodes pour obtenir des réponses. Il était vraiment tenté d'y aller… Et si les Robinson n'étaient plus là, il pourrait toujours les traquer. Mais il n'avait plus laissé sa colère le gouverner depuis qu'elle lui avait fait prendre de mauvaises décisions au lycée. Il avait fini par comprendre que ses actes irréfléchis faisaient du mal aux gens auxquels il tenait. Cependant les situations comme celle-ci mettaient sa patience à l'épreuve. La vie d'une femme était peut-être en jeu.

Et la patience n'avait jamais été son point fort.

Il avait presque fini sa deuxième tasse de café quand Brooklyn s'étira. Il regarda sa fille et craignit un instant de perdre tous ses moyens.

Mais il éprouva une immense fierté, un quart d'heure plus tard, après l'avoir nourrie, fait roter et lui avoir changé sa couche. Comme il avait agi vite, elle ne s'était jamais tout à fait réveillée. Cela avait grandement facilité le changement de couche. Il devait une fière chandelle à Amber pour lui avoir enseigné les rudiments de cet art.

Très content de lui, il replaça Brooklyn dans le porte-bébé. Pour la première fois depuis qu'elle était tombée du ciel, il croyait qu'il serait peut-être capable de s'occuper d'elle.

Encore mieux : Amber dormait toujours. L'idée qu'il veillait sur elle lui réchauffa le cœur. Bien sûr, Amber Kent était une femme forte et indépendante. Mais il trouvait particulièrement émouvant qu'une femme de sa trempe s'autorise à se montrer vulnérable devant lui, et il était fier de prendre soin de quelqu'un qui s'occupait autant des autres.

Il repensa à M. Robinson. Le tableau qui commençait à se former dans son esprit lui donnait la nausée. Avait-il forcé Alicia, par un chantage ou des menaces, à porter un enfant pour lui ? Un homme qui avait son caractère et ses pulsions de domination pouvait certainement obliger sans aucun scrupule une employée à faire quelque chose contre son gré. S'il ne traitait pas avec respect la femme qu'il était censé aimer plus que tout, comment traitait-il les gens qu'il considérait comme des pions ?

D'autres idées trottaient dans la tête de Rylan. Pourquoi Alicia avait-elle changé d'avis ? En observant Amber avec Brooklyn, il constatait que l'instinct maternel était un moteur puissant. Alicia s'était-elle attachée au bébé pendant la grossesse ? Il avait entendu dire que les femmes enceintes produisaient beaucoup d'hormones. Elles avaient forcément une utilité, qui devait être de favoriser la survie de l'enfant.

Les informations que Zach leur avait fournies incitaient aussi Rylan à accorder plus de crédit à l'hypothèse d'Amber, même s'il était loin d'être prêt à se considérer comme une victime dans cette affaire. Néanmoins, tout les incitait à penser qu'Alicia voulait désespérément tomber enceinte. Il était possible qu'elle l'ait choisi comme géniteur pendant la soirée qu'il avait oubliée et qu'elle ait mis quelque chose dans son café.

C'était possible, mais il n'arrêterait de se suspecter d'avoir flanché que lorsqu'il en aurait la preuve.

Il sortit un calepin et un crayon d'un tiroir de la cuisine et se mit à prendre des notes.

Quand il releva la tête, un quart d'heure plus tard, Amber se tenait à la porte de la chambre et le fixait.

— Bonjour, beauté ! lui lança-t-il.

Elle lui offrit un sourire.

— Bonjour, Rylan, répondit-elle.

Elle était presque timide, et il devina pourquoi.

— Tu es très importante à mes yeux, lui dit-il. Cette nuit a changé beaucoup de choses pour moi, même si je ne comprends pas encore bien quoi.

Il crut lire de la déception dans son regard quand elle s'approcha de lui.

Il lui prit la main, l'attira sur ses genoux et l'embrassa. Il aurait aimé pouvoir lui livrer toutes ses pensées, mais il lui était difficile de s'ouvrir pleinement à qui que ce soit. Il n'était sûr que d'une chose : l'idée de perdre Amber lui faisait l'effet d'un coup de poignard dans le cœur.

Ils entendirent des pas dans l'escalier et se levèrent aussitôt. Ils s'empressèrent tous les deux de récupérer leur arme, et Amber ramassa le porte-bébé.

— Emmène-la dans la chambre, s'il te plaît, dit Rylan.

Amber savait se servir de son revolver. Elle protégerait sa fille s'il échouait.

— Sois prudent, répondit-elle.

— Ferme la porte, mais prends le temps de regarder qui l'ouvre avant de tirer, dit-il en lui décochant un clin d'œil dans l'espoir de détendre un peu l'atmosphère.

Ce fut un échec. Amber fronça les sourcils.

— Je suis coriace, ajouta-t-il pour la rassurer. Je suis même plutôt doué dans ces situations.

Amber lui sourit, mais son regard resta inquiet. Elle emporta Brooklyn dans la chambre et le regarda une dernière fois avant de fermer la porte. Il crut l'entendre murmurer qu'elle l'aimait – c'était sans doute son imagination qui lui jouait des tours.

On frappa à la porte de l'appartement.

— C'est Will. Ouvrez !

La porte de la chambre s'entrouvrit, et Amber réapparut avec Brooklyn dans les bras.

— Je vous laisse discuter entre hommes pendant que je câline ce petit ange, lui dit-elle.

Le tableau que sa fille et Amber formaient fit fondre Rylan. Il offrit un sourire à Amber, puis tourna les talons.

Ayant ouvert la porte, Rylan se trouva nez à nez avec Will.

— Comment as-tu su que j'étais là ? lui demanda-t-il .

— Où est ma sœur ? répondit Will. Est-elle en sécurité ?

Son inquiétude émut Rylan, mais il n'y avait rien d'étonnant à ce qu'un Kent se soucie d'un autre Kent.

— Elle est là. Veux-tu entrer ? proposa Rylan en s'écartant.

Will le fixa quelques instants, puis acquiesça.

— Il s'est passé beaucoup de choses depuis notre dernière discussion, dit Rylan. Veux-tu un café ?

Le soleil n'était pas encore levé, mais les journées commençaient à 4 heures du matin, au ranch. Rylan aurait dû savoir qu'ils ne duperaient pas la famille d'Amber et que leur présence dans la propriété serait remarquée.

— Je veux bien, répondit Will en s'asseyant. Noir, s'il te plaît.

Rylan remplit deux tasses, en posa une devant son ancien meilleur ami et s'assit à son tour.

— Avant que tu ne dises quoi que ce soit, j'aimerais te présenter mes excuses, commença-t-il.

— Il n'y a aucune raison de remuer le...

— Au contraire, dit Rylan. J'ai arrêté de boire et c'est une étape importante de ma thérapie.

Will écarquilla les yeux.

— Je suis sobre depuis plusieurs années, maintenant, mais te faire face est la partie la plus difficile du processus, reconnut Rylan.

— Pourquoi ?

Will but une gorgée de café en l'observant attentivement.

— Parce que je dois être prêt à me pardonner si tu acceptes mes excuses, répondit Rylan. Je n'en suis pas encore là, mais...

— Ne crois-tu pas que perdre une amitié est une punition suffisante ? demanda Will.

Sa sincérité fit l'effet d'un coup de poing dans l'estomac à Rylan.

Leur amitié avait-elle autant manqué à Will qu'à lui-même ?

— Tu m'as couvert cette nuit-là, dit-il. Ce que j'ai fait était mal et tu m'as tiré d'affaire alors que je ne le méritais pas. Je n'étais qu'un gamin stupide...

— Tu avais perdu ta mère, et je n'ai pas réussi à t'aider à te relever ni à retrouver le droit chemin, enchaîna Will.

— C'est moi qui n'ai pas été à la hauteur, pas toi, s'indigna Rylan. Et j'ai porté un coup terrible à la famille Willow en mettant le feu à leur champ. Je ne sais pas ce qui m'a pris de...

— Une minute ! Tu crois que c'est *toi* qui as allumé cet incendie ? demanda Will.

— C'est moi qui étais là-bas. Tu l'as dit toi-même. C'est là que tu m'as trouvé. Tu t'es accusé pour que je n'atterrisse pas dans un centre de détention pour mineurs.

C'était ce dont il se souvenait, du moins.

— Ce sont les frères McFarland qui ont allumé cet incendie et ils l'ont fait exprès, répondit Will. Malheureusement, je ne pouvais pas le prouver. Ils étaient soûls et ils ont trouvé amusant de détruire ce champ, apparemment. Tu étais plongé dans un coma éthylique. Ces salauds t'auraient laissé mourir. Je t'ai trouvé juste avant que les flammes ne t'atteignent... Ça s'est joué à peu. Si je t'en voulais, c'était parce que tu avais renoncé à notre amitié pour traîner avec ces crétins. Tu n'as rien à voir avec l'incendie. Mes parents ont aidé les Willow à se remettre en selle, c'est vrai, mais tu as failli perdre la vie.

Will abattit son poing sur la table.

— J'ai failli arriver trop tard, ce soir-là, mais ce n'est pas ce pour quoi je m'en veux le plus. Les choses n'auraient jamais dû en arriver là. J'aurais dû être un meilleur ami.

Rylan eut besoin d'un peu de temps pour intégrer cette révélation. Il avait passé des années à se sentir coupable pour rien ? Il avait endossé toute cette honte et tous ces regrets pour un forfait qu'il n'avait pas commis ? C'était aussi horrible qu'absurde.

Mais il ne regrettait pas les années qu'il avait passées dans l'armée pour autant. Elles l'avaient aidé à se ressaisir. La discipline militaire lui avait fait du bien.

— Merci de m'avoir dit ça, Will, finit-il par répondre.

— J'ai essayé de te l'expliquer avant que tu t'en ailles, mais tu m'as dit que tu ne voulais pas revenir sur le passé.

Si seulement il avait su de quoi il s'agissait...

— Le fait d'être une tête de mule n'est pas ma plus grande qualité, admit-il.

Will pouffa, ce qui détendit l'atmosphère.

— Tu crois ?

— Je suis désolé pour le mal que je t'ai fait, ajouta Rylan. Notre amitié m'a terriblement manqué. C'est l'une des raisons pour lesquelles j'ai décidé d'arrêter de boire.

— Je suis content d'entendre ça, répondit Will avant de lui tendre la main. Si on reprenait là où on s'est arrêtés en ne gardant que les bons moments ?

— Je suis partant.

Il serra la main de Will avec gratitude.

— Par ailleurs, je tiens à te dire que je n'avais pas la moindre idée de ce dans quoi j'entraînais ta sœur quand je l'ai appelée, ajouta-t-il.

Will ne répondit pas aussitôt. Il parut y réfléchir sérieusement avant de dire :

— Oui, mais j'ai compris que tu ne ferais rien qui risquerait de mettre ma sœur en danger.

— Je tiens beaucoup à elle, Will.

— Je m'en suis aperçu l'autre jour. C'est pour ça que je suis sorti pour m'éclaircir les idées. Pendant toutes ces années, j'ai imaginé que les choses se passeraient autrement si on se retrouvait un jour dans la même pièce.

Il lui décocha un grand sourire.

— Je me représentais quelque chose de plus physique, précisa-t-il.

— Je l'aurais bien mérité après avoir gâché notre amitié comme je l'ai fait, répondit Rylan.

— À vrai dire, je croyais que ce serait toi qui donnerais le premier coup de poing.

— Je reconnais que j'étais bien trop agressif à l'époque.

Rylan but une gorgée de café avant d'ajouter :

— Maintenant, le seul homme à qui j'aimerais donner un coup de poing est celui qui essaie de me prendre ma fille.

Il expliqua la situation à Will et lui dit ce qu'il savait sur Alicia et les Robinson.

— Zach a promis de nous tenir informés s'il y avait du nouveau, conclut-il.

Il posa sa tasse et regarda Will droit dans les yeux.

— Ta sœur est dans la chambre, si tu veux lui dire quelque chose, proposa-t-il.

— Je n'ai rien à dire, répondit Will. Je veux juste te demander de bien prendre soin d'elle. Elle est forte, mais elle a reçu un sacré coup et personne ne veut la voir souffrir comme ça une nouvelle fois. Ça nous a brisé le cœur de la voir dans cet état… Son salopard d'ex-mari a fichu le camp tout de suite – mais elle ne tenait pas autant à lui qu'elle tient à toi.

Will plissa les yeux.

— Tu as compris que ma sœur avait des sentiments pour toi, au moins ? demanda-t-il.

— Je l'espère, en tout cas, répondit prudemment Rylan.

Il était sûr d'avoir des sentiments pour Amber, mais il ne savait pas ce que cela impliquait sur le long terme. Dans l'immédiat, il ne songeait qu'à voir M. Robinson derrière des barreaux et à être rassuré quant à la sécurité d'Amber et de Brooklyn. Le plus urgent était de retrouver la mère de sa fille.

— Tant mieux, parce que je ne l'ai jamais vue regarder son mari comme elle te regarde.

Ces mots ébranlèrent profondément Rylan.

— Pour être honnête, je sais que je ne suis pas assez bien pour ta sœur, chuchota-t-il parce qu'il savait qu'Amber protesterait si elle l'entendait.

— Tu sais quoi ? À une époque, j'aurais été entièrement d'accord avec toi, mais je ne le suis plus. Tu en feras ce que tu voudras, mais je pense que tu es exactement l'homme qu'il lui faut.

Will posa sa tasse, se leva et se tourna vers la porte de la chambre.

— Tu as entendu, Amber ? lança-t-il.

— Très bien, répondit-elle à travers la porte.

Will s'en alla, et Amber sortit de la chambre.

— Il faudra qu'on parle quand les problèmes seront réglés, dit-elle.

Rylan n'aima pas l'hésitation qu'il entendit dans sa voix. Avait-elle des doutes ? Trouvait-elle que leur relation évoluait trop vite ? Il eut l'impression d'être en pleine tempête. Pour le moment, son navire tenait bon. Mais risquait-il d'être retourné par une vague et de sombrer ?

Amber caressa les cheveux de Brooklyn. Elle ne pouvait pas laisser ce petit ange lui faire perdre sa lucidité. D'un autre côté, comment pouvait-elle éviter cela ? La tenir dans ses bras lui semblait si naturel… Être avec Rylan lui semblait si naturel… Sauf qu'elle n'était pas la mère de Brooklyn.

Elle entendit des pas dans l'escalier et regarda la table pour savoir ce que Will avait oublié. Quand elle se tourna vers la porte, celle-ci s'ouvrit brutalement et M. Robinson apparut.

Il pointait une arme sur elle.

— Restons calmes ! dit Rylan.

Son téléphone, qui était posé sur la table, se mit à sonner.

— Approche ! ordonna M. Robinson à Amber.

Son regard rappelait à la fois celui d'un dément et celui d'un prédateur qui a repéré une proie.

Amber était paralysée par la terreur. Elle ne pouvait que serrer Brooklyn contre son cœur. Si elle avait été la seule en danger, elle se serait défendue ou aurait essayé de se mettre à couvert sans une seconde d'hésitation. Mais le fait de tenir un bébé la ralentissait considérablement. La moindre erreur pouvait donner l'avantage à M. Robinson. Il avait déjà l'avantage et cela la rendait furieuse. Elle n'avait jamais tenu le rôle de la victime et elle n'avait pas l'intention de commencer maintenant. En revanche, elle était prête à faire tout ce qu'il faudrait pour assurer la sécurité de Brooklyn.

Rylan était près de la table, de l'autre côté du canapé. Son téléphone sonnait toujours. Même un soldat bien entraîné comme lui ne pouvait pas faire un saut pareil avant que M. Robinson n'ait appuyé sur la détente.

— Laissez-la partir, dit Rylan. C'est moi que vous voulez.

Les mains de M. Robinson tremblaient et une veine palpitait sur son front.

— C'est moi qui décide qui m'accompagne, répliqua-t-il.

— Où est la mère du bébé ? demanda Rylan.

— Elle ne reviendra pas, répondit Robinson avec un sourire mauvais. Je l'ai tuée de mes propres mains. Cette idiote n'était même pas capable de suivre des instructions simples. Elle devait juste avoir le bébé et nous le donner. J'aurais préféré un fils. Les femmes sont si faibles... Mais ma femme en voulait quand même.

Amber jeta un coup d'œil à Rylan. Elle s'attendait à moitié à ce qu'il tente quelque chose tout en sachant qu'il ne pouvait pas. Elle n'en revenait pas de l'indifférence avec laquelle cet homme parlait du meurtre de la mère de Brooklyn. Alicia n'aurait peut-être pas été une mère parfaite pour ce petit ange, mais elle ne méritait pas de mourir.

Amber se tenait près de la porte, et l'arme était pointée sur elle.

Il était de toute façon hors de question qu'elle laisse ce fou tirer sur le bébé. Elle se retourna pour faire un rempart de son corps à Brooklyn.

— Tout va bien, Rylan, dit-elle le plus calmement possible.

Robinson était visiblement instable. Elle ne devait rien faire qui pouvait l'inciter à appuyer sur la détente.

— Personne ne t'a autorisée à parler ! cria Robinson.

Cette remarque exaspéra Amber. Il était temps que ce salaud se réveille. On n'était plus dans les années 1950. Les femmes avaient le droit de vote. Elles pouvaient gérer des ranchs et avoir toutes sortes de carrières. Certaines, comme elle, savaient même se servir d'une arme. Alors il avait intérêt à surveiller son langage...

— S'il m'arrive quelque chose, vous n'aurez pas ce que vous êtes venu chercher, dit Amber. Le bébé mourra avec moi. Vous aurez perdu. Vous serez arrêté. Mon cousin, Zach McWilliams, ne s'accordera pas une minute de repos avant de vous avoir jeté en prison. On est dans une impasse, on dirait.

— Pendant que son cousin vous pourchassera avec les moyens que la loi lui offre, je traquerai votre famille, ajouta Rylan d'une voix parfaitement calme. Votre femme, votre mère... Tous ceux à qui vous tenez. Et je finirai par vous. Vous saurez que je vous tuerai, mais vous ne saurez pas quand et vous ne pourrez rien faire pour m'en empêcher.

— Tu me suis avec le bébé ! ordonna Robinson à Amber.

Alors il pointa son arme sur Rylan et tira.

18

Rylan était touché. Il tomba à la renverse, heurta le mur, s'effondra lourdement sur la table et roula par terre. Ce salaud devait payer. Quoi qu'Alicia ait pu faire, elle ne méritait pas de mourir. Il était bien placé pour savoir ce que c'était que de commettre des erreurs. Tout le monde méritait d'avoir une deuxième chance.

Amber cria, et son regard horrifié emplit Rylan de culpabilité. Oui, il avait pris une balle, mais il s'était déjà retrouvé dans de pires situations. Un bon soldat était capable de se détacher émotionnellement de l'opération en cours et de rester logique. Il laisserait tout son entraînement refaire surface dès que Robinson franchirait la porte avec Amber et Brooklyn.

Faire semblant d'être plus gravement blessé qu'il ne l'était lui donnait un avantage – et il en avait peu pour le moment.

Robinson poussa Amber dans l'escalier. La terreur que Rylan lut dans son regard quand elle lui jeta un dernier coup d'œil le hanterait jusqu'à la fin de ses jours si son plan échouait. S'il ne jouait pas bien ses cartes, ce serait la dernière image d'elle gravée dans son esprit.

Il passa à l'action dès que Robinson et Amber eurent disparu dans l'escalier. Il marcha sans un bruit jusqu'à la fenêtre de la kitchenette, l'ouvrit, grimpa sur le bord de l'évier et se glissa dehors.

En se suspendant au rebord de la fenêtre, il réduisit nettement la hauteur de la chute. Il atterrit derrière les bureaux. Le soleil venait de se lever, ce qui signifiait que Lonnie et les autres employés vaquaient déjà à leurs occupations.

Où était Will ?

La colère le gagna quand il songea qu'il avait pu arriver malheur à son ami. Non... C'était impossible. Amber et lui auraient entendu quelque chose. Robinson devait s'être caché quelque part et avoir attendu que Will s'éloigne.

Du sang s'écoulait du poignet gauche de Rylan, que la balle avait entaillé. Ce n'était pas grave. Il était capable de neutraliser Robinson d'une seule main.

Il longea une rangée de buissons à grands pas jusqu'à ce qu'il ait repéré sa cible. Robinson tenait le poignet d'Amber, ce qui mit Rylan encore plus en colère.

Il s'accroupit aussitôt et observa Robinson à travers les branches des buissons. La chance commençait à lui sourire : celui-ci se dirigeait vers l'endroit où il se trouvait. Ce salaud était une tête brûlée, pas un criminel professionnel. Rylan devait juste être patient et attendre que Robinson commette une erreur.

Rylan ne pouvait compter que sur sa main droite, ce qui n'était pas idéal – mais il était droitier, heureusement. Il ne doutait pas de sa capacité de remporter ce combat. Ses émotions l'avaient paralysé dans l'appartement. Comment aurait-il pu en être autrement ? C'étaient Amber et sa fille qui étaient menacées – une fille qu'il ne connaissait que depuis quelques jours, mais sans laquelle il n'imaginait déjà plus vivre. Le petit ange s'était vite frayé un chemin jusqu'à son cœur.

Il s'efforça de contrôler sa poussée d'adrénaline, qu'il

devait en partie à sa blessure et en partie à la situation. Il devait se concentrer sur le succès de sa mission. Mais son cœur était engagé dans la bataille… Il n'était plus capable de faire entièrement abstraction de ses émotions pour n'obéir qu'à la logique. C'était étrange, parce qu'il ne lui arrivait presque jamais d'être débordé par ses émotions.

Apparemment, il était devenu un autre homme depuis qu'il entrapercevait un avenir. Et cet avenir concernait Amber et le bébé qu'elle tenait dans ses bras, si Amber voulait bien de lui.

Il avait l'intention de faire tout son possible pour compenser l'absence d'Alicia dans la vie de Brooklyn.

Quand Robinson s'approcha, Rylan comprit qu'il avait un net avantage. Ce salaud contrôlait à peine ses nerfs. Il était tout à fait possible qu'il n'ait tiré sur personne avant aujourd'hui. N'avait-il dit qu'il avait tué Alicia que pour se donner de l'importance ?

Rylan était certain qu'Alicia était morte, mais c'était peut-être l'un des hommes de main de Robinson qui s'était chargé de l'éliminer. D'après l'expérience de Rylan, les gens qui donnaient effectivement la mort éprouvaient rarement le besoin de s'en vanter.

À force de jeter des regards de plus en plus nerveux dans toutes les directions, Robinson finit par bouger le bras et ne plus viser Amber.

Il ne fallut qu'une fraction de seconde à Rylan pour bondir de derrière le buisson et le plaquer au sol sans laisser le temps au cerveau de ce salaud de donner des instructions à son doigt.

Rylan désarma Robinson sans difficulté en lui frappant le bras. Un coup de feu partit quand l'arme atterrit par terre à quelques pas d'eux, ce qui fit crier Amber.

Rylan roula sur le sol avec Robinson pour le désorienter,

puis il s'arrêta à un moment où il était dessus et il immobilisa ses bras de toute la force de ses cuisses. Il ne pouvait peut-être pas se servir de l'une de ses mains, mais ses jambes étaient plus puissantes que ses bras.

Quand Robinson essaya de se débattre, Rylan se contenta de lui sourire.

Amber appelait déjà à l'aide.

— Tu passeras le reste de ta misérable vie derrière des barreaux, dit Rylan. Vu ta personnalité, je suis sûr que tu te feras plein de nouveaux amis. Et si l'un de tes hommes de main a l'idée de mettre les pieds dans ce comté, il n'en sortira pas vivant. Est-ce bien clair ?

Il conclut sa tirade en abattant son poing sur la figure de l'homme qui avait fait tuer la mère de son enfant et failli tuer l'amour de sa vie.

Quand il tourna la tête vers Amber, il la vit tendre Brooklyn à sa cousine Amy, puis il avisa une tache rouge sur son T-shirt. Quoi ? Quand ?

Dès qu'Amber s'effondra, Rylan eut l'impression que tout se passait au ralenti. Des gardes du ranch apparurent. Isaac retourna Robinson, pressa un genou dans son dos et le menotta.

Rylan se précipita aussitôt auprès d'Amber.

Sa vie n'avait aucun sens sans elle. Il tomba à genoux dans l'herbe à côté d'elle.

— Ne m'abandonne pas, lui dit-il, en larmes. Je t'aime, Amber. J'ai besoin de toi. Reste avec moi, s'il te plaît.

Elle esquissa un sourire, mais elle avait du mal à garder les yeux ouverts et ses lèvres étaient violettes. Elle perdait beaucoup de sang. Il souleva son T-shirt et vit un trou de la taille de son poing à l'endroit où la balle était sortie. Rylan n'était pas sûr de croire en Dieu, mais il prit le visage d'Amber entre ses mains et murmura une prière de protection qu'on lui avait enseignée quand il était petit.

Il entendait comme de très loin qu'on criait et pleurait autour de lui.

— Je t'en supplie, Amber…

Elle ne répondit pas. Il s'empressa de retirer son T-shirt et d'en faire une boule pour la presser contre sa blessure.

— Appelez une ambulance ! cria-t-il

Son T-shirt était déjà entièrement détrempé.

Rylan n'aurait pas su dire combien de temps l'ambulance mit à arriver. Il avait l'impression que le temps s'était arrêté. Amber avait un pouls, mais sa respiration était faible et saccadée.

Rylan était certain que son cœur cesserait de battre au même instant que le sien si elle mourait.

Les ambulanciers se mirent au travail dès leur arrivée. Ils placèrent un masque à oxygène sur le visage d'Amber, firent pression sur sa blessure et la stabilisèrent assez pour la transporter à l'hôpital général du comté, qui se trouvait à vingt minutes de route.

Will, qui avait traîné Rylan dans sa voiture, suivait l'ambulance de près. Sur la route, il suggéra à son ami de chercher un T-shirt dans le sac de sport qui se trouvait sur la banquette arrière et de l'enfiler. Ce fut un peu compliqué d'une seule main, mais il y parvint.

Will passa tout le trajet à essayer de rassurer Rylan, mais celui-ci n'entendit presque rien. Il y avait un grand vide au creux de sa poitrine. L'ambulance atteignit l'hôpital en dix minutes et Will s'arrêta à l'entrée des urgences.

— Vas-y ! ordonna-t-il. Je te rejoindrai dès que je me serai garé.

— Merci, dit Rylan avant de bondir hors de la voiture pour suivre la civière d'Amber.

Il s'engouffra dans les urgences, où une équipe attendait Amber, ce qui n'était pas bon signe.

Une infirmière s'approcha de lui.

— Êtes-vous blessé, monsieur ? demanda-t-elle.

Il était couvert de sang. Il y avait un peu du sien et beaucoup de celui d'Amber. L'infirmière baissa les yeux vers son poignet. Il était si inquiet qu'il ne ressentait plus aucune douleur.

— Je vais bien, répondit-il. Ce n'est pas mon sang.

L'infirmière haussa un sourcil.

— Je m'appelle Ophélia et j'aimerais quand même jeter un coup d'œil à votre poignet, si ça ne vous dérange pas, répondit-elle.

— La seule personne qui ait besoin de soins se trouve derrière ces portes, grommela-t-il. Quand pourrai-je avoir de ses nouvelles ?

Il n'avait plus qu'une idée à l'esprit. Rien d'autre ne comptait.

Will le rejoignit au pas de course.

— Je suis avec lui, annonça-t-il.

— Alors pourriez-vous le convaincre de me laisser soigner son poignet ? demanda Ophélia.

— Pas avant que quelqu'un ne lui ait dit que la vie de ma sœur, Amber Kent, était sauvée, répondit Will.

Ophélia écarquilla les yeux.

— Votre famille a été si généreuse envers cet hôpital..., dit-elle. Suivez-moi, s'il vous plaît.

Pour une fois, Rylan se réjouit que les Kent soient fortunés. Il était lui-même prêt à donner toutes ses économies à l'hôpital si cela lui permettait d'avoir des informations sur l'état d'Amber.

— Elle est forte et courageuse, lui dit Will alors qu'Ophélia les entraînait dans un salon privé.

Celui-ci était meublé de fauteuils en cuir au lieu de chaises en bois. Il y avait une table couverte de viennoiseries, ainsi qu'une machine à café et un distributeur de boissons fraîches contre un mur. Ce dernier contenait plus de variétés de sodas et d'eaux gazeuses que Rylan n'en connaissait.

— Servez-vous à boire ou à manger autant que vous voudrez, dit Ophélia. Je vais me renseigner et je reviendrai vous voir dès que j'aurai des nouvelles.

À partir de là, une infirmière vint leur parler toutes les demi-heures. Deux visites plus tard, tous les Kent et leurs épouses étaient dans la pièce. On informa Rylan que Joyce s'occupait de Brooklyn et qu'elle était déjà tombée sous le charme de la petite. Brooklyn ne pouvait pas être entre de meilleures mains. Joyce avait fourni une aide précieuse aux Kent à mesure que la famille s'élargissait.

Zach était le seul membre de la famille qui ne se trouvait pas dans la salle d'attente. Il était en train d'arrêter Mme Robinson pour complicité de meurtre – un meurtre qui ne faisait plus de doute depuis que le corps d'Alicia avait été retrouvé, une heure plus tôt. Zach appela Rylan pour l'informer que Perry avait trouvé des recherches sur des drogues comme la kétamine et le fentanyl dans l'historique de l'ordinateur d'Alicia.

Alors que cette nouvelle aurait dû le soulager, elle parut sans importance à Rylan parce qu'il ne pouvait pas l'annoncer à Amber. Le son de sa voix, la douceur de sa peau, son humour et son sourire lui manquaient terriblement… La lumière qu'Amber irradiait avait peut-être été tamisée par le deuil, mais il l'avait vue redevenir éblouissante en deux jours.

Après vingt-quatre heures d'une attente horrible, pendant lesquelles Amber avait reçu trois transfusions, une infirmière entra dans la pièce une fois de plus. Elle était rousse et avait la quarantaine. Tout le monde se tut.

— Elle est en réanimation, annonça-t-elle. Elle s'est réveillée et elle demande à voir Rylan Anderson et son frère Will.

Ils se tenaient tous les deux près de la machine à café. Rylan avait accepté qu'on soigne son poignet une heure plus tôt, quand on les avait informés que tous les fragments de balle qui s'étaient logés dans la hanche d'Amber avaient été retirés.

Rylan et Will suivirent l'infirmière dans un long couloir.

— Le chirurgien ira bientôt parler à la famille, mais je peux vous dire qu'il se réjouit de la manière dont l'opération s'est déroulée, déclara l'infirmière. La patiente sera transférée dans une chambre dans les heures qui viennent. Nous la garderons en observation pendant quelques jours pour nous assurer que sa convalescence est en bonne voie.

L'infirmière s'arrêta devant une porte.

— Elle est là, annonça-t-elle.

Rylan s'empressa d'entrer dans la pièce, suivi de près par Will.

Amber avait les yeux fermés. La voir dans cette pièce, reliée par des tubes à des machines qui bipaient, brisa le cœur de Rylan.

Will et lui se postèrent de part et d'autre du lit. Rylan prit l'une des mains d'Amber entre les siennes.

Elle ouvrit les yeux, le regarda et sourit.

Un quart d'heure s'écoula avant qu'elle n'ouvre les yeux une nouvelle fois pour rester consciente un peu plus longtemps.

— Pensais-tu ce que tu as dit, Rylan Anderson ? murmura-t-elle avant de tousser. J'ai la gorge aussi sèche qu'un cactus.

Rylan ne put s'empêcher de pouffer. Il remplit un verre d'eau et aida Amber à glisser la paille entre ses lèvres.

— Merci, dit-elle après quelques gorgées. Ça va mieux. Où est le bébé ?

— Tu nous as fait une peur bleue ! intervint Will.

— Je vous assure que je ne l'ai pas fait exprès, répondit-elle en lui offrant un sourire qui s'évanouit presque aussitôt. Est-ce que tout le monde va bien ? Est-ce que Brooklyn va bien ?

— Oui, répondit Rylan. Les Robinson sont en prison et au moins M. Robinson y passera le restant de ses jours. Brooklyn est avec Joyce. Elle est impatiente que tu ailles mieux pour retrouver tes bras. Et oui : je pensais ce que j'ai dit. Je t'aime, Amber. Je n'imagine pas vivre sans toi.

Les yeux d'Amber pétillèrent de joie.

— Tu as entendu ça, Will ? demanda-t-elle.

Will éclata de rire.

— Oui.

— Alors tu peux partir, le taquina-t-elle.

— J'aimerais qu'il reste encore un peu, si ça ne te dérange pas, intervint Rylan.

Son ton était si sérieux qu'Amber et Will le fixèrent sans dire un mot.

— Ton père était quelqu'un de bien, Amber, reprit Rylan. Il a toujours été bon avec moi. Je regrette qu'il ne soit plus parmi nous, surtout maintenant, parce que j'aurais aimé lui demander ta main. Mais si Will veut bien remplir son rôle pendant quelques minutes, c'est à lui que je vais la demander.

Will regarda sa sœur avec une tendresse infinie. Celle-ci avait un grand sourire qui révélait des dents parfaitement blanches et impeccablement alignées.

— Permission accordée, répondit Will.

Rylan mit un genou à terre sans lâcher la main d'Amber et déclara :

— Tu es ma meilleure amie et la première personne avec qui j'ai envie de parler, quoi qu'il se soit passé dans ma journée. Mon cœur t'appartient. Je suis sûr que je ne pourrais aimer personne plus que je t'aime ni trouver une meilleure partenaire avec qui passer ma vie. Alors me feras-tu le grand honneur d'accepter de m'épouser ?

— Tu as toujours été le seul pour moi, Rylan, répondit-elle. Depuis notre premier baiser, quand j'avais seize ans, je sais qu'il y a quelque chose d'exceptionnel entre nous, quelque chose que je n'aurais pu trouver avec personne d'autre.

Des larmes roulèrent sur ses joues.

— Alors oui, poursuivit-elle. Je veux être ta partenaire et ta femme. Je jure de t'aimer jusqu'à mon dernier souffle.

Rylan se releva et se pencha au-dessus du lit pour embrasser la femme qu'il aimait. Il avait enfin trouvé sa place dans le monde.

— Que penses-tu de la Saint-Valentin pour le mariage ? demanda Amber.

— C'est bientôt, répondit-il. Tu es sûre de ne pas vouloir plus de temps pour organiser les choses ?

— Je ne veux pas d'un grand mariage. Et je ne peux pas imaginer un plus beau cadeau de la Saint-Valentin que de rendre notre famille officielle.

Ces mots émurent profondément Rylan.

— Alors marions-nous à la Saint-Valentin, répondit-il.

Will contourna le lit pour serrer Rylan dans ses bras.

— Tu as toujours été comme un frère pour moi, dit-il. Sois le bienvenu dans la famille.

Rylan ne pouvait pas imaginer une meilleure manière de passer le reste de sa vie qu'au sein d'une vraie famille, avec sa fille et la femme qu'il aimait de tout son cœur.

CASSIE MILES

Un garde du corps inespéré

Traduction française de
CAROLE PAUWELS

BLACK ROSE

HARLEQUIN

Titre original :
WITNESS ON THE RUN

Ce roman a déjà été publié en 2021.

1

La célébration du jour des morts déchaîna une parade de banderoles, fanfares, fantômes, squelettes et zombies qui déambulèrent toute la nuit à travers le Quartier français de La Nouvelle-Orléans. Certains transportaient des torches Tiki en bambou, d'autres étaient équipés de néons portables multicolores.

Postée sur le trottoir, au milieu de la foule, Alyssa Bailey observait. L'idée de danser dans la rue la mettait mal à l'aise. Elle avait remisé ses registres comptables et sa calculatrice trois ans plus tôt, quand elle avait été prise en charge par le WITSEC, dans le cadre du programme de protection des témoins. Toutefois, elle avait toujours l'âme de la placide comptable qui aime que tout soit parfaitement tiré au cordeau.

Cette année, elle s'était promis que tout serait différent. Fini de rester en retrait.

Elle avait vingt-sept ans, et il était temps pour elle de sauter en marche dans le train de la vie, avant qu'il soit trop tard. Durant le jour des morts, le week-end suivant Halloween, le voile entre le monde réel et l'au-delà se réduisait. Les défunts réclamaient des rires, de la musique et des réjouissances, et Alyssa était déterminée à entrer dans l'ambiance.

Juste avant de partir travailler, elle avait reçu un appel anonyme lui donnant rendez-vous à la parade. La voix était si brouillée qu'elle n'avait pas pu déterminer s'il s'agissait d'un homme ou d'une femme, mais elle s'attendait à retrouver un visage familier.

Rassemblant son courage, elle fit un pas dans la rue et se laissa porter par le rythme irrésistible des tambours et des crécelles. Des gens dans des costumes extravagants la bousculaient sans ménagement. La complainte des trompettes et des saxophones lui déchirait les tympans.

Elle se dit que c'était vraiment drôle et sympa, mais ne parvenait pas à y croire. Toutes ces couleurs, la lumière aveuglante des néons, ces confettis et serpentins qui volaient un peu partout lui donnaient l'impression d'être prise au cœur d'un kaléidoscope tapageur et virevoltant.

Un homme masqué, vêtu comme un pirate des années 1800, s'approcha d'elle et souleva son tricorne pour essuyer la sueur sur son front, avant de lui prendre les mains et de la faire tournoyer.

La musique changea de tempo, et le pirate l'entraîna dans une danse énergique, mi-valse, mi-polka, et cent pour cent ensorcelante - bien plus enthousiasmante que la poignée de rendez-vous amoureux qu'elle avait pu avoir en trois ans.

Il se pencha vers elle et murmura à son oreille :

— Parlez-moi de votre costume, belle demoiselle. Qui êtes-vous ?

Elle s'était bricolé une tenue déguenillée, composée d'un long bloomer blanc à ruchés, d'une blouse à encolure bateau et manches ballon dégageant les épaules, d'un corset de dentelle et d'une jupe déchirée tout autour de l'ourlet.

La tenue était censée faire honneur à sa mère, qui était née à Savannah. Même si, du plus loin qu'elle s'en souvînt, elles avaient toujours vécu à Chicago, sa mère était restée une belle du Sud. Cinq ans auparavant, cette dernière avait trouvé la mort dans un accident de la circulation. Un chauffard l'avait heurtée de plein fouet et avait pris la fuite.

Levant la tête, Alyssa observa le demi-masque argenté du pirate. Si elle ne discernait pas la couleur de ses yeux, sa bouche charnue et sensuelle était parfaitement visible. Et il avait une fossette très sexy au menton.

Elle reprit son souffle avant de répondre :

— Je suis censée être une Scarlett O'Hara zombie.

— Excellent choix, ma chère. Avec vos cheveux sombres et vos yeux verts, vous ressemblez beaucoup à la ravissante Vivien Leigh qui l'a incarnée.

C'était aussi ce que disait sa mère.

— Est-ce vous qui m'avez téléphoné ? demanda-t-elle. Avions-nous rendez-vous ici, pendant la parade ?

— Nous n'avions pas rendez-vous, et croyez bien que je le regrette.

Alyssa observa la chemise blanche et la veste de velours bordeaux à boutons dorés que portait l'inconnu.

— Ne seriez-vous pas un pirate célèbre ? Jean Lafitte, peut-être ?

L'homme ôta son tricorne et la salua en s'inclinant de façon théâtrale.

— Je suis le fantôme du capitaine Jean-Pierre Fournier, un illustre pirate des Caraïbes, qui se trouve aussi être un de mes ancêtres. Mon nom est Rafael Fournier.

— Eh bien, mon cher Rafael, vous me voyez ravie de faire votre connaissance, dit-elle d'une voix traînante en s'efforçant d'imiter l'accent du Sud.

N'étant pas habituée à flirter, elle se demandait si elle n'était pas vaguement ridicule.

— Enchanté, belle demoiselle. Je vous en prie, appelez-moi Rafe.

Il la fit à nouveau virevolter et la tint serrée contre lui.

Leur posture semblait étrangement intime au milieu de cette foule sauvage. Ses seins partiellement exposés s'écrasaient contre son torse ferme, tandis que leurs cuisses se frôlaient. Il la guidait avec une telle dextérité qu'elle se sentait gracieuse, belle et lascive.

Avant qu'elle ait le temps de réaliser ce qui se passait, ils dansaient un tango.

Un tango ? Non, pas question !

Elle ne connaissait pas les pas, mais elle ne devait pas trop mal se débrouiller, puisque la foule s'écartait pour les laisser évoluer et les applaudissait au passage.

Lorsque la danse prit fin, son cavalier déposa un baiser sur son front.

— Merci, ma jolie.

Après l'avoir saluée d'un grand moulinet de bras, il disparut dans la foule, ce qui était un exploit pour un homme mesurant plus d'un mètre quatre-vingts, avec de larges épaules et des manches bouffantes.

Il l'avait embrassée et lui avait dit qu'elle était belle. Elle ?

Cette danse donna du courage à Alyssa, et elle décida que la vie devait être célébrée. Aussi, lorsqu'un zombie rieur plaça une bière dans sa main, elle but une grande rasade et se lança dans la parade avec enthousiasme, sautillant dans la rue, claquant des doigts et roulant des hanches.

Sa mère aurait adoré cette scène. Si elle avait été là, elle aurait dansé toute la nuit. Alyssa considérait que c'était son devoir de s'amuser à la place de sa mère, de danser avec des pirates et de chercher de mystérieux interlocuteurs qui lui laissaient des messages anonymes.

Au coin d'une rue, elle rencontra un type déguisé en

Baron Samedi, le maître vaudou des morts, avec son chapeau haut de forme. Il soufflait des nuages de poussière crayeuse sur la foule, donnant à chacun un air de fantôme.

Tout autour d'elle, les gens riaient et se saluaient à la cantonade, buvaient et dansaient. À La Nouvelle-Orléans, toutes les opportunités étaient bonnes pour faire la fête.

Contournant un trio portant des masques de squelette, à la posture étonnamment statique et compassée, elle rejoignit un groupe de danseuses du ventre avec des tambourins.

Un quatuor jouait *When the Saints Go Marching In* et, chantant avec un bruyant enthousiasme qui ne lui ressemblait pas, elle longea en dansant une rue majoritairement occupée par des boutiques de vaudou.

Des diseuses de bonne aventure se tenaient sur le seuil de leurs échoppes et haranguaient les touristes en leur faisant miroiter des tarifs qui défiaient toute concurrence. En échange d'une modeste obole, les personnes en deuil pouvaient avoir une conversation avec leurs proches passés dans l'au-delà.

Au lieu de considérer que cela relevait du charlatanisme, Alyssa imagina combien il serait merveilleux de pouvoir parler encore une fois avec sa mère.

Un éclat de rire puissant et rauque se fit soudain entendre par-dessus la musique.

Alyssa connaissait ce son. Un frisson courut entre ses omoplates, aussi rapide et angoissant qu'une araignée tricotant dans son dos.

Observant la foule sur le trottoir, elle distingua une femme qui ressemblait étonnamment à sa mère. Elle se tenait devant une des boutiques d'ésotérisme et riait à gorge déployée, ses longs cheveux couleur argent formant un halo de boucles autour de sa tête.

Était-ce possible ?

La voix au téléphone ne pouvait pas être celle de sa mère. Elle l'aurait reconnue. Et sa mère était morte. On ne peut plus morte. Alyssa avait identifié sa dépouille.

Elle regarda à nouveau.

La femme aux cheveux gris ressemblait tellement à sa mère.

S'agissait-il d'un fantôme ?

Alyssa quitta la farandole et courut vers l'endroit où elle avait vu la femme. Un joueur de trombone se mit en travers de sa route, puis ce fut le tour d'une danseuse de french cancan levant haut la jambe.

La musique enjouée fit soudain place à une marche funèbre glaçante, et une sensation de terreur s'empara d'Alyssa. La boutique devant laquelle la femme se tenait quelques instants plus tôt était fermée. Un rideau de fer était baissé devant la porte.

Frénétiquement, Alyssa demanda autour d'elle si quelqu'un l'avait vue. Personne ne savait rien. Et d'ailleurs, les gens s'en fichaient éperdument. L'esprit était à la fête, et le reste n'avait pas d'importance.

Mais Alyssa ne voulait pas renoncer. La ressemblance de cette femme avec sa mère était beaucoup trop étrange et troublante pour qu'elle l'ignore.

Obéissant à son instinct, elle emprunta une ruelle et déboucha dans une rue moins fréquentée. Elle traversa au carrefour et entra dans un parc où étaient exposées des statues en bronze représentant des légendes du jazz.

Tandis qu'elle observait attentivement les lieux, son regard fut attiré par une étendue de pelouse bordée de palmiers, à proximité de laquelle se tenaient trois hommes portant des masques de squelette. Reconnaissant le trio aperçu à la parade, elle se rappela avoir été interloquée par leur attitude sérieuse.

Que faisaient-ils là ? L'avaient-ils suivie ?

Le plus grand des trois s'adressa soudain à elle.

— Vous avez besoin d'aide ?

— Je cherche une femme. Elle a de longs cheveux gris bouclés.

— Ah oui, nous l'avons vue. Venez avec nous.

Les trois hommes l'encerclèrent. Elle était prise au piège et commençait à avoir peur.

— Non, oubliez ça, c'est sans importance. Je suis désolée de vous avoir dérangés.

Le premier qui s'était adressé à elle se pencha, menaçant.

— Vous allez nous suivre.

Depuis trois ans, elle vivait dans la crainte de ce moment. Les dangereux criminels contre qui elle avait témoigné chercheraient forcément à se venger, et elle savait que ce n'était qu'une question de temps avant qu'ils la retrouvent.

Elle pivota sur ses talons, essaya de s'enfuir...

Le meneur de la bande la saisit par le bras et la tira vers lui. Les deux autres refermèrent le cercle autour d'elle. L'un d'eux plaqua un chiffon sur sa bouche pour l'empêcher d'appeler à l'aide. Elle ne pouvait plus respirer. Une odeur douceâtre de chloroforme envahit ses narines. Elle entendit les hommes rire, dire à des passants inquiets qu'elle avait trop bu et qu'ils s'occupaient d'elle.

Elle se débattit, leur donna des coups de pied dans les jambes et fit des moulinets avec les bras. Elle agrippa l'un des masques de squelette, et il lui resta dans la main, la mettant face à des yeux noirs, une bouche tordue en une moue narquoise et une mâchoire comme taillée à coups de serpe.

Le visage était cruel. L'homme n'aurait aucune pitié.

Sa vision se brouilla. Elle commençait à perdre pied avec la réalité.

Dans un état second, elle aperçut vaguement un autre homme s'approcher et repousser l'un des squelettes. C'était un pirate. Il demanda aux hommes de la libérer. Elle essaya de lui dire qu'ils étaient dangereux, mais aucun son ne sortit de sa gorge. Le pirate haussa le ton. Elle eut l'impression qu'il avait un pistolet à impulsion électrique, mais elle n'en était pas sûre.

Lorsque le squelette lâcha son bras, elle tomba sur l'herbe et commença à ramper. Sa tête tournait. Son corps était engourdi.

Elle devait fuir. Cette pensée l'obsédait. L'un des squelettes lui donna un coup de pied. Elle sentit à peine la douleur.

Alyssa se releva en titubant et mobilisa toute sa concentration pour mettre un pied devant l'autre. Ses jambes étaient semblables à des élastiques, incapables de supporter son poids. Elle tomba à nouveau.

Peu après, elle sentit qu'on la balançait en travers d'une épaule et qu'on la transportait.

Elle essaya de gigoter pour se libérer, mais se rendit compte qu'elle ne pouvait pas bouger. Ses dernières forces l'abandonnèrent, elle resta inerte.

Elle était prisonnière.

Pourvu qu'elle ne souffre pas trop quand ils la tueraient…

On la jeta sur un siège de voiture. Quelqu'un lui attacha sa ceinture de sécurité.

S'obligeant à ouvrir les yeux, elle découvrit le flamboyant pirate.

Il lui avait porté secours.

Du fond du cœur, merci, capitaine Fournier.

2

Alyssa se réveilla en poussant un petit cri et ouvrit brusquement les paupières.

Où était-elle ?

Ça ressemblait à sa chambre.

Elle était étendue sur le dos, les bras bien droits le long du corps, sous son couvre-lit vintage en velours chenille. Une petite lampe à pied d'opaline et abat-jour frangé dessinait un doux cercle de lumière au-dessus de la table de chevet. Sur le plateau en marbre se trouvait sa boîte à musique, recelant une délicate ballerine - un cadeau de son père.

Il faisait encore nuit : aucune lumière ne filtrait sur les contours du store. Quelle heure pouvait-il être ?

Plissant les yeux dans la pénombre, elle essaya de lire les chiffres rouges de son radio-réveil posé sur la commode - elle l'avait délibérément placé hors de portée pour ne pas être tentée, le matin, de désactiver la sonnerie et de se rendormir - mais elle ne le voyait pas.

Comment était-elle rentrée chez elle ?

Elle se rappelait la parade. Elle avait dansé, puis elle avait vu le fantôme de sa mère, avant d'être attaquée par des squelettes.

Était-ce un cauchemar ? Ses pensées se désintégrèrent, et il n'y eut plus que du vide dans son esprit.

Cherchant à s'ancrer dans la réalité, elle tourna la tête et observa la boîte à musique. Il suffisait de soulever le couvercle pour que s'élèvent les notes aigrelettes de *La Chanson de Lara*, le titre musical associé au film *Le Docteur Jivago.* Lorsqu'elle avait intégré le programme de protection des témoins, elle n'avait pas eu le droit d'emporter de photos, mais elle avait refusé de se séparer de sa précieuse boîte à musique. Son père était parti depuis longtemps. Elle ne se souvenait plus de quoi il avait l'air et n'avait jamais su son nom. Mais il devait l'aimer pour lui offrir ce cadeau à l'occasion de son quatrième anniversaire - son véritable prénom étant Lara, elle croyait alors que la chanson avait été créée rien que pour elle.

Soudain, elle réalisa que son téléphone portable n'était pas sur la table de chevet. Pas plus que le chargeur, d'ailleurs. C'était curieux. Elle rechargeait toujours son téléphone la nuit.

L'autre objet sur la table de chevet, en dehors de la boîte à musique, était une coupelle en cristal taillé contenant un pot-pourri fait maison. Elle inspira à pleins poumons. Les senteurs familières d'orange, de cannelle et de vanille auraient dû la réconforter, mais au contraire son anxiété augmentait de minute en minute.

Sa chambre lui semblait curieusement étrangère.

Dans la pénombre, elle chercha à distinguer sur le mur qui faisait face à son lit la reproduction d'un tableau de Toulouse-Lautrec. Il représentait une danseuse de french cancan, et elle l'avait choisi elle-même.

Bien sûr qu'elle était à la maison, quelle drôle d'idée !

De la concentration. Voilà ce qu'il lui fallait.

La boîte à musique semblait différente, moins détériorée. Lorsqu'elle tendit le bras vers l'objet, elle vit un hématome en formation sur le haut de son bras et un bandage autour de son poignet.

En touchant le bandage, elle ressentit une douleur aiguë. Ce n'était pas sa seule douleur. Dès qu'elle bougea un peu, ses tempes se mirent à battre avec une régularité mécanique, tandis qu'un étau semblait lui broyer le crâne.

Ses côtes lui faisaient mal. Abaissant le couvre-lit, elle vit des bleus sur son abdomen et des bandes de gaze sur ses genoux. Elle ne portait rien d'autre que son soutien-gorge bandeau couleur chair et un string en dentelle bleue.

Elle s'assit dans le lit, le dos calé contre les oreillers, et souleva la boîte à musique. Cherchant du réconfort dans un objet familier, elle caressa du bout des doigts les contours usés de son talisman, souvenir d'un autre temps, d'une autre maison, d'une autre vie.

Elle souleva le couvercle, et la petite danseuse se mit à tournoyer sur les pointes, sur l'air de *Twinkle, Twinkle, Little Star.*

Ce n'était pas sa mélodie ! Pas sa boîte à musique !

La porte s'ouvrit brusquement, et un homme entra dans sa chambre.

Plus outragée qu'effrayée, elle demanda :

— Qui êtes-vous ? Que faites-vous chez moi ?

— Ne vous inquiétez pas. Vous allez comprendre dès que j'aurai allumé la lumière.

Le plafonnier dissipa les ombres. Le regard d'Alyssa glissa le long des murs. La fenêtre n'était pas à la bonne place. Ses meubles soigneusement chinés, dans l'esprit shabby chic, avaient été remplacés par des vieilleries sans charme.

Ce n'était pas sa maison !

— Où suis-je ?

Il fit un pas vers elle.

— Vous n'avez rien à craindre. Je vais vous expliquer.

— Restez où vous êtes. Ne faites pas un pas de plus.

Mais l'inconnu s'avança, en lui disant qu'elle était en sécurité.

Elle n'y crut pas un seul instant. Avec toute la force dont elle était capable, elle lança la boîte à musique vers lui. L'objet s'écrasa contre le mur.

Même si la logique lui soufflait que ce n'était pas vraiment sa chambre, elle repoussa la couette, sauta du lit et ouvrit le tiroir de la table de chevet, où elle rangeait son Smith & Wesson.

Le tiroir était vide.

Elle attrapa la coupe remplie de feuilles séchées odorantes et recula le bras pour prendre de l'élan.

L'inconnu leva la main pour l'interrompre.

— Attendez !

Elle hésita.

— Pourquoi cette chambre ressemble-t-elle à la mienne ?

Il lui offrit un sourire désarmant.

— Posez cette coupe. Vous risquez de la casser et de mettre du verre partout sur le sol.

Alyssa réalisa l'absurdité de son intention. Un pot-pourri n'était pas vraiment une arme mortelle, et elle ne serait pas plus avancée une fois qu'il y aurait du verre brisé dans tous les recoins de la pièce.

— Où suis-je ?

— Ne vous inquiétez pas, répéta-t-il. Vous ne me reconnaissez pas ?

Son visage lui semblait familier. Et il était si séduisant qu'elle avait envie de croire qu'il ne lui voulait aucun mal. Mais elle n'était pas stupide. Elle devait à tout prix savoir qui il était et décider ensuite de l'attitude à adopter.

— C'est la dernière fois que je pose la question. Où suis-je, bon sang ?

Il lui indiqua une adresse.

— C'est à quelques kilomètres au nord-est du Quartier français, précisa-t-il.

— Comment suis-je arrivée ici ?

Un fragment de souvenir traversa son esprit. Elle se rappelait avoir été emportée et déposée dans un SUV. L'homme qui l'avait sauvée de ses assaillants avait attaché sa ceinture de sécurité.

C'était l'homme qui se tenait à présent à l'autre bout de la pièce.

— Vous... vous êtes le pirate.

— Rafe Fournier.

Son salut théâtral faisait un peu moins d'effet maintenant qu'il avait troqué son costume de boucanier pour un jean et un T-shirt, tous deux noirs.

— À votre service, ma jolie.

Elle aurait dû le reconnaître plus tôt, avec ce léger accent caractéristique des descendants de colons français et son sourire ravageur.

— Vous n'auriez pas dû prendre parti, dit-elle. Ce n'est pas votre combat, et ces hommes sont dangereux.

— Ce sont des lâches. Tout homme qui porte la main sur une femme mérite de recevoir une bonne leçon.

Très galant mais pas vraiment malin. Il aurait pu être tué.

Lorsque Alyssa secoua la tête, sa douleur augmenta d'un cran, et elle regretta d'avoir ainsi bondi hors du lit. Tout son corps était engourdi et douloureux. L'intérieur de sa bouche était comme du coton.

Physiquement, elle se sentait misérable, mais son esprit commençait à trier les détails.

Fait n° 1 : Rafe était apparu comme par magie.

Fait n° 2 : Il en savait beaucoup sur elle.

Fait n° 3 : Il avait créé une réplique de sa chambre.

Hautement suspect !

— Vous me suiviez, n'est-ce pas ?

— Cette explication va demander un peu de temps. Vous feriez bien de vous recoucher.

Tandis qu'elle recouvrait ses esprits, elle réalisa qu'elle était presque nue. Attrapant le couvre-lit en chenille, elle s'en couvrit et drapa l'excédent de tissu sur son épaule, comme une toge.

— Pourquoi m'avez-vous retiré mes vêtements ?

— Veuillez accepter mes excuses. Je devais inspecter vos coupures et griffures et m'assurer que vous n'aviez pas besoin de soins médicaux.

L'explication était rationnelle, mais Alyssa n'en avait pas terminé avec lui.

— Où sont mes affaires ?

— Dans la penderie.

Il désigna une porte fermée.

— Tout est là, sauf votre téléphone, que j'ai mis à recharger dans la cuisine.

Bien décidée à récupérer ses vêtements et à quitter cette étrange réplique de sa chambre, elle tituba vers la penderie.

À mi-chemin, un vertige la saisit, et elle se rattrapa au dossier d'une chaise.

Lorsque Rafe fit mine d'avancer, elle dit d'un ton sec :

— Restez où vous êtes !

— Vous ne me faites pas confiance, déclara-t-il.

— Oh ! que non !

Son apparition miraculeuse tandis qu'on l'attaquait faisait peut-être partie d'un plan machiavélique. Elle n'avait jamais cru aux coïncidences.

— Vous êtes déshydratée.

Plusieurs petites bouteilles en plastique d'eau minérale

étaient posées sur le plateau de la commode. Il en prit une et la jeta sur le lit.

— Buvez !

Prudemment, Alyssa souleva la bouteille. La capsule avait toujours sa protection, ce qui voulait dire qu'il n'avait pas corrompu le contenu.

Boire quelques gorgées ne devrait pas être dangereux…

Elle porta la bouteille à ses lèvres. Le liquide frais humidifia l'intérieur de sa bouche et coula dans sa gorge.

Après une seconde gorgée, elle se sentit un peu mieux.

— Ça fait du bien, reconnut-elle.

— Buvez davantage. L'eau diluera les derniers effets de la drogue qu'on vous a administrée. Si vous voulez, je peux vous donner quelque chose contre la douleur.

— Vous me croyez assez stupide pour accepter de mystérieux médicaments de quelqu'un que je viens juste de rencontrer ? Si ça se trouve, c'est vous qui m'avez droguée dès le départ.

— Vous vous rappelez l'avoir été ?

— Pas très bien.

Mais elle savait que Rafe n'était pas responsable.

Elle se souvenait d'un chiffon pressé sur sa bouche et d'une odeur doucereuse.

— Il y avait ces hommes avec des masques de squelette… Je ne me souviens pas comment j'ai eu tous ces bleus.

— Vous avez été attaquée, à trois contre une.

— Qui étaient-ils ? Qu'avez-vous vu d'autre ?

— Pas grand-chose. Je les ai fait déguerpir, je vous ai hissée dans ma voiture et je vous ai conduite ici.

Il croisa les bras sur son torse et appuya une épaule contre l'encadrement de la porte.

— À votre tour de parler. Dites-moi ce que vous vous rappelez.

Bien qu'elle lui soit reconnaissante de l'aide qu'il lui avait apportée, elle n'avait pas d'explication à lui fournir.

— Pourquoi voulez-vous le savoir ?

Il fit une petite moue et haussa les épaules.

— Si nous partageons les informations, nous pourrons comprendre qui sont ces hommes et pourquoi ils s'en sont pris à vous.

C'était logique. Si elle pouvait connaître l'identité de ses agresseurs, elle saurait quoi faire pour leur échapper.

Laisser l'enquête au WITSEC était tout aussi logique, mais les marshals ne seraient sans doute pas disposés à partager les détails avec elle. Rafe lui offrait une possibilité d'affronter la menace. Il n'y avait aucun mal à discuter avec lui.

— Que voulez-vous savoir ? Par où dois-je commencer ?

— Le commencement.

— J'ai quitté la brasserie où je travaille à 21 heures…

N'en dis pas trop.

À peine avait-elle ouvert la bouche que son esprit installait des barricades virtuelles.

Elle recula en titubant et s'accota au mur. Il y avait une fenêtre juste sur sa gauche. À travers les lames du store partiellement baissées, elle pouvait voir qu'ils se trouvaient au premier étage.

Il était peut-être temps de songer à s'enfuir…

— Vous vous sentez bien ?

Elle reprit sa narration.

— J'ai enfilé mon costume dans le vestiaire des employés. Au début, je n'étais pas certaine d'aller à la parade, mais j'ai reçu un appel de quelqu'un qui m'a dit qu'on s'y retrouverait.

— Qui était-ce ?

— C'était un appel masqué, mais j'ai pris ça pour le signe que je devais y aller et essayer de m'amuser.

— Vous n'avez pas reconnu la voix ?

— Non.

Ce coup de fil était peut-être un piège tendu par les squelettes. Mais comment ces types auraient-ils eu son numéro ?

Dans la rue en contrebas, elle entendit passer un tramway.

— Je ne sais même pas s'il s'agissait d'un homme ou d'une femme... Ça aurait pu être vous.

— Mais ce n'était pas moi.

— J'étais à peine arrivée à la parade que vous m'avez approchée. Pourquoi ?

— Je vous promets de tout vous dire. Mais avant j'ai besoin de savoir tout ce dont vous vous souvenez. Cela pourrait aider la police.

— Non ! Pas la police !

Dans des situations comme celle-ci, où sa couverture pouvait être compromise, le protocole exigeait qu'elle prévienne le WITSEC. Elle aurait déjà dû appeler, mais quelque chose la retenait. L'agression avait peut-être altéré ses perceptions. Elle ne savait pas à qui elle pouvait faire confiance.

Après avoir bu à nouveau un peu d'eau, elle scruta Rafe.

Quand elle avait été placée sous protection et interrogée par les marshals, elle s'était montrée plutôt douée pour fournir une description. De la même façon, elle se livra à une analyse de Rafe. Il devait mesurer un mètre quatre-vingt-huit ou quatre-vingt-dix et peser entre quatre-vingts et quatre-vingt-cinq kilos. Sa fossette au menton constituait un signe distinctif. En dehors de cela, il était plutôt beau, avec des cheveux bruns ondulés, des yeux gris, et un sourire à vous faire fondre.

Mais il ne s'agissait que de détails physiques, et ça ne l'aidait pas à décider s'il était ou non digne de confiance.

— Je me souviens de notre tango, dit-elle.

— Nous nous accordions à merveille.

— Quand vous avez disparu dans la foule, j'ai rejoint un groupe de danseuses du ventre avec des tambourins. J'ai chanté et dansé avec elles, tout en tapant dans mes mains.

— Vous avez une voix puissante. Pas mélodieuse à proprement parler, mais puissante.

— Vous m'avez entendue ? Vous me regardiez ?

— Je ne vous ai pas quittée des yeux.

Il donnait l'impression d'être un harceleur.

— Vous avez l'habitude de me suivre partout ?

— Je sais généralement où vous êtes. Vous avez un mode de vie assez routinier.

Les marshals du WITSEC l'avaient prévenue de ne pas être aussi prévisible. Elle était censée utiliser des itinéraires différents pour aller travailler et ne pas toujours faire ses courses au même endroit. Au début, elle avait suivi leurs règles. Mais, au bout d'un moment, elle avait établi son propre itinéraire pour faire face au danger. Il était peut-être temps de mettre son plan en application…

Elle termina l'eau et jeta la bouteille vide sur le lit.

— J'en voudrais bien une autre, s'il vous plaît. Et j'ai besoin de mon téléphone.

Si elle décidait d'en parler au WITSEC, sa vie à La Nouvelle-Orléans était terminée. L'idée de tout recommencer dans une autre ville ne lui disait rien, mais c'était leur accord. Elle faisait ce qu'ils lui disaient, et ils continuaient à assurer sa protection.

Mais ce soir un grain de sable s'était glissé dans les rouages…

Sans trop s'approcher, Rafe laissa tomber une autre bouteille sur le lit. Quand elle la prit, il lui tendit un flacon en verre dépourvu d'étiquette, contenant des comprimés blancs.

— L'opercule est intact, dit-il. Vous pouvez voir que je n'ai pas touché au contenu.

Soulagée, elle prit le flacon et, après avoir bataillé avec le couvercle sécurisé, fit tomber deux comprimés dans le creux de sa main et les avala avec une gorgée d'eau.

Bien qu'elle eût encore mal, elle se sentait un tout petit peu mieux que lorsqu'elle avait bondi hors du lit.

— Et mon téléphone ?

— Pendant combien de temps avez-vous accompagné les danseuses ?

— Sur environ cinq cents mètres. Puis nous sommes arrivées dans le secteur des boutiques vaudoues.

Et elle avait entendu rire sa mère.

— Il y avait une femme aux cheveux gris sur le trottoir. L'avez-vous vue ?

Il hocha la tête.

— Une femme séduisante parée de dizaines de colliers à la mode hippie.

— Elle ressemblait tellement à ma mère que j'ai eu envie de lui parler, même si je savais que ça ne pouvait pas être elle. Ma mère est morte, il y a cinq ans. Elle s'appelait Claudia.

— Je sais.

— Comment est-ce possible ?

— Je sais beaucoup de choses sur vous. Mais continuez votre histoire. Que s'est-il passé après ?

— J'ai couru dans la direction où je pensais que la femme pouvait être partie et je suis entrée dans le parc. C'est là que les trois hommes m'ont assaillie. J'aurais dû me méfier…

Elle soupira.

— Bref, quand ils ont voulu m'attraper, j'ai tiré sur l'un des masques, et il m'est resté dans la main.

— Vous avez vu son visage ?

— Oui.

— Vous l'avez reconnu ?

— Non.

Mais elle avait déjà vu cette mâchoire taillée à coups de serpe. Et ces yeux vides, sans âme, la hanteraient longtemps.

— De quelle couleur étaient ses cheveux ?

— Je ne sais pas.

Il semblait à Alyssa qu'elle devait conserver certains détails pour elle.

— Je veux que vous regardiez des portraits-robots.

Bien que Rafe n'eût pas fait un geste, il était soudain passé du pirate désinvolte au professionnel affûté.

— Vous faites penser à un flic.

— Bien vu, ma chère. Autrefois, je faisais partie du FBI.

— Et maintenant ?

— Je suis détective privé. Il y a quinze jours, on m'a engagé pour garder un œil sur vous.

Elle s'assit sur le bord du matelas et but à nouveau une gorgée d'eau.

— Qui vous a engagé ?

— Je ne peux pas vous donner de nom, mais je peux vous assurer que mon client ne vous veut aucun mal.

Alyssa aurait aimé pouvoir croire ce grand et bel homme aux yeux gris, mais la vie lui avait appris à ne pas accorder aussi facilement sa confiance. Le prix de la naïveté était cruel, et elle en savait quelque chose.

Elle choisit un autre angle pour attaquer la question de l'identité de ce client.

— Est-ce que ce mystérieux client vous a demandé de décorer cette pièce pour qu'elle ressemble à ma chambre ?

— Il pensait que cela vous aiderait à vous sentir plus à l'aise.

— Quelle drôle d'idée ! Je ne suis pas une enfant qui a besoin de ses jouets préférés. D'ailleurs, la boîte à musique ne joue pas la bonne mélodie.

— C'est noté, dit-il avec un hochement de tête. Mon client voulait simplement que vous vous sentiez comme chez vous.

— Quelle importance ? Je n'ai pas l'intention de rester ici.

La colère explosa en elle.

— Vous ne pensiez quand même pas que vous pourriez me séquestrer dans cette maison ?

— Pas du tout.

Une pensée angoissante vint à Alyssa.

— Comment savez-vous à quoi ressemble ma chambre ? Vous vous êtes faufilé chez moi ?

— J'évite de transgresser la loi chaque fois que c'est possible.

— Vous avez pris des photos ?

— Des photos ont été prises, répondit-il d'un ton énigmatique.

Et, s'il n'était pas entré dans la maison, comment avait-il pris les photos ? Avait-il utilisé un drone ? Avait-il fait des acrobaties dans les arbres ?

— Vous m'avez espionnée. Comme un voyeur de la pire espèce !

Rafe protesta.

— J'ai veillé à respecter votre intimité.

Comment pourrait-elle le croire ? À la première occasion, il lui avait ôté ses vêtements. Son excuse de vouloir soigner ses blessures avait du sens, mais cela n'en était pas moins une forme d'agression.

— Vous dites avoir été engagé il y a deux semaines.

— Seize jours, pour être précis.

— Et vous me surveillez depuis tout ce temps ? Vous savez comment j'appelle ça ? Du voyeurisme. Vous êtes un pervers.

— Je ne vous surveille pas. Je vous protège.

— Pourquoi ?

Il haussa les épaules.

— C'est mon travail de veiller à ce qu'il ne vous arrive rien.

Si c'était vrai, il ne devrait émettre aucune objection à l'idée de contacter les bureaux du WITSEC.

Soudain vaincue par la fatigue, Alyssa se cala contre les oreillers et remonta le couvre-lit sur elle.

— Et si je vous disais que j'ai envie de partir… vous me laisseriez franchir la porte ?

— Bien sûr. Mais vous devriez peut-être prendre un moment, pendant que l'agression est encore fraîche dans votre mémoire, pour essayer de savoir qui vous en veut. Qui était l'homme derrière le masque de squelette ?

— Pourquoi devrais-je vous le dire ?

— Nous sommes dans la même équipe. Je peux vous aider. J'ai appris des techniques au FBI pour stimuler votre mémoire.

Sa voix était douce et enjôleuse, tellement charmeuse…

— Nous pouvons essayer quelques techniques de concentration très simples.

— Laissez-moi tranquille.

— Détendez-vous. Fermez les yeux.

Même si Alyssa n'avait aucune envie de coopérer, ses paupières se fermèrent toutes seules. Il lui arrivait de pratiquer la méditation, et elle était douée pour contrôler sa respiration.

Tandis que Rafe continuait à parler d'une voix caressante,

elle se concentra, et le visage de son agresseur ne tarda pas à lui apparaître.

Ignorant la peur qu'elle ressentait, elle attendit que ses traits deviennent parfaitement clairs.

Avec ses cheveux sable et ses yeux noirs, il avait une apparence quelconque, à l'exception de sa mâchoire. Sa bouche était charnue, et il avait de grandes dents. Des dents de cheval.

Elle le connaissait.

Aucun nom ou titre ne lui venait, mais elle l'avait vu dans les bureaux du WITSEC. L'homme qui se cachait derrière le masque de squelette était un US marshal.

Son corps se crispa sous la couverture. Son subconscient l'avait protégée. C'était pour cette raison qu'elle n'avait pas appelé le WITSEC.

Elle ne pouvait pas faire confiance aux marshals.

Rafe l'encouragea.

— Vous venez de comprendre quelque chose. Dites-moi de quoi il s'agit.

Si elle était franche avec lui, elle doutait qu'il la laisse partir. Elle ne devait faire confiance à personne. Sa seule façon de sortir d'ici, c'était la fuite.

Elle bâilla ostensiblement.

— J'ai besoin de dormir. Vous devriez partir.

— Nous avons encore à discuter de beaucoup de choses.

— Pas maintenant… trop fatiguée. S'il vous plaît, éteignez la lumière et fermez la porte.

Elle entendit le clic de l'interrupteur, et l'obscurité s'abattit sur la pièce.

— Dormez bien, dit-il dans un murmure chargé d'une étrange intimité.

La porte se ferma, et elle se retrouva seule dans la chambre.

3

D'un pas délibérément pesant, Rafe emprunta le couloir menant à la salle de bains. Il savait qu'Alyssa tendait l'oreille, guettant le moment où il se serait éloigné pour filer en catimini.

Il aurait préféré qu'elle se repose et accepte d'avoir avec lui une conversation raisonnable, mais il savait qu'elle ne lui faisait pas confiance.

Quoi qu'il dise ou qu'il fasse, rien ne pourrait la faire changer d'avis.

Au fil des deux semaines précédentes, tandis qu'il observait Alyssa, il s'était fait une assez bonne idée de ce à quoi il devait s'attendre de sa part.

Son comportement doux et timide n'était pas une mise en scène, mais cette jolie jeune femme pouvait aussi faire preuve d'un entêtement impressionnant. Quand elle le voulait, elle pouvait être aussi inamovible qu'un bloc de granit. Une fois qu'elle avait pris la décision de faire quelque chose, elle allait jusqu'au bout.

Si Alyssa parvenait à disparaître, elle serait difficile à retrouver, d'autant qu'elle se méfiait déjà de lui.

Mais peut-être quelqu'un d'autre parviendrait-il à convaincre Alyssa de coopérer. Une femme pourrait sans doute la rassurer et lui prouver qu'il était de son côté...

Dans la cuisine de la petite maison, Rafe passa un appel à une informatrice secrète avec qui il travaillait depuis des années. Sheila Marie connaissait tout le monde à La Nouvelle-Orléans, et elle était au courant de toutes les rumeurs. Ses relations s'étendaient du palais de justice aux repaires vaudous nichés dans les bayous, en passant par les fêtes sauvages dans le Quartier français.

Son indic répondit après deux sonneries.

— Ça va, beau gosse ? Pourquoi tu m'appelles ?

La complainte langoureuse d'un saxophone s'élevait en arrière-plan.

— J'ai une mission pour toi.

— Je t'écoute.

— Je cherche quelqu'un qui se trouvait à la parade, près de la boutique de grigris de Jolene. C'est une femme grande et mince, avec de longs cheveux gris frisés. Elle a dans les soixante ans.

— La prime jeunesse ! s'exclama Sheila Marie. Je vais me renseigner.

— Et si j'ai besoin de toi plus tard dans la nuit ?

— Je suis au bar de Becca, sur Canal Street. Tu siffles, et je rapplique.

— Je t'adore.

— Je parie que tu dis ça à toutes les femmes.

— Seulement à toi, ma toute belle.

Rafe mit fin à la communication et, à pas de loup, retourna à la porte de la chambre. Là, appuyé contre le mur, il écouta...

Alyssa n'avait pas tout à fait tort de le traiter de voyeur. Une grande partie de son travail, en tant que détective privé, et même comme agent du FBI, consistait à rôder dans l'ombre, à se dissimuler derrière de fausses identités et à mentir. La différence entre lui et un pervers tenait dans le fait que ça ne l'excitait pas d'espionner les autres.

Il voulait dire la vérité à Alyssa, mais le moment était mal choisi. Et il n'était pas tout à fait sûr de pouvoir lui faire confiance.

En enquêtant sur son passé, il avait découvert des manipulations financières potentiellement douteuses. Il savait qu'elle avait au moins un faux passeport. Et elle possédait deux coffres dans deux banques différentes.

Ce soir, elle n'avait pas vraiment menti, mais elle était restée délibérément évasive. Sa réticence à appeler le WITSEC était encore plus suspecte. Ça aurait dû être son premier geste après avoir repris connaissance. Naturellement, si elle avait insisté pour passer cet appel, sa mission à lui en aurait été compliquée. Mais Alyssa n'avait jamais mentionné le programme de protection des témoins.

Peut-être pensait-elle que les marshals ne pouvaient pas assurer sa sécurité...

Étant donné ce qui s'était passé ce soir, il ne pouvait le lui reprocher. Ces hommes masqués s'étaient montrés quelque peu maladroits dans leur approche, mais ils savaient où elle se trouvait. L'un d'eux pouvait avoir passé cet appel anonyme pour l'encourager à venir à la parade.

Derrière la porte fermée, il entendit grincer les ressorts du sommier.

Elle était pieds nus, et ses mouvements étaient à peine plus perceptibles qu'un soupir, mais il sut précisément à quel moment elle actionna la poignée et ouvrit la porte de la penderie.

Il ne l'avait pas laissée désarmée concernant l'habillement. Outre qu'il avait suspendu à un cintre sa guenille dans le style Scarlett O'Hara, il avait ajouté un de ses propres T-shirts et un short de sport qui seraient assurément beaucoup trop grands pour elle.

Dans la poche de son pantalon bouffant à ruchés, il avait trouvé un mince portefeuille avec quelques billets, un permis de conduire et une carte de crédit. Il y avait aussi un porte-clés avec quatre clés.

Bien qu'il eût laissé ces objets en sa possession, il avait tout inspecté minutieusement, jusqu'à ce qu'il soit sûr qu'il n'y avait aucun système de traçage. La seule chose qu'il avait prise, c'était son téléphone portable, dont il avait désactivé la géolocalisation.

Lorsqu'il l'avait conduite ici, il s'était assuré qu'ils n'étaient pas suivis. Les mesures mises en place étaient similaires à celles utilisées pour les résidences sécurisées du FBI : alarmes, caméras et capteurs. Si elle ouvrait une porte ou une fenêtre sans autorisation, il serait alerté par une alarme silencieuse. Le système n'était pas relié à la police. Rafe ne tenait pas à partager ses secrets avec les autorités ou qui que ce soit d'autre. Même pas avec l'homme qui l'avait engagé.

Il y eut une série de bruits mats dans la chambre, et il l'entendit jurer entre ses dents. S'habiller dans le noir ne devait pas être si compliqué, à moins qu'elle n'ait décidé d'enfiler le corset à l'ancienne, ce qui était inutilement compliqué et absolument pas nécessaire pour une femme comme elle.

Alyssa n'avait pas besoin de resserrer sa taille. Ses courbes naturelles, ses muscles fermes et ses longues jambes étaient spectaculaires, vraiment magnifiques.

Son travail de commis de brasserie avait rendu ses mains calleuses, mais la peau de ses bras et de ses jambes avait la douceur du satin. Voir des bleus sur sa cage thoracique avait rendu Rafe furieux.

Il y avait quelque chose de profondément choquant à malmener une si délicate créature. Même s'il n'avait pas été payé comme garde du corps, son instinct l'aurait poussé à la protéger.

La première étape consisterait à identifier ses agresseurs. Tandis que, les paupières fermées, elle reposait sur le lit dans un état méditatif, il l'avait vue serrer les poings et froncer les sourcils. D'après lui, c'était le signe qu'un souvenir lui était revenu.

Le squelette qu'elle avait démasqué pouvait être quelqu'un qu'elle avait connu à Chicago. Malheureusement, elle n'avait pas choisi de partager cette information, ne voulant donner aucun nom.

Elle ne lui faisait pas confiance.

Quand il avait parlé de portraits-robots, elle avait réagi de la même façon. Pas de police, avait-elle dit. Pourquoi ce refus ? Il n'avait pas envie de croire qu'Alyssa était complice de son ancien patron, mais elle était une comptable expérimentée, capable de dissimuler son implication dans le blanchiment d'argent et la fraude.

Ses capacités comptables inquiétaient justement Davis James, l'homme qui avait engagé Rafe. Le client avait tout particulièrement insisté sur son intérêt personnel pour Alyssa et sur sa crainte qu'elle puisse être en danger. Mais Rafe avait flairé une embrouille, et il avait demandé à Chance Gregory - un génie de l'informatique qui travaillait occasionnellement pour le FBI - de se renseigner sur son client. L'homme s'appelait en réalité Viktor Davidoff, possédait six casses automobiles dans la région de Chicago, sous l'enseigne Diamond Jim's, et on le soupçonnait d'être à la tête d'un trafic international de voitures de luxe.

Lorsque Davidoff l'avait engagé, il avait refusé de révéler comment il avait appris qu'Alyssa se trouvait à La

Nouvelle-Orléans. Qui avait divulgué cette information vitale ? Qui d'autre connaissait sa localisation ? Quel lien l'informateur avait-il avec les hommes aux masques de squelette ?

Provenant de la chambre, il entendit le raclement de la fenêtre à guillotine qu'on relevait centimètre par centimètre. Aussitôt, le système d'alarme connecté à son téléphone portable lui envoya un message d'alerte.

Profitant du fait qu'il faudrait quelques minutes à Alyssa pour ôter la moustiquaire fixée à l'extérieur et se glisser dehors, Rafe longea le couloir vers la cuisine et sortit par la porte de service. Sa moto se trouvait dans le garage derrière la maison. Un instant, il envisagea de suivre Alyssa à pied mais décida de ne pas le faire. À moto, il aurait une plus grande marge de manœuvre et pourrait continuer à la suivre si elle décidait de prendre un taxi.

Prenant position sous le passage couvert le long de la maison, il la regarda traverser la pelouse, tituber sur une fissure dans le trottoir et se cacher derrière un des platanes bordant la rue, jusqu'à ce qu'il n'y ait plus aucune lumière de phares.

Il imagina son cœur qui battait à tout rompre, son regard qui sondait nerveusement la nuit, guettant les squelettes et le guettant, lui. Sa tenue était un peu burlesque : sur son bloomer orné de dentelles, elle avait enfilé un de ses T-shirts à lui - noir et extra-large, avec une fleur de lys dorée, symbole de l'équipe des Saints. Pour compléter le tout, elle portait des chaussures de danse noires, avec un petit talon de deux centimètres et une bride sur le cou-de-pied.

La prendre en chasse et la reconduire à la maison était l'une des options, mais il savait qu'Alyssa ne se laisserait pas facilement contraindre.

En la convainquant de lui faire confiance, il pourrait

veiller à ce qu'elle soit en sécurité. Et, de plus, il était curieux. Une personne logique et organisée comme Alyssa ne mettrait pas de côté le WITSEC pour s'enfuir dans la nuit si elle n'avait pas un plan.

S'il la suivait, il découvrirait peut-être ce qu'elle mijotait…

Lorsqu'elle se fut suffisamment éloignée, il démarra sa moto et s'engagea dans la rue. À deux pâtés de maisons de là se trouvait l'arrêt du tramway qui roulait toute la nuit durant les week-ends. Il était à peine 1 heure du matin, ce qui était relativement tôt pour un samedi. Même dans son étrange tenue, elle passerait inaperçue dans la foule de zombies et de fantômes qui faisaient la fête en ce jour de célébration des morts.

Prenant soin de ne pas se faire remarquer, il trouva un endroit où se garer. Il coupa le moteur, garda son casque et l'observa tandis qu'elle attendait le tram. Si elle voulait rentrer à son domicile, elle se trouvait du mauvais côté de la rue. Mais Alyssa ne faisait pas d'erreur d'inattention, ce qui signifiait qu'elle avait prévu de retourner au Quartier français.

C'était curieux. Soit elle regagnait la brasserie où elle travaillait, soit elle avait là-bas des amis qui pourraient lui offrir l'hospitalité… En fait, les possibilités étaient nombreuses.

Pendant seize jours, il était parvenu à la surveiller sans attirer son attention. À présent, elle le connaissait et pouvait le repérer dans la foule. La surveillance serait dix fois plus compliquée.

Il sortit son téléphone de sa poche pour organiser un rendez-vous avec Sheila Marie. Il avait besoin de renfort.

En attendant, il allait continuer à jouer les rôdeurs.

4

Tandis qu'elle attendait le tramway, Alyssa se tenait en retrait sur le trottoir, là où un buisson débordant d'une clôture en fer forgé lui offrait un endroit où se cacher.

Elle avait mal partout. Depuis sa tête jusqu'à sa cage thoracique, en passant par la paume de ses mains et les estafilades sur ses genoux, elle vibrait de douleur et de tension.

Il aurait sans doute été agréable de prendre un autre antalgique et de se rendormir, mais elle n'avait pas le choix. Elle devait fuir. Le temps n'était pas à la paresse. Elle devait échapper au danger qui l'avait retrouvée à La Nouvelle-Orléans.

Bien que la nuit fût douce, son front était moite, et elle accueillit avec soulagement la brise légère qui s'enroulait autour de ses jambes comme un voile déchiré. La brume limitait son champ de vision et lui donnait l'espoir, peut-être illusoire, d'être invisible.

À l'exception d'un grincement de fenêtre, sa fuite avait été silencieuse. Mais ça ne voulait pas dire que Rafe n'avait pas deviné ce qu'elle mijotait.

Elle aurait aimé savoir qui l'avait engagé. Son refus de lui dire le nom de son client l'inquiétait. Elle redoutait qu'il ne travaille pour quelqu'un qui la haïssait, quelqu'un contre qui elle aurait témoigné.

Rafe avait combattu les hommes aux masques de squelette, donc il n'était pas de mèche avec eux. Mais il avait reconnu être un ancien du FBI, et elle ne devait pas négliger le fait que des agents fédéraux comme les US marshals pouvaient être ses ennemis.

Pourquoi ? Le monde entier s'était-il retourné contre elle ?

Souffreteuse et peut-être en pleine crise de paranoïa, elle avait l'impression que sa vie était un champ de ruines.

Seules quelques voitures passaient sous la lumière des réverbères. Elle ne voyait pas Rafe. Encore qu'elle n'eût guère confiance dans ses capacités d'observation. Durant tout le temps où il l'avait surveillée, elle n'avait rien remarqué du tout. Ou il était vraiment doué pour se dissimuler, ou elle était inattentive.

Le claquement du tram la prévint de son approche, et elle s'avança pour que le conducteur puisse la voir et s'arrêter.

Quand elle était arrivée ici pour la première fois, elle avait mémorisé les différentes lignes du tramway. Dans un kilomètre, elle changerait pour la ligne de Canal Street, ce qui la rapprocherait de sa destination. Après avoir grandi dans une grande ville, elle préférait utiliser les transports en commun plutôt que de perdre du temps et de l'énergie à chercher un endroit où garer sa voiture. Et elle adorait les tramways de La Nouvelle-Orléans. Celui-ci, peint en rouge vif, avec des encadrements de fenêtre et de porte jaunes, et un toit blanc, était particulièrement pittoresque.

Elle monta dedans et prit place sur un des bancs en acajou. Heureusement, si Rafe lui avait pris son téléphone, il lui avait laissé son portefeuille, ce qui lui permit de payer le billet.

Il n'y avait que cinq autres personnes dans la rame : un

jeune couple, une hôtesse de l'air en uniforme, et deux serveuses vêtues d'une tenue aux couleurs rose et blanc d'un glacier. Le couple se dévorait des yeux, et les femmes ne ressemblaient pas à de dangereuses criminelles.

Détends-toi, mais ne baisse pas ta garde, se dit-elle pour s'encourager.

Assise du côté de la fenêtre, elle mit la main devant son visage au cas où Rafe serait dehors à la surveiller.

Il n'y avait pour le moment aucun signe de lui.

Elle ne savait vraiment pas quoi penser du grand et bel homme qui s'était présenté comme un pirate.

Du côté des points positifs, il l'avait aidée à échapper à ses agresseurs. Et elle lui en serait éternellement reconnaissante. Puis il lui avait ôté ses vêtements pour soigner ses blessures.

Un plus ou un moins ?

Administrer les premiers soins comptait comme étant positif. Déshabiller une femme inconsciente... n'était pas bien.

Elle décida de laisser cette question de côté.

Le point vraiment négatif chez Rafe, celui qui comptait, était évident : il avait passé deux semaines à l'espionner. Et pourtant, s'il montait à cet instant dans le tram et prenait place à côté d'elle, elle ne savait pas si elle hurlerait à mort ou si elle se blottirait dans ses bras.

Si seulement la vie pouvait fonctionner davantage en noir et blanc, avec les bonnes personnes qui porteraient une auréole et les mauvaises des cornes du diable !

Certains des criminels contre lesquels elle avait témoigné étaient l'incarnation du mal. Capable d'une violence inouïe, c'étaient des monstres qui n'exprimaient aucun remords. Peut-être étaient-ils incapables d'éprouver de l'empathie...

Rafe n'était pas comme ça, Dieu merci. Mais pouvait-il

quand même travailler pour eux ? L'argent parlait une langue universelle.

Engager un détective privé semblait trop subtil pour ces malfrats. Si ses ennemis de Chicago la retrouvaient, ils emploieraient sûrement des moyens plus radicaux : balle en plein cœur, ou gorge tranchée… ou quelque chose de plus cruel encore.

À cette pensée, elle sentit un frisson la traverser. Elle ne pouvait pas faire confiance au WITSEC. Plus maintenant. Sa survie dépendait de sa capacité à se défendre toute seule.

Durant les trois ans qu'elle venait de passer à La Nouvelle-Orléans, elle avait préparé différents itinéraires, en utilisant de nouvelles identités et des moyens de transport variés.

Chez elle, elle avait quatre jeux de plaques d'immatriculation différentes pour sa voiture, deux valises toutes prêtes, des espèces et tous les documents nécessaires pour recommencer une nouvelle vie ailleurs.

Malheureusement, il lui était impossible de retourner chez elle. Le type du WITSEC qu'elle avait reconnu savait où elle habitait, et aussi où elle travaillait. Ça voulait dire qu'elle ne pourrait pas récupérer le sac d'évacuation d'urgence qu'elle avait caché dans le vestiaire des employés. Dommage ! Il y avait dedans trois téléphones à carte prépayée et une nouvelle carte d'identité.

Alyssa descendit à l'arrêt de Canal Street et se mêla à la foule rassemblée devant une taverne. À proximité du Quartier français, il y avait plus de monde, certains portant des déguisements et des masques ; en fait, quantité de gens à l'apparence plus étrange que la sienne. Et pourtant, dans son T-shirt extra-large, elle se sentait bizarre, embarrassée et inquiète.

Et si les types qui avaient essayé de l'enlever la retrouvaient ?

Les dix minutes de marche nécessaires au changement de ligne lui parurent une éternité. Elle monta à bord et se tint sur ses gardes jusqu'à ce que le tramway démarre.

Le coude à la fenêtre, dissimulant son visage à ceux qui auraient pu la voir depuis la rue, elle observait entre ses doigts les palmiers échevelés qui bordaient les trottoirs quand une femme s'assit à côté d'elle. Elle lui lança un bref regard, notant sa tenue rasta et ses dreadlocks, et se perdit de nouveau dans la contemplation du paysage qui défilait.

— Il est tard, dit la femme. Je parie que vous avez faim.

— En fait... oui, répondit Alyssa en réalisant que la douleur qu'elle ressentait au creux de l'estomac n'était pas due uniquement aux coups qu'elle avait reçus. Je vais m'arrêter au Café du Monde.

— Ils font les meilleurs beignets de tout le pays.

La femme rit de bon cœur, exposant deux dents en or.

— Vous savez quoi faire, comment prendre soin de vous. C'est bien. Rafe avait raison. Vous êtes une fille intelligente.

Rafe ?

Alyssa fixa la femme assise à côté d'elle, qui pouvait tout aussi bien avoir quarante ans que soixante-dix ans. Des mèches grises s'entremêlaient à ses dreadlocks, et elle avait des poches violacées sous les yeux. Avec sa longue jupe de gitane couverte de broderies, son T-shirt tie and die vert et jaune et ses bijoux en abondance, elle semblait venir tout droit d'une boutique de vaudou.

— Excusez-moi, vous avez bien dit Rafe ?

— Quel bel homme, vous ne trouvez pas, mon chou ?

Alyssa eut une impression de déjà-vu. Sa rencontre avec cette femme ressemblait à celle qu'elle avait faite avec le pirate qui l'avait invitée à danser. Et, après ce qu'elle avait vécu - la vision du fantôme de sa mère et son réveil dans une chambre qui ressemblait à la sienne mais qui ne l'était pas –, se faire approcher encore une fois par une personne bizarre aurait dû la terroriser. Mais ce fut la colère qui prit le dessus.

Il n'était pas question qu'elle joue au chat et à la souris avec cette femme.

Elle voulait des réponses, et tout de suite.

— Comment vous appelez-vous ?

— Sheila Marie.

— Pourquoi Rafe vous a-t-il envoyée ?

— Quelle importance ? De toute façon, vous ne lui faites pas confiance.

— Pas le moins du monde.

— C'est bien.

Les lèvres charnues de Sheila Marie dessinèrent une petite moue approbatrice.

— C'est dangereux de faire confiance à un homme, quel qu'il soit. Rafe, descendant du grand pirate Jean-Pierre Fournier, est mieux que les autres. C'est une bonne personne, mais il reste un homme. Vous voyez ce que je veux dire, mon chou ? Ils ne peuvent pas s'en empêcher, leur cerveau se met à marcher de travers avec les femmes. Et c'est pour ça qu'il m'a envoyée.

— Parce qu'il croit que je vais faire confiance à une inconnue ? Une personne qui n'a aucune référence, qui plus est ?

— Des références ? Vous pensez que je devrais avoir une carte de visite ? Peut-être un diplôme ?

— Je veux savoir ce que vous faites.

Était-elle voyante, médium, guérisseuse vaudoue avec une douzaine de formules magiques dans les poches ?

— Si vous aviez une carte de visite, que dirait-elle ?

— Pour l'essentiel, je suis quelqu'un qui aide. Je suis

douée pour retrouver les personnes disparues. Le pirate a dit que vous recherchiez une femme aux cheveux gris.

Alyssa sentit son estomac se nouer et eut soudain du mal à respirer.

Quand sa mère était morte, elle avait essayé d'entrer en contact avec l'au-delà et avait dépensé des centaines de dollars chez une diseuse de bonne aventure qui l'avait menée en bateau.

Ça ne l'empêchait pas de continuer à s'accrocher à l'espoir qu'il était possible d'entrer en contact avec les défunts. Sheila Marie pouvait-elle établir ce lien ? Avait-elle des réponses ?

— Vous l'avez trouvée ?

— Pas encore. Ça ne fait que quelques heures.

Lorsqu'elle se leva, ses nombreux bracelets et colliers s'entrechoquèrent mélodieusement.

— Venez. C'est notre arrêt.

Le Café du Monde était juste au coin de la rue Saint-Pierre.

— Comment avez-vous su où j'étais ?

— Allons, venez ! Dépêchez-vous !

Alyssa descendit du tram et marcha bras dessus bras dessous avec sa nouvelle amie vers le Café du Monde - un salon de thé ouvert vingt-quatre heures sur vingt-quatre, et qui était toujours très fréquenté en dépit du fait qu'on n'y servait pas d'alcool.

Elle repéra Rafe sur le bord du trottoir, un sachet blanc à la main. Avec sa veste en cuir marron et son jean, il était presque aussi spectaculaire qu'en tenue de pirate. Bizarrement, il semblait plus grand.

Après qu'il eut accueilli Sheila Marie avec un baiser sur chaque joue, il lui tendit le sachet de beignets et se tourna vers Alyssa.

— Il faut qu'on se parle.

Elle planta fermement les pieds au sol, déterminée à ne pas bouger avant d'avoir eu une explication.

— Comment saviez-vous que je rejoindrais ce quartier ?

— Les rois du secret, commenta Sheila Marie en gloussant. Vous vous êtes bien trouvés, tous les deux.

— Tu peux rester dans les parages un moment ? demanda Rafe.

— Je vais même faire mieux que ça. Je vais vous escorter. Suivez-moi.

Elle entra dans le salon de thé, où elle salua plusieurs personnes comme s'il s'agissait d'amis perdus de vue depuis longtemps.

Lorsque Rafe lui prit le bras, Alyssa résista. Ce n'était pas l'évasion qu'elle avait planifiée. Elle avait soigneusement conçu chaque détail et elle ne laisserait pas un pirate borné se mettre en travers de sa route.

— Comment saviez-vous que je viendrais ici ? demanda-t-elle d'un ton impatient.

— Venez avec moi, et je vous le dirai.

À contrecœur, elle se laissa entraîner à la suite de Sheila Marie.

— Je vous écoute.

— La semaine dernière, quand je vous surveillais, je vous ai vue venir ici. Vous avez acheté des beignets et vous avez bu une tasse de café à la chicorée. Puis vous avez marché quelques centaines de mètres, jusqu'à un vieil entrepôt en brique, avec un panneau publicitaire sur le mur pour les produits alimentaires Zatarain's. Vous êtes délibérément passée devant, puis vous êtes revenue et vous êtes entrée dans le bureau, où vous avez payé quelque chose en espèces.

Pourquoi ne l'avait-elle pas remarqué ? Si elle avait pris le temps de déguster un café en terrasse, c'était pour observer les lieux et s'assurer qu'elle n'était pas suivie.

— Je dois être aveugle, marmonna-t-elle.

Rafe ne releva pas.

— Après votre départ, j'ai vérifié avec l'employé. Vous louez un local de stockage dans ce bâtiment. Ne vous inquiétez pas, je n'y suis pas entré.

Il la poussa en avant.

— Arrêtez de traîner les pieds. Nous devons faire vite.

— Pourquoi ?

— Dès que je vous ai vue attendre le tramway, j'ai su où vous alliez. J'ai aussitôt prévenu Sheila Marie, qui se trouvait assez près pour vous intercepter.

D'un ton sévère, il ajouta :

— Si j'ai pu deviner vos plans, d'autres ont pu le faire aussi.

5

Rafe vit une lueur de peur passer dans les yeux verts d'Alyssa et sut que son avertissement avait eu l'effet escompté.

Elle était toujours en colère, ça ne faisait aucun doute, mais elle était aussi effrayée, et à juste titre.

Si quelqu'un la cherchait, il avait pu suivre les mêmes indices qui l'avaient conduit à Canal Street.

Le regard d'Alyssa fouillait sans relâche le Café du Monde, à la recherche des possibles dangers rôdant autour des tables majoritairement vides, au-dessus desquelles dansaient au gré de la brise des guirlandes lumineuses. Avec le T-shirt des Saints, qui lui tombait aux genoux, ses cheveux emmêlés et les restes de son maquillage de zombie sur le visage, elle semblait misérable et perdue, et n'avait pas du tout l'air à sa place dans ce chaleureux et odorant salon de thé.

Sa voix se cassa lorsqu'elle prit la parole.

— Vous avez vu quelqu'un ?

— Pas pour le moment.

— Ils pourraient être n'importe où, murmura-t-elle.

Sheila Marie tendit à Alyssa un gobelet en carton rempli de café à la chicorée et s'adressa à Rafe.

— Tu ferais bien de trouver un endroit où la petite

pourra se reposer et se remplumer un peu. On dirait un oisillon prêt à tomber du nid.

— Aidez-moi, supplia Alyssa. Vous devez me parler de la femme aux cheveux gris. On aurait dit ma mère. Et, quand elle a ri, j'ai vraiment eu l'impression d'entendre maman.

— Allons, allons, ne vous agitez pas comme ça, mon chou.

Sheila Marie passa un bras autour des épaules d'Alyssa, tout en tenant de l'autre main son propre café.

— Ça fait plusieurs années maintenant que votre maman a quitté ce monde.

Rafe ne se rappelait pas s'il avait mentionné ce détail à Sheila Marie, mais il avait dû dire quelque chose. À moins que son indicatrice n'ait vraiment des dons de voyance comme elle l'affirmait… Sa voix était gentille mais ferme.

— Vous allez m'écouter, ma petite fille, et faire ce que je vous dis.

— Mais, je…

— Redressez-vous.

Sheila Marie déposa un baiser sur le front d'Alyssa.

— Venez, maintenant.

Sheila Marie les guida à travers la cuisine, où un personnel réduit travaillait à un rythme nonchalant. D'un œil indifférent, ils les regardèrent traverser la pièce et sortir par la porte de service.

Rafe n'avait pas réussi à faire bouger Alyssa, mais Sheila Marie avait pris le contrôle de la situation. En lui demandant de lui prêter main-forte, il avait eu une idée de génie. D'instinct, Alyssa semblait faire confiance à son aînée, alors qu'elle ne l'aurait jamais laissé prendre la tête des opérations.

Dommage pour lui.

C'était dans des moments comme celui-ci que son travail au FBI lui manquait. Là, personne ne contestait ses ordres.

Ses subordonnés s'exécutaient, voilà tout. Et Alyssa ferait bien d'en faire autant. Il ne fallait pas attendre de lui qu'il se livre à une danse du ventre à chaque fois qu'il faudrait prendre une décision.

Après avoir quitté le salon de thé, ils empruntèrent un réseau de petites rues, avant de s'arrêter sous un porche.

— Rappelez-vous que vous êtes en danger, dit-il.

— Je sais.

— Des hommes masqués ont essayé de vous enlever.

Elle soupira.

— Je sais.

— Vous ne pouvez pas sauter par la fenêtre de ma résidence sécurisée et vous enfuir. C'est dangereux.

— Je n'ai pas confiance en vous.

Dans le halo projeté par les réverbères, il vit Alyssa froncer les sourcils.

— Ce n'est pas votre problème, Rafe, c'est le mien. Et je peux me débrouiller toute seule. J'ai des projets. J'ai pris des arrangements.

— De quoi vous plaignez-vous, mon chou ? demanda Sheila Marie. Vous avez un grand et beau gaillard qui se propose de vous aider. Laissez-le s'occuper des méchants.

Entre ses dents, Rafe marmonna :

— Je ne suis pas le seul à vouloir la protéger.

Sheila Marie eut l'air intéressée.

— Raconte-moi ça.

Mordant dans son beignet, elle projeta un petit nuage de sucre glace autour d'elle.

— WITSEC, répondit Rafe.

Puis il reporta son attention sur Alyssa.

— Pourquoi ne les avez-vous pas appelés ?

— Je n'ai pas envie de vous le dire.

— Et moi, je n'ai pas envie de jouer au chat et à la souris.

— Je ne vous le dirai pas.

Quelle tête de mule ! Comment avait-elle survécu jusqu'à maintenant ? Tout le monde n'avait pas la chance d'intégrer le programme de protection des témoins. Son refus de profiter d'un système efficace et bien rodé devait être justifié par autre chose que de l'obstination.

Il regarda de l'autre côté de la rue. L'entrepôt délabré où il l'avait vue entrer se trouvait à deux cents mètres à peine.

— Donnez-moi votre clé et dites-moi ce que vous voulez prendre dans votre espace de stockage.

— J'irai moi-même.

C'était exactement le genre de situation qu'il voulait éviter.

Rafe n'avait pas envie de perdre du temps à faire la liste de toutes les raisons pour lesquelles Alyssa ne devait pas agir seule. À commencer par le fait évident qu'elle n'était pas armée. Si elle était prise en embuscade dans l'immeuble, il lui faudrait des renforts. Un guetteur dans la rue serait grandement utile.

— Sheila Marie, je voudrais que tu retournes au salon de thé et que tu surveilles tous les gens à l'allure suspecte.

Comme un fait exprès, deux princesses zombies promenant un dogue allemand noir et blanc traversaient la rue en minaudant et en gloussant. La moitié de la ville avait l'air bizarre, mais il faisait confiance à son indic pour reconnaître le vrai danger quand il se présentait.

Quand il se pencha pour prendre son Glock 43 glissé dans son holster de cheville, Alyssa demanda :

— Qu'est-ce que c'est que ça ?

— Un pistolet.

— Je le vois bien. Mais je ne pensais pas que vous étiez le genre d'homme à être armé.

— Je suis un ancien du FBI.

— Il me semble que vous aviez utilisé un pistolet à impulsion électrique sur les trois squelettes.

— J'adapte le choix de l'arme à la situation.

Il la fixa des yeux, essayant de la convaincre silencieusement de ne pas le suivre dans l'entrepôt.

— Vous devriez rester avec Sheila Marie, finit-il par suggérer.

Ses boucles dansèrent autour de son visage tandis qu'elle secouait la tête.

— Je vous propose un compromis. Je n'y vais pas toute seule. Vous pouvez m'accompagner.

Il attendit qu'une camionnette de livraison soit passée pour traverser la rue avec Alyssa.

En dépit d'une légère claudication, elle se déplaçait de façon athlétique. Dès qu'il l'avait vue, il avait su qu'elle était en bonne santé et faisait tout pour le rester, une partie de sa routine consistant en des exercices physiques. Il avait adoré la regarder faire du sport, mais il se garderait de le lui dire. Après tout, elle l'avait déjà qualifié de pervers...

Alyssa composa sur le digicode extérieur le code d'accès à l'entrepôt, et Rafe la suivit à l'intérieur.

Un silence inquiétant planait. Une odeur de moisi flottait dans l'air, et on entendait courir des rats. Une faible lueur filtrait par d'étroites fenêtres en hauteur, mais il faisait trop sombre pour voir autre chose que des angles et des ombres.

Il sortit une fine torche de sa poche. Le faisceau lumineux éclaira un sol en béton dessinant un labyrinthe entre des rangées de boxes, de coffres et d'unités de stockage.

A priori, ils étaient seuls, mais Rafe ne voulait prendre aucun risque.

— N'allumez pas, murmura-t-il.

— Je suppose que vous n'avez pas d'autre torche ?

— Désolé, mais non.

— Quelle quantité je peux prendre ?

— Seulement ce que vous pourrez transporter.

Il se demandait ce qu'elle pouvait bien avoir stocké dans cet endroit. Quel genre de choses considérait-elle comme nécessaires à sa survie ?

— Vous savez, dit-elle, ce serait plus simple si j'avais la torche. C'est moi qui sais où nous allons.

Il n'y avait pas à argumenter. Il lui tendit la Maglite.

— Je suis juste derrière vous.

Elle partit d'un pas décidé, longeant un mur de coffres-forts encastrés, avant de bifurquer soudainement sur la droite.

Ils se retrouvèrent bientôt devant un monte-charge, avec une porte en lattes de bois articulées, qui s'enroulait comme celle d'un garage. Alyssa la souleva et entra dans la cabine.

— Venez. Mon box est au premier étage.

Rafe détestait l'idée de se retrouver coincé dans le vieil élévateur brinquebalant, mais il ne voulait pas perdre de temps à argumenter. Même si la plate-forme, destinée à déplacer des objets volumineux, était vaste, il se sentait oppressé. Sous sa veste en cuir pourtant légère, il transpirait.

Lorsque Alyssa abaissa la porte roulante et appuya sur le bouton de l'étage, la machine gargouilla comme dix alligators en proie à une indigestion.

— C'est beaucoup trop bruyant, dit-il en regrettant de ne pas y avoir pensé plus tôt. Si une embuscade est déjà sur place, ils sauront exactement où nous sommes.

— Vous avez raison. J'aurais dû y penser.

L'étage de l'entrepôt était encore plus sombre et inquiétant que le rez-de-chaussée. De rares vasistas de toiture dispensaient une maigre lumière sur des portes en métal rouillé, dont les numéros peints en noir au pochoir s'écaillaient.

Alyssa s'arrêta devant le numéro 224 et tendit la torche à Rafe. Puis elle plongea la main sous le T-shirt géant pour récupérer son porte-clés. Il braqua le faisceau lumineux sur la serrure pour qu'elle puisse y introduire la clé.

— C'est un cinq par cinq, dit-elle. Je pensais que je n'avais pas besoin de plus.

La première chose que Rafe vit quand elle ouvrit la porte fut un rutilant vélo à dix vitesses, qui semblait n'avoir jamais servi. Elle actionna un interrupteur, et une ampoule nue s'alluma. Il découvrit alors des piles de cartons et du matériel de camping tout neuf. Il y avait une tente, un sac de couchage, un réchaud, une lanterne, des sachets de nourriture lyophilisée et différents outils.

Rafe souleva une petite hache.

— Vous avez fait beaucoup de camping ?

— Pas depuis mon enfance, quand je rendais visite à mes grands-parents en Géorgie.

— Comment avez-vous choisi cet équipement, et pourquoi ?

— J'ai pensé que ce serait une bonne idée de me cacher dans les bois. Je suis donc allée dans un magasin de sport et j'ai demandé au vendeur de me fournir tout l'équipement dont je pourrais avoir besoin pour survivre pendant un mois.

Rafe songea que le vendeur devait travailler à la commission pour avoir vendu autant de matériel. Il avait dû voir venir la Yankee naïve qui ne connaissait rien à la campagne et se faire un malin plaisir de l'escroquer.

— Je suppose que vous avez également acheté une arme ?

— Deux. Mais je ne les garde pas ici.

Elle contourna les cartons et attrapa les larges sangles d'un gigantesque sac à dos. Dès qu'elle put y accéder, elle fouilla à l'intérieur et en sortit une boîte d'antalgiques puissants.

Tandis qu'elle ouvrait une bouteille d'eau, le portable de Rafe bipa, annonçant un SMS. Très peu de personnes avaient son numéro, qui était par ailleurs crypté pour qu'on ne puisse pas le tracer.

Il s'écarta et consulta l'écran. Le message venait de Davidoff à Chicago. Il était bref.

Alyssa a disparu. Que savez-vous ?

Rafe ne répondit pas. Le message le contrariait. Alyssa avait été agressée quelques heures plus tôt, et Davidoff savait déjà qu'elle avait disparu. Où prenait-il ses informations ? Était-elle surveillée par quelqu'un d'autre ? Si c'était le cas, Davidoff aurait dû l'en informer. Non que Rafe se fût attendu à une quelconque éthique de la part d'un patron du crime. Davidoff n'avait rien d'un boy-scout.

Comme il tournait la tête, il vit Alyssa ôter le T-shirt des Saints et enfiler un polo beige. Elle avait déjà remplacé son bloomer par un jean. Elle compléta sa tenue par une paire de tennis. Avec un blouson en jean, sa tenue fut complète. Passe-partout et confortable, elle lui permettrait de se fondre dans n'importe quelle foule.

Il ne s'expliquait pas pourquoi il préférait la tenue de Scarlett zombie, mais c'était le cas.

— Qui était-ce au téléphone ? demanda-t-elle.

— C'était juste un message.

Si elle avait été plus aimable avec lui, il n'aurait pas hésité à partager l'information.

— Nous devrions y aller, dit-elle. Il y a un hôtel où vous pourrez me déposer.

Il n'en était pas question.

Elle pensait peut-être qu'un hôtel local était sûr, mais il en doutait et il n'allait pas l'abandonner à ceux qui étaient sur ses traces. Quand ils auraient quitté l'entrepôt, il la reconduirait à la résidence sécurisée.

Sur ce sujet, il refusait d'entendre la moindre objection. La sécurité d'Alyssa était sa priorité. Soit elle venait avec lui, soit elle se rapprochait du WITSEC.

Elle hissa son sac à dos, qui était presque aussi grand qu'elle, sur ses épaules, prit la torche et marcha jusqu'à la fenêtre, par laquelle filtrait un rayon de lune. L'étroit vantail vertical mesurait environ un mètre vingt, et il pouvait s'entrebâiller pour apporter un semblant de ventilation.

Alyssa regarda à travers la vitre sale.

— Oh ! non !

— Qu'y a-t-il ?

Rafe se rapprocha.

— Un problème ?

— Il y a un homme, de l'autre côté de la rue. Je le reconnais.

Rafe jeta un coup d'œil à l'extérieur.

La silhouette d'un homme, de taille et de corpulence moyennes, était nettement visible. Bien que vêtu de noir, le type n'était pas doué pour se fondre dans le décor. Il se tenait tout bonnement sur le bord du trottoir, le visage éclairé par le réverbère.

— Comment le connaissez-vous ?

— C'est à lui que j'ai arraché le masque de squelette. J'ai compris après coup que je l'avais déjà vu, mais c'est seulement maintenant que je me rappelle son nom.

— Qui est-ce ?

— Hugh Woodbridge.

Le téléphone de Rafe bipa à nouveau. Le message venait de Sheila Marie.

Trois hommes sont en train d'arriver. Sortez vite.

Par la fenêtre, Rafe vit deux hommes rejoindre Woodbridge.

— Pour quelle raison le connaissez-vous ?

La voix d'Alyssa n'était qu'un murmure étranglé.

— Je l'ai vu dans les bureaux du WITSEC.

Ça expliquait pourquoi elle ne pouvait pas demander d'aide aux fédéraux de la protection des témoins. Elle avait été trahie.

— Woodbridge est un US marshal ?

— J'en ai bien peur.

Mauvaise nouvelle pour elle… pour tous les deux.

6

Alyssa regarda Woodbridge et ses acolytes traverser la rue au pas de charge et se diriger vers l'entrepôt. Ils étaient à nouveau à ses trousses.

Elle fonctionnait à l'adrénaline depuis qu'elle avait repris connaissance, et son énergie était presque épuisée. Son sac à dos semblait peser une tonne. Sa vision était brouillée. Ses ecchymoses la brûlaient.

S'enfuir de cet entrepôt sans l'aide de Rafe était pratiquement impossible. À ce stade, elle devait lui faire confiance.

Elle rejeta la tête en arrière pour le regarder dans les yeux.

— Vous avez un plan ?

Il lui prit la torche et la remplaça par son Glock 43.

— Ne tirez que si je vous dis de le faire.

Il n'avait pas d'inquiétude à avoir. Elle n'avait jamais tiré sur un être vivant et doutait de pouvoir commencer maintenant.

— La sécurité est mise ?

— Ne touchez pas la détente, et tout ira bien.

Elle le suivit dans l'espace de stockage, où il utilisa la lampe pour fouiller dans ses affaires, jusqu'à ce qu'il trouve un rouleau de corde bleue et des espèces de crochets métalliques.

— Vous pourrez envoyer un message de remerciements

au vendeur qui vous a fourni ce matériel. Je doute que vous ayez eu en tête de faire de l'escalade.

— De l'escalade ?

— Cette corde et ces mousquetons. Ça va nous être très utile.

Avant qu'elle ait eu le temps d'ouvrir la bouche pour poser une question, elle entendit du vacarme au rez-de-chaussée. Une porte qu'on ouvrait brutalement, des martèlements de bottes… Ils étaient entrés dans l'entrepôt.

C'était le moment d'agir, et Rafe n'hésita pas. Il semblait à l'aise en donnant des ordres, ce qui était après tout normal pour un agent du FBI… ou pour un pirate. Trop nerveuse pour réfléchir, elle capitula, prête à faire tout ce qu'il dirait.

Il s'arrêta devant une fenêtre à battant qu'il parvint à ouvrir. Une brise s'engouffra dans le bâtiment. À quelques centaines de mètres du fleuve, l'air était chargé d'humidité.

— Retirez votre sac, dit Rafe.

— Je vais devoir l'abandonner ? Il y a des choses dedans dont j'ai vraiment besoin.

— Nous allons le prendre, mais vous ne pouvez pas porter un tel poids.

Dès qu'elle eut fait glisser les sangles de ses épaules, elle se sentit mieux, pas tellement plus forte mais plus légère.

Elle regarda Rafe utiliser les mousquetons pour fixer la corde autour d'un pilier à proximité de la fenêtre.

Quand ce fut fait, il noua une boucle en bout de corde.

Elle s'étonna.

— Que faites-vous ?

— Une sorte d'étrier. Passez votre pied dedans, je vais vous faire descendre.

— C'est haut. Je pourrais me casser une jambe.

— C'est la raison pour laquelle je vais vous faire descendre, expliqua-t-il patiemment. Laissez-moi vous aider à monter sur l'appui de fenêtre.

L'ouverture était suffisante pour qu'elle y passe.

Elle entendit le bruit du monte-charge qui descendait. Woodbridge se rapprochait. Sans perdre une seconde de plus, elle glissa un pied dans la boucle.

— Et maintenant ?

— Faites peser votre poids sur le pied qui se trouve dans la boucle et glissez-vous hors de la fenêtre. Tenez-vous bien à la corde, et je vais vous faire descendre graduellement.

Baissant les yeux, Alyssa observa l'étroit passage entre les bâtiments. La hauteur lui semblait vertigineuse. Cette fenêtre donnait du seul côté qui n'était pas exposé au public. À l'opposé se trouvait une cour pavée, tandis que le quai de chargement était situé à l'arrière et l'accès principal côté rue.

Elle avait beau se convaincre qu'elle n'avait pas d'autre choix, ses mains tremblaient. Ses ecchymoses lui faisaient mal. Elle était tellement faible ! Comment pourrait-elle enjamber la fenêtre et descendre le long d'une façade comme une araignée ?

— Je ne peux pas, dit-elle. Vous avez une autre solution ?

— Nous n'avons plus le temps.

Woodbridge et ses hommes s'interpellaient les uns les autres tandis qu'ils exploraient le rez-de-chaussée.

Rafe avait à nouveau raison. Le temps n'était ni à l'hésitation ni à la peur.

Alyssa enjamba l'appui de fenêtre, se servit de la boucle pour supporter son poids et s'agrippa de toutes ses forces à la corde bleue.

Lentement, Rafe la fit descendre, tout en l'encourageant.

— Bien. Continuez comme ça. Vous y êtes presque.

Alyssa baissa les yeux. Le sol n'était plus très loin. Elle

hésita tandis qu'il la faisait descendre de quelques centimètres encore, puis libéra sa jambe et sauta souplement sur les pavés.

Elle avait réussi.

Reprenant son souffle, elle regarda la corde remonter le long de la façade en serpentant. Rafe se pencha par la fenêtre et lui jeta son sac, puis il enjamba l'appui de fenêtre et descendit en rappel.

Remarquant qu'il portait des gants noirs, elle admira son aisance, ses mouvements habiles, presque gracieux.

— Nous y sommes arrivés, dit-il.

— Oui, nous l'avons fait.

Pour la première fois, elle pensait à eux comme à une équipe. Ce n'était plus chacun pour soi. Il l'avait secourue et protégée. Serait-il finalement la seule personne au monde en qui elle pourrait avoir confiance ?

Il prit son sac à dos et le hissa sur ses épaules.

— Venez.

On entendait des cris pas la fenêtre. Woodbridge et ses hommes n'étaient plus très loin.

Elle n'avait pas le temps de poser des questions ni d'élaborer des stratégies. Impossible de prendre la situation en main de manière raisonnée comme elle l'aimait.

Tout ce qu'elle pouvait faire, c'était courir derrière Rafe. D'habitude, elle était rapide et agile, mettant un point d'honneur à rester en bonne forme physique en se rendant à la salle de sport deux fois par semaine et en courant tous les jours. Mais là, elle trébuchait à chaque pas tant elle était épuisée.

Lorsqu'ils débouchèrent dans la rue, à quelques centaines de mètres du Café du Monde, Rafe lui prit le bras et la guida le long du trottoir. Il s'arrêta à côté d'une moto, prit un casque dans le top-case et le lui tendit.

— Mettez ça.

Ce n'était pas son moyen de transport préféré, mais elle n'allait pas argumenter. Ils devaient quitter les lieux le plus vite possible.

Il attacha son sac sur le support à bagages et l'aida à s'asseoir sur la selle. Avant de prendre place à son tour, il s'enquit d'un ton inquiet :

— Vous avez assez de force pour vous tenir ?

— Oui, ça va aller.

Même si elle acceptait de le laisser prendre le contrôle des opérations, elle ne voulait pas qu'il la prenne pour une mauviette.

— De toute façon, je n'ai pas le choix. Demander de l'aide à la police est sans garantie avec un US marshal à mes trousses.

— Vous savez ce que ces types vous veulent ?

— Ça doit être une vengeance. Mon témoignage a envoyé un type en prison à perpétuité, et trois autres ont écopé de peines assez longues.

— Mais pourquoi un marshal de La Nouvelle-Orléans se préoccuperait-il du sort de criminels de Chicago ?

Rompant le contact visuel avec lui, Alyssa jeta un coup d'œil par-dessus l'épaule de Rafe.

— Nous devrions y aller.

— S'ils veulent votre mort, pourquoi ne pas avoir engagé un sniper pour vous abattre dans la rue ?

— Ils ne veulent pas d'une mort facile. Ils veulent que je souffre. C'est la seule logique que j'ai trouvée.

Elle refusait de penser aux autres possibilités et dangers inconnus qui la poursuivaient depuis que le FBI était venu sonner à sa porte pour demander qu'elle les renseigne sur les activités de prêteur sur gages de son ancien patron, Max Horowitz.

— Il est possible, dit Rafe, que vous possédiez quelque chose qu'ils veulent.

— Ce n'est pas votre problème.

Le moment de confiance était passé. Elle avait retrouvé son attitude normale, qui consistait à se montrer suspicieuse.

— Je voudrais que vous me déposiez à l'hôtel. L'adresse est…

— Je suis toujours responsable des opérations, trésor. Vous irez où je le dis.

Il mit son casque et enfourcha sa moto.

— Accrochez-vous.

Alyssa enroula les bras autour du torse de Rafe. Son corps musclé irradiait une chaleur réconfortante.

Il démarra la moto, et le moteur rugit, lui provoquant des frissons à travers tout le corps. Elle s'agrippa plus fermement, collée à son large dos, la joue sur le cuir souple de sa veste.

Même si elle était parfaitement capable de prendre soin d'elle, il lui fallait admettre qu'elle appréciait la compagnie de Rafe.

Après plusieurs tours et détours dans les rues de la ville, il s'engagea dans une allée et se gara sous un auvent longeant une maison… La maison même dont elle s'était échappée quelques heures auparavant.

— Nous sommes de retour ici ?

Il descendit de moto et ôta son casque.

— Je vous ai dit que je travaillais pour le FBI. Vous vous souvenez ?

Elle hocha la tête.

— Je sais comment mettre en place une résidence sécurisée. Il vous faut une surveillance, des armes et de la discrétion. Je peux vous apporter tout cela.

— Et votre client ? Il doit connaître l'adresse.

— Laissez-moi m'occuper de lui.

Lorsqu'elle descendit de moto, les jambes d'Alyssa la portaient à peine. Trop fatiguée pour réfléchir, elle décida d'attendre le lendemain matin pour poser des questions. Pour le moment, tout ce qu'elle voulait, c'était dormir.

Après avoir aidé Alyssa à se coucher et avoir activé tous les systèmes de sécurité qui transformaient cette petite maison tout ordinaire en forteresse numérique, Rafe s'assit à la table de la cuisine et prit son téléphone.

Il avait dit à Alyssa qu'il allait s'occuper de son client, et il était temps de tenir sa promesse.

La conversation serait difficile. Rafe avait été engagé par Davidoff pour protéger Alyssa, mais cela ne voulait pas dire pour autant que le criminel de Chicago avait de bonnes intentions. Ce dernier avait en effet la réputation d'être d'un abord aimable et sympathique tout en étant sans pitié.

Pourquoi Davidoff s'intéressait-il autant à cette jeune femme ? Il avait envoyé quatre SMS, chacun plus impatient que le précédent, allant d'une première demande polie à un ordre. Le dernier reçu à 3 h 17 du matin disait :

Où êtes-vous. Appelez-moi immédiatement.

Il était à présent 3 h 34. Rafe composa le numéro que Davidoff lui avait donné.

— Qu'est-ce qui vous a pris autant de temps ? s'écria le criminel.

— Un autre engagement.

— Une femme, c'est ça ? Vous avez ignoré mes messages parce que vous preniez du bon temps ?

— J'étais en effet avec une femme, ce soir. Mais nous

célébrions les morts, et je voulais entrer en contact avec mon ancêtre pirate.

— Vos croyances vaudoues et votre vie sexuelle ne m'intéressent pas. Parlez-moi d'Alyssa.

Bien que Rafe n'eût jamais rencontré physiquement Viktor Davidoff, alias Davis James, alias Diamond Jim, propriétaire de six casses automobiles à Chicago, il avait minutieusement enquêté avant d'accepter la mission. Les photos le montraient comme un homme lourdement charpenté, avec un cou de taureau. Sa tête était rasée, et il arborait une barbe noire soigneusement taillée. Même s'il portait des costumes luxueux, il avait des mains de travailleur manuel, avec des doigts épais capables de vous étrangler sans effort.

Si Rafe voulait apprendre quoi que ce soit de son client, il devait poser les bonnes questions et éviter de trop en dire de son côté.

— À quel moment Alyssa aurait disparu, d'après vous ?

— Après son service au restaurant, elle n'est pas rentrée chez elle.

— Elle avait peut-être rendez-vous avec un homme.

Davidoff grommela.

— Vous l'avez surveillée pendant des jours. Est-ce qu'elle a un petit ami ?

— Ce soir, toute la ville est en fête. Elle a pu faire une rencontre occasionnelle.

— Mouais...

— Qui vous a dit qu'elle n'était pas chez elle ? Vous avez quelqu'un d'autre qui surveille sa maison ?

— Ça aurait dû être vous !

Davidoff avait proféré son accusation comme s'il tirait une balle.

— Je vous paye une petite fortune pour garder un œil

sur elle. Et ne commencez pas à me parler de vos prétendues dépenses.

Décorer la chambre selon les indications de ce client avait été coûteux mais, plutôt que d'argumenter, Rafe préféra se concentrer sur Davidoff.

— Avez-vous engagé quelqu'un d'autre pour qu'il s'occupe de vos affaires à La Nouvelle-Orléans ?

— Et pourquoi je ferais ça ? Je ne suis pas Crésus.

— Qui vous a dit qu'Alyssa avait disparu ?

— Ça ne vous regarde pas, mais il s'agit de l'agent du FBI qui m'a conseillé de vous engager.

— Jessop ?

— Je n'ai jamais dit son nom.

— Mais j'ai raison.

Dès que Davidoff avait pris contact avec lui, Rafe avait demandé à son génie de l'informatique de faire une recherche, et Chance Gregory avait trouvé un lien.

— Votre contact au FBI est Darren Jessop, n'est-ce pas ?

— Je n'ai pas à me justifier, bon sang ! Vous travaillez pour moi. C'est compris, le Français ?

— Parfaitement.

— Je veux savoir où elle est, nom d'un chien.

Rafe décida de lâcher du lest.

— Elle passe la nuit dans un endroit sûr. Je peux vous garantir qu'il ne lui arrivera rien. Demain à midi, je vous enverrai une photo d'elle.

— Bien.

Le soulagement de Davidoff paraissait sincère.

— Elle semble importante pour vous. Pourquoi ?

— Disons que j'ai bien connu sa mère.

Davidoff n'était certainement pas du genre sentimental. Il devait y avoir une autre raison pour qu'il s'intéresse à Alyssa...

— Quand elle travaillait chez Max Horowitz, le prêteur sur gages, elle manipulait d'importantes sommes d'argent. C'est de ça qu'il est question ?

— J'en ai terminé, le Français. Envoyez-moi sa photo demain.

L'homme laissa passer un silence.

— Il est peut-être temps que je vienne à La Nouvelle-Orléans. Alyssa sera heureuse de me voir.

— Elle vous connaît ?

— Nous nous sommes déjà rencontrés.

Il eut un ricanement sinistre.

— On peut dire que je suis l'homme de sa vie.

— Comment cela ?

— Disons que, sans moi, elle ne serait pas née.

Davidoff était le père d'Alyssa ?

7

Le lendemain matin, Rafe se réveilla en pensant à Davidoff. S'il était vraiment le père d'Alyssa, il avait une bonne raison d'engager un garde du corps pour veiller sur elle. Mais ce sous-entendu était difficile à croire.

D'après les recherches qu'il avait effectuées, le nom du père ne figurait pas sur l'acte de naissance. Aucun homme n'avait revendiqué sa paternité, ni à Chicago ni à Savannah, où Alyssa avait vécu avec sa mère pendant quelques années.

La nuit dernière, avant de s'endormir, Alyssa lui avait un peu parlé de sa famille. Son père était sorti de sa vie quand elle avait quatre ou cinq ans. Elle n'avait jamais su son nom. Sa mère lui avait dit qu'il était mort, et elle n'avait jamais eu de raison de penser le contraire.

Assis sur le bord de son lit, Rafe s'étira et bâilla.

Les premières lueurs du jour filtraient à travers les stores. Il était à peine 7 heures, ce qui était tôt pour lui et pour tous les oiseaux de nuit de La Nouvelle-Orléans. Mais il devrait se contenter de trois heures et demie de sommeil, dans la mesure où Alyssa était une lève-tôt.

Si Davidoff était son père, pourquoi ne s'était-il pas manifesté plus tôt ?

Après le décès de sa mère, il ne restait pas d'autre famille à Alyssa. Parce qu'elle avait été témoin d'un meurtre, elle avait failli être tuée, et on avait dû la placer sous protection.

Quel genre de père abandonnerait sa fille dans une période où elle avait désespérément besoin d'aide ?

Diamond Jim était un homme puissant et dangereux. Peut-être pensait-il agir pour le bien d'Alyssa en gardant ses distances avec elle ? Si ses ennemis ignoraient son existence, ils ne pourraient pas s'en prendre à elle.

Si c'était la véritable explication, Davidoff pouvait être considéré comme bienveillant et chevaleresque, mais ces qualificatifs lui correspondaient bien mal. Selon Rafe, Davidoff était plutôt intéressé par le trésor de guerre de Max Horowitz - une mystérieuse somme d'argent détournée des comptes du prêteur sur gages.

Quand l'agent spécial Jessop l'avait mis en relation avec Davidoff, il avait précisé qu'Alyssa n'était pas seulement ravissante, mais qu'elle pourrait bien avoir accès à une cagnotte considérable.

La meilleure façon d'en savoir plus serait d'interroger Jessop, mais Rafe hésitait à le faire, ayant quelques réserves envers les fédéraux.

Hier, Jessop avait signalé à Davidoff qu'Alyssa avait disparu. Avait-il aussi dévoilé l'endroit où le WITSEC l'avait relocalisée ?

Tout cela était très suspect.

L'agent Jessop pouvait être de mèche avec les US marshals. Mieux valait laisser le FBI dans l'ignorance.

Sans allumer la lumière, Rafe sortit du lit. S'il avait été seul, il n'aurait pas pris la peine de s'habiller. Mais Alyssa était là. Il enfila donc un caleçon de sport en coton gris et se dirigea pieds nus vers la cuisine.

Après avoir mis la cafetière en marche, il vérifia son système de surveillance et constata avec soulagement que tout était normal. Puis il se dirigea vers la seule salle de bains de la maison.

La porte était verrouillée, et il entendait de l'eau couler à l'intérieur. Alyssa était passée la première, mais ça ne devrait pas être un problème. Il savait pour l'avoir observée, qu'elle ne passait pas plus de quinze minutes sous la douche, shampooing compris.

De retour à la cuisine, il se versa une tasse de café. Son cerveau fonctionnerait mieux une fois qu'il aurait eu sa dose de caféine. Peut-être pourrait-il alors comprendre qui en voulait à Alyssa et pour quelle raison...

Ce matin, elle serait peut-être plus encline à partager des informations. Ne lui avait-il pas sauvé la vie, hier soir ? Sans doute avait-elle changé d'opinion à son sujet.

La veille, à l'entrepôt, elle avait fini par baisser sa garde et lui faire confiance. Il avait besoin que cette attitude perdure. Lui tenir lieu de garde du corps était déjà assez difficile sans qu'il ait à s'inquiéter du risque qu'elle file à l'anglaise.

Il réfléchit posément à ses projets pour la journée.

Si elle acceptait de coopérer, il pourrait la laisser à la maison, où la sécurité était maximale.

Mais il ne pouvait pas être sûr à cent pour cent que personne ne pourrait deviner qu'elle se cachait ici. Si ses poursuivants la retrouvaient, elle n'avait pas les techniques pour se défendre.

Donc, il devait l'emmener quand il quitterait la maison.

Sirotant son café, il laissa vagabonder ses pensées.

Aujourd'hui, il devait s'entretenir avec Chance, le génie de l'informatique, pour découvrir de nouvelles informations sur Davidoff et sur Horowitz, l'ancien employeur d'Alyssa.

Naturellement, il aurait aussi une conversation avec Sheila Marie pour apprendre les nouveaux ragots de la rue.

En attendant, il avait besoin de prendre une douche.

Tandis qu'il longeait le couloir exigu de cette maison de style *shotgun* - si typique de la région avec sa structure rectangulaire étroite - il vit Alyssa venir à sa rencontre, drapée dans une serviette de plage orange et jaune.

Ses cheveux étaient encore humides de la douche. La lumière du plafond jetait un halo doré sur ses épaules nues. Elle avait les joues rosies et les yeux brillants.

— Bonjour, Rafe.

— Bonjour, ma chère, répondit-il, toujours fidèle à ses manières très vieille France.

Le regard d'Alyssa se posa sur son torse nu.

— Je ne pensais pas en voir autant de vous.

Sa détermination à faire preuve d'autorité disparut. Il avait suffi d'un sourire pour le désarmer.

— J'ai fait du café.

— Parfait. Je m'habille et je vous rejoins à la cuisine.

Tandis qu'il se plaquait contre le mur pour lui permettre de passer, elle ajouta :

— Nous devons dresser un plan d'attaque. Comme on est samedi, je ne peux pas accéder à mon coffre-fort à la banque, mais j'ai d'autres choses à faire avant de quitter la ville.

— Ce n'est pas prudent de quitter La Nouvelle-Orléans sans avoir de point de chute infaillible.

— Ce serait pire de rester. Et je sais quoi faire. J'ai simplement besoin que vous me laissiez utiliser votre ordinateur.

Au lieu d'objecter, il se rua vers la salle de bains, encore embuée de vapeur. Après une douche rapide, il se lava les dents et enfila un pantalon cargo et un T-shirt.

Bien qu'il n'ait pas perdu de temps, Alyssa le prit de vitesse et, quand il entra dans la cuisine, il la vit qui fouillait dans un placard en hauteur, hissée sur la pointe des pieds.

Son T-shirt vert d'eau était légèrement remonté, révélant la peau nue de sa taille.

— Je cherchais les corn flakes, dit-elle. Pourquoi les rangez-vous aussi haut ?

— Je préfère le porridge au gruau d'avoine. Écartez-vous, je vais préparer le petit déjeuner.

Il prit une boîte métallique sur une étagère et commença tandis qu'Alyssa prenait place à la petite table carrée en formica.

Elle but une gorgée de café.

— Je peux peut-être vous aider ? proposa-t-elle.

— Non, merci, ça ira.

Sans mesurer, il versa du lait et de l'eau dans une casserole qu'il fit chauffer.

Le porridge au petit déjeuner était une tradition depuis son enfance, quand Nana Lucille préparait presque tous les repas pour sa grande famille. Ses parents étaient tous les deux professeurs à Tulane, et ses trois sœurs étaient plus âgées que lui et déjà occupées par leurs propres vies. Nana Lucille lui avait appris à cuisiner, et il avait adoré ces moments passés en cuisine, où l'air embaumait les épices cajun, le faisant saliver à l'idée des bons plats qu'il allait goûter.

La cuisine était un endroit apaisant, propice à la discussion.

— Je sais dans les grandes lignes comment vous avez été intégrée au programme de protection des témoins, mais ça me serait utile d'entendre les détails de votre bouche.

Elle grommela.

— Je vous ai déjà raconté cette histoire. Vous êtes sûr de vouloir l'entendre encore ?

— Nous devons déterminer qui vous en veut et pourquoi. Alors, oui, j'aimerais bien que vous me disiez comment vous vous êtes retrouvée dans un tel pétrin.

Rafe jeta le gruau d'avoine dans la casserole, mélangea la mixture, couvrit la casserole et baissa la flamme.

— Par quoi voulez-vous que je commence ?

— Votre ancien patron.

— Max Horowitz ?

— Comment une gentille fille comme vous s'est-elle retrouvée à travailler pour un homme comme lui ?

— Par le biais de ma mère. Max venait souvent dans la bijouterie où elle travaillait. Elle l'a convaincu de m'engager dans sa boutique, ce qui était une nette amélioration après la pizzeria où je travaillais avant.

Rafe mit une poêle à chauffer sur le gaz pour cuire le bacon.

— Que se passait-il d'autre dans votre vie à cette époque-là ?

— Cela remonte à dix ans, juste après le départ de tante Charlotte et sa mort dans un incendie. Elle manquait beaucoup à maman, qui passait une grande partie de son temps à pleurer. Elle ne m'ignorait pas délibérément, mais je me sentais isolée.

Rafe jeta un coup d'œil par-dessus son épaule et vit qu'elle avait pris le mug avec des marguerites, qu'il n'utilisait jamais.

— Votre mère savait-elle qu'Horowitz était un receleur ?

— Vous insinuez qu'elle ne prenait pas bien soin de moi ?

— À vous de me le dire, trésor.

— Quand elle était de bonne humeur, elle était formidable : belle, drôle et talentueuse. Le week-end, elle chantait avec un orchestre et elle faisait aussi partie de la chorale de l'église.

Alyssa passa les doigts dans sa chevelure encore humide et la secoua.

— Maman m'a élevée toute seule. On manquait d'argent.

Nous n'étions pas vraiment dans la misère, mais je pense que, certaines fois, elle a dû commettre de petits délits. Nous n'en parlions jamais, mais je suis certaine qu'elle n'a jamais fait de mal à personne et qu'elle n'a toujours pensé qu'à mon bien.

Elle était maintenant sur la défensive, employant un ton cassant.

De toute évidence, Alyssa aimait sa mère et elle ne permettrait aucune allusion négative, même si celles-ci étaient fondées.

En effet, il y avait de quoi s'interroger sur la façon dont sa mère était morte, renversée par un chauffard qui avait pris la fuite. Cela pouvait très bien être un acte délibéré, qu'il s'agisse d'une vengeance personnelle ou de l'exécution d'un contrat.

— Et donc, vous avez pris un emploi de bureau bien tranquille chez un prêteur sur gages ?

— J'ai sauté dessus. Et Max était un vieux monsieur adorable.

D'après la rumeur, ce gentil papy, avec sa moustache blanche, avait poignardé un voleur avec une épée déguisée en parapluie.

— Parlez-moi de votre travail.

— Le bureau se trouvait à l'étage, dans le Near West Side, qui est un quartier tout à fait correct. Max a affirmé à ma mère que ce n'était pas dangereux, et il a tout fait pour qu'il ne m'arrive rien. La porte entre la boutique et l'escalier menant à mon bureau était toujours verrouillée. Il n'y a eu que quatre tentatives de vol au cours des cinq ans où j'y ai travaillé.

— Que quatre ?

Il mélangea le porridge et déposa les tranches de bacon dans la poêle.

— Ces boutiques sont une cible de choix pour les voleurs. Beaucoup d'argent en espèces y circule. Max avait un coffre-fort.

Alyssa quitta la table et le rejoignit à côté de la gazinière.

— Je surveille le porridge. Occupez-vous du bacon.

Il hésita à faire frire une andouillette en plus, mais décida d'aller au plus simple. L'impressionner avec le petit déjeuner ne faisait pas partie de ses priorités. Il voulait simplement qu'Alyssa se détende et lui raconte toute la vérité. Mais il ne voulait pas non plus qu'elle gâche la nourriture.

— Vous avez déjà préparé du porridge ?

— Je vous rappelle que je suis commis de cuisine dans une brasserie.

Rafe se demandait comment elle avait pu accepter cet emploi. À la mort de sa mère, Alyssa s'était retrouvée avec des ressources substantielles, en plus d'un très gros chèque de l'assurance décès. Elle n'avait pas besoin de travailler.

— Ça vous plaît ?

— Pas autant que je l'aurais cru. La nourriture à La Nouvelle-Orléans est tellement exotique : gumbo, jambalaya, crabe farci… Apprendre à cuisiner ces plats n'est pas facile, et j'ai connu quelques désastres.

Rafe aimait sa curiosité et son intérêt pour sa ville natale. Tant de choses lui plaisaient chez Alyssa.

— Vous avez parlé de vols. C'est à cause de cela que vous êtes devenue témoin assisté ?

— Non, c'est arrivé plus tard, et ça n'a pas eu lieu à la boutique.

Elle tourna le gruau à l'aide d'une cuillère en bois.

— Je rajoute du beurre ?

— Si vous voulez.

— Tout a meilleur goût avec du beurre.

— Vous parlez comme une vraie fille de la Louisiane.

— Rappelez-vous que j'étais déguisée en Scarlett O'Hara quand nous nous sommes rencontrés. Je ne suis pas une belle du Sud, mais ma mère est née et a grandi à Savannah. Et j'ai passé suffisamment de temps là-bas pour comprendre leurs habitudes. Sans parler des quelques années que je viens de passer à La Nouvelle-Orléans. J'aime cette ville et je serai triste de la quitter.

— Nous pouvons peut-être trouver un moyen pour que vous restiez.

Alyssa secoua la tête.

— Il vaut mieux que je m'en aille et que je recommence une nouvelle vie ailleurs.

— Et s'ils vous retrouvent ?

— Je continuerai à me déplacer.

Alyssa ajouta du poivre et une pincée de piment de Cayenne au gruau.

— J'aime la nourriture fondante et épicée, précisa-t-elle.

Exactement son goût en matière de femme, songea Rafe. Mais ce n'était pas un sujet qu'il aborderait avec elle, même sur le ton de la plaisanterie.

— Parlez-moi encore de votre travail chez Horowitz.

— Max faisait tout pour me faciliter les choses. Au début, il me remettait des documents indiquant combien d'articles étaient rentrés et combien il les avait payés, et j'enregistrais la transaction à l'aide d'un logiciel comptable. Au bout de deux mois, il m'a chargée de répertorier la marchandise plus volumineuse qui était livrée directement à l'entrepôt et d'en noter la valeur. Ensuite, je me suis occupée des achats d'antiquités et d'œuvres d'art. J'allais chez les clients faire les estimations et rédiger les fiches de dépôt. Maman m'accompagnait quelquefois, en tant qu'experte en joaillerie.

— Je suppose que les dépenses de la boutique étaient notées également.

— Il y avait différents dossiers. Tout était informatisé, mais Max aimait travailler à l'ancienne, avec des registres comptables comme ceux qu'il utilisait quand il avait commencé le métier.

— Comment procédiez-vous ?

— Je transcrivais à la main les chiffres de l'ordinateur, sur de grands registres. Certains étaient reliés, en cuir, d'autres étaient plus simples. Max les conservait sur des étagères derrière son antique bureau en acajou. Il y en avait du sol au plafond.

Rafe coupa la flamme sous la poêle où le bacon présentait l'aspect croustillant qu'il aimait.

— Vous voulez dire qu'il y avait deux jeux d'écritures comptables ?

— En fait, il y en avait trois. J'avais l'habitude de prendre les documents informatiques en photo avec mon téléphone, avant de les retranscrire, parce que je n'avais pas assez de place sur mon bureau pour étaler les registres.

Avant même que Rafe ait eu le temps de faire un commentaire, elle enchaîna :

— Ne vous emballez pas. Le FBI a tout épluché, et ils ont conclu que Max ne fraudait pas.

Cependant, ce système compliqué était sujet à caution et offrait de nombreuses opportunités de déguiser des sommes et d'enterrer des paiements.

Confier sa comptabilité à une jeune fille de dix-sept ans, sans qualification ni expérience, semblait quelque peu risqué, à moins qu'il n'ait justement tablé sur sa naïveté... Mais, avec le temps, Alyssa avait bien dû finir par avoir des doutes.

Horowitz Pawn & Exchange était une entreprise

multimillionnaire. Le vieil homme à la moustache blanche faisait peut-être des transactions tout à fait classiques au comptoir, mais il achetait et revendait aussi des diamants bruts et des bijoux à la provenance incertaine. C'était en outre un receleur en cheville avec de nombreux criminels, dont il blanchissait aussi probablement l'argent. Le fait que le FBI n'ait rien trouvé ne signifiait pas que Horowitz n'avait rien à se reprocher. Quand Alyssa avait été appelée à témoigner, il avait disparu, et on n'avait plus entendu parler de lui depuis.

Tandis qu'Alyssa saupoudrait le gruau de cheddar râpé, Rafe prépara des œufs brouillés, puis il prit place à table en face d'elle.

— J'aimerais bien aller chez moi, dit-elle après avoir bu une gorgée de café.

— C'est une plaisanterie ?

En tout cas, ça ne le faisait pas rire.

— Je sais que ça va être compliqué, mais je n'ai pas envie de perdre tout ce que je possède.

Peut-être cachait-elle quelque chose d'important chez elle...

— Quoi en particulier ? Des bijoux, peut-être ?

— Vous me croyez assez stupide pour laisser des objets de valeur derrière moi ?

— Mais non, vous êtes trop intelligente.

Il observa son expression tandis qu'il continuait :

— Vous avez peut-être caché quelque chose sous une lame de parquet, ou dans le compartiment secret d'un bureau, ou dans la partie congélateur de votre réfrigérateur.

— J'ai peut-être essayé ce genre de choses quand j'avais douze ans...

Tout en soutenant son regard et en affichant un air

innocent, elle plongea sa cuillère dans le porridge et grommela de satisfaction.

— S'il y a quelque chose que ma mère m'a enseigné, c'est de garder mes trésors en sécurité. Quand j'étais petite, elle cachait une broche en diamant, et je devais la retrouver.

— Et maintenant que vous êtes grande ?

— Eh bien, vous avez vu mon espace de stockage. Je vous ai aussi parlé d'un coffre à la banque. J'ai également un casier à la salle de sport et à mon travail.

Les yeux verts d'Alyssa brillaient tellement qu'il en fut distrait. Il avait hâte que cesse ce petit jeu du chat et de la souris. Ils étaient du même côté. Plus il en saurait, mieux il pourrait la protéger.

— Vous ne pouvez pas retourner chez vous. Ils peuvent surveiller la maison ou l'avoir piégée. Votre voiture a probablement été équipée d'un système de traçage.

— Ça vous intéressera peut-être de savoir que j'ai une autre voiture. Elle est dans un garage privé, le plein fait, le coffre chargé et prête à prendre la route.

— Elle est enregistrée à votre nom ?

Elle mordit dans un morceau de bacon, de ses dents blanches et aiguisées, et mâcha lentement.

— En fait, Alyssa Bailey est un pseudonyme. C'est le nom que j'utilise dans la vie de tous les jours, mais j'ai quatre autres identités, deux avec des passeports, et toutes avec des cartes de crédit.

Elle semblait changer de nom comme d'autres changeaient de vêtements.

— Vous aviez déjà tous ces documents à Chicago ?

— Je n'avais qu'un seul nom d'emprunt. J'ai ajouté les autres durant mes trois ans passés à La Nouvelle-Orléans.

À l'écouter, se procurer de fausses identités était un jeu d'enfant. Comment avait-elle fait ? Quelque chose disait à

Rafe que Max Horowitz ne lui avait pas seulement appris des rudiments de procédures comptables.

— J'aimerais bien voir ces papiers.

— Ce n'est pas une bonne idée.

Elle tapota sa serviette en papier sur ses lèvres pleines.

— Nous pourrions peut-être prendre ma seconde voiture, ou passer à la salle de sport pour vider mon casier.

— On verra.

Il n'avait aucune intention de la laisser prendre les choses en main et l'entraîner dans ses stratégies potentiellement répréhensibles et dangereuses.

Une fois le petit déjeuner terminé, Rafe donna son téléphone à Alyssa pour qu'elle puisse vérifier ses messages.

Il la regarda dérouler la liste des SMS et des messages vocaux d'un air désinvolte. Elle n'avait pas du tout l'air de chercher un contact de la part d'un quelconque complice.

— Vous attendez un appel ?

Elle haussa les épaules.

— J'ai un message vocal non identifié. Je l'écoute ?

— Allez-y.

La voix était basse et rauque, et pouvait appartenir à une femme comme à un homme. Le message était bref :

« Dimanche matin, office de 9 heures à l'église Hope and Peace, dans le Ninth Ward. Soyez là. »

Alyssa écouta à nouveau le message.

— C'est la même personne qui m'a appelée la nuit dernière, j'en suis sûre.

— Mais vous ne reconnaissez pas la voix ?

— Elle a quelque chose de familier, mais non.

— Préparez-vous. Nous allons à l'église.

Alyssa se leva d'un bond.

— Donnez-moi huit minutes.

La plupart des femmes mettraient plus de temps pour se maquiller et se coiffer, mais Alyssa était un petit caméléon futé, et il était certain qu'elle ferait des miracles.

Dans sa chambre, Rafe enfila un costume bleu nuit et une chemise blanche, en prenant soin de se munir d'un holster d'épaule sous sa veste. Puis il passa la main sur joue. Il n'avait pas le temps de se raser, mais il n'était pas trop hirsute.

— Prête ? demanda-t-il en se recoiffant avec les doigts.

— Presque.

Il sortit dans le couloir et tomba nez à nez avec une blonde aux longs cheveux bouclés. Par curiosité, il consulta sa montre. Huit minutes s'étaient écoulées.

— Comment connaissiez-vous le timing ?

— Je me suis entraînée à me changer.

Elle portait d'immenses lunettes de soleil noires, une minijupe blanche, un débardeur rose profondément décolleté et des sandales compensées.

Ses lèvres maquillées en rose fuchsia dessinèrent une petite moue sexy, avant qu'elle demande d'une voix suave :

— Alors, beau gosse, qu'est-ce que vous en pensez ?

— Subtil.

Alyssa Bailey, l'ancienne comptable de Chicago, s'était transformée en femme fatale. Les lunettes cachaient le vert de ses yeux. Ses vêtements sexy constituaient une distraction. Tous les témoins se concentreraient sur sa longue crinière.

Rafe avait des années d'expérience en mission d'infiltration et ne pouvait qu'approuver ce déguisement.

Alyssa avait réussi l'exploit de disparaître, tout en étant visible à l'excès.

8

Recroquevillée sur le siège passager de l'imposant SUV noir, Alyssa se sentait nerveuse.

Le soleil matinal encore noyé de brume jetait un voile mystérieux sur les rues du Quartier français. La parade de la nuit avait laissé des traces. Mélangés aux ordures et aux fleurs fanées surnageaient de scintillants souvenirs.

La Nouvelle-Orléans était comme une femme qui avait passé la nuit dans les affres de la passion, et qui se réveillait comblée le lendemain.

Alyssa enviait l'indolence sensuelle de La Nouvelle-Orléans. Elle-même s'autorisait rarement à se détendre et ne baissait quasiment jamais sa garde.

Derrière ses lunettes de soleil, elle fronça les sourcils. Elle devait se rappeler de ne faire confiance à personne, et surtout pas à Rafe, en dépit du fait qu'il lui prêtait secours.

Avec son costume bleu nuit et sa chemise blanche, il était élégant mais pas inoffensif. Son regard acéré allait de droite à gauche et inversement, à l'affût du moindre danger.

Et Alyssa n'avait pas manqué de remarquer qu'il portait une arme sous sa veste.

— Comment je suis ? demanda-t-elle, pour rompre un silence qui devenait pesant.

— Bien.

C'était tout à fait le genre de réponses que faisaient les hommes pour éviter une dispute. Mais ça ne l'aidait pas beaucoup.

— Pendant mon enfance à Savannah, notre pasteur était super dramatique, et il y avait beaucoup d'applaudissements et de chants. Maman était soliste dans la chorale, et elle chantait vraiment bien.

Elle grimaça.

— Malheureusement, je n'ai pas hérité de son talent.

— Je m'en suis rendu compte quand je vous ai entendue chanter à la parade.

— Est-ce que Hope and Peace Church est le genre d'endroits où je me sentirai à l'aise avec mes lunettes et ma perruque ?

— Je n'en sais rien, ma chère. Je n'y suis jamais allé.

Le lieu et l'appel anonyme l'inquiétaient.

— Qui croyez-vous que le mystérieux interlocuteur veuille rencontrer à l'église ?

Rafe haussa les épaules.

— Le message a été laissé sur votre téléphone. Et je suppose que l'endroit doit avoir une signification pour vous. Quand vous pensez à une église, quelle est la première chose qui vous vient à l'esprit ?

— Ce n'est pas un mauvais endroit pour un rendez-vous. Je ne pense pas qu'ils m'attaqueront dans une église.

— Vous avez peur ?

Ce n'était pas quelque chose qu'elle avait envie d'admettre.

— Vous alliez à l'église quand vous étiez petit ? demanda-t-elle.

— Ma famille est catholique. Nana Lucille m'emmenait à la cathédrale Saint-Louis.

Fondée au XVIIIe siècle, à l'époque de la Louisiane française, et se dressant sur Jackson Square, la cathédrale était une incroyable construction où se mêlaient les styles Renaissance, néogothique et colonial espagnol. Avec ses trois clochers, sa voûte immense soutenue par d'impressionnantes colonnes, ses vitraux et ses statues, Saint-Louis était un des symboles forts de la Louisiane.

Songeant à cela, Alyssa se rappela que Rafe était issu d'une vieille famille. Peut-être avait-il grandi dans une vaste maison coloniale à pilastres qui ressemblait à Tara, l'inoubliable plantation de Scarlett O'Hara.

— Avez-vous encore de la famille en ville ? demanda-t-elle.

— Plus maintenant.

Elle pressentait une histoire intéressante à propos du clan Fournier, mais ne voulait pas en savoir trop, ni devenir trop proche de Rafe. Il avait du charme, un sourire engageant et de magnifiques yeux gris. Mais elle n'osait pas lui faire confiance.

Pas avant d'avoir compris ce qu'il voulait vraiment. Pas avant de savoir qui était son mystérieux client.

Les rues étaient pour la plupart désertes, tandis qu'ils roulaient vers le pont traversant le Mississippi.

— Parlez-moi de vous, trésor. Vous n'avez jamais terminé votre histoire sur la raison qui a fait que vous vous retrouviez dans le programme de protection des témoins.

— Je me suis arrêtée où ?

— Vous avez expliqué en quoi consistait votre travail.

— Ah oui ! Je voulais faire de vraies études de comptabilité, avoir un diplôme, et Max a proposé de payer mes études, si je m'engageais à travailler pour lui au moins quatre ans après l'obtention de mon diplôme.

— L'offre était alléchante.

Alyssa hocha la tête.

— C'était vraiment quelqu'un de gentil. Je me suis peut-être doutée qu'il faisait du recel, mais bon...

— Il s'agit quand même de biens volés.

— Ne me faites pas la morale ! Max avait du cœur. Je l'ai vu donner 2 000 dollars à une veuve qui devait gager la médaille militaire Purple Heart de son mari. Plus tard dans la journée, il s'est arrangé pour que la médaille lui soit retournée.

— Il est possible d'avoir du cœur et d'être aussi un criminel.

— Vraiment ?

— J'en sais quelque chose. Mes ancêtres étaient des pirates.

Alyssa laissa passer un silence, avant de reprendre :

— Ces types du FBI sont tellement arrogants. Ils n'arrêtaient pas de me demander si j'avais pu faire une erreur. Évidemment que c'était possible. C'est humain de se tromper. Mais ils parlaient d'une somme complètement folle. Sept millions de dollars.

Rafe freina, se rangea le long de la route, ôta ses lunettes de soleil et fixa Alyssa.

— Répétez.

Elle le fit et ajouta :

— Je n'aurais jamais dû vous le dire.

— Au contraire. C'est un mobile puissant. Ça donne sept millions de raisons pour expliquer que ces types soient sur vos talons et vous veuillent vivante. Ils pensent que vous savez où est l'argent.

— Ils se trompent.

— Ils peuvent aussi en vouloir à votre patron. Savez-vous où il se trouve ?

— Même si je le savais, je ne vous le dirais pas.

Il marmonna quelques mots en français, qu'elle reconnut comme étant des jurons. Puis il se réinséra dans la circulation.

— Vous rappelez-vous le nom des agents qui vous ont interrogée sur l'argent ?

— J'en ai rencontré un certain nombre à Chicago. Trop pour retenir tous les noms.

— Et ici ? Avez-vous rencontré Darren Jessop ?

— Grand, musclé, cheveux blond clair, yeux bleus très pâles, le type scandinave. Vous pensez qu'il est de mèche avec Woodbridge ?

Rafe garda les yeux fixés sur le pare-brise, tandis qu'ils traversaient le pont au-dessus d'Industrial Canal, une voie d'eau qui reliait le Mississippi au lac Pontchartrain et séparait le quartier Est du reste de la ville.

— Finissez votre histoire. Mieux vaut que je sache tout.

Les eaux sombres du fleuve s'étiraient à perte de vue. Tant de secrets roulaient sous sa surface en apparence placide, s'accordant à l'état d'esprit d'Alyssa.

Rafe donnait l'impression qu'il en savait plus qu'elle, et donc qu'il avait un avantage.

Il fallait qu'ils soient sur un pied d'égalité.

— Je vous ai parlé de l'argent, maintenant c'est à votre tour. Pourquoi vous intéressez-vous à Darren Jessop ?

— Il connaît mon client, le type qui m'a engagé pour vous protéger.

Rafe lui lança un regard.

— J'espère parler à Jessop aujourd'hui.

— En personne ?

— Ou au téléphone.

Il hocha les épaules avec une nonchalance typiquement cajun.

— Revenons à votre histoire. Vous prétendez que votre travail n'était pas dangereux. Pourtant, vous avez été témoin d'un meurtre.

— Pas dans la boutique. Mon bureau était totalement

privé et protégé. Je ne traitais pas avec les gens qui venaient gager ou vendre leurs biens au comptoir et je ne me chargeais pas de la marchandise. D'autres personnes s'occupaient du stockage et veillaient à ce que tout soit à sa place.

— Quelle était la procédure ?

— Beaucoup d'articles étaient conservés dans la réserve, surtout quand Max pensait que la personne n'allait pas tarder à venir récupérer ce qu'elle avait gagé. Mais les objets de plus grande valeur étaient remisés dans un entrepôt à Bedford Park.

Le quartier n'était pas défavorisé, mais il n'avait pas non plus le prestige de Fulton River District, à proximité du centre-ville de Chicago. L'entrepôt en brique rouge comptait deux étages, et l'intérieur était baigné de lumière grâce à ses grandes baies en ogive, qui n'étaient pas sans évoquer une cathédrale. La température et l'humidité y étaient soigneusement contrôlées pour préserver les œuvres d'art et la marqueterie des meubles anciens.

Rattrapée par les souvenirs, Alyssa frissonna. La climatisation du SUV semblait glaciale. Elle n'avait pas envie de parler de ça.

Ils quittèrent le pont, et Rafe prit la direction de l'est.

— Nous arrivons bientôt ?

— Il vous reste assez de temps pour finir votre histoire. Dites-moi ce qui s'est passé à l'entrepôt.

— J'y allais rarement. En cinq ans, j'ai dû m'y rendre seule une quinzaine de fois. Ce jour-là, je vérifiais les chiffres des registres par rapport aux fiches d'inventaire et j'ai découvert une disparité.

— De quel ordre ?

— Dans les 20 000 dollars. C'était énorme, et je me disais qu'il devait y avoir une erreur. À ce moment-là, je prenais des cours du soir, tout en travaillant à plein temps, et j'étais épuisée. J'espérais qu'il ne s'agissait pas d'une erreur de ma part, mais plutôt que de la marchandise avait dû être rangée au mauvais endroit dans l'entrepôt. Max n'était pas en ville, et je me suis dit que je pouvais régler le problème avant son retour.

Alors que le souvenir se faisait plus vivace, elle se tut. Si elle était tranquillement restée dans son bureau, rien de tout cela ne serait arrivé.

— Racontez-moi comment ça s'est passé, insista Rafe.

— Lorsque je suis arrivée à l'entrepôt, j'aurais dû comprendre tout de suite que quelque chose n'allait pas. Frankie Leone, le responsable du stock, n'était pas là.

Elle soupira.

— Sur le moment, je me suis réjouie de pouvoir me faufiler sans être vue.

— Vous avez bien dit, Frankie Leone ?

Alyssa hocha la tête.

— Vous le connaissez ?

— Continuez votre histoire. Vous étiez ravie de pouvoir vous faufiler sans être vue, parce que vous espériez corriger cette disparité sans que personne ne s'en rende compte.

Elle aurait bien aimé qu'il arrête de dire « disparité. » C'était son choix de vocabulaire, et elle s'en voulait de vouloir paraître détachée, d'essayer de transformer une erreur de 20 000 dollars en quelque chose de beaucoup moins stupide.

— J'ai fait une grosse bêtise, d'accord ? s'exclama-t-elle avec agacement. Si je n'étais pas allée à l'entrepôt, Ray McGill et son frère auraient évacué le cadavre et s'en seraient sortis, ni vu ni connu. Mais j'ai tout vu.

— Ce n'est pas votre faute, ma belle.

— Alors, pourquoi est-ce que je me sens aussi coupable ?

— C'est un immense entrepôt, n'est-ce pas ? Qu'y avait-il d'autre, à part des œuvres d'art et des antiquités ?

— Des motos et des voitures anciennes. Un jour, j'y ai même vu un hors-bord.

— Vous connaissez Diamond Jim ?

— Tout le monde le connaît. Je lui ai acheté une Honda d'occasion.

— Et ? Vous êtes en relation ?

Alyssa secoua la tête.

— Il est beaucoup trop important pour travailler avec une boutique de prêteur sur gages. Mais je lui ai serré la main une fois, à une vente de charité. Quand je l'ai appelé pour acheter une voiture, il a dit à son vendeur que j'étais une cliente spéciale.

— Reprenez votre histoire, s'il vous plaît.

— Je me dirigeais vers la zone où étaient stockés les fourrures, les robes de haute couture et les bijoux. J'ai composé le code, ouvert la porte, et je suis entrée dans la pièce ventilée. C'est là que j'ai entendu les coups de feu.

Et elle avait cru que son cœur s'arrêtait.

Elle ne voulait pas croire que les bruits étouffés, comme un bouchon de champagne qui sautait, étaient vraiment des coups de feu. Finalement, elle était allée à la porte pour regarder dans le couloir.

— Un homme titubait dans ma direction. Sa chemise était couverte de sang. J'ai reconnu Frankie Leone. Avant qu'il s'effondre dans mes bras, j'ai vu Ray McGill tirer sur lui encore une fois. J'ai tiré Frankie dans la pièce et poussé la porte, qui s'est verrouillée automatiquement.

— Et vous vous êtes retrouvée coincée à l'intérieur avec un homme en train de mourir.

— Il y avait tellement de sang. Je voyais qu'il souffrait beaucoup. Heureusement, il a très vite perdu connaissance.

J'ai appelé les secours, mais la connexion était mauvaise, et ça a coupé très vite. J'ai prié pour que quelqu'un vienne, mais je n'en étais pas sûre.

Revivant ces images, elle frissonna.

— La police a mis une heure pour arriver. Entre-temps, Frankie est mort dans mes bras.

Elle avait dû raconter cette histoire des dizaines de fois aux forces de police, au FBI… et c'était toujours aussi difficile.

À sa grande surprise, Rafe tendit le bras au-dessus de la console pour lui prendre la main, qu'il pressa gentiment.

Il ne dit rien, mais le contact physique l'apaisa. La chaleur de sa paume dilua le frisson qui avait enveloppé tout son corps.

Quand elle tourna les yeux vers lui, elle put voir qu'il avait vécu un traumatisme similaire. Ils n'avaient pas besoin de mots pour communiquer. Être confrontée à une mort violente l'avait changée pour toujours, et elle était certaine qu'il ressentait la même chose.

Rafe se gara bientôt le long du trottoir et coupa le moteur.

— Nous sommes arrivés ? demanda-t-elle.

Il hocha la tête.

Elle était tellement absorbée par son histoire qu'elle n'avait pas prêté attention à son environnement.

Le quartier de Ninth Ward avait été dévasté par l'ouragan Katrina, et une partie du secteur ressemblait encore à une zone de guerre. D'autres rues, comme celle-ci, avaient été reconstruites et replantées. La chaussée en elle-même avait encore besoin de réparations, mais les maisons qui s'alignaient de part et d'autre étaient flambant neuves, arborant des couleurs vives. Alyssa remarqua un surprenant bâtiment de plain-pied, dont la façade s'ornait de rayures violettes et jaunes.

L'église occupait une vaste parcelle de terrain et possédait un parking, mais Rafe avait choisi de l'ignorer. Fraîchement reconstruite, elle était toute simple, avec un campanile blanc sur un côté. Le bâtiment principal était percé de fenêtres hautes et étroites, dotées de volets anti-ouragan gris. Sur le côté, on apercevait un jardin et une cour bordée par un long préau.

L'entrée de l'église se trouvait en haut d'un vaste perron et se faisait par une double porte cintrée. Deux femmes en robe d'été discutaient dehors.

Alyssa fit appel à tout son courage.

— Je suis prête.

— Au moindre signe de danger, nous partons, la prévint Rafe. C'est compris ?

— Oui.

Il fit le tour de la voiture et lui ouvrit la portière, comme un gentleman. Elle lui prit le bras tandis qu'ils marchaient sur le trottoir, dont le goudron semblait fraîchement étalé.

Même s'il ne se dégageait rien de menaçant de l'église Hope and Peace, Alyssa sentit un frisson courir le long de sa colonne vertébrale.

— Nous sommes peut-être en train de nous jeter dans la gueule du loup.

Rafe ne le nia pas, alors qu'ils entraient dans l'église où s'élevaient les dernières notes d'*If I Can Dream*.

Ils s'installèrent le plus près possible de la porte et observèrent les fidèles qui prenaient place dans un joyeux brouhaha.

Le pasteur, un grand et bel homme en costume croisé anthracite, allait et venait derrière son pupitre, débordant d'énergie et d'enthousiasme. Son phrasé était dynamique, rythmé, presque musical, rappelant à Alyssa les prédicateurs qui officiaient dans la petite église que fréquentait sa famille à Savannah.

En fait, Hope and Peace Church ressemblait à l'église de son enfance, avec une congrégation diversifiée et une décoration toute simple, faite de grands bouquets de fleurs aux tons vifs et de bougies colorées plutôt que de statues et d'ornements religieux. Cependant, elle fut surprise quand le pasteur fit allusion à l'église de Savannah, en présentant à tous une soliste issue de cette communauté, dont le nom lui était inconnu.

L'organiste joua les premières notes, et une femme se détacha des autres membres de la chorale, avançant les mains jointes devant la poitrine.

Elle était grande, et ses cheveux gris étaient enroulés en chignon.

Médusée, Alyssa ouvrit de grands yeux.

Cette femme aurait pu être sa mère, Claudia. Elle avait le même front haut, les mêmes yeux en amande.

Lorsqu'elle commença à chanter *Amazing Grace*, elle avait le même timbre de soprano que Claudia. Sa voix emplit bientôt le sanctuaire et la nef, et flotta par la porte ouverte jusqu'à la rue.

Cette chanson ferait toujours partie des souvenirs les plus chers à Alyssa.

Elle ferma les yeux et imagina que sa mère était toujours là, joyeuse et enthousiaste, croquant la vie à belles dents.

Mais c'était un mensonge.

Sa mère était morte. Elle l'avait vue dans son cercueil. Elle avait pleuré devant sa tombe.

Cette femme aux cheveux gris devait être celle qui lui avait téléphoné par deux fois.

Mais ce n'était pas tout.

Cette femme était présumée morte depuis dix ans, bien que son corps n'ait jamais été retrouvé.

Aussi surprenant que cela puisse être, pour le meilleur ou pour le pire, cette personne à la fois tant aimée et tant détestée était sa tante, Charlotte.

9

Le choc de voir sa tante laissa Alyssa complètement tétanisée, aussi rigide et immobile qu'une statue de sel.

Ce n'était pas possible. Charlotte était morte.

Elle était si tendue que, lorsque Rafe toucha son épaule, elle sursauta, s'écartant de lui comme un lapin effrayé pour aller se réfugier dans le renfoncement de la porte.

Rafe se rapprocha et murmura :

— Vous voulez partir ?

— Pas avant de lui avoir parlé.

Elle devait absolument comprendre ce qui s'était passé dix ans auparavant, et pourquoi Charlotte revenait maintenant.

— Qui est-ce ?

Elle fut surprise qu'il ne l'ait pas deviné.

— Ma tante Charlotte.

— Celle qui est morte ?

Alyssa hocha la tête.

Quand Charlotte avait disparu, Claudia avait été dévastée, et Alyssa en avait été profondément marquée. Même au bout de dix ans, l'absence de sa tante se faisait cruellement sentir.

Un sanglot monta dans sa gorge, mais ce n'était pas le

moment de se faire remarquer. Elle pressa une main sur sa bouche et contint sa douleur.

Rafe lui prit l'autre main.

— Venez avec moi.

— J'ai peur.

— Il faut lui parler. Savoir pourquoi elle est ici, ce qu'elle veut...

Il lui serra légèrement la main.

— Ce doit être important. Pourquoi serait-elle revenue d'entre les morts, sinon ?

La présence de Rafe lui donnait du courage. Avec lui, elle pouvait avancer.

Elle devait savoir pourquoi Charlotte était là, et à quel jeu elle jouait.

Frappant des mains en cadence, les fidèles chantaient à présent *Wade in the Water* avec un enthousiasme si communicatif qu'Alyssa se surprit à fredonner, tandis que Rafe la guidait vers le bas-côté éclairé par des fenêtres. Lorsqu'elle était petite, elle se tenait fièrement au premier rang et chantait de tout son cœur, dans son alto imparfait, tandis que sa mère et sa tante l'encadraient et chantaient comme des anges.

Quand ils approchèrent du transept, Charlotte leur fit un petit signe et disparut dans le passage matérialisé par deux pilastres en bois. Rafe et Alyssa lui emboîtèrent le pas. Le couloir était vide, et une porte était ouverte au fond.

Avant d'entrer, Rafe inspecta le couloir. Le pan de sa veste était repoussé en arrière, et il avait la main sur la crosse de son arme. Ils devaient être vigilants. La communauté en apparence innocente pouvait abriter trois serpents en son sein, Woodbridge et ses comparses. Charlotte était-elle de mèche avec eux ? Hésiterait-elle avant de pousser sa nièce sous un bus ?

D'une certaine façon, Alyssa était heureuse que sa tante soit en vie. Ainsi, elle n'était plus seule au monde. Elle avait de nouveau une famille.

Mais elle était furieuse aussi. Charlotte avait décidé de partir. Mettre sa mort en scène était déjà terrible, mais elle avait fait pire en choisissant de rester éloignée de sa sœur et de sa nièce. Alyssa aurait pourtant bien eu besoin de son soutien après le décès de sa mère.

D'un pas décidé, elle se dirigea vers la porte.

— Finissons-en.

— Je passe devant, dit Rafe en dégainant son pistolet.

Elle le suivit dans une petite pièce blanche, qui servait à la fois de réserve et de vestiaires. Les toges de chorale gospel aux couleurs orange brûlé et bordeaux étaient suspendues à un portant. Des étagères et des armoires métalliques occupaient les murs.

Dos à un grand miroir, Charlotte les attendait. Mesurant plus d'un mètre quatre-vingts avec ses talons vertigineux, elle était svelte et remarquable avec sa robe noire sans manches et son lourd collier en or.

Sa bouche généreuse s'étira en un sourire, et elle ouvrit grands les bras.

— Viens m'embrasser, ma nièce chérie.

— Non.

— Pourquoi.

— Je ne peux ni pardonner ni oublier. Pas sans une explication.

Elle était blessée et en colère, et n'importe qui l'aurait compris.

— La dernière fois que je t'ai vue, j'avais seize ans, et tu étais brune.

Quelques mèches blanches se détachaient du chignon de Charlotte, encerclant son visage.

Elle agita l'index sous le nez d'Alyssa.

— Au moins, je n'essaye pas d'être une princesse.

— Moi non plus.

Sa tante et elle jouaient beaucoup à la princesse quand elle était petite. Charlotte était douée pour les déguisements et les belles histoires. La vraie vie n'était absolument pas son truc.

— Tu te souviens ?

La voix de Charlotte contenait une note primesautière.

— Nous devions terrasser le dragon.

— Je ne suis pas habillée comme ça par jeu. Je porte un déguisement parce que quelqu'un a essayé de m'enlever.

La rancœur bouillonnait en elle.

— Je suppose que tu le sais.

— Et pourquoi le saurais-je ?

— Tu m'as appelée pour me dire d'aller à la parade ? J'ai raison ? C'était bien toi ?

— Et quand bien même ?

— Durant la parade, tu m'as désignée, et j'ai été agressée. Ou alors ce serait une coïncidence ?

Alyssa n'osait pas enlever ses lunettes de soleil, de peur qu'on ne voie ses larmes.

— Pour qui travailles-tu, Charlotte ? J'espère qu'ils te payent assez pour que ça en vaille la peine. Quel est le tarif pour trahir sa famille ?

— Tu me déçois, Lara.

— Je n'utilise plus ce prénom.

— Après ce que tu as vécu avec le WITSEC, je pensais que tu comprendrais les problèmes qui ont émaillé ma vie. Je devais me cacher, changer en permanence de lieu de résidence. Heureusement, j'avais assez d'argent pour m'en sortir. Et ma carrière de chanteuse marchait bien.

— Si vous chantiez en public, alors vous ne vous cachiez pas vraiment, remarqua Rafe.

— Dans les grandes villes, il y a des pianos-bars par dizaines, et il est facile de s'y produire quelques soirées durant. Et, quand je sympathise avec un orchestre, je peux aussi animer des mariages et des réceptions. Si je n'avais pas été obligée de faire profil bas, j'aurais pu devenir une star.

Alyssa ricana.

— Mais bien sûr ! Et moi j'aurais pu devenir une princesse.

— Ne sois pas méprisante ! J'ai fait ce que je devais faire pour survivre. Parfois, si on veut voir un nouveau jour se lever, il vaut mieux fuir que de rester pour se battre.

— Et où as-tu trouvé cette jolie formule ? Dans un biscuit chinois porte-bonheur ?

Rafe se plaça entre les deux femmes, usant de son charme naturel pour apaiser les tensions.

— Je sais que votre prénom est Charlotte, dit-il après s'être présenté. Quel est votre nom de famille ?

— Vous avez le choix. Vous voulez mon nom de jeune fille ? Le nom de mes trois maris ? Ou l'un de mes pseudonymes ?

— Je vois. Votre vie est compliquée, et vous avez besoin de parler avec votre nièce. Mais ce n'est pas le bon moment. L'église n'est peut-être pas un endroit sûr pour elle.

Les paupières de Charlotte s'étrécirent sur ses yeux verts.

— Je ne ferais jamais rien qui puisse mettre Alyssa en danger.

— Pourquoi êtes-vous ici ? demanda Rafe.

— Dans cette église, vous voulez dire ? Je connais le pasteur et je l'ai appelé en arrivant en ville. Il m'a invitée à faire un solo. Je ne suis pas payée, mais je ne décline jamais une occasion de chanter.

— Non, je voulais dire, ici, à La Nouvelle-Orléans.

— Pour prendre contact avec Lara, ou Alyssa, puisque c'est son prénom maintenant. Je pensais la voir à la parade.

Elle se tourna vers sa nièce.

— Nous nous sommes ratées.

— Ton numéro était masqué. Pourquoi tu ne t'es pas identifiée ?

Charlotte leva les yeux au ciel comme une adolescente agacée.

— Je pensais que ce serait mieux de nous voir en personne la première fois. Si je t'avais annoncé ça au téléphone, ça t'aurait fait un choc.

— Tu pensais que ce serait mieux de surgir comme un diable de sa boîte ?

— Le sarcasme n'a rien de gracieux chez une femme.

— La stupidité non plus.

Alyssa n'avait pas envie d'être méchante, mais ça avait été plus fort qu'elle.

— Que pensais-tu qu'il se passerait une fois que je t'aurais vue dans la rue ?

— Que tu me prendrais dans tes bras ?

— J'ai cru que tu étais le fantôme de maman. Tu m'as fait une peur bleue.

Alyssa secoua la tête.

— Mais ça suffit avec les devinettes. Dis-moi simplement la vérité. Tu travailles pour Woodbridge ?

— Qui est-ce ?

Elle ouvrit de grands yeux, en une expression qui aurait pu passer pour innocente si cette femme avait été capable de sincérité.

— Je n'ai jamais entendu ce nom.

— Qui voulait que tu ailles à La Nouvelle-Orléans pour me retrouver ?

— Je ne peux pas te le dire.

— J'admire ta capacité à survivre, Charlotte. Et, pour ce qui est du chant, tu es incroyable. Mais il y a autre chose dans la vie que le talent et l'argent. Tu m'as fait du mal et tu as fait du mal à maman.

Alyssa pivota sur ses talons et fit deux grandes enjambées vers la porte. Elle sentait le regard de sa tante lui transpercer le dos, mais elle ne regarda pas en arrière.

— Et moi ? Ma douleur ? Ça n'a pas été facile de partir. Oui, j'ai menti, mais j'en ai payé le prix. Ma vie a été un enfer.

Alyssa s'immobilisa, la main sur la poignée de la porte.

— Pourquoi as-tu fait ça ?

— Si j'étais restée à Chicago, ils m'auraient tuée et ils s'en seraient probablement pris à Claudia et à toi. C'était ma faute. J'ai trahi Frankie Leone.

Alyssa se retourna brusquement. Frankie Leone était l'homme qui était mort dans ses bras.

Elle jeta un coup d'œil à Rafe et vit qu'il avait fait le lien.

Alyssa s'éclaircit la gorge.

— Continue.

— Je sortais avec Frankie. Je pensais qu'il trempait dans des affaires louches avec la famille McGill, ces mêmes types qui sont à mes trousses aujourd'hui. Dans son appartement, j'ai trouvé une grosse somme d'argent et des marchandises qu'il gardait pour eux. J'ai tout pris et j'ai filé.

— Comment as-tu fait pour disparaître ?

— J'avais quelques amis bien placés.

Elle se tordit les mains en un geste qu'une tragédienne n'aurait pas renié.

— Ils m'ont aidée à simuler ma mort dans cet incendie. L'un d'eux a organisé mon transport et m'a ouvert un compte pour couvrir mes frais au quotidien.

Enfin, les choses se décantaient, songea Alyssa.

— Qui est-ce ?

— Il m'a fait promettre de ne jamais le dire, surtout à toi.

Alyssa ne voyait pas pourquoi le bienfaiteur de sa tante aurait voulu la tenir à l'écart. Avant qu'elle se retrouve malencontreusement témoin d'un meurtre, elle n'était qu'une comptable sans histoire.

Rafe intervint :

— C'est votre bienfaiteur qui vous a envoyée sur les traces de votre nièce ?

— Oui.

— Qu'attend-il d'elle ?

— Une information. Une importante somme d'argent a disparu, et il pense qu'Alyssa sait quelque chose à ce sujet.

Charlotte exhala un soupir dramatique.

— Écoutez, je suis absolument certaine qu'il ne lui veut aucun mal. C'est quelqu'un de bien. Une bonne personne.

Comme si Charlotte était capable de juger le caractère des gens !

Alyssa ne croyait pas à cette histoire. Si cette « bonne personne » n'avait rien à cacher, pourquoi ne l'appelait-elle pas, tout simplement ?

— Tu peux dire à ton prétendu ami que je ne sais rien à propos des sept millions qui ont disparu, ce que j'ai dit au FBI et au WITSEC.

— On pourra se revoir ?

— À une époque, j'aurais fait n'importe quoi pour être avec toi. Mais je n'ai plus besoin de toi aujourd'hui. Je suis totalement indépendante. J'ai appris à me débrouiller toute seule.

— Je pensais la même chose. J'étais aussi fière que toi. Mais c'était avant de passer dix ans à aller de place en place, en jetant toujours un regard par-dessus mon épaule. Je ne pouvais pas me faire d'amis, ni m'enraciner.

À nouveau, elle soupira à fendre l'âme.

— Il y a eu des moments, je t'assure, où j'aurais échangé mon talent et mon argent pour être normale - juste une femme normale qui aurait pu tomber amoureuse. Quand on est en cavale, on ne peut faire confiance à personne. Et, sans confiance, on ne peut pas bâtir une relation.

Tour à tour, elle regarda Rafe et Alyssa.

— Je t'envie, ma chérie. Je ne pourrai jamais avoir ce que Rafe et toi avez.

— Quoi ? Rafe et moi ? Nous ne sommes pas un couple !

Un sourire mystérieux aux lèvres, Charlotte hocha la tête d'un air entendu.

— Je vois bien comment vous vous regardez.

Avant qu'Alyssa ait eu le temps de faire une autre objection, Rafe se mêla à la conversation.

— J'ai deux questions, Charlotte. D'abord, connaissez-vous Diamond Jim ?

— Évidemment. Tout le monde le connaît.

— Faisait-il partie de vos amis ?

Charlotte haussa les épaules.

— Il est bien trop occupé à gérer ses affaires pour avoir des amis.

— Et Darren Jessop ?

— L'agent spécial Jessop est un ami. Quand je suis arrivée à La Nouvelle-Orléans, il m'a trouvé un endroit où loger.

— Il sait que vous êtes ici ?

— Je n'en suis pas certaine.

— Je prendrai ça pour un oui, décréta Rafe. Et, dans ce cas, nous devons nous dire adieu.

— Attendez ! s'écria Charlotte.

Elle s'avança et glissa quelque chose dans la main de sa nièce.

— C'est mon numéro de téléphone.

Les doigts crispés autour du bout de papier, Alyssa ne dit pas un mot et se laissa entraîner hors de la pièce.

Rafe la fit sortir par une porte qui donnait sur le jardin, où les fidèles buvaient du café et dégustaient des muffins et des cookies faits maison.

C'était une scène charmante et normale, par un agréable dimanche matin, qui contrastait avec le tumulte d'émotions faisant rage en elle.

Pressant le pas, ils s'éloignèrent de la foule et regagnèrent la voiture.

Tandis que Rafe démarrait, Alyssa renversa la tête contre le dossier et prit une profonde inspiration pour se calmer.

— Quelqu'un nous suit ?

— Tout est possible.

— Dès que Charlotte a mentionné l'agent Jessop, vous avez filé comme une flèche. Vous pensez qu'il est ici ?

— Absolument. Jessop est en contact avec Charlotte depuis qu'elle est arrivée en ville, et il fait partie du FBI. Ça veut dire qu'il la surveille et trace ses déplacements.

Alyssa comprit qu'il parlait d'expérience.

— C'est ce que vous faisiez quand vous étiez agent fédéral ?

— Procédure standard.

— C'est ce que vous avez fait avec moi.

Pendant deux semaines, il lui avait collé aux basques, et elle n'avait rien remarqué. Rafe était intelligent, talentueux... Elle ne devrait pas faire confiance à ce pirate. Et pourtant...

— Jessop est un fédéral aussi.

— Correct.

— Pourquoi pensez-vous qu'il est dangereux ?

— Je ne sais pas, mais ça pourrait être pour la même raison que celle qui anime le marshal Woodbridge.

— L'argent ?

— Possible.

Quand il s'agissait de la laisser dans l'ignorance, il était aussi machiavélique que Charlotte. Ils jouaient leur partie et la laissaient avec la désagréable impression d'être prise pour une idiote.

Alyssa ôta ses lunettes de soleil, prit un mouchoir en papier dans son sac et affronta son apparence dans le miroir du pare-soleil.

Ses larmes avaient fait couler l'eye-liner et le mascara.

— J'aurais dû comprendre plus tôt qu'il s'agissait de Charlotte, au lieu de la prendre bêtement pour un fantôme. Mais je la croyais morte. Comment aurais-je pu deviner que ma tante était en cavale ?

Rafe s'arrêta à un feu rouge et tourna la tête vers Alyssa.

— Elle n'est pas très différente de vous. Vous ne cessez de disparaître, en utilisant des faux noms et des déguisements.

Sa comparaison était incontestable. Tout comme Charlotte, elle avait prévu de quitter La Nouvelle-Orléans et de s'installer ailleurs, sous une nouvelle identité. Elle recommencerait à zéro et trouverait un moyen de survivre, en se débrouillant toute seule et en ne faisant confiance à personne.

Pendant des années, ces principes avaient régi sa vie, mais jamais elle ne s'était sentie aussi seule.

L'exemple de Charlotte était finalement un repoussoir, et Alyssa n'avait pas envie de finir comme elle.

10

Tout en surveillant régulièrement son rétroviseur central pour s'assurer qu'ils n'étaient pas suivis, Rafe roulait vers le nord-est, sans avoir de destination précise en tête.

Les similitudes entre Alyssa et sa tante ne lui avaient pas échappé. Même s'il soupçonnait que Charlotte avait toujours été à la frontière de la criminalité, tandis qu'Alyssa semblait avoir une vision claire du bien et du mal, elles étaient toutes deux foncièrement indépendantes, têtues et déterminées à se débrouiller toutes seules.

Bien sûr, son jugement était affecté par la sympathie qu'il éprouvait pour Alyssa.

Plus que sa beauté, il appréciait son intelligence et son esprit positif et conquérant.

Elle pouvait réfléchir vite, ce qui était parfois une bonne chose, et parfois une malédiction. Son instinct de prendre en chasse l'inconnue aux cheveux gris avait failli se solder par son enlèvement.

De même, son indépendance n'était pas sans danger. Elle ne faisait confiance à personne et elle avait dû essuyer de rudes désillusions pour bâtir une forteresse aussi solide autour de son cœur.

De l'abandon par son père à la débâcle actuelle avec Charlotte, Alyssa n'avait cessé d'être dupée et rejetée.

Personne ne l'épaulait. Même sa mère n'était plus là. Et Max Horowitz, son généreux employeur qui l'avait aidée à faire des études, avait disparu.

Rafe ne s'attendait pas à ce qu'elle lui fasse confiance, mais il devait faire en sorte qu'il ne lui arrive rien. Non seulement c'était le travail pour lequel il avait été engagé, mais il se souciait d'elle.

La vraie question était de savoir s'il devait la confier au FBI. Ils avaient plus de ressources que lui pour la protéger… s'ils n'avaient pas été corrompus comme Woodbridge.

Après avoir roulé quelques kilomètres de plus sans but, Rafe fut persuadé qu'ils étaient suivis.

Et il avait une idée assez précise de l'identité du conducteur de la berline bronze aux vitres teintées.

Il donna un brusque coup de volant et tourna à gauche sans signaler son changement de direction. La berline coupa précipitamment la circulation pour le suivre.

Cramponnée à la poignée de la portière, Alyssa poussa un petit cri.

— Qu'est-ce que vous faites ?

— J'essaye de semer un poursuivant.

Mais utiliser les techniques de conduite défensive pour distancer Jessop semblait futile. Ils avaient tous les deux reçu le même entraînement. Chacun pouvait anticiper les réactions de l'autre.

Les meilleurs atouts pour s'échapper étaient la chance, les aléas de la circulation et les compétences que Rafe avait acquises lorsqu'il avait effectué une mission d'infiltration sous l'identité d'un pilote de course.

— C'est Jessop ? demanda Alyssa.

— Probablement.

— Mais ce n'est pas une mauvaise chose. Ce matin,

vous disiez que vous vouliez lui parler. Qu'est-ce qui vous a fait changer d'avis ?

— C'est difficile à dire.

Durant les quelques mois où Rafe avait fait partie de l'antenne du FBI à La Nouvelle-Orléans, il était en mission d'infiltration et sans contact avec les autres agents. Il ne connaissait pas bien Jessop et ne voulait pas braquer Alyssa contre lui, au cas où il serait nécessaire de la placer sous la protection du FBI.

Elle se contorsionna pour regarder à l'arrière du SUV.

— Il nous suit toujours ?

— Je ne le vois pas, mais il pourrait être derrière le camion.

— Vous m'avez interrogée à propos de Jessop et Davidoff, et vous avez fait de même avec Charlotte. Il y a donc un lien entre les deux hommes, ou je me trompe ?

— Il y en a un, en effet.

— Je suppose que Jessop, un agent du FBI qui vous connaît, vous a mis en relation avec Diamond Jim. Donc, Davidoff est votre client.

— Maintenant que vous avez résolu ce mystère, j'ai autre chose...

— Je n'ai rien résolu du tout. Je veux savoir pourquoi Davidoff vous a engagé. Il est probablement motivé par les sept millions de dollars, mais ça n'explique pas pourquoi il voulait un décor qui ressemble à ma chambre.

— Je vous l'expliquerai plus tard. Il y a plus urgent pour le moment. Jessop est toujours là.

— Quelle voiture ?

— La Lexus couleur bronze.

— Comment le savez-vous ? Je ne parviens pas à voir le conducteur à travers le pare-brise fumé.

— Une intuition. Je ne vois pas qui d'autre aurait pu nous suivre depuis l'église.

Alyssa soupira.

— Il y a tellement de personnes malintentionnées.

— Tant que vous me ferez confiance, tout ira bien.

Il s'attendait à ce qu'elle lui serve la même rengaine sur sa capacité à se débrouiller toute seule, aussi fut-il surpris quand elle posa la main sur son avant-bras.

— La confiance, c'est important.

— Je suis bien d'accord.

— Si vous vous arrêtez et le laissez nous rejoindre, il risque de m'emmener et de me mettre en détention.

— Je sais.

Et il n'y avait personne à l'antenne locale en qui Rafe avait confiance.

— Je ne veux pas retourner à la maison et m'y cacher.

Une fois de plus, Rafe était d'accord avec son analyse de la situation. Il ne pouvait pas la laisser toute seule à la maison, mais il ne pouvait pas non plus lui faire rencontrer Jessop.

— Je connais un endroit où vous pourrez assister à la conversation, tout en étant protégée.

— Et quel est cet endroit magique ?

— Le cimetière Saint-Louis n° 3, le long d'Esplanade Avenue.

Au fil des années, Rafe avait utilisé le cimetière pour donner rendez-vous à ses informateurs. Sa famille y avait un mausolée, et il connaissait les lieux par cœur.

Alyssa lui lança un regard sceptique.

— Vous trouvez que c'est un endroit sûr ?

Rafe comprit qu'un simple « faites-moi confiance » ne suffirait pas.

— Laissez-moi vous expliquer rapidement l'histoire du cimetière et de ma famille.

— S'il vous plaît.

— Le cimetière n° 3 a ouvert en 1854, et le mausolée des Fournier a été bâti deux ans après. Mon ancêtre pirate, Jean-Pierre, est mort en 1812, laissant sa famille avec de l'argent mais sans respectabilité, et sa femme s'est vu interdire de l'inhumer religieusement. Quand le cimetière n° 3 a été créé, les Fournier étaient alors solidement établis dans la bonne société, et une de mes tantes a voulu, en guise de revanche, bâtir un mausolée immense et luxueux.

— Vos racines remontent à loin.

— Oui. Nous ne sommes plus beaucoup dans ce cas.

— Je ne sais toujours pas pourquoi vous voulez rencontrer Jessop au cimetière.

— Tout le monde à La Nouvelle-Orléans sait où est situé le mausolée des Fournier. Les parois sont en marbre décoloré par le soleil. Au-dessus de l'entrée se trouve un fronton soutenu par deux colonnes, avec une sculpture de bateau à voiles arborant un pavillon à tête de mort et fémurs croisés, connu sous le nom de Jolly Roger. Sur le toit figurent une croix ainsi qu'une statue d'ange ailé avec une épée posée sur un dôme.

— J'ai compris. C'est facile à trouver.

— En outre, j'ai un accès VIP, qui me permet de circuler en voiture dans les allées. Et, plus important encore, j'ai la clé du mausolée.

— En quoi est-ce si important ?

— Pendant que je parlerai avec Jessop, vous serez tranquillement à l'intérieur.

— Avec des morts ?

La voix d'Alyssa était montée dans les aigus.

— Je ne crois pas, non.

— Ne vous inquiétez pas, ma chère. Les morts de la famille Fournier sont très bien élevés.

— Regardez-moi bien, Rafe. Je ne plaisante pas.

Elle croisa les bras sur sa taille et s'enfonça dans le siège, affichant un air buté.

Rafe ne s'attendait pas à ce qu'Alyssa - une comptable pragmatique qui prévoyait tout jusque dans les moindres détails - soit superstitieuse.

Mais il comptait sur ses facultés d'adaptation.

Sans discuter davantage, il utilisa son kit mains libres pour appeler Jessop.

Dès que le fédéral décrocha, Rafe lui ordonna :

— Arrête de me suivre.

— Pourquoi ça m'intéresserait de te suivre ?

— Dans trois cents mètres, je vais m'engager sur le pont. Si tu me suis avec ta Lexus bronze, il n'y aura pas de rencontre. Si tu fais ce que je dis, j'organiserai une brève conversation.

— Qui est la fille blonde avec qui tu es sorti de l'église ? Je sais qu'Alyssa est brune, mais elle a pu mettre une perruque.

— Ne me suis pas.

Tandis que Rafe mettait fin à l'appel, Alyssa ôta sa perruque et passa les doigts dans sa chevelure brun acajou.

— Eh bien, mon déguisement de *baby doll* est plutôt raté.

— Il vous a bien servi, dit Rafe en s'engageant sur le pont. Regardez derrière. Vous voyez la Lexus ?

Quand elle détacha sa ceinture de sécurité et se pencha pour regarder entre les sièges, le bras d'Alyssa lui frôla l'épaule, et il sentit comme une décharge électrique. Sa folle de tante avait été étrangement intuitive quand elle avait prédit une relation entre eux. Il ne visait pas le long terme, mais il avait envie de mieux la connaître.

— Je ne vois pas Jessop, dit-elle.

— Avec un peu de chance, il a déjà arrêté de nous suivre.

De l'autre côté du pont, Rafe gara son SUV dans une rue latérale et appela de nouveau Jessop.

L'agent fédéral répondit aussitôt et commença à parler, proférant des ordres et des menaces. Il en fallait plus pour impressionner Rafe. Ils avaient reçu le même entraînement aux interrogatoires et aux techniques d'intimidation.

Il l'interrompit d'un ton autoritaire.

— Retrouve-moi à midi au cimetière n° 3, devant le mausolée des Fournier.

— Ça ne me laisse pas assez de temps.

— C'est ta seule chance, mon vieux.

Rafe mit fin à l'appel et se tourna vers Alyssa.

— Vous avez eu une bonne idée de prendre votre sac à dos.

— J'aime être bien préparée.

Elle entrouvrit sa portière.

— Je parie que vous voulez que j'aille à l'arrière et que j'enfile une tenue plus discrète.

— S'il vous plaît.

Dès qu'elle fut montée à l'arrière du SUV, Rafe prit la direction d'Esplanade Avenue. Situé entre le lac Pontchartrain et le bayou Saint-Jean, le cimetière n° 3 avait été fortement inondé lors de l'ouragan Katrina.

Jetant un coup d'œil au rétroviseur central, il aperçut brièvement son soutien-gorge en dentelle blanche, avant qu'elle enfile un T-shirt bleu ciel et un short.

La nuit dernière, quand il avait dû lui ôter ses vêtements, il en avait vu beaucoup plus. Mais elle était inconsciente. Cette image volée était plus excitante. Même son short kaki semblait sexy.

Il détacha le regard du rétroviseur et se concentra sur la suite. Il avait promis à Davidoff qu'il lui enverrait une photo d'Alyssa avant midi, de façon à lui prouver qu'elle était vivante et en bonne santé.

Davidoff demeurait une énigme. Son inquiétude pour Alyssa, le fait qu'il l'ait engagé pour la protéger, son insistance à décorer la chambre comme la sienne pour qu'elle se sente à l'aise... Tout cela ressemblait aux agissements de quelqu'un qui tenait à elle - ceux d'un père qui était sorti de sa vie mais qui continuait à l'aimer ?

Charlotte aurait probablement pu fournir une explication, mais elle avait préféré garder ses secrets.

— Je suis prête.

Alyssa passa la tête entre les deux sièges.

— Il m'a fallu un million de lingettes pour ôter le maquillage outrancier de mon visage, mais je suis toute propre.

— J'aime quand vous n'êtes pas maquillée.

Elle lui caressa la joue.

— Et j'aime votre look de baroudeur. Nous y sommes ?

— Dans une minute.

— Je me cache ?

— Ça ne peut pas faire de mal.

Il avait choisi le trajet le plus rapide et il doutait que Jessop ait pu arriver avant lui. Mais il était possible que l'agent du FBI travaille avec quelqu'un d'autre.

Tenir Alyssa à l'écart des fédéraux, de sa folle de tante et de Davidoff était crucial. Si personne ne savait où elle était, on ne pourrait pas lui faire du mal.

11

Accroupie derrière le siège avant, Alyssa essayait de retrouver l'équilibre émotionnel et la détermination qu'elle avait perdus quand elle s'était retrouvée face à face avec sa tante.

Tout était allé de travers. Son projet de quitter la ville semblait moins positif et plus futile.

Quelles étaient ses perspectives ?

Elle ne pouvait pas rester ici et attendre que Jessop ou Woodbridge, ou n'importe qui d'autre, vienne l'enlever.

Il lui fallait un autre plan, et ça signifiait qu'elle devait collecter plus d'informations, en espérant que quelque chose de logique en ressortirait.

La rencontre avec l'agent Jessop semblait un bon début, mais elle n'était pas emballée par l'idée de se cacher dans un tombeau.

— Nous y sommes, annonça Rafe. Entrons dans la Cité des morts.

— Vous n'êtes pas obligé d'employer un ton aussi guilleret.

Elle releva la tête juste assez pour regarder par la vitre, tandis que la voiture franchissait l'entrée. Le long des grilles, les bouquets de la parade de la veille avaient été déposés pour le souvenir. Les fleurs commençaient déjà à pourrir, dégageant une forte odeur qui pénétrait dans l'habitacle.

— Pourquoi les fleurs sont-elles dehors et pas sur les tombes ?

— Autrefois, les cimetières restaient ouverts pendant les célébrations, mais il y a eu trop de dégradations. Surtout au cimetière n° 1, où est enterrée Marie Laveau, la reine du vaudou.

Alyssa se coucha au sol et tira son sac à dos au-dessus de son visage, pendant que le gardien au portail vérifiait l'identité de Rafe et lui faisait signe d'avancer.

Dès qu'ils se furent engagés dans l'allée, elle se redressa pour observer les rangées de caveaux construits au-dessus du sol, en raison de l'aspect marécageux du terrain qui ne permettait pas d'excavations.

Des gens déambulaient dans les allées. Il n'y avait pas vraiment foule, mais la fréquentation était importante pour un dimanche matin de novembre.

— Comment Jessop va-t-il trouver votre caveau de famille dans ce labyrinthe ?

— Comme je vous l'ai dit, il sort vraiment du lot.

Il gara la voiture.

— Voilà !

Alyssa se redressa.

— C'est vraiment spectaculaire. Qui est l'ange au sommet ?

— Nana Lucille me disait que c'est l'archange Rafael, mon protecteur. Mais j'ai toujours pensé que c'était saint Pierre, qui a plus à voir avec les marins.

Sur le mur face à la porte, Alyssa remarqua des rangées de plaques métalliques avec des noms. Il devait y en avoir plus de trente.

— À quoi correspondent tous ces noms ?

— Ce sont les gens qui sont enterrés ici.

— Quoi ?

— Essayez de ne pas y penser, ma belle.

Il lui prit le bras et la guida vers un tulipier.

— Restez là et ayez l'air naturelle. Je vais prendre votre photo pour l'envoyer à Davidoff. Ne regardez pas l'objectif.

— Pourquoi ?

— Davidoff n'a pas besoin de savoir que nous nous connaissons. Je vais recadrer la photo pour qu'aucune tombe ne soit visible, ce qui empêchera de pouvoir situer le lieu.

Alyssa posa une main sur une branche basse et regarda au loin, en s'efforçant de sourire légèrement.

— C'est fait. La photo est prise. Maintenant, venez avec moi. Il est temps de se cacher.

— La seule raison pour laquelle j'accepte de suivre votre plan, c'est parce que Jessop a peut-être des informations et que j'ai besoin de comprendre ce qui se passe. Et j'ai aussi des questions à vous poser concernant, pour commencer, la décoration de la chambre.

— C'est bien naturel.

— J'espère que vous me prenez au sérieux. Promettez-moi de tout me dire à propos de Davidoff.

— Je dois jurer, la main sur le cœur ?

— Si vous voulez que je vous fasse confiance, vous devez me dire la vérité.

— Je pourrais exiger la même chose.

Rafe inséra la grosse clé à l'ancienne dans la serrure et poussa la porte. Alyssa aurait pu jurer avoir entendu un grincement lugubre.

— C'est vraiment nécessaire ? Je pourrais aussi bien me cacher à l'arrière de la voiture.

— Vous serez davantage en sécurité ici. Derrière ces murs de marbre, personne ne peut vous atteindre.

Alyssa chercha son souffle, en essayant de ne pas penser à tous les films d'horreur qu'elle avait vus.

— Comment je ferai pour sortir ?

— Vous aurez ceci.

Il lui tendit la clé et vit que le Jolly Roger était également représenté sur l'embase.

— Ce n'est pas l'originale, mais elle fonctionne très bien.

Plongeant la main dans sa poche, Rafe en exhuma le téléphone d'Alyssa.

— Vous pouvez le reprendre. J'ai remplacé certains logiciels et j'ai ajouté un cryptage pour le rendre intraçable. Ne l'allumez que si vous en avez vraiment besoin.

Soulagée, elle glissa le téléphone dans l'une des poches du sac à dos qu'elle avait sorti de la voiture. Même si elle n'était pas du genre à passer tout son temps sur les réseaux sociaux, elle se sentait démunie sans son téléphone.

— Merci.

Il la poussa dans le mausolée et alluma trois bougies votives.

La lumière vacillante projetait des ombres fantomatiques sur les murs où la poussière de plus d'un siècle s'était accumulée. Un petit vitrail à l'arrière représentait un bateau à voiles naviguant en haute mer.

— Il fait chaud là-dedans, gémit-elle.

— Quand le soleil tape, c'est comme un four. Mais vous n'y resterez pas longtemps.

Il se dirigea vers la porte.

— Je vais la laisser légèrement entrebâillée. Si vous voyez Jessop approcher, ou si vous avez la moindre inquiétude, poussez-la et tournez la clé dans la serrure.

Lorsque Rafe franchit le seuil du mausolée, le cœur d'Alyssa s'accéléra.

Elle ne voulait pas rester ici toute seule.

S'accrochant à sa dignité, elle essaya de se convaincre qu'il n'y avait aucune raison d'avoir peur. Ce n'étaient que de la pierre, du marbre, du verre teinté et… des ossements.

La porte se referma, mais pas tout à fait. Un rai de lumière perçait l'obscurité.

Le dos plaqué contre la paroi, elle jeta un œil dans le cimetière et vit Rafe appuyé contre le pare-chocs avant de sa voiture.

L'angle de vision était trop étroit pour être d'une quelconque utilité, mais elle entendait des gens parler. Si elle restait là sans se faire remarquer, elle pourrait entendre la conversation entre Rafe et Jessop.

Combien de temps cela allait-il durer ? Chaque minute semblait une heure.

Elle essaya de compter et de prendre de lentes et calmes respirations, mais l'air humide et lourd l'oppressait. Des dizaines de personnes endeuillées étaient entrées ici pour faire leurs adieux à des proches. Elle se demanda si Rafe serait enterré ici.

S'écartant de son poste d'observation, elle se mit à faire les cent pas.

Bon sang, ce qu'il faisait chaud !

Elle enleva son blouson en jean, agita la main devant son visage et s'essuya le front.

Lorsqu'elle regarda à nouveau par l'entrebâillement, elle vit Jessop serrer la main de Rafe. Ils faisaient la même taille, mais l'agent spécial était puissamment charpenté. Il portait une chemise ample au-dessus de son jean, pour dissimuler son holster à la ceinture.

Ôtant ses lunettes de soleil, il demanda :

— Où est-elle ?

— Quelque part en sécurité. Ne t'avise plus jamais de me suivre, mon vieux.

— Pourquoi ? Qu'est-ce que tu vas faire ?

— Une poursuite à grande vitesse ne se terminerait pas bien pour toi.

Jessop ricana.

— J'ai appris que tu avais piloté des voitures de course en Floride.

— Peut-être... Parle-moi de tes liens avec Charlotte.

— C'est un sacré personnage, hein ? Ne te laisse pas tromper par ses cheveux gris. C'est une femme terriblement sexy.

Alyssa essayait tant bien que mal de respirer par l'entrebâillement de la porte. Le tombeau semblait absorber toute son énergie. Sans faire de bruit, elle tomba à genoux, essayant de conserver un peu de forces.

Jessop et Rafe parlaient des moyens employés pour prendre contact avec Charlotte et la faire venir à La Nouvelle-Orléans. Le but était qu'elle se rapproche d'Alyssa et l'incite à se confier.

Alyssa trouvait ce plan stupide. Quiconque la connaissait savait qu'elle se tenait toujours sur ses gardes et mettait beaucoup de temps à accorder sa confiance. Et voir sa tante, prétendument morte, réapparaître après toutes ces années ne ferait que renforcer sa détermination à garder le silence - non qu'elle sût quoi que ce soit, d'ailleurs.

Elle entendit Rafe demander :

— Tu penses que Charlotte a quelque chose à voir avec cet argent ?

— Non. Si elle avait des millions, elle aurait un style de vie extravagant. Alyssa, c'est une autre histoire.

— En tant qu'agent fédéral, tu seras obligé de remettre cet argent au gouvernement.

— Ne t'inquiète pas pour moi. J'aurai droit à ma part.

Rafe posa alors la question la plus importante.

— Qu'est-ce que Davidoff et toi attendez d'Alyssa ? Que sait-elle, d'après vous ?

Jessop regarda autour de lui, comme pour vérifier que personne d'autre ne les écoutait.

— J'ai lu les rapports des dizaines de fois et je me suis fait expliquer par les experts-comptables du bureau fédéral le système de double-entrée qu'ils utilisaient. Elle t'en a parlé ?

— Continue.

Alyssa appréciait que Rafe ne laisse rien paraître. Jessop ne semblait pas méchant, mais il était avide d'argent.

Qu'aurait-elle dû savoir, d'après lui ?

— La raison pour laquelle tout le monde veut parler à Alyssa est simple, dit Jessop. Et ça n'a rien à voir avec la comptabilité. Le vieux Horowitz ne trafiquait pas, et son activité de receleur était insignifiante. Il s'agissait plus de services rendus que de crime organisé.

Alyssa fut soulagée d'apprendre que son ancien employeur n'était pas un criminel. Elle l'avait bien jugé. C'était une bonne personne.

— Je perds patience, dit Rafe. Qui siphonnait des millions en cash ?

— Tu es bien placé pour le deviner. Tu te souviens de ce qui s'est passé en Floride, quand ta couverture a été éventée par la famille Leone ? Ça a quand même sacrément nui à ta carrière.

— Là n'est pas la question. Abrège.

— Eh bien, c'est pour ça que j'ai pensé à toi quand Davidoff a eu besoin d'un garde du corps. Tu avais une raison d'en vouloir aux Leone, et Frankie Leone, le responsable de l'entrepôt Horowitz, était impliqué dans le détournement d'argent.

Un petit cri de surprise involontaire franchit les lèvres d'Alyssa.

Elle aurait dû le deviner. Frankie était impliqué dans toutes les grosses transactions. Il se chargeait de l'inventaire.

— Quel est le rapport avec Alyssa ? demanda Rafe.

— Elle a tenu un homme mourant dans ses bras. Avant de rendre son dernier souffle, il a pu lui confier ses secrets.

Mais ce n'était pas le cas !

Alyssa lutta pour contenir un sanglot.

Si Jessop entendait quoi que ce soit, il se précipiterait vers le mausolée, lui passerait les menottes et l'emmènerait en détention, comme son statut d'agent fédéral lui en donnait le pouvoir.

Elle poussa la porte et tourna la clé dans la serrure.

La seule preuve de son innocence était sa parole.

Pourquoi la croirait-on ?

Sans avoir commis de faute, elle serait condamnée.

Désespérée, elle se laissa tomber par terre et se mit à pleurer.

12

Après avoir confirmé par SMS un rendez-vous avec Chance Gregory, Rafe regarda Jessop s'éloigner dans l'allée, en direction de la grille d'entrée.

La démarche athlétique et la position des épaules trahissaient la confiance en lui de l'agent fédéral. Avec son sourire avenant, son regard bleu angélique et ses cheveux blonds, Jessop n'avait pas l'air d'un mauvais type ni d'un traître. Mais Rafe ne le considérait pas comme un allié.

Les motivations de Jessop étaient aussi tordues que les racines des arbres dans les marais à mangrove. Il aimait son métier, mais se laissait facilement acheter. La preuve en était qu'il s'était librement associé à Davidoff, un criminel avéré. Et, s'il n'avait probablement pas l'intention de faire du mal à Alyssa, il n'hésiterait pas à la sacrifier pour servir ses intérêts.

Avec toutes ces contradictions et complications, rien n'était certain. Rafe ne savait plus ce qu'il devait croire, mais il devait admettre que Jessop avait raison à propos d'une chose : une des raisons pour lesquelles il avait accepté de travailler pour Davidoff tenait à la possibilité de découvrir un lien avec la famille Leone.

Avant qu'Alyssa lui raconte comment Frankie avait été tué sous ses yeux, il ignorait à quel point elle était impliquée avec la famille. Il avait passé presque un an en mission d'infiltration chez eux et n'avait jamais entendu son nom, ni celui de Max Horowitz. Son enquête avait tourné court, le laissant avec trop de questions sans réponses.

La famille Leone n'était pas un sujet dont il avait envie de discuter avec Alyssa, mais il ne pouvait pas l'éviter.

Étant donné qu'elle avait écouté sa conversation avec Jessop, elle demanderait des explications, et il devrait bien s'y plier, même si l'histoire lui donnait le mauvais rôle.

Dès que Jessop fut hors de vue, Rafe monta les marches du mausolée des Fournier, avec une nonchalance étudiée pour ne pas attirer l'attention des promeneurs.

Il actionna la poignée et découvrit que la porte était verrouillée. À un moment de la conversation, Alyssa avait décidé de s'enfermer. Quelque chose avait dû l'effrayer.

Il l'appela.

— Alyssa ? Vous pouvez ouvrir, maintenant. Il est parti.

Il n'entendit pas un bruit.

S'il s'était retrouvé enfermé dans cet espace humide et confiné, il serait devenu fou.

Alyssa était forte, mais elle avait connu des situations difficiles ces derniers jours, aussi bien physiquement que sur le plan émotionnel.

S'était-elle évanouie ? Avait-elle un problème ?

Il agrippa la poignée et la secoua. Le vieux bois bougea et grinça, mais la porte resta fermée. Il aurait dû garder la clé.

— Alyssa ! Vous devez ouvrir, maintenant.

Normalement, elle ne pouvait pas être blessée. Le temps qu'elle avait passé dans le monument était inférieur à quinze minutes. Ce n'était pas assez long pour suffoquer. Le niveau d'oxygène était suffisant pour garder les bougies votives allumées. Elle était seule. Rien ne pouvait lui faire du mal.

Malgré ce raisonnement parfaitement logique, Rafe

commençait à avoir peur. Alyssa semblait tellement nerveuse quand il l'avait laissée à l'intérieur.

Indifférent aux autres personnes qui se trouvaient dans le cimetière, il tambourina à la porte.

Lorsqu'il entendit le cliquètement métallique de la serrure, un immense soulagement l'envahit.

Quand la porte s'ouvrit, il découvrit Alyssa livide et le front couvert de sueur.

— Frankie ne m'a rien dit, ânonna-t-elle, le souffle court. Il s'est d'abord évanoui. J'ai essayé d'endiguer le flot de sang, mais je n'ai rien pu faire pour lui et... il est mort.

— Ne vous inquiétez pas, ma belle.

Elle avait l'air tellement misérable qu'il ne put s'empêcher de la prendre brièvement dans ses bras pour la réconforter. Puis il la guida dehors au soleil et la fit s'asseoir sur les marches.

— Tout ira bien.

— Vous ne comprenez pas ?

Les prunelles vertes d'Alyssa fouillaient son visage.

— Je n'ai rien à dire à Jessop ni aux autres. Je ne sais pas ce qu'est devenu l'argent, mais ils ne me croiront pas. Et ils ne vont pas cesser de me traquer, jusqu'à...

— Je ne les laisserai pas vous faire de mal.

Rafe prit la clé qu'elle tenait toujours entre ses doigts crispés et retourna fermer la porte du mausolée.

— Vous ne pourrez pas les arrêter. Ils pensent que je leur cache quelque chose. Mais, quand ils découvriront que Frankie ne m'a rien dit, je ne leur serai plus d'aucune utilité.

Rafe ne la contredit pas. Si ces chasseurs de trésor avaient été des types raisonnables, il aurait peut-être pu les convaincre d'abandonner. Mais l'appât du gain les avait transformés en prédateurs.

— Il nous faut un plan. D'abord, il faut partir d'ici. Vous pouvez marcher jusqu'à la voiture ?

Elle se releva, chercha du regard l'emplacement où était garé le SUV et hocha la tête.

— J'y arriverai. Je vous demande juste de mettre la climatisation à fond.

Quelques minutes après qu'ils eurent quitté le cimetière, la voix d'Alyssa monta de la banquette arrière, où elle s'était recroquevillée pour ne pas attirer l'attention.

— Où allons-nous ?

— Chez un de mes amis, Chance Gregory. C'est un génie de l'informatique. Il peut nous procurer tous les renseignements dont nous avons besoin.

— Où habite-t-il ?

— Vous serez surprise, trésor.

Même si Chance vivait avec sa mère, il n'était pas le geek caricatural qui s'enfermait dans un sordide garage en sous-sol, et se nourrissait de hamburgers et de bières. La description qui lui convenait le mieux était celle d'un vieux gentleman du Sud. Sa famille possédait une plantation le long de Mississippi River Road, avec une immense maison coloniale dans le style *Autant en emporte le vent.*

— En parlant de surprise, dit Alyssa en passant la tête entre les deux sièges avant. Vous n'auriez pas quelque chose à me dire au sujet de Frankie Leone ?

— Qu'avez-vous entendu, exactement ?

— Jessop a dit que vous aviez accepté la proposition de travail de Davidoff, parce qu'il pourrait y avoir un lien avec la famille Leone en Floride. Comment se fait-il que vous les connaissiez ?

— Ça s'est fait par le biais d'une mission d'infiltration.

Luttant contre sa réticence à parler de cette période de sa vie, il commença à expliquer :

— Avant de revenir m'installer à La Nouvelle-Orléans, j'enquêtais sur un vaste trafic en Floride. Même si j'étais proche de plusieurs personnes dans la famille, je n'ai jamais rencontré Frankie et je ne savais rien de ses occupations à Chicago.

— C'est vrai ? Vous ne connaissiez pas l'identité de la victime du crime qui m'a valu d'être placée sous protection ?

— Je savais simplement que vous aviez été témoin d'un meurtre et que la victime était le gardien de l'entrepôt Horowitz.

Le scepticisme d'Alyssa le frustrait. Ne lui ferait-elle donc jamais confiance ?

— Vous aimiez travailler en infiltration ?

— Ça peut être très difficile, surtout quand ça dure longtemps.

— Vous devez savoir bien mentir, alors.

— Je suppose.

Il essaya d'esquiver le cours malheureux qu'avait pris la conversation.

— C'était mon travail.

— Vous avez mené des gens en bateau pendant des mois.

Rafe s'arrêta à un feu et tourna la tête. Ils étaient proches, presque nez à nez, et il fut momentanément captivé par les paillettes d'or dans ses yeux verts.

Il prit une respiration et retrouva son calme.

— Il y a un temps pour le mensonge et un temps pour la vérité. Je sais faire la différence, croyez-moi. Je suis totalement sincère avec vous. Vous pouvez me demander n'importe quoi.

— Je le ferai.

Elle se recula pour s'asseoir sur la banquette.

— Quel personnage étiez-vous en Floride ?

— Je me faisais passer pour un pilote de course.

Ses capacités de pilotage étaient loin d'atteindre un niveau professionnel, mais il avait bien travaillé son rôle. La famille Leone le considérait comme un Français excentrique qui avait participé à plusieurs grands prix en Europe.

— Parlez-moi des Leone. Quel genre de trafics faisaient-ils ?

— Ils possédaient une compagnie de transport routier tout à fait légale, mais leurs camions transportaient parfois de la marchandise volée, principalement du matériel électronique. Ils étaient considérés comme du menu fretin et n'intéressaient pas le FBI.

— Je ne comprends pas. Pourquoi vous êtes-vous infiltré, alors ?

— Nous avons été informés que les Leone se diversifiaient dans le trafic d'armes et de drogue.

Rafe tourna brusquement à gauche. Son but était d'éviter d'être suivi jusqu'à ce qu'il ait quitté les limites de la ville. Chez son ami, il pourrait changer de voiture.

— Jessop vous a donné de nouvelles informations ?

— Depuis le début, le FBI est persuadé que Frankie a fait disparaître les sept millions.

— C'est de la folie ! Je vous assure que la boutique ne dégageait pas assez de bénéfices pour que Max ne se rende pas compte d'un tel trou dans les comptes.

— Réfléchissez, ma belle. Les détournements d'argent ont eu lieu sur une très longue période. Cela avait déjà commencé, il y a dix ans, lorsque Frankie sortait avec votre tante. Et Horowitz était connu pour stocker des objets de grande valeur dans son entrepôt. Davidoff est passé par son entremise pour certaines de ses voitures, dont une Rolls-Royce vintage d'une valeur de 300 000 dollars.

Le silence retomba dans l'habitacle, et Rafe imagina

qu'Alyssa se remémorait les articles de luxe entreposés à Chicago. Au fil des années, il n'avait pas dû être difficile pour Frankie de subtiliser des bijoux, des œuvres d'art… D'autant que certains de ces objets avaient été volés auparavant et faisaient l'objet d'un recel.

— Je ne peux pas y croire, murmura Alyssa. Max était très pointilleux sur son inventaire. Il s'en serait rendu compte.

— Pas si Frankie était assez malin pour remplacer les objets volés par des copies. Il était responsable de l'entrepôt et avait accès à tout. Et il n'y avait pas trace des transports, puisqu'il utilisait les camions de l'entreprise familiale pour les expéditions.

— Si c'est vrai, Frankie était beaucoup plus intelligent que je ne le pensais.

Alyssa resta pensive quelques secondes.

— Quelle erreur a-t-il bien pu commettre pour se faire tuer ? demanda-t-elle finalement.

— Je pense qu'il est devenu trop gourmand.

L'avidité semblait être la raison sous-jacente de tout ce qui était arrivé.

— Frankie a dévié du plan. Au lieu de confier la marchandise à sa famille, il a commencé à monter sa propre affaire à Chicago.

— Un double jeu. Il volait Max et doublait sa famille pour se bâtir une fortune privée. Puis il s'est fait tuer par Ray McGill. J'avoue que je ne vois pas comment cette pièce s'emboîte dans le puzzle.

— Le FBI connaissait depuis longtemps les liens entre les McGill et les Leone. Ce sont des criminels, mais aussi des hommes d'affaires.

La laissant réfléchir au plan machiavélique de Frankie, Rafe vérifia une dernière fois son rétroviseur central et, décidant qu'ils n'étaient pas suivis, prit la direction de Mississippi River Road.

En d'autres circonstances, il aurait aimé effectuer ce voyage avec Alyssa, lui faisant découvrir les aspects les plus raffinés de la vie à La Nouvelle-Orléans.

Tout ne se résumait pas au jazz, au carnaval et aux parades dans les rues. La ville était l'une des plus anciennes du pays. Les traditions puisaient loin leurs racines.

— À propos des Leone, dit soudain Alyssa, Jessop a laissé entendre que votre mission avait détruit votre carrière. J'aimerais entendre toute l'histoire.

Rafe avait espéré éviter ce souvenir douloureux.

— Mes erreurs ne sont pas pertinentes.

— Je veux connaître la vérité.

Elle soupira.

— Je veux pouvoir vous faire confiance, Rafe.

Et il voulait la même chose.

— Après plusieurs mois avec la famille, j'ai obtenu une place dans leur organisation comme chauffeur de l'extrême.

— Pour des braquages de banque ?

— Non, mais il y avait certaines rencontres dont il fallait pouvoir s'extraire le plus vite possible. Le FBI était informé, et ils ont fait ce qu'il fallait. Parfois il y avait des arrestations, d'autres non. Petit à petit, j'ai sympathisé avec plusieurs membres de la famille, en particulier avec une jeune mère, Deedee, que son mari battait.

Il se rappelait cette mince jeune femme avec ses longs cheveux noirs et son regard triste. Elle semblait plus âgée que ses vingt-deux ans, sauf quand elle jouait avec ses jumeaux.

Cette petite parenthèse de bonheur l'avait touché, et il avait pris l'habitude d'échanger quelques mots avec elle. Un jour, elle lui avait confié qu'elle était à nouveau enceinte et terrifiée à l'idée de la colère de son mari quand il l'apprendrait.

— Ma mission était un échec, dit-il. Je n'avais découvert aucun trafic d'armes ou de drogue. Les Leone semblaient être de petits escrocs, et rien d'autre. Je voulais que mon passage chez eux serve à quelque chose…

— Vous avez voulu aider Deedee.

— Je l'ai mise en relation avec des gens qui pouvaient l'aider à échapper à son mari et à se construire une nouvelle vie avec ses enfants.

Avec un soupir, il se passa la main dans les cheveux.

— J'aurais dû rester avec elle, au lieu de la laisser seule avec des inconnus.

— Je comprends, affirma Alyssa. Mais vous n'avez pas à vous sentir coupable de quoi que ce soit. Vous pensiez que vous agissiez pour son bien.

Il aurait dû le savoir.

Après le temps passé en Floride, il aurait dû comprendre que la loyauté de Deedee envers son mari était plus importante que sa propre sécurité.

— Elle est retournée chez son bourreau, dit-il d'une voix crispée.

Dès qu'il l'avait su, Rafe s'était précipité chez le Leone. Il était arrivé trop tard.

— Il l'a tuée.

13

Assise à l'arrière du SUV, Alyssa ne pouvait pas voir le visage de Rafe, mais elle percevait l'intense douleur dans sa voix.

— Qu'est-il arrivé aux enfants ?

— Ils ont été placés dans une bonne famille, et ça semble fonctionner. La famille d'accueil envisage de les adopter. Je verse de l'argent chaque mois pour participer aux frais.

— On dirait que vous faites tout votre possible pour les aider.

— L'argent ne suffit pas. Ces enfants ont perdu leur maman. Je ferai toujours en sorte que personne ne leur fasse jamais de mal, en particulier leur père, qui est incarcéré pour quelques années.

Il secoua les épaules, comme pour évacuer ce souvenir.

— Voilà mon histoire, ma belle. Vous en savez assez ?

Même si elle comprenait combien cela avait dû être dur pour lui d'évoquer ce drame, Alyssa avait d'autres questions.

— Jessop a dit que les Leone avaient nui à votre carrière. Vous avez été renvoyé ?

— Au contraire. Le FBI était prêt à fermer les yeux sur le meurtre de Deedee et voulait que je continue ma mission. Mais ce n'était pas possible. Je voulais que justice soit faite.

Et j'avais besoin de revenir en Louisiane, là où sont mes racines, pour faire le point sur ma vie.

— Et vous êtes devenu détective privé ?

— Pour le moment, ça marche bien. Je suis mon propre patron. Je n'ai pas à obéir à des ordres qui heurtent mon éthique et je peux mettre à profit l'entraînement spécial que j'ai reçu.

— Je pense que quelque chose d'autre vous anime. Vous n'êtes pas un pirate mais un héros. Vous aimez aider les gens, faire ce qui est juste.

Il haussa les épaules.

— J'aime pouvoir choisir quel job accepter ou refuser.

— Pourquoi m'avez-vous choisie ?

Il eut une grimace moqueuse.

— De temps en temps, ça m'arrive de faire des erreurs.

Sa petite plaisanterie détourna la conversation des sujets inconfortables d'honneur et de noblesse de cœur.

Alyssa était ravie que Rafe ne se prenne pas trop au sérieux. C'était un type bien, mais elle n'osait pas le lui dire. Pas tout de suite, en tout cas.

Il serait facile maintenant de lui faire confiance... mais ce serait tellement risqué.

En regardant par la fenêtre, elle vit que le paysage avait changé. Ils avaient laissé la ville derrière eux et roulaient vers le nord sur une route à quatre voies peu fréquentée.

— Où sommes-nous ?

— River Road.

Rafe désigna sa droite.

— Là-bas, il y a la digue, et derrière se trouve le Mississippi. La route était autrefois célèbre pour ses plantations tout autour.

Les édifices qu'ils dépassaient étaient beaucoup plus quelconques : stations-service, vieilles boutiques et maisons sans charme.

Entre les chênes et les tulipiers qui bordaient la route, Alyssa aperçut la silhouette fantôme d'une maison de maîtres délabrée.

— Qu'est-il arrivé aux plantations ? Elles ont été détruites par l'ouragan ?

— Rien d'aussi dramatique. Les maisons ont vieilli, elles demandaient beaucoup d'entretien et elles ont été abandonnées.

À un croisement, il tourna à gauche et traversa une toute petite ville.

— Nous allons rester sur les chemins de traverse, dit-il, de façon que personne ne nous remarque.

— Il n'y a pas beaucoup de circulation. Nous le verrions si nous étions suivis.

— Je pensais plutôt à des drones.

Alyssa comprit que sa connaissance des techniques de surveillance et de traçage était bien supérieure à la sienne.

Quand elle avait planifié sa fuite, elle avait essayé de prévoir chaque détail et toutes les contingences imaginables, mais elle n'avait jamais pensé aux drones. Si Rafe n'avait pas été là, elle n'aurait probablement pas survécu à la première attaque de Woodbridge et de son équipe de squelettes.

Ils roulaient à présent sur une route à deux voies, qui suivait les méandres d'un cours d'eau bordé d'une végétation retournée à l'état sauvage.

Des arbres tortueux, aux branches évoquant les doigts déformés d'une sorcière, pendaient de longs rubans de mousse espagnole.

La proximité avec le fleuve épaississait l'air d'une humidité presque palpable.

— Votre génie de l'informatique vit dans le coin ?

— Chance Gregory est un de mes plus vieux amis. Nous étions à la même université. La propriété de sa famille se trouve au bout de ce champ.

Au loin, Alyssa découvrit une demeure imposante, avec une façade blanche et des persiennes laquées de noir. Sa partie centrale, précédée par un porche que soutenaient quatre colonnes, s'élevait sur deux étages. De part et d'autre s'étiraient deux ailes d'un seul étage, parachevées par un toit plat que cernait une rambarde à balustres.

Une immense étendue de gazon, entretenu comme celui d'un golf, recouvrait la colline qui montait en pente douce vers la majestueuse entrée.

Entre les chênes immenses qui bordaient l'allée, des massifs de fleurs d'automne parfaitement entretenus apportaient une chaleureuse note de couleur.

— Je suis impressionnée, dit-elle.

— Et encore, vous n'avez pas vu les écuries à l'arrière. Chance élève des pur-sang.

Alyssa aurait aimé porter une tenue plus élégante. Son short kaki et son T-shirt semblaient trop décontractés pour l'endroit.

À Chicago, les gens ne faisaient pas attention à leur choix de vêtements, mais sa mère lui avait appris qu'on vous prenait au sérieux quand vous étiez habillé pour la circonstance.

— Je dois avoir l'air d'un épouvantail.

Elle trouva un poudrier compact dans son sac à dos, appliqua un peu de poudre sur son visage pour atténuer la brillance provoquée par la chaleur et se recoiffa.

Rafe s'engagea dans l'allée et contourna la maison pour se garer derrière.

Près des garages, un homme élancé, en pantalon beige et chemise en denim bleu ciel, les attendait. Il fit signe à Rafe de se garer dans le dernier box.

Alyssa enfila son blouson, qui portait encore l'odeur de moisi du mausolée, descendit de voiture et s'agrippa au bras de Rafe.

Penché à son oreille, il murmura :

— Inutile de vous inquiéter, trésor. Vous êtes superbe.

Chance accueillit Alyssa avec un baiser sur chaque joue. Il avait les cheveux châtain clair, les yeux très bleus, et portait une eau de toilette aux notes hespéridées.

Une fois les présentations faites, Chance commenta :

— Je n'y croyais pas, mais mon vieux pote de guerre avait raison. Vous êtes le sosie de Scarlett O'Hara.

Alyssa baissa les yeux, gênée.

— Je ne sais pas quoi dire.

— Venez, allons à l'intérieur. Ma mère est à l'église, mais il reste du jambalaya et du pain de maïs d'hier.

— Je serai ravie d'y goûter.

— J'apprécie ton hospitalité, mais nous avons du travail, rappela Rafe à son ami.

— J'ai pris de l'avance sur toi, collègue.

Chance les guida vers l'entrée de service de la maison.

— J'ai déjà mis mon nez dans les affaires de Diamond Jim et de la famille Leone. Tu veux commencer par quoi ?

— Davidoff.

Ils entrèrent dans une belle et vaste cuisine campagnarde. Chance y était visiblement à l'aise, mettant le plat de riz épicé et d'andouillette à mijoter sur une gazinière à l'ancienne et réchauffant au four le pain de maïs, tandis qu'il discutait avec eux.

— Viktor Davidoff est connu sous les pseudonymes de Davis James ou Diamond Jim, mais sa véritable identité est un secret bien mal gardé. Il n'a aucun lien familial à Chicago, mais il est en cheville avec la mafia russe de New York.

— Tu es sûr qu'il n'a pas de famille ?

— Qu'est-ce qui t'arrive, collègue ? D'habitude, tu ne remets pas en question mon travail. Tu sais que je ne me trompe jamais.

Rafe ricana.

— Il ne faut jamais dire jamais.

— Je suis curieuse, dit Alyssa. Pourquoi appelez-vous Rafe « collègue » ? Vous avez travaillé ensemble ?

— C'est comme ça qu'on appelle un ami, dans le Sud, expliqua Rafe.

— Rafe est mon collègue, et vous êtes sa « blonde. »

Alyssa n'eut pas besoin de se faire expliquer, cette fois. Elle savait que cela signifiait « petite amie. »

Ce qu'elle comprenait moins, c'était que tout le monde semblait penser qu'elle était en couple avec Rafe.

Était-ce une conspiration ?

— Je ne suis la « blonde » de personne.

Chance prit un pichet de limonade dans le réfrigérateur et le tendit à Alyssa.

— Vous voulez bien déposer ça dans la salle à manger ? Pendant ce temps, je vais préparer une salade de fruits frais.

Alyssa franchit l'ouverture en arche de la cuisine et entra directement dans une ravissante pièce dotée de hauts plafonds à caissons et de portes-fenêtres cintrées ouvrant à la française.

Fascinée, elle détailla le long buffet destiné à recevoir la vaisselle, surmonté de chandeliers en argent ; le coffre pour les nappes ; le vaisselier avec ses verres en cristal taillé, et ses services à thé et à café en délicate porcelaine.

Son regard se posa ensuite sur la table en acajou flanquée de douze chaises garnies de velours or. Au-dessus, l'imposant lustre en laiton, équipé d'innombrables ampoules, n'était pas allumé. La lumière naturelle suffisait.

Au bout de la table, Chance avait déposé sur des sets en lin beige trois assiettes accompagnées de couverts en argent et de verres en cristal. Les serviettes de table vieux rose accompagnaient à merveille les tons orange fané, mauve et bordeaux du bouquet central, composé de dahlias.

Alyssa commençait à comprendre ce que Rafe voulait dire en décrivant son « collègue » comme un gentleman. Chance ne s'entourait que de luxe et de raffinement.

Au cours du repas, elle se détendit encore un peu plus. Le jambalaya était délicieux, épicé juste ce qu'il fallait, et le pain de maïs fondait dans la bouche, tandis que la salade de fruits apportait une appréciable note rafraîchissante.

— Voulez-vous autre chose ? demanda Chance.

— Non, merci. C'était parfait.

— Eh bien, je crains de devoir maintenant aborder les sujets qui fâchent.

— Nous t'écoutons, dit Rafe.

— J'ai découvert que Davidoff avait pris possession de trois voitures de collection, d'une valeur de 250 000 dollars chacune. Or, l'une d'elles a disparu. Une Lamborghini V12.

— Et Frankie aurait fait le coup ? demanda Rafe.

— Il semblerait. Après des années à subtiliser en toute discrétion des objets déposés chez Horowitz, Frankie Leone a eu les yeux plus gros que le ventre.

— Comment savez-vous tout cela ? demanda Alyssa.

— Je sais où et comment chercher.

Chance plongea la main dans la poche de sa chemise et en sortit une clé USB, qu'il tendit à Rafe.

— Tous les détails sont là, et je pense que vous serez d'accord avec ma conclusion. Au moment du vol, Davidoff s'était associé avec les Leone de Floride, qui n'ont pas beaucoup apprécié que leur cousin Frankie les ait grugés pendant des années.

— À hauteur de sept millions de dollars, conclut Rafe.

— Comment Frankie a-t-il pu monter cette opération ? demanda Alyssa, tout en sirotant sa limonade. Ça demande des contacts, un réseau...

— Son atout, c'était que personne ne faisait attention à lui, expliqua Chance. En apparence, ce n'était qu'un simple responsable d'entrepôt. Il ne menait pas une vie extravagante, n'achetait pas de beaux vêtements, possédait une vieille voiture... La seule fois où il a eu des ennuis remonte à une dizaine d'années.

— À cause de ma tante, Charlotte, devina Alyssa.

— Elle pourrait avoir des problèmes, dit Chance.

— Vous voulez dire qu'elle est en danger ?

Alyssa aurait voulu ne pas s'en soucier, mais ça la touchait. Charlotte était la seule famille qui lui restait au monde.

Chance la regarda droit dans les yeux.

— Votre tante court beaucoup moins de risques que vous. Rafe m'a dit que vous étiez une femme prévoyante. Je ne peux que vous suggérer d'utiliser vos talents d'organisatrice pour quitter la ville et faire profil bas.

Demain, quand elle aurait récupéré les objets indispensables qui se trouvaient dans son coffre à la banque, elle quitterait La Nouvelle-Orléans.

— Est-ce que je peux faire quelque chose pour Charlotte ? Elle travaille avec l'agent Jessop du FBI. Que risque-t-elle, exactement ?

— Je vais être franc. Si Frankie s'en est sorti, il y a dix ans, c'est parce qu'il lui a fait porter le chapeau. C'est pour cela qu'elle a dû feindre sa mort. Ils étaient tous à ses trousses : les Leone, d'autres criminels, et même Horowitz.

Pas son ancien patron !

De toutes les personnes qu'elle connaissait, il était le seul en qui elle avait confiance. Il lui avait permis de faire des études. Il l'avait aidée après la mort de sa mère... Si quelqu'un pouvait la sortir de ce pétrin, c'était bien lui.

— Vous êtes certain que Max Horowitz en voulait à ma tante ?

— Je le suis. Et je ne me trompe jamais.

14

Au volant d'une Mercedes C63 AMG, Rafe se prenait presque pour le pilote de Grand Prix pour lequel il s'était fait passer en Floride. Dotée d'un V8 4 litres bi-turbo, la voiture était un bonheur à conduire.

Son premier choix aurait été la Porsche Panamera rouge de Chance, mais Alyssa lui avait fait remarquer que la voiture attirerait trop l'attention. Et il est vrai que les lignes élancées de la Mercedes gris métallisé ne la différenciaient pas trop des autres véhicules sur la route.

Mais elle était différente. Oh ! combien ! Conduire un modèle aussi puissant et performant lui procurait des sensations incroyables.

— Vous roulez trop vite, remarqua Alyssa d'un ton de maîtresse d'école. Ce serait bête de se faire arrêter par une patrouille.

Aucune voiture de police ne pourrait rattraper cette voiture qui, d'après Chance, passait de zéro à cent en moins de quatre secondes, mais elle avait raison. Mieux valait éviter d'attirer l'attention.

À contrecœur, il releva le pied de l'accélérateur.

— Je ne me rendais pas compte. Le système de suspension est tellement efficace qu'on ne sent pas les aspérités de la route.

— C'est vrai qu'elle est très confortable, admit Alyssa.

Il caressa le volant et dit en français « magnifique ».

Pendant un moment, ils roulèrent en silence.

Ils avaient partagé un bon repas, le voyage était agréable, et un lien commençait à se créer entre eux.

— J'aime bien Chance, dit Alyssa. Il est différent des geeks que j'ai rencontrés jusqu'à présent.

— Il est un peu spécial, mais il ne m'a jamais laissé tomber.

— En tout cas, il avait raison de dire qu'il nous faut un plan.

— D'abord, vous devez prendre une grande décision : rester à La Nouvelle-Orléans ou partir en cavale.

— Partir en cavale ? Ça fait tellement criminel en fuite ! Il me semble que je n'ai jamais pensé à rester ici. Mon plan était de fuir, et j'ai pris des dispositions concernant les transports, les routes à emprunter… Je n'ai jamais possédé grand-chose, mais j'ai hérité d'un peu d'argent à la mort de maman et d'une petite fortune grâce à l'assurance décès de Charlotte.

Elle fit une pause le temps de se mordiller la lèvre et s'interrogea à voix haute :

— Maintenant que je sais qu'elle est en vie, je me demande si je ne devrais pas rembourser la compagnie d'assurances.

— Vous changez de sujet.

— Ça engendre une autre question. Si je décide de rester, dois-je prendre contact avec les forces de l'ordre ? Le FBI et les marshals étant éliminés, il ne reste que la police de La Nouvelle-Orléans.

— Je connais quelques flics locaux à qui on peut faire confiance.

— Même quand des millions de dollars sont en jeu ?

Il savait que la tentation de la trahir serait grande, même pour le plus intègre des policiers. Et il n'avait pas envie de la remettre aux soins d'un système qui avait déjà démontré sa corruption.

— Vous placer vous-même sous la protection de la police signifie que vous allez tout devoir reprendre à zéro. Vous savez comment ça marche : ils posent les questions, vous répondez, et on ne vous informe jamais de la progression de l'affaire.

— Non, merci ! décréta Alyssa avec impatience. Cela fait trois ans que j'ai intégré le programme de protection des témoins, et rien n'a été résolu.

— Alors, vous savez ce qui reste à faire : enquêter par nous-mêmes.

Elle esquissa un sourire.

— Ça me convient parfaitement.

Rafe fut quelque peu déstabilisé par sa confiance en elle. Leur chance d'être plus malins que les fédéraux et la police locale était mince.

Sans parler de Davidoff, des McGill et des Leone.

Beaucoup de gens très motivés essayaient de résoudre cette énigme. Qu'est-ce qui pouvait faire croire à Alyssa qu'elle réussirait là où ils avaient échoué ?

— La décision vous appartient, dit-il.

— Exactement.

— Par quoi commençons-nous ?

— Charlotte. Même si j'ai des raisons de lui en vouloir, elle est la dernière famille qui me reste. Chance pense qu'elle est en danger. Au minimum, nous devons la prévenir.

— Sans compter qu'elle pourrait nous mettre sur la piste des millions manquants. Après tout, elle était la petite amie de Frankie.

— Je sais qu'il n'était pas assez intelligent pour monter cette opération tout seul. Elle a dû l'aider.

La voix d'Alyssa vibrait d'enthousiasme.

— Elle a probablement partagé les noms de ses contacts avec Jessop et le FBI, ce qui signifie que Davidoff a les mêmes informations.

— Vous avez son numéro de téléphone. Appelez-la.

D'un ton piteux, elle répondit :

— J'ai déjà essayé. Je l'ai appelée de la maison de Chance. Elle n'a pas répondu, alors je lui ai envoyé un SMS.

Rafe ne pouvait pas voir ses yeux derrière les lunettes de soleil, mais il sentait qu'elle était tout à la fois surexcitée et tendue.

— J'aimerais pouvoir vous dire de ne pas vous inquiéter pour Charlotte. Il est vrai qu'elle pourrait être en danger, mais gardez à l'esprit qu'elle a des ressources.

— Qu'est-ce que cela signifie ?

— Cette femme est revenue d'entre les morts. Elle s'est cachée pendant dix ans, tout en continuant à chanter en public. Je ne sais pas si elle est de votre côté, ou si elle travaille pour quelqu'un d'autre. Votre tante est un électron libre.

Alyssa manifesta son approbation par un hochement de tête.

— Elle aurait adoré Chance. Un bel environnement, de bonnes manières et du charme, c'est ce qu'elle préfère. Je regrette de ne pas avoir pu admirer ses pur-sang.

— Nous retournerons le voir.

Il ricana.

— Je n'ai pas le choix, de toute façon. Mon « collègue » va vouloir récupérer sa voiture. En attendant, je propose de prendre contact avec Sheila Marie. Si quelqu'un peut retrouver Charlotte, c'est bien elle.

Il sortit son téléphone de sa poche et le tendit à Alyssa.

— J'ai pris une photo à l'église. Envoyez-la-lui. Et précisez qu'elle a l'habitude de chanter dans les cafés-concerts.

Ils approchaient de la ville, et Rafe avait besoin de se tenir en alerte, afin de repérer les personnes qui pourraient les chercher.

Du coin de l'œil, il la vit taper rapidement un SMS et attendre la réponse. Son téléphone était sa bouée de sauvetage, contenant des informations sur la sécurité de la maison et de nombreux contacts. Il ne pouvait s'empêcher de redouter qu'elle navigue entre ses différentes applications et ses dossiers, et qu'elle découvre quelque chose qu'il ne voulait pas qu'elle voie.

Il avait beau lui avoir répété quantité de fois de lui faire confiance, il ne pouvait se défaire de tous ses soupçons.

En revanche, il la croyait quand elle affirmait que Frankie Leone ne lui avait confié aucun secret avant de mourir, contrairement à Jessop et Woodbridge.

Par ailleurs, sa surprise et sa colère avaient été réelles quand elle avait été confrontée à sa tante, ce qui voulait dire qu'elles n'étaient pas de mèche.

Ses réserves portaient sur ses talents de comptable et sa connaissance en interne du fonctionnement de la boutique de prêt sur gages. Après Horowitz, elle était celle qui connaissait le mieux les lieux.

À chaque fois que le nom du vieil homme était prononcé, elle s'illuminait. Ses sentiments pour lui n'étaient pas ceux d'une employée pour son patron. Voyait-elle en lui le père qu'elle n'avait pas eu ?

Alyssa se tourna vers lui.

— Sheila Marie vient de répondre. C'est d'accord. Vous avez aussi un SMS de Davidoff. Je ne l'ai pas lu, mais je pense qu'il veut que vous l'appeliez.

C'était exactement le genre d'informations qu'il ne

voulait pas partager. Davidoff était un sujet qu'il ne voulait pas explorer en détail.

Il remit son téléphone dans sa poche.

— Je verrai ça plus tard. Pour le moment, nous retournons à la résidence sécurisée.

Au lieu de la conduite nerveuse qu'il avait adoptée quand il savait que Jessop les suivait, il roulait posément, s'adaptant au rythme de la circulation...

En ce dimanche après-midi ensoleillé, après une folle parade la nuit précédente, La Nouvelle-Orléans était paresseuse. Les touristes déambulaient sans hâte dans le Quartier français, un gobelet de café ou de soda à la main. De la musique s'échappait de tous les petits clubs de jazz.

— Je voudrais commencer à enquêter dès ce soir, dit soudain Alyssa, interrompant les pensées de Rafe.

— Pourquoi pas ?

— Que proposez-vous ?

— Eh bien, je sais que vous avez été interrogée des dizaines de fois, mais pas par moi.

— Vous pensez que vous pourrez trouver quelque chose qu'ils ont manqué ?

— On ne risque rien à essayer.

— Très bien. Demandez-moi n'importe quoi. Je suis un livre ouvert.

— Commençons à parler de Horowitz.

Le livre se referma aussitôt.

Alors qu'elle exigeait de lui qu'il lui dise toute la vérité, Alyssa se mettait en retrait.

Elle avait un secret, et son ancien patron en faisait partie.

Lorsqu'ils arrivèrent à la résidence sécurisée, Alyssa déclara qu'elle était fatiguée et qu'elle voulait faire une sieste.

Si la journée n'avait pas été particulièrement exigeante sur le plan physique, elle avait subi plusieurs chocs, entre la rencontre avec sa tante prétendument morte et son enfermement, aussi court fût-il, dans une tombe.

Dans la chambre qui était censée être une réplique de la sienne, elle ôta ses chaussures, enleva son blouson et s'étendit sur le couvre-lit en chenille, qui ressemblait à celui qu'elle avait acheté quelque temps plus tôt.

Finalement, ça lui faisait du bien d'être entourée par ses affaires - qui n'étaient pas vraiment les siennes.

Malgré la tension qu'elle ressentait, elle finit par se détendre.

Un doux soleil filtrait par les lames du store et dessinait des rais de lumière sur la reproduction d'un tableau de Toulouse-Lautrec accroché en face du lit.

Tandis qu'elle réfléchissait à un plan d'action, il devint vite évident qu'une visite à la banque s'imposait.

Mais une autre préoccupation occupait son esprit.

Dans la voiture, elle avait réussi à éviter les questions de Rafe à propos de Max Horowitz, mais elle ne savait pas combien de temps elle pourrait reculer le moment de lui dire la vérité.

Son ancien patron avait disparu après le meurtre, et tout le monde - les fédéraux comme les criminels - s'était donné pour mission de le retrouver.

Max était la personne la plus susceptible de savoir où était l'argent. Après tout, il possédait la boutique et l'entrepôt, et s'occupait des marchandises. Sa connaissance du stock était encyclopédique.

Comment des millions auraient-ils pu disparaître sans qu'il le sache et y consente ?

Une fois de plus, elle se répéta que Max était un homme honnête. Elle lui faisait confiance. Elle croyait en lui et savait qu'il ne ferait jamais rien d'illégal.

Quand il avait quitté la ville, il lui avait dit qu'elle n'était pas seule, qu'il serait toujours là si elle avait besoin de lui. Puis il lui avait donné un numéro de téléphone qu'elle avait mémorisé.

Si elle l'appelait, il saurait qu'elle avait besoin d'aide. Mais elle ne pouvait le faire que dans le pire des scénarios - il fallait quelque chose de plus grave que d'être poursuivie par les fédéraux ou Woodbridge, ou d'être sur la liste des ennemis de Davidoff.

Il fallait vraiment que ce soit une question de vie ou de mort.

Rafe frappa à la porte, l'arrachant à ses pensées.

— Vous êtes décente ?

— Je suis habillée.

Il entra avec un plateau sur lequel étaient posés deux grands verres de thé glacé et un sachet de chips épicées Zapp's.

— Le thé est sucré.

— C'est comme ça que je l'aime.

Fidèle à ses habitudes du Sud, sa mère avait toujours eu la main lourde sur le sucre, et Alyssa avait pris goût aux saveurs douces.

— Merci, Rafe. Mais je me dois de vous poser la question : vous essayez de me soudoyer ?

— Vous m'insultez.

Il posa le plateau sur la commode, lui tendit un verre de thé et prit l'autre.

— Des chips ?

Elle hocha la tête, et il lui lança le sachet.

— Il n'y a rien de meilleur que le mélange des épices et du thé. Comment saviez-vous que j'aimais ce goût en particulier ?

— Vous oubliez que je vous ai observée pendant deux semaines.

Au début, l'idée qu'il l'ait espionnée la mettait mal à l'aise, mais elle n'y prêtait plus attention maintenant. Au contraire, elle voyait comme un compliment qu'il ait retenu tous ces petits détails à son sujet.

— Qu'avez-vous appris d'autre sur moi ?

— Vous aimez courir le matin et faire de la musculation à la salle de sport. Mais je ne vous ai jamais vue aller à la piscine.

— J'ai horreur de l'eau.

— Je l'avais deviné.

— Et vous ? Vous faites du sport ?

— Bien sûr.

La conversation commençait à ressembler à des entrées en matière pour faire connaissance dans un bar, ce qui était un peu bizarre car ils avaient dépassé ce stade.

— Vous en savez beaucoup plus sur moi que je n'en sais sur vous. De ce fait, j'imagine que je n'ai pas besoin de vous dire mon signe astrologique.

— Bélier.

— Et vous savez que je ne suis pas douée en travaux manuels, à part pour faire des pots-pourris. Je vous ai déjà parlé des endroits où j'ai vécu et des choses importantes qui se sont produites dans ma vie…

Elle marqua une brève hésitation.

— Si je n'avais pas peur que vous vous moquiez de moi, je dirais que nous sommes en train de devenir amis.

Il leva un sourcil.

— Je crois que vous allez aimer la direction que ça va prendre.

Le pouls d'Alyssa s'accéléra.

Il l'avait embrassée quelques minutes après avoir fait sa connaissance, mais ce n'était qu'un baiser poli sur le front.

Si elle déchiffrait bien ses intentions, ils étaient partis pour quelque chose de plus sérieux.

— C'est vous qui tenez le volant, Rafe. Où voulez-vous m'emmener ?

15

Alyssa avait envoyé la balle dans le camp de Rafe.

À lui d'agir, maintenant.

Elle aurait bien aimé qu'il l'embrasse.

Son cœur battait à tout rompre, et elle avait du mal à respirer.

Chaque seconde qui s'écoulait ressemblait à une heure, et elle se prépara à l'idée qu'il rejette ses avances, même si elle savait qu'il y avait de l'attirance entre eux. Elle l'avait senti quand ils se touchaient accidentellement, quand il l'appelait « ma belle », quand il lui lançait des regards à la dérobée.

Il la trouvait jolie et, sans fausse modestie, elle savait qu'elle l'était. Mais d'autres choses entraient en ligne de compte, comme le besoin de la protéger, la tentation que représentaient les millions disparus - auxquels ils devaient penser - et surtout la confiance.

Elle n'avait pas été complètement honnête avec lui.

Le savait-il ? L'avait-il senti ?

Il tendit la main et lui prit son verre, qu'il alla déposer avec le sien sur la commode.

Quand il se rapprocha du lit et s'assit à côté d'elle, son pouls s'emballa.

Gentiment, il lui prit la main et dit :

— Je veux que vous me fassiez confiance.

Avait-il lu dans ses pensées ? Étaient-ils sur la même longueur d'onde ?

Pourvu qu'il ne lui parle pas de Max Horowitz.

Elle sentit que ses lèvres tremblaient.

— J'ai quelque chose à vous dire. Ça risque d'être difficile à entendre.

Était-il marié ? Il n'avait parlé ni d'une épouse ni d'une petite amie. Sheila Marie n'y avait pas fait allusion, pas plus que Chance.

Mais c'était peut-être le grand secret de Rafe.

Elle retira brusquement sa main de la sienne.

— Il y a une autre femme ?

Son expression de surprise aurait été comique si Alyssa n'avait pas été aussi contrariée.

Il marmonna quelques mots en français, avant de revenir à l'anglais.

— Je ne suis pas un homme parfait. Pendant des années, j'ai vécu en infiltration, j'ai menti… Mais je n'ai jamais trahi une femme que j'aimais. Si j'étais marié ou en couple, je vous l'aurais dit tout de suite. Je peux vous assurer qu'il n'y a personne d'autre.

— Alors, quel est ce secret si terrible à entendre ?

— J'ai parlé au téléphone avec Davidoff.

Cinq minutes plus tôt, ces mots l'auraient emplie de crainte, mais plus maintenant. Ce n'était rien comparé à l'idée que Rafe puisse être marié.

— Quel est le problème avec Diamond Jim ?

— Il veut vous rencontrer.

— Quoi ?

Elle agita les mains, repoussant cette éventualité.

— Il n'en est pas question. C'est un criminel.

— Je ne crois pas qu'il vous veuille du mal.

— Parce qu'il vous a engagé comme garde du corps ? Ce n'est pas une raison.

Elle recula sur le lit et, le dos calé contre le mur, remonta les genoux sous son menton.

— Vous avez oublié Jessop. Davidoff veut l'argent.

Elle secoua la tête d'un air dégoûté.

— Je ne sais pas exactement quel jeu il joue, mais je ne veux pas en faire partie.

— Il m'a révélé un secret qui explique beaucoup de choses. J'ai promis de ne pas le répéter, mais je trouve injuste de dissimuler cette information. Vous devez tout savoir avant de prendre votre décision.

Ce suspense était intolérable.

— Mais qu'attendez-vous pour le dire ? Parlez !

— Viktor Davidoff prétend être votre père.

Alyssa resta sans voix.

Toute sa vie elle avait imaginé mille choses à propos de l'identité de son père, priant pour qu'il soit un prince et redoutant qu'il soit un monstre.

Sa mère lui avait dit qu'il avait passé du temps avec elle quand elle était petite. Qu'il la prenait dans ses bras, lui chantait des berceuses, lui racontait des histoires... mais elle ne s'en souvenait pas.

Il n'y avait pas de photos, pas de cartes, pas le moindre mot.

Elle avait un vague souvenir de ses quatre ans, quand il lui avait offert la boîte à musique, et croyait se rappeler qu'il lui avait dit qu'elle serait toujours sa petite fille et qu'il s'occuperait toujours d'elle.

Si Davidoff était cet homme, il n'avait pas tenu parole.

— Pourquoi ne me l'a-t-il pas dit ?

— Pour ne pas vous mettre en danger, votre mère et

vous. Quand il s'est installé à Chicago, on disait que c'était pour échapper à la mafia russe de New York.

— J'ai entendu ces rumeurs, mais je n'y ai jamais prêté attention.

Elle secoua de nouveau la tête.

— Il n'a pas été mon père pendant vingt-sept ans. Pourquoi le serait-il maintenant ?

— Je ne sais pas.

Au fond de son esprit une petite étincelle d'espoir s'alluma.

Était-ce possible ?

Avoir un père changerait l'essence même de son identité.

S'il était vraiment son père, Davidoff ne pouvait pas être un monstre. Sa mère ne serait jamais tombée amoureuse de lui si ça avait été le cas.

Si elle apprenait à le connaître, peut-être finirait-elle par l'accepter...

Et puis, elle se souvint.

Aussi vite qu'il s'était allumé, l'espoir s'éteignit.

Elle regarda la table de chevet, où la lampe à abat-jour frangé côtoyait la coupe de pot-pourri.

— Où est ma boîte à musique ?

Rafe se dirigea vers la commode et ouvrit le tiroir.

— Après que vous l'avez lancée contre le mur, je me suis dit que vous n'en vouliez plus.

— Donnez-moi ce truc.

Dès qu'elle tint la boîte entre ses mains, elle sut que c'était un faux. Le bois n'était pas aussi lisse que l'original, et la patine était plus claire.

— Mon père m'a donné une boîte à musique pour mes quatre ans. Pas celle-ci mais une autre. Avant de dormir, je caressais le bois contre ma joue, puis je soulevais le couvercle et j'écoutais la musique. C'était *La Chanson de Lara*, le titre musical associé au film *Le Docteur Jivago*.

Elle souleva le couvercle, et on entendit *Twinkle, Twinkle Little Star.*

— Davidoff n'a jamais parlé de la mélodie, dit Rafe. Votre vrai père ne m'aurait pas laissé faire cette erreur. Il m'aurait donné des instructions précises.

Le tour qu'avait voulu lui jouer Davidoff était d'une rare cruauté.

Il avait joué sur les besoins émotionnels d'une orpheline.

— C'est vraiment un salaud !

— Son affirmation était bizarre, et pourtant on pouvait y trouver une certaine logique. Il m'a engagé pour vous protéger, et c'est ce qu'aurait fait un père. Quand il parlait de vous, il semblait sincèrement concerné par votre bien-être. Et Lara est un prénom russe. Davidoff aurait pu le choisir pour sa fille.

— Ma mère l'a choisi pour le film, et parce qu'elle trouvait ça joli. En outre, Davidoff n'est pas le seul Russe que je connais. Beaucoup de gens viennent de cette région du monde, comme Max Horowitz. Et un des frères McGill est marié à une Russe.

Alyssa avait de plus en plus de mal à contenir sa colère.

— Pourquoi parlons-nous de ça ? Je ne suis pas la fille de Davidoff. Il n'est pas question que je le rencontre !

— Je vais trouver un moyen de nous débarrasser de lui.

— Je me demande bien pourquoi il a inventé ce mensonge. Qu'espérait-il gagner ?

— Votre confiance.

— Je ne la lui accorderai jamais !

— Y a-t-il quelqu'un à qui vous faites confiance ?

Elle aurait pu citer des amis à qui elle confiait ses clés pour qu'ils arrosent ses plantes quand elle n'était pas chez elle, mais ce n'était pas vraiment ce qu'il demandait. Il voulait savoir si elle avait confiance en lui.

Il lui avait déjà prouvé plusieurs fois sa loyauté. Et, maintenant qu'il lui avait parlé de la manipulation de Davidoff, il semblait avoir abattu toutes ses cartes. Il n'y avait plus rien à cacher.

Elle pouvait lui poser des milliers de questions, mais la confiance était un sentiment, pas une comptabilité.

— J'ai confiance en vous, Rafe.

Il traversa la pièce pour aller à la fenêtre et ferma complètement les stores. La chambre s'obscurcit, et il alluma la lampe sur la table de chevet. Le halo, tamisé par l'abat-jour frangé, était intime et apaisant.

La première chose qu'il ôta fut son holster d'épaule, qu'il déposa sur le dossier de la chaise à côté du petit bureau. Puis il lui tendit la main, comme s'il voulait l'inviter à danser.

Et elle était tellement prête pour ce tango…

Quand elle lui prit les doigts, il l'attira à lui. Son bras l'encercla, et il posa la main au creux de son dos.

Alyssa sentit un picotement courir sous sa peau.

Penché à son oreille, il murmura :

— Moi aussi, je vous fais confiance, ma belle.

Elle ne le méritait pas. Elle lui cachait encore un secret. Mais elle n'était pas encore prête à parler de Max Horowitz.

Ce pour quoi elle était tout à fait prête, en revanche, c'était cette danse spéciale avec lui. Elle en rêvait depuis le moment où il s'était présenté à elle dans un déguisement de pirate à la parade.

Elle lui caressa la joue, redessina sa lèvre inférieure du bout du pouce, s'attarda sur sa fossette au menton…

Quand les lèvres de Rafe se posèrent enfin sur les siennes avec une vibrante exigence, elle se laissa sombrer avec délice dans un flot de sensations éblouissantes.

Elle s'imaginait qu'il serait un amant passionné - après

tout, il avait des origines françaises - et, si ce baiser était une quelconque indication, elle ne serait pas déçue...

Plus tard, tandis que déclinaient les derniers soubresauts de leurs corps, Alyssa posa la tête sur l'épaule de Rafe.

— Ça va ? demanda-t-il en repoussant doucement une mèche de cheveux sur son front.

— Très, très bien. Et toi ?

Il lui dit quelques mots en français.

— Traduction ?

— C'est un poème. Je compare ta bouche à un bouton de rose, et le goût de tes seins à celui du champagne.

— Je suis flattée.

Il se cala contre l'oreiller et observa le plafond.

— Dans des moments comme celui-ci, ça me désole d'aborder des sujets désagréables, mais nous avons une enquête à faire avancer. Chance m'a donné une clé USB avec des informations comptables. J'y ai jeté un œil, mais ça ne veut rien dire pour moi. Tu y comprendras peut-être quelque chose.

— Je peux comparer les chiffres de Chance avec la copie des comptes et de l'inventaire des derniers mois qui ont précédé la mort de Frankie.

— Tu les as ?

Elle hocha la tête.

— Il y a une clé USB dans mon coffre à la banque. J'ai remis l'original aux fédéraux, mais ça m'a paru plus prudent de garder une copie. J'ai étudié la liste, mais je n'ai rien remarqué qui sortait de l'ordinaire.

— Demain, nous comparerons les documents.

— Et ce soir ? Qu'allons-nous faire, ce soir ?

Du bout des doigts, il traça le contour de ses lèvres, se pencha et murmura à son oreille :

— J'ai envie de mener une enquête approfondie sur chaque centimètre de ton corps.

Le projet n'était pas pour déplaire à Alyssa.

16

Ils restèrent dans la chambre jusqu'au coucher du soleil. Rafe aurait pu passer davantage de temps étendu à côté d'Alyssa. Il entrelaça les doigts aux siens et les porta à ses lèvres. Elle était si adorable et délicate.

Son appréhension avait disparu, effacée par une compatibilité sexuelle qui l'avait surpris. Qui aurait cru qu'il connaîtrait avec elle un tel éblouissement des sens ? Un vertige d'une intensité encore jamais éprouvée avec aucune autre femme ?

Oui, elle manquait d'expérience, mais elle était enthousiaste et énergique. Elle ne retenait rien. Avec elle, il avait l'impression d'avoir inventé la sexualité.

Blottie dans le creux de son bras, elle releva la tête et lui adressa un sourire comblé.

— J'ai faim. Que faisons-nous pour dîner ?

— J'aimerais que nous puissions sortir. Il y a des restaurants incroyables à La Nouvelle-Orléans, mais nous ne pouvons pas prendre le risque d'être vus.

— Dans ce cas, nous allons devoir cuisiner.

Rafe se leva et s'étira, les bras au-dessus de la tête.

— Viens avec moi à la cuisine.

— Oh ! « collègue », tu n'as pas l'intention de cuisiner en tenue d'Adam ?

Il lui lança un regard par-dessus son épaule.

— Il n'y a pas de raison de porter des vêtements.

— J'en vois plusieurs, comme des éclaboussures de gras sur les parties les plus délicates de mon anatomie. Et nous sommes toujours en danger. Nous devons être prêts à fuir dans la seconde.

— Tu as toujours une longueur d'avance.

— Raison pour laquelle je suis encore en vie. On se retrouve dans la cuisine.

Rafe se rua dans sa chambre, où il enfila un jean, un polo noir et des chaussures de sport. Il fixa même son holster à sa ceinture. Une douche aurait été agréable... surtout avec Alyssa, mais il n'avait pas le temps.

Dans la cuisine, il sortit deux steaks du réfrigérateur et jeta deux poignées de riz brun dans le cuiseur. Puis il fit une marinade pour la viande et prépara une salade de tomate et concombre.

Enfin, il installa son ordinateur portable sur la table et chargea la clé USB que Chance lui avait donnée.

Alyssa semblait prendre son temps pour le rejoindre. Lorsqu'elle franchit enfin la porte, elle portait un short noir et un chemisier corail, et ses cheveux étaient humides.

Il déposa un baiser sur son front et respira l'odeur de pêche de son shampooing.

— Tu as pris une douche, dit-il. J'aurais été heureux de t'y rejoindre.

— Je ne suis pas surprise.

Elle lui caressa la mâchoire.

— J'aime bien quand tu ne te rases pas.

Rafe ne put résister à l'envie de l'embrasser.

L'attirant contre lui, il découvrit qu'elle ne s'était pas embarrassée d'un soutien-gorge.

Bien que tenté de tout envoyer valser sur la table et de lui faire l'amour, il se raisonna.

— Je t'ai déjà dit combien tu es belle ?

Elle parut gênée.

— Tu n'es pas obligé de me faire des compliments tout le temps.

— Ce n'est pas une obligation, mais un plaisir. Malheureusement, nous avons d'autres obligations. L'ordinateur est là.

Elle s'assit devant l'écran, où apparaissaient des séries de chiffres.

— Ce sont les informations de Chance ?

— Prêtes et n'attendant plus que toi.

Tandis qu'elle faisait défiler les pages, Rafe termina de préparer le repas.

Il n'était pas un grand cuisinier, mais il estimait qu'il ne s'était pas trop mal débrouillé. De plus, il aimait prendre soin d'elle.

— Je n'arrive pas à croire que Chance ait eu accès à toutes ces données, dit-elle pendant que Rafe dressait la table. Il a trouvé non seulement toute la comptabilité de l'entrepôt et de la boutique, mais aussi de la correspondance personnelle et des statistiques du FBI.

— Prête pour les steaks ? demanda Rafe.

Elle hocha la tête et changea de place.

— Il y a même le rapport du psychologue qui m'a évaluée, ajouta-t-elle tandis qu'il la servait. Devine ce qu'il dit sur moi.

Rafe sortit une bouteille de chardonnay bien frais du réfrigérateur et la posa sur la table.

— Dis-moi.

— Il dit que j'ai un syndrome d'abandon, car mon père a

disparu quand j'étais petite. Il trouve que je suis anxieuse et tendue, et que je pourrais avoir des tendances dépressives.

Elle leva les yeux au ciel.

— Évidemment que j'étais bouleversée ! Un homme était mort dans mes bras, et je venais d'intégrer le programme de protection des témoins.

Elle soupira.

— Il aurait quand même pu remarquer que j'étais forte, courageuse et résiliente.

— Et sexy, ajouta Rafe avec un clin d'œil.

— Cela va sans dire.

Elle attaqua son repas avec son enthousiasme habituel.

— Je me demande une chose, commença-t-elle.

Elle s'interrompit pour boire une gorgée de chardonnay.

— Chance a obtenu certaines informations en piratant des systèmes informatiques. Y a-t-il une base de données dans laquelle il ne puisse pas entrer ?

— Je ne lui ai jamais connu d'échec.

— C'est perturbant.

Elle désigna l'ordinateur et la cuisine en général.

— Nous sommes protégés par ton système de sécurité et des pare-feu informatiques, mais il doit bien y avoir d'autres personnes, aussi talentueuses et malignes que Chance, pour trouver la faille.

— Aucun risque. Chance s'est occupé de tout, et il m'a assuré que le système était absolument invulnérable.

— Toute forteresse a ses points faibles. Il suffit d'une erreur humaine.

— C'est pourquoi nous ne devons pas en faire.

Rafe avait envie de croire que c'était possible, mais il savait que la perfection n'existait pas. Tôt ou tard, ils pourraient se montrer négligents.

Le repas terminé, ils s'installèrent dans le petit salon

en façade et burent une tasse de camomille en établissant des plans pour le lendemain.

Rafe aurait préféré un autre verre de vin, mais il avait besoin de rester en alerte.

Leur premier arrêt serait pour la banque, où il récupérerait la clé USB d'Alyssa, pour comparer ses données avec les informations fournies par Chance.

— Ensuite, nous devrions aller récupérer ma deuxième voiture. La clé se trouve aussi à la banque. Il y a plein de choses dans son coffre : un ordinateur, des espèces et des cartes de crédit à différents noms, des vêtements...

Rafe approuva son sens de l'anticipation.

— Ça nous sera utile. Avec l'arrivée de Davidoff à La Nouvelle-Orléans, la ville va devenir encore plus dangereuse.

Alyssa but une gorgée de tisane et se passa la langue sur les lèvres.

— Avant de partir, je veux savoir ce que sont devenus les sept millions. Trouver l'argent est la seule façon pour que je sois vraiment en sécurité.

Elle semblait ignorer les menaces des familles des hommes que son témoignage avait envoyés en prison, mais Rafe ne le dit pas.

Un problème à la fois suffisait amplement.

En outre, ses chances de survie s'étaient grandement améliorées maintenant qu'il était avec elle.

Son téléphone sonna. Sur l'écran s'affichait l'identifiant attribué à Sheila Marie.

Rafe grommela, conscient que son informatrice l'appelait parce qu'elle avait de nouveaux éléments et qu'ils allaient devoir s'arracher à la torpeur de leur nid douillet.

Il mit le haut-parleur.

— Salut. J'ai retrouvé Charlotte. Elle est au Corner Oak Tavern, sur Bourbon Street.

En arrière-plan, on entendait la complainte blues d'un saxophone.

— Elle est sur scène, en ce moment ?

— Pas du tout. Elle est affalée sur une banquette et elle boit. Elle a l'air triste.

— J'arrive dans dix minutes. Garde un œil sur elle en attendant et préviens-moi si elle s'en va.

— Ça marche, boss.

— Il y a un endroit où tu pourrais mettre Alyssa en sécurité ?

— Pas de problème. J'ai des dizaines de planques.

Rafe la croyait sur parole. Sheila Marie connaissait la ville comme sa poche.

— Merci. À tout de suite.

Alyssa était déjà debout.

— J'ai besoin d'un déguisement ?

— Fais simple.

Il la regarda se précipiter dans le couloir menant à sa chambre.

Ce n'était peut-être pas une bonne idée qu'elle l'accompagne, mais il n'avait pas le choix. Elle ne pouvait pas rester ici toute seule.

Quelques minutes plus tard, Alyssa rejoignait Rafe dans la voiture. Son déguisement était minimaliste : pas de maquillage et les cheveux plaqués en arrière sous une casquette de base-ball où était imprimé « Mardi gras » en lettres pourpre, vert et or. Quant à lui, il portait uniquement un coupe-vent bleu marine sur son polo noir et son jean. Ils n'avaient pas le temps pour quelque chose de plus élaboré.

— Merci, dit-elle en attachant sa ceinture.

— Pourquoi, ma belle ?

— De bien vouloir rencontrer Charlotte. Je ne devrais pas m'inquiéter pour elle, mais je ne peux pas m'en empêcher.

Elle soupira.

— Nous devons la mettre à l'abri, c'est-à-dire loin de La Nouvelle-Orléans.

Les raisons qu'avait Rafe de voir Charlotte n'étaient pas complètement altruistes.

Elle avait participé aux magouilles de Frankie et détenait probablement des informations qui pourraient leur être utiles. En tout cas, quelqu'un l'avait considérée comme étant suffisamment utile pour payer ses factures pendant dix ans.

En approchant de Corner Oak Tavern, Rafe repéra Sheila Marie qui attendait sous un réverbère. Quelques touristes se promenaient encore en ce dimanche soir, mais il n'y avait pas foule. Il se gara le long du trottoir.

Son informatrice préférée s'installa à l'arrière de la voiture.

Avec ses longues nattes agrémentées de perles et de rubans, sa blouse turquoise brodée de fils d'argent et son ample jupe paysanne jaune, elle était une explosion de couleurs.

La première chose qu'elle fit, en montant dans la Mercedes, fut de passer ses doigts - aux ongles vernis en alternance de bleu et de jaune - sur le cuir gris.

— Sympa, la bagnole, commenta-t-elle.

— Elle appartient à Chance.

— Le petit veinard.

— Et Charlotte ? Tu l'as laissée sans surveillance ?

— T'inquiète. Le barman l'a à l'œil. C'est un ami. En cas de problème, il m'appellera.

Sheila Marie pointa la main vers le pare-brise.

— File tout droit jusqu'au prochain carrefour et tourne à gauche. On va rendre visite à la boutique vaudoue de Jolene.

Rafe connaissait l'endroit.

— C'est là que tu m'attendras, expliqua-t-il à Alyssa.

— Vous pourrez même faire une consultation si vous voulez, dit Sheila Marie. Jolene prédit l'avenir. Et, croyez-moi, elle est douée.

Alyssa haussa les épaules.

— Je ne sais pas trop. La voyante que j'ai consultée à Chicago après la mort de ma mère était un charlatan, et je ne sais pas si j'ai encore envie de croire à tout ça.

— Vous verrez bien. Ça ne coûte rien d'essayer.

Le reste du trajet se fit en silence.

Avant de descendre de la voiture, Alyssa se pencha vers Rafe et déposa un baiser sur ses lèvres.

— Prends bien soin de Charlotte.

— Compte sur moi.

Il n'avait qu'une hâte : faire quitter la ville à cette femme.

De retour au Corner Oak Tavern, il se gara sur un emplacement réservé aux livraisons et entra dans la salle mal éclairée. Un quatuor jouait une triste mélopée. Une femme en robe moulante à paillettes et rouge à lèvres écarlate susurrait des paroles d'amour déçu et d'abandon.

Charlotte aurait dû être sur scène. Elle avait une plus jolie voix et davantage de présence. Mais elle était assise parmi le public, toute seule à une table pour deux, devant un cocktail au rhum.

Quand il tira la chaise pour s'asseoir en face d'elle, il eut droit à un regard assassin et sut que la conversation n'allait pas être amicale.

— Il y a dix ans, vous sortiez avec Frankie Leone, dit-il en entrant directement dans le vif du sujet. Vous avez monté ensemble un trafic de marchandises volées dans l'entrepôt de Max Horowitz.

— Qui vous envoie ? marmonna-t-elle, les yeux rivés

sur son verre, qu'elle avait entouré de ses mains. Jessop ou ma fouineuse de nièce ?

— Quelqu'un d'autre pourrait vous rechercher.

Elle releva la tête et le fixa.

Cette fois il avait son attention.

D'une voix tremblante, elle demanda :

— De quoi parlez-vous ?

Bien qu'il fût tenté de lui dire que Davidoff était en route pour La Nouvelle-Orléans, Rafe ne voulait pas divulguer trop d'informations sans avoir quelque chose en retour.

Il désigna la scène.

— Je pensais vous entendre chanter.

— Ce n'est pas mon répertoire.

— Ça pourrait. Vous avez du talent.

— C'est gentil, mais le talent ne vous mène pas loin.

Rafe ajouta l'amertume à la longue liste de ses traits de caractère négatifs, incluant le mensonge, la tromperie et le vol.

— Et surtout, ça ne paye pas les factures, ajouta-t-elle. C'est pour ça que j'attends Jessop. Il a une demi-heure de retard.

Baissant les yeux vers son cocktail, elle marmonna :

— Il sait où je suis hébergée. Je ne comprends pas pourquoi il a voulu me retrouver ici.

Rafe avait sa petite idée.

— Il voulait avoir le champ libre pour fouiller votre chambre.

— Vous n'êtes pas aussi bête que vous en avez l'air.

— Vous non plus. Vous n'avez rien laissé de compromettant. Quand on est en cavale depuis dix ans, on sait anticiper. Votre nièce fonctionne de la même façon. Elle voulait que je vienne ici pour vous prévenir.

— De quoi ?

— Vous devez d'abord me donner quelque chose. Je suis certain que Frankie n'était pas assez malin pour monter une opération d'une telle envergure.

— C'est vrai. Il était drôle, sexy, et fou de moi, mais ce n'était pas un génie. C'est moi qui ai tout imaginé. Je peux vous donner le nom de mes contacts, mais ça ne vous servira pas à grand-chose.

— Pourquoi ?

— Ça remonte à dix ans. La liste est obsolète.

Malheureusement, elle avait raison.

— Tout ce que vous pourrez dire me sera utile.

— Faites marcher votre cervelle, beau gosse. Il n'y a qu'un seul nom qui peut vous intéresser. Une seule personne qui peut tout expliquer : Max Horowitz. Il savait tout ce qui se passait dans sa boutique et dans son entrepôt. Je ne serais pas surprise qu'il se soit associé avec Frankie après mon départ.

Cette idée avait déjà traversé l'esprit de Rafe.

Horowitz avait quelque chose à cacher. Sinon, pourquoi aurait-il quitté la ville après le meurtre ?

Rafe repoussa sa chaise.

— Allons à votre hôtel.

— Pourquoi ?

— Davidoff est en route pour La Nouvelle-Orléans, et vous avez besoin de protection. Jessop pourra vous aider, et moi aussi.

Cette annonce fit sortir Charlotte de sa torpeur. Elle se leva, prit son grand sac fourre-tout - qui devait sans doute contenir l'essentiel à sa vie –, et ils quittèrent la taverne.

En chemin, Rafe ne se donna pas la peine de faire la conversation.

Tout en marchant, il inspectait la foule, à la recherche d'une personne menaçante qui se serait glissée parmi les touristes et les piliers de bar. Il ne repéra qu'un pickpocket et un ivrogne qui hurlait sur les passants.

L'hôtel était petit mais charmant, situé à deux cents mètres en retrait de la rue principale. Plutôt que de se faire piéger dans le vieil ascenseur brinquebalant, il préféra emprunter l'escalier jusqu'au deuxième étage.

Sur le palier, il conseilla à Charlotte de rester en retrait.

— Quelle chambre ?

Elle désigna une porte entrebâillée.

Rafe sortit son arme du holster.

En entrant dans la chambre, il actionna l'interrupteur.

Tout était sens dessus dessous : chaises renversées, tiroirs ouverts, vêtements éparpillés au sol...

Dans la salle de bains, il trouva Jessop étendu sur le carrelage, dans une flaque de sang.

Rafe s'accroupit à côté de lui et chercha un pouls.

Jessop tourna la tête et gémit.

17

— La mort approche. Elle porte une épée et caracole sur un cheval blanc.

Jolene, la propriétaire du Dragon's Blood Voodoo Emporium, agita la carte de tarot sous le nez d'Alyssa.

Sheila Marie lui tapota la main.

— Ne vous inquiétez pas, mon chou. Cette carte n'est pas toujours mauvaise.

— Vraiment ? La mort ne serait donc pas une catastrophe ?

— La carte de la mort peut signifier la fin de quelque chose et un nouveau départ.

— Exact, dit Jolene.

Ses gestes étaient rapides, virevoltants, faisant s'entrechoquer ses nombreux bracelets.

Alyssa ne croyait pas vraiment au vaudou ni à la magie, mais elle trouvait la pratique intéressante. Et puis, cette séance lui évitait de penser à ce qui se passait entre Rafe et Charlotte.

— Je peux vous acheter un collier porte-bonheur ? demanda-t-elle. Je crois que j'en ai bien besoin.

— Parlons d'abord de votre avenir, décréta Jolene en se levant. Enlevez votre casquette.

— Pourquoi ?

— Faites ce que je vous dis, fillette.

Alyssa obéit et vérifia l'heure sur son téléphone. Rafe était parti depuis dix-huit minutes. Elle estimait à dix minutes le temps de trajet aller-retour entre Corner Oak Tavern et ici. Cela voulait donc dire qu'il parlait depuis huit minutes environ avec Charlotte.

Allait-il revenir ici avec elle ? Réussirait-il à la convaincre qu'elle était en danger ?

Jolene vint se placer derrière Alyssa et glissa les doigts dans ses cheveux, lui massant le crâne.

— Libérez votre esprit, susurra-t-elle. Cessez de vous inquiéter. Oubliez toutes vos contrariétés...

Jolene retourna s'asseoir et prit les deux mains d'Alyssa dans les siennes.

— Je vois un homme...

Sheila Marie intervint :

— Grand, brun, et beau garçon, je parie.

— Pas du tout !

Jolene lui lança un regard agacé.

— Il n'est pas grand. Il a un gentil sourire... Je vois une moustache. C'est un homme gentil et fort. Il a beaucoup de secrets.

Alyssa songea à Max Horowitz. Lorsqu'elle avait appris l'arrivée prochaine de Davidoff, elle s'était dit qu'il était temps de passer cet appel d'urgence à son ancien patron.

— Est-ce qu'il va m'aider ?

— Il ferait tout pour vous. Il mourrait pour vous.

Ce n'était pas ce qu'elle voulait entendre. En aucun cas elle ne voulait faire courir de risque à Max.

— Si je l'appelle, que se passera-t-il.

— Je ne connais pas la réponse.

Jolene lâcha ses mains et se recula contre le dossier de sa chaise.

— Ce n'est pas juste ! protesta Alyssa. J'ai besoin de réponses.

— Je ne suis pas un charlatan.

Offusquée, Jolene se leva avec brusquerie.

— Je suis une prophétesse. Je me connecte au passé et à l'avenir. Je peux vous donner des conseils, mon enfant, mais il y a trop d'incertitudes pour que je fasse une prédiction juste.

— Eh bien, conseillez-moi. Dois-je prendre contact avec cet homme ?

— La décision vous appartient.

— Bon, ça suffit maintenant ! intervint Sheila Marie. Parle-lui du beau Français.

— En ce qui le concerne, elle n'a pas besoin de mes conseils. Ils sont déjà liés. Main dans la main, et cœur contre cœur.

Alyssa glissa un coup d'œil vers le rideau en bambou qui séparait cette petite pièce de la boutique. Rafe devrait arriver d'une minute à l'autre.

En attendant, elle acheta une amulette représentant un dragon et se mit à l'écart pour appeler Max Horowitz.

À la troisième sonnerie, le répondeur se déclencha. Elle choisit ses mots avec soin, ne voulant pas trop en dévoiler.

Vous m'avez dit de vous appeler si j'en avais besoin, et c'est le cas. Tout le monde croit que je sais où l'argent est caché, mais c'est faux. Vous me manquez. Je voudrais que tout ça soit terminé. Ma vie était si tranquille avant, et je veux la retrouver. S'il vous plaît, prenez contact avec moi. Je suis à La Nouvelle-Orléans. À bientôt.

Avant de ranger son téléphone, elle vérifia de nouveau l'heure.

Cela faisait maintenant quarante-deux minutes que Rafe était parti.

Rafe administra les premiers soins à Jessop. La blessure à la tête était impressionnante mais superficielle. Il n'y avait pas de lacérations profondes, et il n'avait reçu aucune autre blessure par balle ou à l'arme blanche. Cependant, il avait besoin d'être pris en charge médicalement.

Par-dessus son épaule, il cria à Charlotte :

— Appelez les secours.

— Je ne peux pas. C'est ma chambre, et les flics penseront que c'est moi qui ai fait ça.

Il doutait que quiconque la soupçonne d'avoir frappé à la tête un agent du FBI bien entraîné et en bonne forme physique. Charlotte était grande, mais elle n'avait pas les muscles pour ça.

— Faites ce que je dis.

— On ne peut pas le déplacer ?

— Il est inconscient et en mauvais état. Si on le déplace, son état pourrait empirer.

Pourquoi prenait-il la peine d'essayer de la convaincre de parler ?

Il sortit son téléphone de sa poche et composa le 911.

— Rafe, non ! Vous ne comprenez pas. Je ne veux pas aller en prison.

— Nous allons attendre l'ambulance, et je vous ferai quitter discrètement l'hôtel.

— Mais la chambre est à mon nom.

— Je suppose qu'il s'agit d'une fausse identité. Vous n'aurez qu'à en changer.

Lorsque le régulateur répondit, il récita :

— Nous avons un 10-999. Officier blessé. Assistance immédiate requise. Envoyez une ambulance à cette adresse. Deuxième étage.

Au lieu de rester en ligne, comme demandé, il coupa la communication et s'adressa à Charlotte.

— Apportez-moi un oreiller.

Cette fois, Charlotte obtempéra sans rien dire.

Jessop gémissait à nouveau. Rafe se pencha vers lui.

— Qui t'a fait ça ? Donne-moi un nom.

Tandis que Rafe glissait l'oreiller sous sa tête, Jessop battit des paupières.

Il l'encouragea.

— Parle-moi. Qui t'a frappé ?

Jessop ouvrit la bouche, mais aucun son ne franchit le seuil de ses lèvres.

Charlotte se pencha au-dessus de l'épaule de Rafe.

— Il va s'en sortir ?

C'était la première fois qu'elle montrait un peu d'empathie.

— Je l'espère.

Au loin, on entendait déjà la sirène d'une ambulance.

— Avez-vous une idée de qui pourrait avoir fait ça ? demanda Rafe.

Charlotte haussa les épaules.

— Peut-être Davidoff.

— Pourquoi s'en prendrait-il à Jessop ? Il veut quelque chose de vous ?

— Faites-moi quitter La Nouvelle-Orléans, et je vous le dirai.

Rafe n'avait pas vraiment le choix. Plus il s'attarderait ici, plus Alyssa demeurerait sans protection.

— Écoutez-moi, Charlotte. Quand les secouristes vont arriver, restez en dehors du passage. Ils vont devoir emprunter l'escalier pour transporter Jessop. L'ascenseur est trop étroit. En attendant, dépêchez-vous de rassembler quelques affaires.

Il envoya un SMS similaire à Alyssa.

Tiens-toi prête à partir.

Quelques minutes plus tard, ils entendirent les secouristes monter les marches avec leur équipement.

Tandis que Charlotte disparaissait dans la penderie, Rafe leur indiqua la salle de bains.

— C'est un agent fédéral. Vérifiez son portefeuille, vous y trouverez son accréditation.

Puis il s'écarta pour les laisser travailler, s'estimant heureux que l'ambulance soit arrivée avant la police.

Charlotte le rejoignit. Elle avait mis ces quelques minutes à profit pour échanger sa robe contre un total look noir : pantalon, T-shirt, veste et mocassins, et elle avait un petit sac à dos sur les épaules.

De son côté, il était ravi de porter un coupe-vent de couleur sombre pour masquer les taches de sang et se fondre plus facilement dans la foule.

— Vous devez faire tout ce que je vous dis, la prévint-il. Absolument tout.

Il fut surpris de la voir acquiescer aussitôt. Alyssa n'aurait pas accepté qu'il prenne le contrôle des opérations sans argumenter. Peut-être sa tante avait-elle quelque chose à lui apprendre, après tout.

Sans échanger un mot, ils quittèrent la chambre d'hôtel et s'engouffrèrent dans l'ascenseur.

Au lieu de descendre, Rafe appuya sur le bouton du quatrième étage, où ils émergèrent dans un couloir désert.

Jusque-là, tout allait bien.

Il fit signe à Charlotte de le suivre et avança en restant plaqué contre le mur.

Tout au bout du couloir se trouvait une porte ouvrant sur une issue de secours.

Rafe s'engagea le premier sur la plate-forme métallique et descendit prudemment les barreaux de l'échelle, tout en observant le chaos en contrebas.

Deux ambulances et quatre voitures de police bloquaient la circulation.

Des passants curieux s'amassaient sur le trottoir et discutaient.

Un seul homme se tenait à l'écart et se désintéressait de ce que faisait la police.

Contrairement aux autres, il observait l'immeuble.

Bien que Rafe ne l'ait vu qu'une seule fois, il n'eut aucun mal à reconnaître Woodbridge.

18

Alyssa faisait nerveusement les cent pas dans la boutique de vaudou.

Quelques instants plus tôt, elle avait reçu un SMS de Rafe, la prévenant que Woodbridge et ses hommes étaient dans les parages.

Du bout des doigts, elle effleura l'amulette qui pendait à son cou et forma le vœu qu'il n'arrive rien à Rafe.

Lui demander de rencontrer sa tante avait peut-être été une erreur, mais elle ne pouvait ignorer les signes de danger qui visaient Charlotte telles des dagues acérées.

Assise dehors sur rebord de la vitrine, Sheila Marie guettait l'arrivée de Rafe. La tombée de la nuit n'atténuait pas les vives couleurs de ses vêtements. Un djembé entre les genoux, elle jouait un air au rythme envoûtant. De temps en temps, elle renvoyait les touristes vers d'autres boutiques en leur disant que c'était fermé.

Jolene passa la tête entre les lamelles du rideau de bambou, en affichant un grand sourire qui semblait cacher un piège.

— Je peux vous présenter mon plus cher compagnon ?

— D'accord, répondit Alyssa à contrecœur.

Les bras largement écartés, les mains dessinant des gestes gracieux, Jolene s'avança dans la boutique et tourna lentement sur elle-même pour faire admirer le compagnon en question : un serpent de trois mètres de long, avec de grandes taches marron cerclées de noir sur fond jaune pâle et une marque en pointe de flèche sur la tête.

Alyssa n'avait aucun problème avec les serpents. Une de ses amies à Chicago en possédait plusieurs.

— Un python birman, dit-elle. Je peux le toucher ?

— Elle en serait ravie. Dominique est une femelle. C'est un être sacré, une créature magique qui possède une grande sagesse.

Alyssa caressa la peau douce, qui avait pris la température du corps de Jolene, et admira la puissance de l'animal tandis qu'il s'enroulait autour des bras de sa propriétaire.

— Les serpents sont importants dans le vaudou ?

— Je ne l'utilise pas autant que je le voudrais. Mais elle est très utile pour faire fuir les personnes malintentionnées. Beaucoup de gens ont peur des serpents.

— C'est une question de goûts.

Son djembé à la main, Sheila Marie entra précipitamment dans la boutique.

— J'ai vu la Mercedes au bout de la rue. Rafe arrive. Il va passer par la ruelle derrière la boutique. Allez l'attendre, Alyssa.

— Cachez-vous d'abord dans le placard et attendez que je vous donne le signal, dit Jolene.

— Vous avez d'autres amis comme Dominique, dans votre placard ?

— Juste sa nourriture. Des rats en cage.

— D'accord...

Alyssa passa de l'autre côté du rideau en bambou, mais ne se précipita pas pour entrer dans le placard plein de rats. À la place, elle risqua un coup d'œil vers la boutique.

Sheila Marie avait repris sa place devant la vitrine et

frappait en rythme sur son djembé. Jolene chantait et dansait avec son serpent. Bientôt, d'autres musiciens se joignirent à Sheila Marie.

Dans la foule des badauds, Alyssa repéra Woodbridge.

Tandis qu'elle reculait vers la porte de service, Rafe entra, suivi de Charlotte.

Alyssa remarqua à peine sa tante. Rafe était le centre de son monde.

Elle se précipita dans ses bras.

Il était là. Il était sain et sauf. Tout irait bien. Elle avait envie d'un long baiser langoureux, mais ce n'était pas le moment.

— À quoi rime toute cette effervescence devant la boutique ? demanda-t-il.

— La danse vaudoue du serpent sacré.

— Vous avez fichu une sacrée pagaille, tous les deux, marmonna Charlotte. Tout allait bien pour moi, avant que je vienne à La Nouvelle-Orléans. J'étais vraiment bien mieux toute seule.

Malheureusement, le sentiment d'antipathie était mutuel. Alyssa aurait adoré construire une relation aimante avec le seul membre de sa famille qui lui restait, mais Charlotte n'était plus la tante rigolote et imaginative qui jouait avec elle quand elle était petite. La femme aux cheveux gris qu'elle était devenue était froide, amère et fausse.

— Ce n'est pas nous qui t'avons fait venir, répliqua sèchement Alyssa.

Puis elle s'adressa à Rafe.

— J'ai vu Woodbridge devant la boutique.

Elle lui prit la main et l'attira vers le placard.

— Jolene a dit d'attendre là-dedans. Et c'est valable pour toi aussi, Charlotte.

— De mieux en mieux, marmonna sa tante.

Alyssa ouvrit la porte.

— Au fait, il y a une cage pleine de rats, à l'intérieur. Ne crie pas. Sauf si tu veux mourir.

Charlotte haussa les épaules avec dédain.

— Ce n'est pas mon genre de crier.

Rafe les poussa dans le réduit, y entra à son tour et tira la porte sur eux, sans la fermer complètement.

Ils pouvaient encore entendre les bruits de la rue. La voix de Jolene dominait le brouhaha des chants et de la musique.

— La mort arrive, disait-elle d'un ton lugubre. Elle est sur nous tous. Sentez sa présence glaciale. Accueillez-la. Le serpent vous apportera la vérité.

Un homme cria :

— Écartez ce truc de moi.

— La mort est tout près de vous.

— Je ne plaisante pas. Je vais tuer ce serpent.

— Et vous brûlerez dans les flammes de l'enfer pour l'éternité.

Jolene harangua la foule.

— Regardez ! Regardez, braves gens. Il a du sang sur ses chaussures. C'est un assassin !

— Fermez-la, vieille folle !

— Inutile de fuir, cria Jolene. La justice divine s'abattra sur vous !

Dans le placard, Alyssa leva les yeux vers Rafe. Il y avait juste assez de lumière pour qu'elle puisse voir sa fossette au menton. Il avait la tête baissée, et elle savait qu'il la regardait.

— Tu crois qu'elle parlait à Woodbridge ?

— Je ne serais pas surpris de découvrir qu'il a en effet du sang sur ses chaussures.

— Qui est mort ?

— Jessop a été frappé à la tête. Nous avons appelé les secours, et j'espère qu'il va s'en sortir.

— Et tu soupçonnes Woodbridge ?

Pour elle, Jessop était dans le camp des « méchants », avec Davidoff et Charlotte. Mais il était possible aussi qu'il travaille pour quelqu'un d'autre. Jouer double jeu semblait être la procédure habituelle, mais cela n'expliquait pas l'agression.

— Pourquoi Woodbridge aurait-il pris le risque de s'attaquer à un fédéral ?

— Ne sois pas stupide, dit Charlotte en grommelant. Ils veulent tous l'argent. Tant que tu ne leur auras pas dit où il est, ils continueront à te pourchasser.

— Je ne sais rien de rien, mais je ne suis pas stupide pour autant.

— Je dirais plutôt naïve, rétorqua Charlotte. Tu veux bien changer de place avec moi ? La cage des rats est juste sous mon nez. Ça empeste.

Alyssa ignora les jérémiades de sa tante.

— Tu es aussi mauvaise qu'eux. Tu espérais que je me confierais à toi. Mais ce n'est pas de chance : je ne mens pas. Je n'ai pas de secret.

— Moi, j'en ai un. Si tu m'aides à trouver l'argent, je te donnerai le nom de tous les contacts que Frankie et moi avions.

— Ça remonte à dix ans, remarqua Rafe. La moitié doit être en prison, et les autres sont morts.

— Il a raison, dit Alyssa. Tu n'as pas grand-chose en guise de monnaie d'échange. Pour qui travailles-tu, Charlotte ? C'est Davidoff ?

— Aucun risque ! Ce salaud est allé trop loin, et je ne lui pardonnerai jamais. Il est pourri jusqu'à la moelle.

Alyssa se demanda ce que Davidoff avait pu faire pour excéder sa tante à ce point.

— Admettons que j'accepte de travailler avec toi, déclara-t-elle. Par quoi voudrais-tu commencer ?

— Eh bien, c'est évident. Nous devons avoir une discussion avec ton vieil ami Max Horowitz.

— Il a disparu. Qu'est-ce qui te fait croire que je sais où il est ?

— Tu étais très proche de lui.

Et Alyssa ne voulait pas le trahir. Elle ne voulait même pas parler à Rafe de l'appel téléphonique qu'elle avait passé une heure plus tôt.

— Je ne sais pas où il se cache.

Ça, au moins, c'était vrai.

— Et je ne peux imaginer une seule raison pour laquelle il se serait volé lui-même.

— Je vais te donner une information gratuite, dit Charlotte. Il y a un faussaire à Chicago qui sait quelque chose sur un meurtre. Je suis au courant depuis deux mois, mais je ne pouvais pas aller voir la police. Toi, tu peux.

Pour Alyssa, c'était du charabia.

— Je n'ai rien compris. Explique-moi.

— Plus tard. Il faut que je file. Salut, mon chou.

— Attendez, lâcha Rafe. Nous devions partir ensemble tous les trois. Nous pouvons vous déposer à l'aéroport.

— Changement de programme.

Charlotte les bouscula pour sortir et mima un frisson.

— Pouah ! Cet endroit empeste. Et tous ces trucs bizarres dans des jarres me fichent la trouille.

Tandis qu'elle regardait sa tante franchir la porte de l'arrière-boutique, elle se demanda si elle la reverrait un jour.

Soudain, il lui revint une image d'un été à Chicago. Elle devait avoir neuf ou dix ans. Sa mère et Charlotte venaient de terminer une partie de tennis, et elles étaient habillées en blanc. Alyssa avait eu l'impression de voir des anges.

Enfin seule avec Rafe, elle se blottit dans son étreinte. Aussitôt, il referma les bras autour d'elle. Sa chaleur la réconfortait. Le battement régulier de son cœur l'apaisait.

Il déposa un tendre baiser sur son front, qui n'avait rien de torride, mais il n'en fallut pas plus pour réveiller sa sensualité.

Maintenant qu'elle savait à quoi ressemblait l'amour dans ses bras, elle ne pouvait pas revenir au temps où ils étaient simplement amis.

Ils étaient amants. Elle connaissait les secrets de son corps, et vice versa.

Tirant avantage de ce savoir, elle se hissa sur la pointe des pieds et taquina des lèvres une zone sensible de son cou, juste à côté de la carotide, lui arrachant un soupir.

— Une question, ma belle. Que faisons-nous encore dans ce placard ?

— Jolene a dit que nous devions y rester jusqu'à ce qu'elle nous donne le signal. Mais j'ai l'impression qu'elle nous a oubliés. Que proposes-tu ?

— Que nous sortions immédiatement de là, que nous montions dans la voiture et que nous retournions à la résidence sécurisée.

— Il y a un truc qui m'inquiète, quand même. Comment Woodbridge savait-il que nous étions ici ? Il t'a suivi ?

— C'est possible. Après avoir découvert Jessop, nous avons dû attendre les secours et nous n'avons pas eu le temps d'organiser une sortie discrète. Nous sommes descendus pas l'échelle à incendie, et il a pu nous voir.

Alyssa commençait à connaître Rafe suffisamment bien pour lire entre les lignes.

— Une autre théorie ?

— Je pense que Charlotte est équipée d'un système de traçage, soit volontairement, soit à son insu. Au début, je croyais que Jessop l'espionnait. Mais il peut s'agir de Woodbridge.

— C'est trop compliqué pour moi. Au fait, comment savais-tu qu'il fallait passer par la ruelle ?

— Sheila Marie et moi échangions des SMS.

— Elle est formidable. Et j'adore Jolene. Quel personnage ! Est-ce qu'elle t'a déjà fait des prédictions ?

— Quand j'ai quitté le FBI, elle m'a promis un long voyage sur l'eau et beaucoup d'argent. Et toi ?

Alyssa hésita, ne voulant pas lui révéler son lien privilégié avec Max Horowitz.

— Elle a parlé d'un bel homme, grand et brun.

— Mais c'est moi ! dit-il en riant.

Ils furent interrompus par un bruit qui ressemblait à une porte qui s'ouvrait. Charlotte avait-elle oublié de la claquer en partant pour qu'elle se verrouille ?

— Tu as entendu ? demanda-t-elle dans un murmure.

Rafe jeta un coup d'œil dans l'entrebâillement de la porte et recula aussitôt en la refermant sur eux.

— C'est Woodbridge. Il a une arme.

Et le placard était la cachette la plus évidente.

Après avoir jeté un coup d'œil d'ensemble à la pièce, Woodbridge ouvrirait sûrement la porte.

Ils étaient faits comme des rats.

Soudain, il vint une idée à Alyssa.

Woodbridge avait peur des serpents. Peut-être les rats auraient-ils le même effet sur lui.

Elle prit la cage sur l'étagère et passa devant Rafe.

— Laisse-moi faire. Il va avoir la peur de sa vie.

— Tu veux libérer les rats ?

— Oui.

— Si nous étions dans un dessin animé, je serais d'accord avec ton plan.

Son pistolet dans une main et son téléphone dans l'autre, il regarda à travers une fente dans le bois.

— Reste derrière moi.

Le cœur d'Alyssa battait à tout rompre. Lorsque Woodbridge ouvrirait la porte, Rafe serait obligé de tirer. Si Woodbridge avait le temps de riposter, ça se terminerait dans un bain de sang.

— Qu'est-ce qu'il fait ? murmura-t-elle.

— Il fouine. Il touche des trucs. Il soupèse les bijoux et les pierres. Et il n'arrête pas de vérifier un boîtier électronique et de regarder du côté de la boutique.

— Le système de traçage de Charlotte ?

— Je suppose.

— Venez voir par ici ! cria Sheila Marie.

Elle avait dû charger à travers le rideau de bambou.

— Regardez, mes amis. Le criminel est là. Il est en train de voler nos bijoux sacrés avec ses mains pleines de sang.

Jolene se joignit à elle.

— Le serpent sacré voit tout. Son poison va ronger ses doigts, et il mourra.

Alyssa apprécia le sens du drame de Jolene, même si elle savait que les pythons birmans n'étaient pas venimeux.

À n'en pas douter, Jolene paradait dans la pièce avec Dominique, levant le serpent femelle au-dessus de sa tête.

Il y eut un hurlement, puis une porte claqua.

— C'était Woodbridge, dit Rafe. Il s'est enfui.

— Le diable est parti, annonça Jolene. Venez devant avec moi, mes amis. Nous allons parler de l'avenir et du passé.

La foule suivit ses instructions, et un silence relatif se fit dans l'arrière-boutique.

Alyssa regarda Rafe et s'exclama :

— Quel rebondissement ! Ces deux femmes sont pleines de ressources.

— À qui le dis-tu ! Je ne sais jamais à quoi m'attendre quand je viens ici.

Sheila Marie ouvrit la porte.

— Vous allez bien ?

— Comment avez-vous su que nous avions besoin d'aide ? demanda Alyssa.

— La magie de mon téléphone. Ce n'est pas aussi exotique que le vaudou, mais plus efficace. Votre homme m'a envoyé un SMS.

Elle tapota le bras de Rafe et attira Alyssa hors du placard.

— Mais… que faites-vous avec ces rats ?

— Je pensais les lâcher sur Woodbridge pour le faire fuir.

Elle se tourna et replaça la cage sur l'étagère.

— Je préfère votre méthode. Vous lui avez fichu une peur bleue.

— Il ne risque pas de revenir montrer sa vilaine face par ici.

Rafe lui donna une accolade en la remerciant chaleureusement, et ils quittèrent la boutique sans tarder.

Dans la ruelle, Alyssa le suivait comme une ombre.

— Nous sommes presque arrivés à la voiture. Je me suis garé dans la rue.

Elle avait hâte de s'asseoir dans les confortables fauteuils en cuir de la luxueuse voiture et de regagner la résidence sécurisée.

Quelques jours auparavant, elle avait risqué sa vie en essayant d'échapper à Rafe. Maintenant, elle considérait cette maison comme son foyer. Pourquoi avaient-ils quitté ce petit nid douillet ? Ah oui, c'était pour prévenir sa tante que Davidoff était sur ses traces.

C'était naturellement une démarche juste et sage, même

si Charlotte ne semblait pas beaucoup s'en préoccuper et les avait abandonnés sans se soucier de ce qui pourrait leur arriver.

Ils tournèrent à l'angle de la ruelle.

Rafe fit deux pas et s'arrêta net.

Alyssa s'inquiéta.

— Que se passe-t-il ?

Il désigna un emplacement vide entre deux véhicules.

— Charlotte a volé la Mercedes.

19

Fou de rage, Rafe fixait la place vide où aurait dû se trouver la voiture de Chance.

Il n'y avait pas de mots pour exprimer ce qu'il ressentait.

Il avait fait confiance à cette femme. Il lui avait évité de se faire arrêter par la police de La Nouvelle-Orléans, et c'était ainsi qu'elle le remerciait ?

Il prit le bras d'Alyssa et l'attira dans une ruelle toute proche, où ils se dissimulèrent dans un renfoncement.

Rafe était tellement oppressé qu'il avait du mal à respirer. Il inspira une grande bouffée d'air chargé d'humidité. Les poubelles du restaurant de fruits de mer empestaient les oignons et les entrailles de poissons.

Il avait dû se tromper d'emplacement.

Il fouilla les poches de son coupe-vent et de son jean, cherchant la clé de la Mercedes.

Il trouva ses propres clés, son couteau suisse, un chargeur supplémentaire pour son Glock, son portefeuille et son téléphone, mais la clé de la voiture de Chance avait disparu.

Charlotte avait dû la subtiliser quand ils étaient enfermés dans le placard. Il ignorait qu'elle avait des talents de pickpocket, mais n'en était pas surpris.

— Je suppose qu'il nous faut un nouveau plan, dit Alyssa.

Il trouva sa mine un peu trop réjouie pour la circonstance.

— Nous pourrions prendre le tram et rentrer à la maison.

Cette solution ne lui plaisait pas du tout. Coincés dans un tramway, ils seraient trop vulnérables, à la merci de Woodbridge ou d'autres.

— Pas de tramway, lâcha-t-il d'un ton qui n'admettait aucune objection.

— Nous pouvons peut-être passer la nuit dans la boutique vaudoue, suggéra Alyssa.

Les yeux de la jeune femme étincelaient. Son attitude était déterminée. Malgré les menaces et trahisons constantes, elle gardait espoir. Il doutait qu'elle se considère comme courageuse, mais c'était pourtant le cas.

Il devait trouver quelque chose pour les sortir de là…

— J'ai une autre proposition, dit-il finalement. Où est garée ta voiture de secours ?

— Près des docks. Dans un parking couvert.

— Tu as la clé ?

— Dans mon sac à dos. J'ai aussi la carte magnétique pour entrer dans le parking et en sortir.

Elle joignit les mains de ravissement.

— Je suis tellement contente d'y aller. Je vais pouvoir me changer avec les vêtements qui se trouvent dans le coffre.

Elle lui adressa un sourire qui illumina la ruelle sordide.

— Je sais quels tramways prendre et où changer de correspondance pour y aller d'ici.

N'avait-il pas déjà dit qu'il n'allait pas sauter dans un tram, comme un gamin se rendant à l'école ?

— Nous prendrons un taxi. Avec tous les hôtels qu'il y a dans le coin, ce ne sera pas difficile d'en trouver un.

Main dans la main, ils avancèrent jusqu'au bout de la ruelle.

Avant qu'ils s'avancent dans la rue éclairée par des réverbères, Alyssa rabattit sa casquette sur son front. Rafe fit de même avec la capuche de son coupe-vent et rentra les épaules pour paraître moins grand.

Tandis qu'ils se mêlaient à la foule, à présent clairsemée, Rafe observait attentivement les gens qu'ils croisaient. Dans cette zone touristique, la plupart des piétons étaient des couples ou des petits groupes de visiteurs.

Dans les rues étroites du Quartier français, la circulation était réduite, se limitant principalement à des taxis et des scooters.

L'absence de véhicules convenait très bien à Rafe. Avec les néons des enseignes et la lumière des réverbères qui se reflétaient sur les pare-brise, il était difficile de voir l'intérieur des voitures.

Alyssa lui donna un petit coup d'épaule.

— Souris. Tu es censé être un touriste heureux.

Immédiatement, il afficha un grand sourire.

— Tu crois que nous devrions faire semblant d'être des amoureux ?

— Faire semblant ?

Elle passa un bras autour de son cou et l'attira vers elle pour l'embrasser.

— C'était convaincant ?

— C'est un bon début.

Même s'il adorait les sensations qui lui venaient quand elle plaquait son corps contre le sien, Rafe maintint sa surveillance.

Il remarqua soudain deux hommes au coin d'une rue, qui ne traversèrent pas quand le feu passa du rouge au vert pour les piétons. L'un parlait au téléphone. L'autre portait des lunettes de soleil.

Tranquillement, il guida Alyssa entre les étals d'un magasin de souvenirs : cartes postales, foulards, T-shirts…

— Regarde discrètement les deux hommes au coin de la rue.

— Je les avais remarqués. Des lunettes de soleil en pleine nuit, c'est le plus mauvais déguisement que j'aie jamais vu.

Elle fit mine d'examiner un collier de perles de toutes les couleurs.

— Ils restent là-bas, sans bouger, ajouta-t-elle.

— On devrait faire demi-tour, suggéra Rafe.

Ils n'eurent pas à attendre pour profiter d'une diversion. Un quatuor de cuivres, dont un tuba, marchait sur le trottoir, s'arrêtant ici et là pour pousser quelques notes.

C'était ça, La Nouvelle-Orléans !

Rafe lui prit la main, et ils retournèrent sur leurs pas, avant de se diriger vers Bourbon Street, où ils n'eurent aucune difficulté à héler un taxi noir et blanc.

Alyssa manifesta sa surprise quand il dit au chauffeur de les conduire à l'aéroport Louis Armstrong.

— Pourquoi l'aéroport ? Tu penses que Charlotte a l'intention de prendre l'avion ?

Il était toujours trop en colère pour se retrouver face à face avec cette femme.

— Je veux échapper à la foule du Quartier français. Sur la route, nous pourrons voir plus facilement si nous sommes suivis. J'envisage de changer de taxi au moins deux fois avant d'aller à ton parking.

Rafe visualisa dans son esprit le plan de la ville, assemblant les districts comme des pièces de puzzle.

En plus des rues résidentielles et des zones dédiées aux affaires et au commerce, il y avait des monuments historiques et des immeubles du gouvernement. Dans cet assemblage de formes composites trouvaient leur place des restaurants, des galeries d'art et un incroyable choix de styles musicaux, du jazz aux chants guerrier samoan.

Les visiteurs disposaient d'un grand choix d'activités, et les gens qui vivaient là avaient tout.

Il regardait par la vitre les rues défiler autour de lui et se sentait gonflé de fierté et de tendresse.

Sa ville.

Il n'avait plus envie de la quitter. D'une façon ou d'une autre, il devait convaincre Alyssa de rester ici. Avec lui.

Peu avant l'aéroport, il dit au chauffeur qu'il avait changé d'avis et le dirigea vers le quartier de Tulane, où il avait grandi, puis demanda à se rendre dans un hôtel Marriott sur Canal Street.

Quiconque les suivrait n'y comprendrait plus rien. Le chauffeur, en tout cas, le traita de cinglé.

La sonnerie du téléphone d'Alyssa le tira de ses pensées. Il la vit fouiller dans son sac et consulter l'écran.

— Appel masqué, annonça-t-elle. Je parie que c'est Charlotte.

— Mets le haut-parleur.

Alyssa hocha la tête et obtempéra.

— Qui est-ce ?

— Je dois vous expliquer quelque chose, dit Charlotte.

— Si tu as l'intention de t'excuser pour le vol de la voiture, laisse tomber. C'était vraiment nul ! En plus, elle n'est même pas à nous.

— Je vais m'arranger pour qu'elle vous soit restituée.

Rafe n'en croyait pas un mot. Heureusement, Chance était le genre de type à avoir installé des alertes électroniques dans sa voiture. En quelques clics sur son ordinateur, il saurait précisément où elle était.

— Tu es à l'aéroport ? demanda Alyssa. Nous pouvons venir te chercher.

Lentement, Rafe secoua la tête de droite à gauche. Plus de faveurs pour tante Charlotte.

— Écoute-moi. Tu te souviens que je t'ai parlé d'un faussaire qui détenait une preuve ?

— Évidemment.

— C'est à cause de cette preuve que je voulais te retrouver à La Nouvelle-Orléans. Je dois commencer par te dire que ce type n'est pas un très bon faussaire, mais c'est en revanche un formidable tatoueur.

— Comment le sais-tu ?

— Il m'a tatoué un papillon sur le cœur et des ailes d'ange dans le dos. Il a aussi une excellente réputation comme peintre automobile.

Malgré lui, Rafe se sentit pris dans l'histoire. Même s'il était en colère contre la tante d'Alyssa, il admirait son habileté à tisser un réseau de bobards. Elle aurait fait un bon agent infiltré.

— Cet artiste, reprit Charlotte, a récupéré un éclat de peinture après avoir effectué des travaux de restauration sur une BMW accidentée. À l'époque, mon ami travaillait dans un atelier de pièces détachées, où ils démontaient des voitures volées. Bref, l'avant était complètement enfoncé. Son conducteur avait renversé quelqu'un, avant de prendre la fuite.

Comme l'accident où sa mère avait trouvé la mort.

Le visage d'Alyssa devint livide. Son bras se tétanisa, et elle laissa échapper son téléphone sur la banquette du taxi.

— Que savez-vous d'autre ? demanda Rafe.

— Au fait, je suis vraiment désolée de vous avoir volé la voiture.

Il n'en croyait pas un mot.

— Parlez-moi de cet éclat de peinture.

— Je peux faire mieux que ça. Est-ce qu'Alyssa va bien ?

— Elle est en état de choc.

— Je suis contente que vous soyez avec elle. Elle a besoin de soutien.

Il n'allait pas se laisser amadouer par l'inquiétude feinte de Charlotte.

— Quand votre ami tatoueur a-t-il récupéré l'éclat de peinture ?

Ça correspondait à l'époque de la mort de Claudia.

— Où l'a-t-il trouvé ?

— L'atelier appartient à Diamond Jim. Je ne sais pas qui conduisait, mais Davidoff a des informations qu'il n'a jamais partagées avec la police.

En soi, un éclat de peinture, même de la couleur exacte de la voiture impliquée dans le délit de fuite, n'était pas une preuve.

— J'ai besoin de plus d'informations.

— Vous voulez un scoop ? Alyssa a l'éclat de peinture. Il est dans un sachet en plastique, dans son sac à dos. C'est pour ça que j'appelle. Je ne voulais pas qu'elle le jette accidentellement.

Rafe avait le sentiment que Charlotte ne disait toujours pas tout.

— Pourquoi pensez-vous que ça pourrait constituer une preuve ?

— J'ai oublié le point le plus important.

Non sans frustration, Rafe imagina son sourire narquois. Elle jouait avec ses nerfs.

— Il y a du sang sur cet éclat de peinture. Il suffit d'un test ADN pour connaître l'identité de la victime. Ça ne doit pas être compliqué pour quelqu'un qui a des relations dans la police.

Et établir le lien entre l'atelier de Davidoff et la victime d'un accident de la circulation cinq ans auparavant…

— Vous savez quoi ? Je vais peut-être vous pardonner, finalement.

— Je ne suis pas une mauvaise personne, contrairement à ce que vous pensez. Serrez ma nièce dans vos bras pour moi et dites-lui que je l'embrasse fort.

Elle fit des bruits de baisers et coupa la communication.

Rafe attira Alyssa contre lui et la berça doucement, tout en demandant au chauffeur de se rendre dans le quartier de Tremé, haut lieu de la culture afro-américaine et créole, connu pour ses clubs de jazz et ses cottages colorés entourant l'église Saint-Augustin.

Le détour suivant les mena dans le quartier de Gentilly, délimité d'un côté par le lac Pontchartrain, et de l'autre par le bayou Saint-Jean.

La radio était branchée sur une station spécialisée dans les chansons des années 1950 à 1970, et qui consacrait son émission du jour aux succès d'Elvis Presley.

Finalement, le périple n'était pas déplaisant.

— Je devrais être contente, dit tout à coup Alyssa. Je vais peut-être savoir qui a tué ma mère. Mais je me sens vide.

— Tu as besoin de temps, fit Rafe d'un ton compréhensif. En attendant, je te propose un nouveau plan. Au lieu de courir d'un bout à l'autre de la ville, en essayant à la fois de résoudre cette enquête et d'échapper à nos poursuivants, nous allons partir. À distance, je pourrai travailler sereinement avec mes contacts au FBI.

Elle hocha la tête.

— C'est mieux comme ça.

De retour à Canal Street, ils prirent un autre taxi et firent des détours, avant de se faire déposer devant un hôtel situé dans le central business district. Là, ils montèrent dans un troisième taxi et prirent la direction des docks.

Dans la zone industrielle aux abords du port, ils se firent

déposer à l'entrée d'un parking couvert. Le bâtiment en brique blonde s'élevait sur quatre étages, et sa façade était percée d'étroites fenêtres horizontales.

— De quoi ça a l'air à l'intérieur ? demanda Rafe.

— C'est très bien organisé. La rampe de sortie est au milieu, et les voitures sont garées de chaque côté. La mienne est au quatrième.

Elle désigna la guérite du gardien de nuit.

— Je dois aller me signaler.

Elle fouilla dans son sac à dos et en sortit une carte d'identité.

— Et ne m'appelle pas Alyssa. La voiture est au nom de Wanda Wilson.

— Mauvais choix. Ce prénom ne te correspond pas du tout. Pour moi, Wanda est une grande blonde.

— Tu te trompes. Quand je choisis mes pseudonymes, je fais en sorte qu'ils soient tous reliés. Lara est le diminutif de Larissa, qui sonne comme Alyssa, ce qui conduit à Alice. Wanda m'est venu spontanément. Je ne connais personne qui s'appelle comme ça…

Elle s'interrompit.

— Je pérore, non ?

— Un peu.

— Je suis excitée comme une puce. C'est presque terminé. Ce qui veut dire que nous avons une chance d'avoir une vie normale.

Il ne savait pas si quoi que ce soit pouvait être considéré comme normal avec une femme comme elle.

— J'ai envie d'être avec toi. Pas besoin de mettre une étiquette sur notre relation. Juste toi et moi.

Elle planta un baiser sur sa bouche et fouilla à nouveau son sac, à la recherche du précieux éclat de peinture.

Elle finit par en sortir un sachet en plastique.

— C'est difficile de penser que ce morceau de vieille peinture pourrait changer ma vie. Tiens, je te le confie.

L'éclat avait été enroulé dans du plastique à bulles avant d'être glissé dans le sachet.

Rafe le plaça dans la poche intérieure de son coupe-vent, en espérant qu'il pourrait effectivement être considéré comme une preuve.

Il imaginait déjà les objections d'un avocat de la défense devant un élément qui était passé sans contrôle d'une personne à l'autre. Mais ça permettrait au moins de relancer l'enquête.

Récupérer le monospace Chevrolet n'avait pas présenté de difficulté. Le véhicule de douze ans d'âge n'avait pas la puissance ni les suspensions de la Mercedes, mais c'était mieux que rien.

Rafe roulait prudemment dans les rues de la ville.

À cette heure, un dimanche, la circulation était clairsemée, et il était à peu près sûr qu'ils n'étaient pas suivis.

— Je suis tenté de prendre l'autoroute maintenant, dit-il.

— Nous devons attendre demain matin pour que je puisse aller à la banque. Il me faut les espèces et les cartes de crédit qui se trouvent au coffre. Et aussi la clé USB.

— Eh bien, dans ce cas, nous attendrons demain.

Lorsqu'il arriva dans le quartier où se situait la résidence sécurisée, Rafe n'éprouva pas le soulagement habituel.

Une lampe était allumée dans le salon en façade, tout comme sur le perron.

C'était ainsi qu'il avait laissé la maison, et il n'avait reçu aucune alerte de sécurité sur son téléphone.

Il se gara sous l'auvent et déverrouilla la porte de service. Dès qu'il entra, il sentit une odeur de café. Quelque chose ne tournait pas rond. Dans sa précipitation à entrer, Alyssa le bouscula.

— Je n'en peux plus. Je n'ai qu'une hâte, c'est d'aller me coucher.

Rafe actionna l'interrupteur de la cuisine.

Trois hommes armés se tenaient de part et d'autre de la pièce.

Ils avaient l'avantage sur lui. Il ne pouvait pas réagir sans mettre Alyssa en danger.

Assis à la table de la cuisine, un mug entre ses grosses mains de brute, se trouvait Viktor Davidoff.

20

Alyssa eut l'impression que son cœur s'arrêtait de battre. Elle ne pouvait plus respirer.

Vidés de toute énergie, ses bras et ses jambes étaient aussi flasques que ceux d'une poupée de chiffon.

Et pourtant, elle restait debout, comme soutenue par des fils invisibles tandis qu'elle fixait le visage de l'homme qui avait probablement tué sa mère.

Elle connaissait à peine Davidoff. Elle ne l'avait rencontré que deux fois, et il ne lui avait pas fait une très bonne impression. Même si son apparence était soignée, on devinait l'être immoral et cruel qu'il était.

Ses lèvres bougeaient. Il avait l'air de parler, mais elle avait un bourdonnement dans la tête qui l'empêchait de comprendre.

Elle devait répondre. Impossible de rester là, à attendre qu'ils la tuent. Il lui fallait faire preuve d'intelligence.

Elle avait désespérément envie de vivre, d'échapper à cette situation et d'emmener Rafe avec elle. Après tout ce qu'ils avaient vécu, ils méritaient une chance.

Elle prit une grande inspiration et se mit aussitôt à tousser. Pour éviter de tomber, elle tira une chaise et s'y laissa choir.

Un verre d'eau apparut devant elle sur la table. Elle

but une gorgée et regarda par-dessus le rebord du verre l'homme qui était assis en face d'elle.

Il portait un costume bleu nuit et une chemise blanche avec une cravate jaune piquée d'une épingle ornée par un diamant.

Sa montre chronomètre était en platine. Il avait une grosse chevalière à chaque main, sans doute pour infliger un maximum de blessures quand il passait à tabac un pauvre bougre qui avait eu le malheur de le contrarier.

Elle s'obligea à continuer de le regarder, en dissimulant son dédain. Cet homme avait joué un rôle dans la mort de sa mère. Il ne méritait pas de vivre.

De sombres pensées occupaient son cerveau. Elle le haïssait. Tout son être criait vengeance.

— J'ai failli m'évanouir, dit-elle d'un ton neutre.

Comme elle n'avait pas le pouvoir de menacer Davidoff, elle voulait entrer dans sa tête.

— Ça m'a fait un tel choc et un tel plaisir à la fois de vous voir.

Tel un ours évaluant sa proie, il inclina la tête d'un côté et la scruta intensément.

— Explique-toi, jeune fille.

Elle regarda par-dessus son épaule vers Rafe, qui était menotté, avec un homme armé de part et d'autre.

La colère monta, mais elle parvint à la refréner.

— Il ne faut pas en vouloir à mon garde du corps. Il ne voulait pas révéler votre secret. Mais je l'ai supplié, et il a eu pitié de moi.

— Quel secret ?

— Vous savez bien. Toute ma vie j'ai rêvé du moment où je rencontrerais l'homme que ma mère avait aimé au point de quitter sa chère ville de Savannah pour s'installer à Chicago.

Elle passa au tutoiement.

— Je suis tellement contente de te rencontrer, papa.

Un de ses hommes de main ricana, et elle se leva d'un bond, mimant l'affront.

— Vous ne me croyez pas ? Eh bien, laissez-moi vous montrer la chambre qu'il a fait arranger pour qu'elle soit à mon goût. Et mon père s'inquiétait pour moi. C'est pour ça qu'il a engagé un garde du corps à plein temps.

Elle se tourna vers Davidoff.

— C'est vrai, n'est-ce pas ?

— En effet.

— Est-ce que je peux t'embrasser, papa ?

Il ouvrit les bras.

— Viens, ma fille.

Lorsqu'elle le toucha, l'estomac d'Alyssa se révulsa. Non seulement cet homme était un manipulateur, mais il portait une eau de toilette écœurante.

— Maintenant que tu es là, nous allons pouvoir travailler ensemble pour retrouver les millions manquants.

— Et comment penses-tu accomplir cela ?

— Rafe peut t'expliquer son plan. Mais, je t'en prie, enlève-lui ses menottes.

Davidoff fit un signe, et un de ses hommes s'exécuta. Puis Rafe fut invité à la table.

S'il n'y avait pas eu trois hommes armés en plus de Davidoff, Rafe aurait peut-être tenté quelque chose. Mais il était plus intelligent que ça.

En quelques mots, il expliqua qu'ils avaient besoin d'aller à la banque le lendemain matin et de comparer les données comptables que possédait Alyssa avec d'autres éléments dont ils disposaient.

— Quelle était votre source pour les données d'origine ? s'enquit Davidoff.

— Disons que j'ai encore des amis au FBI.

— Des amis comme Jessop ?

— Il travaillait pour vous. Maintenant, il est à l'hôpital.

— Pas à ma demande. J'étais ravi de ses services. C'est un agent expérimenté, et il y a toujours une place dans mon organisation pour des personnes comme ça. Il a réussi l'impossible en localisant cette maison.

— Comment ?

Alyssa savait que Rafe était fier de sa sécurité prétendument invulnérable. Il devait être curieux de savoir comment Davidoff et ses hommes avaient réussi à entrer sans déclencher les alarmes.

En se remémorant les événements de la journée, elle réalisa que la première rencontre de Rafe avec Jessop avait eu lieu au cimetière. L'agent fédéral pouvait-il avoir déposé un système de traçage sur le SUV de Rafe ?

Non, ça ne collait pas, puisqu'ils avaient laissé le SUV dans le garage de Chance, avant de revenir à la maison.

Alors, quoi ?

Elle prit la parole.

— Je peux essayer de deviner ?

— Toi ?

Davidoff parut amusé.

— Si ça t'amuse.

— La façon dont tu es venu à bout de la sécurité a quelque chose à voir avec le téléphone de Rafe. Jessop a trouvé le moyen de contourner les pare-feu et de contrôler la sécurité via le téléphone de Rafe.

L'intéressé grommela.

— Il m'a cloné. Le FBI travaille sur cette technologie depuis des années. Quand Jessop était à proximité de mon téléphone dans le cimetière, il a transféré mes données sur un autre téléphone.

— Eh bien, j'avais vu juste, dit Alyssa en se rengorgeant.

Davidoff tendit la main et lui tapota la joue, en un geste qui aurait pu être attendrissant s'il avait vraiment été son père.

— Tu es très intelligente, dit-il.

— Je dois tenir de toi.

— Heureusement que je t'ai retrouvée à temps, affirma-t-il. Je t'ai sauvé la vie.

Étirant les bras au-dessus de sa tête, elle bâilla.

— Je suis tellement fatiguée. Je peux aller me coucher, papa ?

— Bien sûr, ma petite chérie. Nous nous occuperons du coffre dès demain matin.

C'était maintenant que les choses devenaient délicates. Elle choisit une approche directe, en prenant la main de Rafe.

— Viens. Il est temps d'aller dormir.

Davidoff protesta.

— Pas dans la même chambre !

— Mais, papa, j'ai des sentiments pour lui.

Elle fut surprise par sa capacité à jouer les petites filles gâtées.

— Tu veux que je sois heureuse, n'est-ce pas ?

— Je déciderai plus tard si cet individu est bien pour toi. Maintenant, va au lit.

L'un de ses hommes de main l'escorta dans le couloir qui menait à sa chambre.

Elle s'arrêta d'abord dans la salle de bains, dont elle verrouilla la porte. Puis elle se passa de l'eau sur le visage et contempla son reflet dans la glace. Sa panique n'était pas perceptible, mais elle n'en menait pas large.

Il fallait qu'elle fasse quelque chose pour se sortir de ce pétrin.

Elle prit son téléphone dans sa poche et composa le numéro secret de Max Horowitz.

Lorsque le répondeur s'enclencha, elle donna l'adresse de la résidence sécurisée et ajouta :

Davidoff me détient ici avec Rafe. J'ai besoin de votre aide. S'il vous plaît.

Il devait répondre. Il était leur dernière chance.

Dès qu'Alyssa eut quitté la cuisine, Davidoff s'adressa à Rafe. Caressant son bouc blanc, en grimaçant un sourire cruel, il ressemblait au méchant dans les vieux films que sa mère aimait regarder.

— Vous ne m'avez rien dit à propos de ces données qu'elle cache dans un coffre à la banque. Et vous avez oublié de mentionner que vous étiez intime. Ça fait beaucoup de cachotteries.

— Ma relation avec elle est tout à votre avantage.

— Comment cela ?

Après la performance digne d'un Oscar d'Alyssa dans le rôle de la fille prodigue, il devait à son tour fournir une histoire crédible.

— Si elle me fait confiance, et qu'elle sait que moi je vous fais confiance, elle coopérera. D'ailleurs, vous auriez pu me parler des millions. Je serais entré directement dans le vif du sujet avec elle, au lieu de la suivre partout pendant deux semaines.

— Et vous auriez filé avec l'argent.

Davidoff repoussa sa tasse de café.

— Où rangez-vous la vodka ?

— Je n'habite pas vraiment ici. Et je ne reçois pas d'invités.

— Pas de vodka ? C'est un crime ! Je vais régler ça.

Il claqua des doigts en direction d'un homme à la silhouette vraiment imposante.

— Deux bouteilles. Nous allons porter un toast à notre réussite. Je vais enfin récupérer l'argent que j'ai perdu dans cet entrepôt.

— J'ai vu qu'une Lamborghini V12 s'est volatilisée à cause de Frankie Leone. Ça a dû être un coup dur pour vous.

— Vous vous y connaissez en voitures ?

C'était l'ouverture idéale. Rafe rendossa ses habits de pilote de course.

Ils discutèrent en attendant la vodka.

Et ils discutèrent encore un peu plus.

Ils en étaient à leur troisième verre quand Davidoff planta son regard glacial dans le sien.

— Je vous aime bien, Rafe. Ça m'embêterait de devoir vous tuer.

21

Malgré ses peurs et sa colère, Alyssa parvint à dormir. Elle avait convaincu un des hommes de Davidoff de lui apporter la valise qui se trouvait dans le coffre du monospace, et elle avait un pyjama tout doux et confortable.

Quand le matelas ploya, elle se réveilla instantanément.

— C'est moi, ma chère, entendit-elle.

Il n'y avait qu'une personne pour l'appeler ainsi.

Lorsqu'il s'étendit à côté d'elle, une odeur d'alcool lui monta au nez.

— Tu as bu !

— C'est de la vodka, ma belle.

Collant les lèvres à son oreille, il murmura :

— Attention aux micros.

— J'en ai trouvé un sous le pied de la lampe, et un autre dans la commode.

— Regarde-moi ça comme tu es intelligente !

Il posa un baiser rapide sur ses lèvres.

— Je peux allumer ? J'ai envie de voir ton beau visage.

— Davidoff sait que tu es ici ?

— Je lui ai dit que j'allais aux toilettes.

Il alluma et la regarda.

— Tu es magnifique. La plus belle femme du monde.

— Tu as toujours ton téléphone ?

— Non, il m'en a délesté.

— Tu ferais mieux d'y aller avant de te faire prendre.

— Il ne nous reste plus beaucoup de temps à passer ensemble, et j'ai envie d'en profiter.

Et, pour mieux prouver ses dires, il l'enlaça et lui donna un long baiser. Ce fut beaucoup mieux que ce à quoi elle s'attendait, compte tenu de la quantité de vodka qu'il avait bue.

Puis il se releva et tituba vers la porte, la laissant seule avec de sombres pensées quant à sa propre mortalité.

À moins d'un miracle, elle ne voyait pas comment ils allaient se sortir de cette situation.

Elle prit de nouveau son téléphone. Cette fois, elle envoya l'adresse à Max Horowitz par SMS.

Pourquoi ne répondait-il pas ? Il était sa seule chance.

Elle préférait ne pas imaginer qu'il puisse lui être arrivé quelque chose de mal.

Le lendemain, Alyssa se doucha et enfila un tailleur en lin pour se rendre à la banque. Elle opta pour des mocassins confortables, plutôt que des talons, au cas où elle devrait courir. Puis elle mit quelques objets choisis dans une besace : téléphone, portefeuille avec la carte d'identité correspondant au nom qu'elle utiliserait, clés, lunettes de soleil, carnet et crayon.

Dans la cuisine, Davidoff l'accueillit avec une tasse de café.

— Pas de chicorée, dit-il. Je déteste ce truc.

Rafe était assis à table. Malgré ses yeux injectés de sang et sa barbe de plus en plus broussailleuse, il était toujours aussi beau.

Il lui fit un petit signe de la main apathique.

— Ton petit ami ne supporte pas l'alcool, commenta Davidoff.

Elle saisit cette opportunité de rappeler à Davidoff leur lien supposé.

— Il n'est pas comme nous, papa. Il n'est pas russe.

Il lui tapota l'épaule.

— Tu es une brave petite.

— Est-ce que nous allons à la banque ce matin ?

— Ça ne va pas tarder. J'irai à l'intérieur avec toi. Quand tu auras ouvert ton coffre et récupéré son contenu, nous retournerons à la voiture et nous reviendrons ici.

— Je ne suis pas rassurée. Sais-tu ce qui est arrivé aux hommes qui étaient à mes trousses ? Ceux qui ont frappé Jessop ?

— Tu n'as pas à t'inquiéter. Mes hommes te protégeront.

Elle essaya une autre tactique.

— Je me sentirais mieux si Rafe venait aussi.

— Tu dois être courageuse, fillette.

Son sourire avait l'air sinistre, comme s'il venait de goûter un mets déplaisant.

— Dépêche-toi de finir ton café.

Avant de partir, elle regarda Rafe, essayant de communiquer silencieusement avec lui et de lui dire qu'elle ne perdait pas espoir.

Un miracle allait se produire.

Alyssa et Davidoff prirent place dans une Lincoln Town Car vintage. Un garde monta à côté du chauffeur et posa son arme semi-automatique en travers de ses cuisses.

Alyssa envisagea de sauter en route, mais se dit que Rafe en ferait les frais si elle s'échappait.

Tandis que Davidoff parlait de La Nouvelle-Orléans

comme s'il connaissait sur le bout des doigts cette ville compliquée, elle le regardait avec l'adoration qu'une fille réservait à son père.

Pendant qu'elle hochait la tête et souriait à chaque sottise qu'il proférait, elle se demandait comment elle allait lui fausser compagnie.

Arrivés à la banque, ils se garèrent dans un parking souterrain. Davidoff ordonna à ses hommes de les attendre et lui prit le bras.

Alyssa sentait la fin de la partie arriver. Son pouls s'accéléra, elle commença à transpirer.

— Tu trembles, remarqua Davidoff.

— Je t'ai dit que j'avais peur.

— Tout va bien se passer. Je serai avec toi.

Et c'était bien le problème.

Si elle pouvait mettre un peu de distance entre eux, elle aurait peut-être une opportunité de prendre la fuite...

Cette opportunité se présenta quand un employé de la banque l'escorta dans un salon privé juste à côté de la salle des coffres.

— Je vous laisse seule, maintenant.

Davidoff était juste derrière eux.

— Je dois y aller avec elle.

— Je suis désolé, monsieur, mais c'est contraire à notre règlement.

— Eh bien, dans ce cas, votre fichu règlement a besoin d'être changé.

Tandis que l'employé appelait son supérieur pour demander la permission, sous le regard intimidant de Davidoff, qui ne le quittait pas d'une semelle, Alyssa prit son carnet et rédigea trois mots :

AI ÉTÉ ENLEVÉE.

Il n'y eut pas le temps pour d'autres explications. Dès

que l'employé ouvrit la porte, Davidoff chargea à l'intérieur comme un taureau en furie.

Alyssa essaya de le calmer, mais il n'était pas habitué qu'on ne se plie pas aussitôt à sa volonté.

À la hâte, elle vida son coffre dans un sac de voyage qu'elle avait acheté pour l'occasion.

Quand ils quittèrent la pièce, elle pressa le bout de papier dans la main de l'employé, mais elle s'y prit mal, et le message glissa à terre.

Davidoff le ramassa, l'ouvrit et le lut.

Puis il se tourna vers elle.

— Ce n'est pas drôle, fillette.

— Ce n'était pas une plaisanterie.

— Excusez-la, dit-il à l'employé.

Et cette fois, quand il lui prit le bras, il le serrait comme un étau.

— Ne tente pas d'autres ruses, ou Rafe est mort.

Elle avait envie de hurler à pleins poumons, mais elle ne pouvait pas prendre ce risque. Il devait bien exister un moyen de le raisonner…

Dans le parking, il la plaqua contre le pare-chocs de la Lincoln.

— Pourquoi ?

— Je veux me libérer de vous. Laissez-moi partir.

— Mais tu es ma petite fille chérie, ironisa-t-il.

— Nous savons tous les deux que c'est un mensonge. Vous avez essayé de me duper, mais vous avez fait une erreur. La boîte à musique ne joue pas le bon air.

Il signala au conducteur :

— Ouvrez le coffre.

Avant qu'elle ait eu le temps d'objecter, l'autre gorille la poussa dans le coffre et rabattit le hayon.

Davidoff donna un dernier ordre. Et il parla assez fort pour qu'elle l'entende.

— Appelez la maison. Qu'ils tuent Rafe.

Rafe était assis inconfortablement sur la chaise de la cuisine.

Après le départ de Davidoff avec Alyssa, les deux types qui étaient restés l'avaient à nouveau menotté pour qu'il n'essaye pas de s'échapper.

Il regarda le plus vieux des deux répondre à un appel. La seule chose qu'il dit fut « oui ».

Il raccrocha, fit un clin d'œil à Rafe, sortit son arme portée, dans un holster d'épaule dissimulé sous sa veste, et la dirigea vers lui.

Pourvu que sa mort soit rapide, songea-t-il.

La porte de derrière s'ouvrit à la volée.

Trois hommes portant des bottes de combat, des casques et du matériel militaire chargèrent à l'intérieur. Jouant la surprise, ils désarmèrent aussitôt les deux hommes de Davidoff et libérèrent Rafe.

Ce dernier eut juste le temps de se lever avant que leur leader entre.

L'homme n'était pas très grand. Il avait les cheveux blancs et une moustache.

— Je suis Max Horowitz, annonça-t-il en tendant la main.

Rafe la serra avec effusion.

— Rafael Fournier. Vous m'avez sauvé la vie.

— Où est Lara ?

— À la banque, mais elle devrait être rentrée, à présent.

Horowitz sortit son téléphone de sa poche et composa un numéro, avant de mettre l'appareil sur haut-parleur.

— Je lui ai dit de m'appeler si elle avait des ennuis. Elle est la seule personne à avoir ce numéro.

Impatient, il tapait du pied sur le sol de la cuisine.

— Si elle ne répond pas, comment allons-nous la retrouver ?

— Max, c'est vous ?

La voix d'Alyssa était un peu hachée.

— Oui. Je suis avec Rafe. Où êtes-vous ?

— Dans le coffre d'une Lincoln Town Car vintage. Davidoff est vraiment fou. Je dois lui échapper.

— Je ne connais pas la ville aussi bien que Rafe, dit Horowitz en se tournant vers lui.

Elle laissa échapper un petit sanglot.

— Rafe est toujours vivant ? Dieu, merci ! Davidoff a donné l'ordre de le tuer.

Rafe prit le relais.

— Je vais bien, ma belle. Tu sais où tu es ?

— Je crois que nous allons vers Canal Street. Je t'envoie un partage de trajet. Tu vas pouvoir suivre mon itinéraire.

— Tiens bon, ma belle. Nous arrivons.

Horowitz, sa milice paramilitaire et Rafe s'engouffrèrent dans un fourgon blindé, et ils filèrent dans cette direction.

En suivant en temps réel sur son téléphone le déplacement d'Alyssa, Rafe les guida pas à pas, et ils sillonnèrent les rues du Ninth Ward.

L'imposante limousine ne fut pas difficile à repérer, avec son long capot et sa grande calandre chromée surmontée d'une statuette.

Ils approchèrent leur cible avec une précision militaire. Rafe ne savait pas où Horowitz avait trouvé ces types, mais ils étaient au top.

Davidoff et ses hommes ne s'attendaient pas à un assaut, et ils furent vite dépassés par les événements.

Quand ils furent désarmés et menottés, Rafe se précipita pour ouvrir le coffre de la Lincoln et aida Alyssa à en sortir.

Lorsqu'elle jeta les bras autour de son cou, Rafe fut soulagé comme jamais.

Il n'était pas prêt à déclarer ses sentiments, mais il sentait l'amour vibrer dans toutes les fibres de son corps. Il avait envie de passer le reste de sa vie avec elle.

Elle bombarda son visage de baisers, puis se tourna vers Max Horowitz pour lui exprimer sa joie de le revoir.

— Vous savez quoi, lui dit-elle, le pire dans toute cette histoire, c'est que j'ai dû prétendre que Davidoff était mon père. C'est impossible. Jamais ma mère n'aurait pu aimer un tel monstre.

— Je sais, répondit Max. Parce que, c'est moi ton père.

Rafe ne fut pas si surpris que cela.

Max Horowitz avait pris soin d'Alyssa pendant des années, lui permettant de faire des études, lui offrant un travail… Ces considérations dépassaient les devoirs d'un employeur.

Le vieil homme plongea la main dans sa poche et en sortit son portefeuille, d'où il tira une photo.

— Voici la preuve.

Alyssa tint le cliché à deux mains.

— C'est vous, mais vos cheveux ne sont pas blancs. Et c'est maman. Elle vous regarde comme si vous étiez tout pour elle.

Max hocha la tête.

— Et c'est ainsi que tu regardes Rafe.

— Et l'enfant sur la photo ?

— Je suis sûr que tu reconnais l'ours en peluche.

— C'est le mien, Bobo. Comme c'est étrange, nous avons l'air d'une vraie famille !

— Ta mère et moi étions des âmes sœurs. Nous avons fait tant d'efforts pour te protéger et te donner une bonne vie que nous avons perdu le sens de l'essentiel. Ne fais pas la même folie que nous. Fais passer l'amour en priorité, et ensuite tout se mettra en place.

— Je suis d'accord avec ça, dit Rafe. Ton père est un sage, ma belle.

Alyssa lui prit les mains.

— Tu es mon pirate, mon garde du corps et mon amour le plus cher. Je ne veux plus jamais être séparée de toi.

Il enroula les bras autour de sa taille et lui donna le premier d'une éternité de baisers.

Épilogue

Tout en buvant du thé glacé sous le porche de la maison coloniale de Chance, Rafe finit de raconter toute l'histoire à son ami.

Alyssa chevauchait un pur-sang dans le pré en contrebas. Elle riait, la tête rejetée en arrière, les cheveux soulevés par le vent, et elle semblait être l'incarnation même de la liberté.

— Tout est bien qui finit bien, déclara Chance, d'autant plus que j'ai récupéré la Mercedes.

— Plus que bien, tu veux dire, le corrigea Rafe. Woodbridge et ses amis ont été arrêtés et vont moisir en prison pendant des années.

— Et Davidoff ?

— En procès à Chicago. L'éclat de peinture a suffi pour rouvrir l'enquête sur la mort de la mère d'Alyssa.

— Le gros point noir dans ton histoire, c'est que vous n'avez pas retrouvé les sept millions de dollars.

— Pour la bonne raison que cette fortune n'a jamais existé. Frankie Leone a détourné de petites sommes ici et là pendant des années, mais ce n'était pas le casse du siècle.

— Et quelle conclusion penses-tu apporter à cette mésaventure ?

Rafe sortit un écrin de sa poche et souleva le couvercle.

— Cinq carats, pas un défaut, jaune canari.

— Ne me dis pas que tu as l'intention de demander Alyssa en mariage ?

— Et si, « collègue ».

— Voilà ce que j'appelle une histoire qui finit bien !